科伦·麦凯恩作品系列

APEIROGON
无极形

Colum McCann

〔爱尔兰〕科伦·麦凯恩 著

方柏林 译

人民文学出版社

著作权合同登记号　图字 01-2021-1322

Colum McCann
Apeirogon
Copyright © 2020 by Colum McCann
All rights reserved.

图书在版编目(CIP)数据

无极形/(爱尔兰)科伦·麦凯恩著;方柏林译.
—北京:人民文学出版社,2021
(科伦·麦凯恩作品系列)
ISBN 978-7-02-014890-5

Ⅰ.①无… Ⅱ.①科… ②方… Ⅲ.①长篇小说-爱尔兰-现代 Ⅳ.①I562.45

中国版本图书馆 CIP 数据核字(2021)第 049807 号

责任编辑　卜艳冰　潘爱娟　邰莉莉
封面设计　钱　珺

出版发行	人民文学出版社
社　　址	北京市朝内大街 166 号
邮　　编	100705
印　　刷	上海盛通时代印刷有限公司
经　　销	全国新华书店等
字　　数	280 千字
开　　本	889 毫米×1194 毫米　1/32
印　　张	15.125
版　　次	2021 年 12 月北京第 1 版
印　　次	2021 年 12 月第 1 次印刷
书　　号	978-7-02-014890-5
定　　价	88.00 元

如有印装质量问题,请与本社图书销售中心调换。电话:010－65233595

献给萨丽

熟悉以色列和巴勒斯坦政局的读者会注意到，本书核心人物巴萨姆·阿拉敏和拉米·埃尔哈南都是真实人物。我所说的"真实"，是指他们的故事，以及他们的女儿阿比尔·阿拉敏和斯玛达尔·埃尔哈南的故事，均见诸文字和影像记录。

本书中间部分的口述实录，取自耶路撒冷、纽约、耶利哥和拜特贾拉各地的系列访谈，但在本书其他地方，巴萨姆和拉米允许我自行塑造他们的语言和世界，或加以重塑。

尽管有这些自由度，我仍希望忠实记录他们共同经验中的现实。里尔克说，我们活在不断向世间万物扩展的圆内。

2016

1

耶路撒冷的山峦一片迷雾。拉米凭借记忆直行,随时估算下一个拐角的弧度。

他六十七岁,在摩托车上弓着腰,穿着加厚夹克,头盔扣得紧紧的。这是一辆排气量为七百五十毫升的日本摩托。很灵活的型号,适合他这个年龄。

即使天气恶劣,拉米也会开足马力。

花园处雾气消散,露出黑暗来。他在这里急转向右。Corpus seperatum[①]。他调低了一挡,飞快地从一座军事瞭望塔边掠过。早晨的钠光灯朦朦胧胧。一小群鸟儿飞过,橙色天空顿时暗淡。

山脚的路下沉,又拐了一道弯,在雾中隐去。他轻拍了下把手,挂到二挡,松开离合器,平稳地进入弯道,然后挂回三挡。一号路在卡伦亚废墟上方:历史在这里堆积如山。

他在坡道尽头加大油门,驶入内车道,驶过"旧城",驶过"吉夫拉姆"的路标。高速公路上汽车的头灯星罗棋布。

他向左倾斜,然后像三文鱼一样,穿梭进更快的车道,驶向隧道、隔离墙、拜特贾拉镇。一次转弯有两个答案:吉洛在一侧,伯利恒在另一侧。

在这里,地理就是一切。

[①] 拉丁文,意思是"分离实体"。根据1947年的《联合国巴勒斯坦分离计划》,巴勒斯坦被指定为国际共管区,亦即"分离实体"。

2

此路通往"A"区

属巴勒斯坦管辖范围

严禁以色列

公民入内

否则会危及生命

并且违反以色列法律

3

每年有五亿只鸟在拜特贾拉山丘的上空飞行。它们依循各自祖先的传统而迁徙：戴胜、画眉、捕蝇鸟、啭鸟、杜鹃、八哥、鸣鸟、伯劳鸟、北方鸥、千鸟、太阳鸟、雨燕、麻雀、欧夜鹰、猫头鹰、海鸥、鹰、雕、鸢、鹤、鹭、矶鹬、鹈鹕、火烈鸟、鹳、白斑黑石鸥、欧亚兀鹫、蓝胸佛法僧、阿拉伯鸦鹃、食蜂鸟、斑鸠、白喉林莺、黄鹡鸰、黑顶莺、红喉鹨、小苇鳽。

这里是世界上第二繁忙的候鸟高速公路：至少有四百种鸟穿行在这里的天空，在不同的水平面上前进。有的排成长长的人字，时不时引颈长啸。有的独行于低空，掠过草地。

每年下面都会出现新的景观：以色列定居点，巴勒斯坦公寓楼，屋顶花园，营房，障碍，辅路。

一些鸟儿为了避开天敌，夜间飞行。飞行方式如星际迷航，椭圆型布阵，速度飞快，在飞行中吞噬同类的肉与肠子。其他鸟儿在白天飞，好利用从下方升起的热量，让温暖的风托举它们的翅膀，轻松地滑行。

有时，鸟群遮天蔽日，在拜特贾拉下面的土地、梯田和镇郊的橄榄树丛上，投下一片片的阴影。

任何一天，不拘何时，只要躺在克里米桑修道院的葡萄园中，你都会看到鸟儿在头顶飞驰而过，听到它们沿着各自的空中车道七嘴八舌。

它们降落在树上、电线杆上、电缆航、水塔上，有时候甚至栖息在隔离墙的边上，被扔石头的年轻人当成靶标。

4

古老的弹弓是用眼罩大小的牛皮所制：牛皮窝起来，如同摇篮，然后两边穿孔，用皮带固定。弹弓是牧羊人设计的，其初衷是吓阻猎食的野兽，保护放牧的羊群。

弹弓垫抓在牧羊人左手，皮带抓在右手。他们勤加练习，才会百发百中。在弹弓垫子上放一块石头后，将皮带拉紧。在自然释放前，弹弓手会把弹弓在头顶挥动几次。然后垫子打开，石头飞出。有些牧羊人能在两百步外，射中豺狼眼睛大小的目标。

弹弓不久转入军用，成为一门作战艺术；它可向陡坡和城垛发射，在攻打加固城池时至关重要。作战方会雇用大批远程弹弓兵士。他们全身盔甲，乘坐装满石子的战车而来。路上遇到阻碍，如护城河、战壕、干燥的沙漠峡谷、陡峭的堤防或巨石路障，他们就下车，徒步行进，肩上挂着装饰华丽的袋子。深一点的袋子能装两百颗小石子。

准备战斗时，他们通常会给至少一块石头涂彩，当作护身符。他们会把护身符放在袋底，希望永远不要用上。

5

在战斗的边缘，军队会征召八到十岁的孩子来打鸟。这些孩子在旱谷旁的沙漠灌木丛中耐心守候,从加固城墙后发射石子,击中斑鸠、鹌鹑、鸣鸟。

一些鸟被捕获后仍然活着。它们会被人归到一起,放进木笼,眼睛挖掉。它们会误以为一直是黑夜,接连数日吞吃谷物。

它们被养肥到飞行时的两倍大小,然后会被放进黏土炉子里烘烤,最终配以面包、橄榄和香料,成为美餐。

6

法国总统弗朗索瓦·密特朗在去世前八天,享尽了各样美味佳肴,最后订的菜是一道圃鹀大餐。圃鹀是一种黄色喉咙的鸣禽,大小不超过拇指。对他来说,这道非法的美食代表了法国的灵魂。

密特朗的工作人员在南部一个村庄指挥了捕鸟行动。他们花钱打点了当地警察,安排了狩猎。太阳升起时,他们在森林边缘布下特制的细网来捕鸟。他们将捕获的圃鹀装进箱子,用一辆涂黑的面包车运向拉奇,运抵密特朗在孩提时代消夏的那栋乡间别墅。到了这里,副厨师长会出来,把笼子带到室内。小鸟儿会被喂上两个星期,撑到快要爆掉。然后,厨师拎起它们的脚,将其浸入一大桶纯的雅文邑白兰地中,从头开始浸泡,让其活活淹死。

接下来,厨师长将它们去毛,撒上盐和胡椒粉,用它们自己的脂肪将其煮上七分钟,最后将它们放入刚加热的白色焖罐里。

上菜时,在那个装有木护墙板的房间里,密特朗的亲人,包括妻子、孩子、情妇,还有朋友,都鸦雀无声。他坐在椅子上,从膝盖上推开毯子,喝了一口1898年的高美必泽堡特酿。

"世上唯一有趣的事是活着。"密特朗说。

他用白色餐巾包住头,以吸入鸟儿的香气。这也是遵循传统规定,将自己的行为隐藏起来,不让上帝看见。他抓起这鸣禽的腿,将它们囫囵吃掉：多汁的肉、脂肪、苦涩的内脏、翅膀、肌腱、肝脏、肾脏、温暖的心脏，细小的头骨在他的牙齿间嘎吱作响。

他花了几分钟才吃完，其间他的脸一直隐藏在白色餐巾下。他的家人能够听到骨头嚼碎的脆响。

密特朗用餐巾轻轻擦擦嘴，将焖罐放到一边，抬起头，微笑着跟大家道晚安，然后上床睡觉。

接下来的八天半他颗粒不进，直到死亡。

7

以色列各地（埃拉特、耶路撒冷、拉特伦）的鸟类迁徙路线上，都有精密雷达系统跟踪鸟的行踪。这些雷达系统与军事设施和本·古里安机场空中交通管制办公室联网。

本·古里安机场的办公室用高科技武装，装着深色的窗玻璃。各式各样的计算机、无线电、电话。一批航空和数学专业的专家跟踪飞行的模式：鸟群的规模、路径、形状、速度、高度，鸟在不同天气模式下的预期行为，遇到横吹风、热风、暴风雨，分别会有什么反应。计算人员创建算法，向控制台和商业航空公司发出紧急预警。

另一条热线和空军连接。欧掠鸟，加沙港以北 1000 英尺高，北纬 31.52583°、东经 34.43056° 处。离红海南部边缘约 750 英尺，北纬 20.2802°、东经 38.5126° 处，有四万两千只沙丘鹤。阿克科以东的鸟群活动异常，海岸警卫队警告，接下来会有暴风雨。预计两小时后，本·古里安机场以东会有加拿大雁雁阵出现，确切座标待定。据报告，在希伯伦南部，北纬 31.3200°、东经 35.0542° 处，靠近直升机停机 B 坪附近的树木中，有一对法老雕鸮。

春秋两季迁徙最为活跃，鸟类专家也在这时候最忙：有时他们的屏幕看起来像罗夏墨迹心理测验用图[①]。他们会与现场的观鸟者保持联系。不过高质量的跟踪器会根据雷达上鸟群的形状,以及飞行的高度,来辨识鸟的类型。

在军事学校,战斗机飞行员要学会分析复杂的鸟类迁徙,以免在所谓重灾区机毁人亡。一切都重要:跑道附近的大水坑可能会吸引一群八哥;油膜可能会使天敌鸟翅膀变滑,使之迷失方向;一场森林大火可能使一群大雁远离迁徙路线。

在迁徙季节,飞行员尽量不在三千英尺以下的空中长时间飞行。

8

天鹅对飞行员的致命性,不亚于火箭榴弹。

9

在第一次巴勒斯坦起义那年秋天,在拜特贾拉西坡的薄网中,有人发现了一对从欧洲迁移到北非的鸟。它们并排被网缠住,双脚缠成一团,翅膀紧紧地裹在细丝里,乍看像一只形状怪异的鸟。

发现者是十四岁的男孩塔雷克·哈利勒。他一开始觉得这鸟太小,不大可能是候鸟:也许是黑顶莺。他往前凑了一些。它们痛苦的啼叫让他感到震惊。他把鸟松开,放进两只布袋中,爬上山坡去了鸟类环志站,让那些人对鸟加以识别和标记:翅膀长度、尾巴大小、重量、性别、体脂的百分比。

这是塔雷克第一次见到这样的生物:绿色的头颅,美丽而神秘。

[①] Rorschach tests,根据瑞士精神病学家罗夏命名的心理学测试,通过墨迹识别,鉴别被试人人格和心理特征。

他翻查指南手册,又搜索记录。鸣禽类,最有可能来自西班牙、直布罗陀或法国南部。他在犹豫究竟如何处理。他的工作是在将它们放生之前,用钳子和编号的带子在它们的腿上安上一个小金属环,以便追踪它们随后的迁徙。

塔雷克准备好了金属环。两只小鸟很瘦弱,体重不超过一些香料。他觉得金属环可能会导致它们在飞行中失去平衡。

他犹豫了一阵子,然后把鸟放回布袋,带回他在拜特萨霍的家中。他走在陡峭的石头街道上,鸟儿一直被包在布袋里。笼子挂在厨房里。塔雷克的两个姐姐给这两只圃鹀喂食喂水。第三天,塔雷克将两只鸟带回山坡,未上脚环,直接放生到杏树之间。

一只鸟在他的手掌中停留了片刻才飞走。他总是用手指翻动它。鸟爪都在他手上抓出了茧来。细小的脖子在他软软的掌心蹭来蹭去。然后它飞升起来,迟疑了一阵,最终飞走了。

他知道,两只鸟都不会被记录在案。为纪念起见,少年将两条带有编号的铝制鸟脚环挂在一条细细的银项链上。

两个月后,塔雷克和他的哥哥们一起去圣母马利亚街打弹弓时,他感觉到胸前的鸟脚环在跳动。

10

巴勒斯坦一共两个鸟类环志站,塔利塔·库米学校是其中之一:它从属于环境中心,中心下面设有自然历史博物馆、回收项目、水处理项目,还有一个植物园。植物园里面长满了茉莉、蜀葵、洋蓟、罗马荨麻和一排又一排的黄色非洲芸香。

从中心可俯瞰下面蜿蜒的隔离墙。远处,定居点房屋的陶色屋顶,在山顶上鳞次栉比,周围是带电的铁丝网。

山谷中涌现出许多新的道路、桥梁、隧道和公寓。鸟儿开始飞往山坡上长有果树和茂盛草丛的小片地方，在那里休憩、觅食。

在占地十英亩的环境中心，漫步于柽柳、橄榄树、萨布拉仙人掌以及鲜花盛开的梯田灌木之间，就像走在绷紧的肺脏边缘。

11

经常可以看到白色的飞艇在耶路撒冷上空飘浮，随即消失，然后再次升起，再次消失。从几公里外的拜特贾拉山丘上看，那只没有标记的飞艇看起来像是一朵小小云彩，一团柔软的白色镶边，一只牛蝇。

有时，鸟儿会栖息在上面，搭个便车，如同夜莺在鹰背。它们懒懒地飘行一两英里，然后又俯冲着离开。

飞艇被以色列机组人员和雷达技术员昵称为"胖子二号"，通常盘旋在离地面约一千英尺的高空。它由凯夫拉尔合成纤维和铝制成。玻璃舱连接到飞艇的底部。这个能容纳十三人的飞艇舱里配备了各种计算机和红外摄像头，功能强大，足以根据车牌编号和颜色，识别出每辆汽车，包括高速行驶的车。

12

拉米的车牌是黄色的。

13

他看了看摩托车的时钟，然后看了看手表，略感诧异。竟然差了一小时。原来是夏令时。调手表容易，但他知道，这时间差将以其他方式渗透到一天之中。每年都是一样的：至少几天之内，以色列和巴勒斯坦会有一小时的时差。

现在也没别的招。回家没有意义。他可能会在高速公路上逗留个把钟头。要不在山谷的小路上兜兜风。也可以找段平路推车走，给这日子加点马力。

他转回到四挡，看着转速表上的红线。他飞速超过一辆长卡车，然后轻松地挂到五挡。

14

从 M-16 末端的金属管射出时，橡胶子弹以一百多英里的时速离开枪管。

子弹大到肉眼可见，但是快到无法避让。

它们一开始是在北爱尔兰试射的。英国人称之为砸膝神器：设计原理是向地面开火，子弹反弹回去，击中暴乱者的腿部。

15

杀死阿比尔的子弹在空中行进了十五米，撞到她的后脑勺，砸碎了她的头骨，如同圃鹀的头被人的牙齿咬碎。

当时她是去杂货店买糖果。

16

阿比尔本来应该花两个谢克尔买个手镯，手镯边缘印有"他爱我，他不爱我"的字样。可是她最终买了两串伊斯瓦丽杏仁巧克力糖：粉红色、绿色和黄色的硬糖，用线串在一起。

店主将从一口深玻璃罐里取出的糖串成串，然后阿比尔把钱从柜台上推向店主的手里。

阿比尔和姐姐走向学校大门口时，阿比尔将第二串糖果手镯送给了姐姐阿瑞。

17

阿比尔被杀之后，巴萨姆每天都会在日出前一小时去清真寺，参加可去可不去的黎明前的祈祷。

四十八岁的他在黑暗中行走，腿有点跛，手里总夹着一支烟。他单薄、纤细却健康。腿跛让他在世上留下印记。否则的话，他可能来去匆匆，无人会察觉他的存在。不过，他体内有一种机敏，这机敏如弹簧般让人毫无防备，仿佛随时会跳离腿跛的厄运，只把残疾留在身后。

他把烟丢在清真寺外面的小路上，用球鞋将其踩烂。孤身一人的他用手掌把白衬衫抚平，走上台阶，脱下鞋子，用右脚先进入，跪在礼堂的后部，向全能的真主曲身敬拜。

他为妻子和五个孩子祈祷，他会永远记得阿比尔。真主，从看得见、看不见的浩大世界中拯救我们。念珠慢慢地从一只手里落入另一只手里。

初升的阳光如爪子，沿着窗户掠过，一道细细的阴影，如同反针编织一般，在石阶上一点点往前移动。巴萨姆先用细枝做的扫帚扫地，然后把靠在东墙上、卷成圆筒的垫子铺开。

炭香和麻香从外面飘进来。城市醒来后的各样喧嚣，让人宽慰的祷告报时，流浪狗的吠叫。

巴萨姆在大厅有条不紊地忙活，把整个地板都盖上垫子，然后摆上小白帽和念珠,预备一天的第一场祷告。

18

阿纳塔像个无主小镇,看起来像个奇怪的城市群岛——它是巴勒斯坦小镇,地处西岸,属巴勒斯坦管治区,但又在以色列占领之下。它几乎被隔离墙完全包围。

几幢看起来还算顺眼的房子耸立在坡上,白色的石头,大理石柱,高大的拱门,高高的窗户——但到了下面就是混乱一片。

下坡路陡峭曲折。屋顶上的卫星接收器四处皆是。鸽子在笼子里咕咕叫。公寓之间牵着晾衣绳,上面晒的衣服在风中抖动。赤膊的男孩骑着自行车穿行在坑坑洼洼的路上。他们骑下坡路,四周到处都是塞满的垃圾箱和成堆的垃圾。

街道上车辆川流不息,但没有红绿灯。到处都是霓虹灯。轮胎店,面包店,手机维修亭。男人在阴影中故作镇定。他们头顶总有香烟缠绕。女人们披着头巾,脚步匆匆。屠宰店外面的钢钩子上挂着宰好的羊。流行音乐从扬声器中飘出。到处都是碎石。

该镇挨近舒法特难民营。舒法特沿着山坡向上建造,房子建了一座又一座。除了向天伸展就无路可走。

营地进来容易,只需从检查站的金属旋转门穿过,接着走上大路。出去就难了。前往耶路撒冷需要身份证或许可证。和巴萨姆一样,其他有绿色车牌的人必须回到西岸的其他地方,只有一条坑洼的道路可通行。

19

肺部紧缩的边缘。

20

不妨这么想象一下：你在阿纳塔，此时正在出租车后面，怀里抱着一个年轻女孩。她刚被子弹击中了后脑勺，你此刻正在去医院。

出租车堵在拥挤的车流中。检查站通往耶路撒冷的道路已经封闭。如果你试图非法通过，被拘留算是好结果了。最坏的结果，是你和驾驶员在运送受伤女孩的时候双双被开枪打死。

你低头看。孩子仍在呼吸。驾驶员把手伸向汽车喇叭。后面的汽车鸣喇叭。前面的汽车加入。噪声越来越大。你看着窗外。你的汽车从一堆垃圾边驶过。塑料袋在风中飘来荡去。你无路可走。酷热倾泻面下。一滴汗水从你的下巴掉落到塑料座椅上。

司机再次鸣喇叭。天空是蓝色的，云朵如撕裂的布条。车重新开动后，前轮又陷入了另一个坑洼。你会发现，当下也就云的速度最快了。接下来能看到动静了：两架直升机飞来了，扇叶划破蓝色天空。

你心里也闪过念头，出去，把脑袋砸坏的女孩抱起来，不过头要垫好护好，不能动。地面上也没有其他东西在动。

21

《圣经》中的耶利米——也被称为哭泣先知，被上帝选中向人类警示即将降临的灾难——据传出生于古代阿纳塔。罗马的西斯廷教堂的天花板上，米开朗基罗在十六世纪初绘制的画作里，能找到他的画像。

这画在大祭坛一侧，靠近教堂前面。画中的耶利米坐着，留着胡须，沉思着。他身穿鲑鱼色长袍，手指覆住嘴巴，眼睛向下。

22

时至今日，巴萨姆仍对女儿的糖果手镯魂牵梦绕。在医院，他遇到了出租车司机，以及和阿比尔一起坐在车后座的店主。阿比尔的鞋子已经重新穿上，但是糖果手镯不见了：不在她的手里，不在手腕上，也不在口袋里。

在手术室里，巴萨姆亲吻了她的额头。阿比尔仍在呼吸。设备发出哔哔的声音。那种医院自身难保，自己都需要医治。医生在竭尽所能，但能用的医疗设备大为欠缺。

商量后，大家决定将她转移到耶路撒冷的哈达萨。哈达萨在隔离墙外，离这里二十分钟路程。

两个小时后，他们的救护车仍困在检查站。巴萨姆把手伸进书包，在她的数学练习本下找到了糖果。

23

子弹是从一辆吉普车后部射出来的。车后门上有个金属挡板的活动口。口长四英寸，宽四英寸。

24

边防部队指挥官在他的报告中写道：附近墓地有人扔石头砸车。他的部下面临致命的危险。

25

阿比尔当时十岁。

26

她当时和阿瑞以及两个朋友一起，走出铁皮屋顶的杂货店。时间不过是早上九点钟。冬日的阳光斜照下来。当时是学校一个小时课间休息时间。她们正要回去，参加数学测验。测验内容是乘法表。

十二乘以八等于九十六。十二乘以九等于一百零八。

街道如同被阳光割开了。女孩们穿过了人行横道上的水泥墩，经过公交车站。她们长长的影子横跨路障。

十二乘以十二等于一百四十四。

27

28

当装甲吉普车转过弯时，女孩们开始奔跑。

29

子弹的核心是金属,而外面包有特殊的硫化橡胶。当它撞击阿比尔头骨时,橡胶轻微变形,但随后反弹回初始形状,子弹本身未受到任何明显损伤。

30

在可能的情况下,子弹可以捡起来重复使用。士兵们称之为拉撒路①弹。

31

千禧年后的一年,拜特贾拉有位民间艺术家将挖空的橡胶子弹悬挂在树上,作为简易的鸟类喂食器:橡胶上切开一道道小口,里面装上种子,用铁丝挂到树枝上。

子弹在空中晃来晃去,吸引了许多小鸟:黄鹂鸰、麻雀、红喉鹦。

32

开枪的边防军士兵十八岁。

33

二十世纪八十年代黎巴嫩战争期间,以色列士兵执行任务之前,

---

① 《圣经》中从死里复活的人,详见《圣经·新约·约翰福音》第11章。

有时候被要求和所在排的战友合影留念。

当他们排队时，士兵被告知要保持间隔，彼此之间空出足够距离。

摄影师没有别的要求。士兵们可以微笑，可以皱眉，可以直接看相机，也可以将视线移开。都没关系：他们唯一要做的，就是给对方一点空间，一个巴掌宽的空间，肩膀不互相碰到，仅此而已。

他们中的一些人认为这是一种仪式，其他人则认为这是军事指令，还有人认为这么做是一种礼节，一种谦逊。

士兵们摆拍，布景有坦克前、帐篷里、一排排行军床边、军械库里、乐队看台上、军队食堂里、铝制壁板前，或是黎巴嫩的青山上。他们的贝雷帽五花八门：橄榄色、深黑色、鸽子灰色。

这些照片组成了情感表达的剧院：恐惧、虚张声势、焦虑、不安、沮丧。也有的士兵被要求拉开间距后面露困惑。拍完照后，士兵们前去执行任务。

在某些情况下，几天甚至几周、几个月后，原因才显现出来：之所以士兵之间要保持间隔，是因为被确定身份的阵亡士兵的照片会出现在报纸和电视上。他们的脸周围会画着一个鲜红的圆圈。

34

给鸟上脚环，是把金属环绕到腿上，用老虎钳捏紧。

35

报纸编辑和电视制片人都不希望画面上出现线条的交叉。有时候一张照片上会有五六个红圈。

36

要从张开的细网上把鸟松开,鸟类专家做的第一件事,是从鸟脚之间解开尼龙线。鸟挣扎得越多,在网里困得越久,需要解开的缠绕就越多,鸟类专家需要冷静地松开脚爪、膝部、腹部、腋下以及鸟头。松开过程中,他们会让鸟翅膀始终紧贴着怦怦跳的心脏,还得小心不让手指被鸟啄到或抓伤。

这过程像把一条银项链的结解开。鸟完全松开后,会在你手中展开翅膀扑棱。

鸟类专家常常会在鸟爪下面放上一支钢笔或铅笔,让它抓牢。对于较大的鸟类,他们会用树枝,或锯断的扫帚柄。

有时候鸟被做完记号后飞起来,扫帚柄仍留在爪中。

37

橡胶子弹的原型,是十九世纪八十年代新加坡警察向街上的暴徒发射扫帚柄的碎片。

38

一些在黎巴嫩的以色列士兵被法国制造的米兰反坦克导弹打死。法语中的"米兰"(Milane)意为风筝。弗朗索瓦·密特朗任职期间,法国出售了数千枚米兰导弹给叙利亚,它们随后流入黑市,被真主党游击队买走。

还有几名士兵死于苏联 T-55 坦克的炮火。T-55 坦克硕大而笨重,本不被看好,但有位将军建议将坦克埋入地下,只留枪管在外,当成碉堡来用。士兵们称之为棺材坦克。经过伪装,坦克很难从空中被发现。可一旦发现，这些掩埋在地下的目标很容易被炸得粉碎。

在一次号称"滑翔机之夜"的行动中，巴勒斯坦人乘坐割草机发动机驱动的自制悬挂式滑翔机，从黎巴嫩边境滑翔过来，打死了六名以色列士兵。他们的武器包括俄国的 AK-47 冲锋枪，还有捷克共和国的手榴弹。手榴弹的生产地离德国人建造的泰雷津集中营不远。

39

民间有一说：直到今天，候鸟飞到泰雷津集中营所在田野的上空，都会绕行。

40

1987 年的滑翔机之夜，以色列卫兵艾琳·坎托抬头看到空中有一团暗淡的火光在移动。坎托两年前从澳大利亚移民过来，刚开始服兵役。

那是悬挂式滑翔机，但她觉得是远方的什么东西，或是鬼火，或是乱云飞渡下的视觉幻象。

之后，在军事法庭上，坎托作证说，枪手开枪时，滑翔机的景象让她非常困惑。她以为是一只大鸟——某种巨大的史前怪鸟——从黑暗中突袭。

41

想象一下天鹅突然被吸入战斗机引擎的情形吧。Mayday, Mayday, Mayday。骨骼和长翅膀迅速被嚼碎。机械的旋转。Mayday,

Mayday，Mayday。金属的吭哧声，羽毛被粉碎，韧带被撕裂，骨头被嚼碎。鸟喙的碎片从引擎吐出。Mayday，Mayday，Mayday。

42

然后，想象飞行员仍绑在座位上，从驾驶舱弹出，像个希伯来字母陀螺那样，在空中旋转着飞过，无异于一颗橡胶子弹。

43

Mayday 一词诞生于 1923 年的英国，但源自法语"venez m'aider"，意思是快来救我。每次使用时要连说三次，Mayday，Mayday，Mayday。这重复至关重要。如果只说一次，可能会被人误解。连讲三遍就不会被误解了。

44

打死阿比尔的 M-16 产地是北卡罗来纳州的撒马利亚镇。以撒马利亚命名的村庄和城镇世界上有很多：哥伦比亚有八个，墨西哥有两个，巴拿马、尼加拉瓜、希腊、巴布亚新几内亚、所罗门群岛、委内瑞拉、澳大利亚和安哥拉各有一个。撒马利亚也是以色列王国古老的首都。

45

发射橡胶子弹的是金属枪管，卡在 M-16 步枪枪口制动器上。

枪管最多容纳八颗子弹，动力来自空弹匣的空枪发射。枪管内部有许多凹槽，让弹道更精准：凹槽像手杖糖上的条纹一样弯曲盘旋，让子弹以完美的螺旋状轨迹出膛。

46

无线电频道要保持 Seelonce mayday，亦即 mayday silence（"紧急禁言"），直到遇险信号结束。为结束警报，呼叫者至少要说一次 Seelonce Feenee，这是 silence fini（"禁言结束"）一说的英语口音变异。

47

弗朗索瓦·密特朗被安葬在雅尔纳克河河岸。他童年常来河里玩耍，而今，滔滔奔涌的河水成了绿色，让人反胃，水面有两岸葡萄树投下的横七竖八的阴影。

在他去世前不久，密特朗的眼睛闪烁了一下，对医生说：我里面被掏空了。

48

阿比尔穿着她的校服——白色上衣，海军蓝羊毛衫，蓝色裙子，裙子下是长至脚踝的裤子，白袜子，略有磨损的深蓝色漆皮鞋。除了糖果手镯外，她的棕色皮革书包里还有两本练习本和三本阿拉伯语儿童读物，尽管巴萨姆曾考虑教她一些希伯来语词汇。他自己所掌握的几个希伯来语单词，是十几岁时在希伯伦的监狱里学的。他蹲了七年的大牢。

49

狱友们喜欢他的沉默寡言。十七岁的他腿有点跛，皮肤黝黑，瘦但不弱，不多开口，让人感觉神秘。监狱看守来时，他始终是第一个进食堂的人。他沾了些腿跛的光。一开始的两棍子似乎打得都不是很用力。通常，他是最后一个站着的囚犯：最残酷的殴打尚未到来。

巴萨姆在医务室里一待就是几个星期。医生和护士比狱警更糟。他们满脸的丧气相。他们用拳头打，用东西戳，剃掉他的胡子，拒绝让他服药，让他够不着水。

德鲁兹的看守最坏。他们知道阿拉伯人忌讳裸体，也多么容易为此感到羞耻。他们拿走了巴萨姆的衣服和床单，将他的胳膊反绑，让他够不着蔽体的东西。

他躺在那儿。天花板上有小孔。他用意念对小孔重组。打扑克牌，方片，黑桃。这是一个人玩的纸牌。护工对他的安静态度感到不安。他们指望他大喊、抱怨、诅咒、控诉。他的沉默时间越长，就越被他们痛揍。他可以看到较弱的护工开始担心。最后，他想，他会在他们脑子里散不掉。

巴萨姆最终开口时，他的声音也让医务人员不安：他的语音里有些沉静。他学会了神秘微笑的艺术，但他也可以瞬间卸下脸上的微笑，变成凝视。

他听着走廊上的医生谈话：他对希伯来语懂得越来越多。从那时候起，他就希望有一天能流利听说这门语言。

有消息称他成了监狱法塔赫[①]部队的指挥官。他留出了胡子。

[①] Fatah，源自"巴勒斯坦民族解放运动"一词在阿拉伯文中的英文译音转写。

殴打变得越来越有规律。

十九岁时,他已经掉了两颗牙齿,有几根骨头骨折,每只胳膊上都有空的点滴袋。他的监狱医院病床上方有摄像头:他对着墙侧躺,免得他人看到自己在哭泣中入睡。

日子像面包一样变硬:他索然无味地将其吃下去。

50

禁闭一年后,巴萨姆制定了上课时间表。英语。希伯来语。阿拉伯历史。以色列法律。奥斯曼帝国的陷落。犹太复国主义运动的历史。前伊斯兰教时代的诗歌。中东地理。英国统治下的巴勒斯坦生活。

知彼,亦知己。

51

在别是巴监狱,已婚囚犯用纸卷筒做的吹气枪向监狱大门外等候的妻儿发送爱心笔记。

他们用胶带将多达二十个厕纸卷筒粘在一起,做成最长五英尺的吹气枪。囚犯们在小纸片上写下消息,将其折叠,然后将吹气枪尽可能伸到牢房窗外。

他们长吸一口气,将纸片吹出窗外。

囚犯学会了弯折硬纸板,形成小小的弧度,以达到拐角处的风口。有时吹气枪要两三个人一起拿着,以免纸管下垂或弯曲。

在大多数情况下,纸条最终散落在监狱大院里,或被铁丝网勾住,但有时候遇到风口,它们能被刮到停车场,被等在那里的那些妻子捡到。告诉拉贾要坚强。我们相遇的那天是我一生中最美好的一天。把麦加拼图交给艾哈迈德。我迫不及待要离开这个地方,待在这里让我心碎。

巴萨姆透过牢房窗户看着这些女人。当纸条越过监狱围墙时,她们连忙跑过去,打开纸条,彼此共享。偶尔他会看到女人们在跳舞。

52

在开放大学系统下的图书馆里,巴萨姆找到了希伯来语版本的《穆阿拉奎特》(*Mu'alla'quat*),这是本六世纪的阿拉伯语诗集。在赎罪日战争结束后,有以色列文学团体在一个集体社区内将它翻译成希伯来文。他有点喜出望外。他熟知诗中的阿拉伯语单词,这样对照着看,会帮助他学希伯来语。他躺在光秃秃的床上,大声朗读诗歌,然后抄写下来。他把这首诗带给其中一名狱警赫兹尔·绍尔。赫兹尔是兼职警卫,也是一名学数学的学生。

他们还保持着关押囚犯和看守的关系,略有隔阂,但近几个月来,他们开始彼此以熟人相待:有天下午,巴萨姆被带到食堂暴揍一顿,是赫兹尔把他救了下来。

巴萨姆在饮水瓶的标签上抄下了这些诗句。赫兹尔将诗句塞进衬衫里,把诗带回家。他触摸了门上的经文盒,里面藏有祈祷文。

到晚上,当他的妻子莎拉上床睡觉后,赫兹尔会取出饮水瓶标签,开始阅读。

53

阿比尔弥留之际,赫兹尔来到医院。进走廊后,他赶紧把头顶的基帕帽[1]拿下。他想起在监狱时看到的一句诗句：这样的荒凉，能给我们带来安慰吗？他站在阿比尔的床边，低下头，注意到她呼吸困难的样子。氧气面罩的内侧起了雾。她的头缠着绷带。

巴萨姆来了，站在他旁边，肩膀没有挨到。两个人都没说什么。自从巴萨姆从监狱获释，已经过去了很多年。

两年前，巴萨姆与他人共同创立了"和平战士"组织。赫兹尔参加了其中一次聚会。巴萨姆开始谈论他在监狱中学到的和平，它的繁琐，salaam、shalom[2]，它的内在矛盾，它虽无还有的存在方式。赫兹尔心里一惊。

现在，巴萨姆的女儿在他们的眼前死去。红灯闪烁，医院设备发出哗哗声。

赫兹尔伸手抓住了朋友的肩膀，向聚集在床边的其他数十人点了点头，其中包括拉米、他的妻子努莉特和他们的大儿子埃里克。

离开医院时，赫兹尔将基帕帽戴回头上，前往希伯来大学，给大一新生上数学课。

54

后来赫兹尔写道：死亡除以生命等于圆。

55

鸟装了脚环后，序列号将被输进全球数据库。鸟会按照安脚环的国家分门别类：挪威、波兰、冰岛、埃及、德国、约旦、乍得、

---

[1] 犹太男性头顶戴的小帽。
[2] 分别是阿拉伯语和希伯来语的问候语，读音相近，直译为"平安"。

也门、斯洛伐克。好像它们也被分派了祖国一样。

在以色列和巴勒斯坦犬牙交错的边界上空，如果来了一只稀有鸟类，例如白眉金鹃，或随风而来的长尾石鸻，两地鸟类专家会争夺其归属权。

有时他们会用哨子把鸟诱到细网中，然后带走进行标识。

对鸟类专家来说，如果此鸟已经在其他地方被上过脚环，他们会感到失望。

56

在野外对鸟类进行分类时，塔雷克会感到那两只圃鹀的脚环在他喉咙口的项链上移动。

57

鸣禽的叫声九曲回肠，穿插着领地保护和求欢索爱的信息。

58

"和平战士"的第一次会议地点，在B区拜特贾拉珠峰酒店的松树丛中。就在鸟类环志站的那座山对面。

双方在山顶餐厅见面，紧张地握手，用英语互相打招呼。

房间里有两个大沙发、一张长桌子和八把红色椅子。起初没人坐沙发。他们坐在桌子的两端。他们彼此之间可能使用的语言已十分标签化：穆斯林、阿拉伯人、基督徒、犹太人、士兵、恐怖分子、战士、烈士、占领者、被占领者。

他们共有十一人：四个巴勒斯坦人，七个以色列人。以色列人从手机中取出电池，将其放在桌子上。这样更安全。他们说，你永远不知道谁在听。巴勒斯坦人互相看了一眼，然后照做。

最初的话题是关于天气。然后他们谈到检查站，他们来的路，那些转角，那些弯路，那些红色标志。他们使用不同的名称，称呼各自经过的地区，街道的发音也不尽相同。以色列人说，他们很惊讶到这里这么容易：他们只开了四英里。巴勒斯坦人回答说，他们不用担心，回去一样简单。桌子周围传来一阵不安的笑声。

话题再次回到天气：湿度、热度、异常晴朗的天空。

巴勒斯坦人喝咖啡，以色列人喝汽水。所有巴勒斯坦人都抽烟。只有两个以色列人抽。橄榄冷盘来了。奶酪。葡萄叶卷。这家餐厅的特色菜是鸽子：但他们都没点。

一个小时过去了。以色列人靠在桌子上。其中一个人说，他过去当过飞行员。另一个是伞兵。还有一个人曾长期在卡兰迪亚检查站当指挥官。是的，他们当过兵，但他们已经开始发声，反对占领、羞辱、谋杀、酷刑。巴萨姆目瞪口呆地坐在那里。他以前从未听过以色列人这么说话。他肯定，这一定是以色列人的某个行动。情报，监视，秘密行动。让他感到困惑的是，他们中间的耶胡达看起来像一个犹太定居者。他身材粗壮，戴着眼镜，留着长胡须。甚至他的头顶都有戴过基帕帽的痕迹。耶胡达曾在希伯伦担任军官。他说，他已经开始重新考虑这一切，包括征兵、作战以及所谓仁义之师的说法。巴萨姆靠在椅子上，皱着眉头。他们的这些计策怎么这么蹩脚，是拿他们开涮吗？他认为，也许这是一种双重思维甚至三重思维。这可是以色列人的长处，就如同他们迷人的国际象棋，他们的戏剧，错综复杂而又冷酷无情。

太阳从陡峭的山坡上落下去。一名以色列人试图付款，但巴萨姆把手放在他的胳膊肘上，自己把单买了。

他说，巴勒斯坦人好客。

"不用，不用，我来买。"

"这可是我当东道主。"

以色列人点点头，把头低下，脸色发白。两边互相握手道别。巴萨姆确信他们再也不会见面了。

那天晚上，他上网搜索他们的名字：威士尼策、阿隆、绍尔。他找到了他们的博客，博客上用了一些类似的词语：不人道、酷刑、悔恨、占领。他关闭了文件，重新加载了搜索引擎，以防万一：也许他的电脑被干扰了呢？他不会对他们抱侥幸心理。他再次在计算机上搜索。这些话仍然在那里。他给威士尼策传发了一条信息，他准备再次与他们会面。

几周后，他们再次在珠峰酒店吃晚饭。这回两名以色列人点了鸽子。敬酒。巴萨姆举起水杯。

巴萨姆慢慢意识到，他们唯一的共同点，是双方都曾想杀死他们不认识的人。

当他这么说时，桌面上传来一阵赞同的声音：大家缓慢地点头。气氛进一步放松。一阵颤抖在他们之间传开。我爱人叫萨尔娃，女儿叫阿比尔，儿子叫穆罕默德。然后，桌子对面也开始介绍：我女儿叫蕾切尔，祖父凯迈，叔叔叫约瑟夫。

他们也有家庭、历史和阴影——这个观念再简单不过，巴萨姆不晓得自己怎么就从来没有想到过。

两个小时后，他们伸出手握手，并保证他们将找机会再次见面。阳光从高大的树木之间斜射过来。有几个以色列人担心能不能回去：如果他们误入 A 区，会是什么结果？

"别担心，"巴萨姆说，"你在我车后跟上一阵子，我给你带路，你跟着就好。"

以色列人紧张地笑了。

"我是认真的。如果有任何麻烦，我会来解决。等我踩刹车三遍示意后，我往右，你往左。"

他们又坐了半个小时喝咖啡，讨论他们如果共同创建一个组织，组织用什么名字。找个好名字谈何容易？它得吸引人，激发思考，又中立，有意义，但不令人反感。和平战士。这可能行得通。它存在矛盾。参加战斗。为了解而奋斗。

59

餐馆的墙上挂着剪刀一样的军舰鸟在海上飞翔的照片。

60

A区：由巴勒斯坦权力机构管理，对巴勒斯坦人开放，根据以色列法律，禁止向以色列公民开放。B区：由巴勒斯坦权力机构管理，与以色列共享安全控制权，对以色列人和巴勒斯坦人开放。C区：由以色列定居者和主要来自乡下的巴勒斯坦人组成，由以色列管理，包含所有西岸定居点。

61

珠峰酒店会议的以色列这一方的来客中，有拉米二十七岁的儿子埃里克·埃尔哈南。

他曾在以色利军精锐侦察部队服役。

在第二次会议上，埃里克谈到了已故的妹妹斯玛达尔。斯玛达尔在耶路撒冷的一次自杀式炸弹爆炸中丧生，但直到几个月之后，巴萨姆才真正体会到这个故事的分量。

巴萨姆本人刚出狱几年。阿比尔还活着。巴萨姆还没有遇到拉米。拉米是失子父母圈的成员,巴萨姆尚未加入这个圈子。

后来那些令人困惑的变化都还没有发生。

62

(A区由巴勒斯坦的主要城市和村庄组成,四周数十个以色列检查站交错着围成一圈。A区由多个巴勒斯坦安全部队巡逻,但以色列军队任何时候都可长驱直入。)

(B区属巴勒斯坦民事管辖,以色列在巴勒斯坦安全当局的警察配合下,控制其安全。巴勒斯坦安全部队只能在以色列的允许下行动。)

(C区是面积最大的地区,包含西岸大部分自然资源,受以色列控制,巴勒斯坦权力机构仅负责向巴勒斯坦人提供教育和医疗服务,以色列负责定居者的安全和行政管理。这里有一百多个非法定居点。在其中99%的地区,巴勒斯坦居民的建筑或开发面临严格限制,甚至完全不被许可,他们也几乎没有可能获得建筑或水利工程的许可证。)

(此外,西岸希伯伦市的H1和H2区,80%的地区由巴勒斯坦权力机构管理,20%由以色列控制,包括仅向以色列人和持有国际护照的区域开放的所谓无菌街道。)

(此外,E1区间隶属于C区,在被合并的东耶路撒冷以外,面积十二平方公里,属未开发的争议土地,与以色列定居点接壤,居住者多为贝都因人。)

(此外,接缝区是西岸绿线和隔离墙之间的土地,也称为封闭区和无人区,完全处在C区之内,主要居民是定居点的以色列人,巴勒斯坦人进出需要有通行证。)

63

不同种类的鸟遇到紧急情况会发出呼救的鸣叫,此外是否有所交流,如何交流,我们并不知道。

64

拉米喜欢在外面仍然漆黑的时候进入隧道。有点安慰。白天进入隧道的感受大相径庭:他会感觉被黑暗淹没。早晨进隧道的感觉几乎相反:他是从黑暗进入光里,哪怕只是灯的荧光。

摩托车在快车道上咆哮。他升到五挡,俯身离车身贴得近一点,膝盖碰到油箱。他的头盔中有音响的声音。赫里斯乐队。沙滩男孩乐队。新兵乐队。奇想乐队。

这是一个寒冷的早晨,十月下旬的寒冷。他伸手将骑乘裤的通风孔拉紧,手指紧塞入手套。后视镜中什么也没有,他滑行至慢车道,使转速表保持稳定。

隧道长一公里,是从山中炸开的。工程监理是法国工程师,该项目还从纽约请来不少地下施工能手来监督施工。

隧道在拜特贾拉镇下延伸,局部与《圣经》中古老的"族长之路"衔接。

拉米出现在混凝土隔离墙的下方,进入伸手不见五指的黑暗中,不久就不知不觉地过了用希伯来语、阿拉伯语和英语写的大红标记:

以色列公民严禁入内

转动油门手柄时,发动机略微吭哧了下。今天早上,他要转一下，穿过黄色的大门，继续向前。没有紧张，没有恐惧。他已经习惯了：他每周至少两次去拜特贾拉。

整个早晨，他都在开快车，但他喜欢减速时周围一切近乎停顿的瞬间。在那一刻，他能感觉到周围的空间，一切都处在悬浮的状态，如同一张照片，只有他在移动。

他总对边界产生的变化感到惊奇：边界在这里划下，在那里划下，更远处又被重划。

看不见士兵，没有边防人员，什么也没有。

路陡峭地上升。他对该地区很是熟悉：铁丝网，生锈的汽车，布满灰尘的挡风玻璃，低矮的房屋，倒挂金钟的花盆，花园，催泪瓦斯罐制成的风铃，公寓屋顶上的黑色水箱。

很久以前，即使在困难时期，这些道路都很畅通。不需要绕行，不需要许可证，没有隔离墙，不存在不许通行的道路，没有突然出现的路障。可随便上下，也可以不走。现在，它是沥青、混凝土、灯杆的各种缠结。墙壁。障碍。路障。大门。闪光灯。自动开关。电子锁。

三个黑发的巴勒斯坦男孩，就像从地下冒出来的一样，突然出现，但他并不惊讶。第一个男孩跳过一截残破的混凝土墙，一只脚踩在路边的轮胎上，好像要玩蹦床一样。这个男孩苗条而且活泼。其他两个年龄大一些，速度更慢，更警惕，一直在路边。五十码，四十码，二十码，十码，直到拉米几乎与领头的男孩并肩了。他放开油门，让摩托车挨近，跟着拖鞋的劈劈啪啪声按着喇叭。

黑脚，白鞋底。小腿背面有一道长疤痕。蓝白相间的条纹衬衫。斯玛达尔的年龄。可能比斯玛达尔更小。

男孩的腿像活塞一样一上一下。他的胸口迎着吹在他 T 恤上的一阵风。脖子上的肌肉绷紧。男孩咧开嘴，露出洁白的牙齿。路继续上升。早晨黄色的灯泡仍亮着，在灰色的路灯柱下，男孩突然发出一声大叫，然后突然停下来，将手臂高举在空中，转过身，跳到水泥路障上。

从后视镜上看,另外两个男孩消失在路边的废墟里。

拉米不是非常肯定,几个男孩这么快停下来究竟是什么原因,是跑累了,看到了黄色的车牌,还是看到了摩托车左前方的贴纸:זה לא ייגמר עד שנדבר。

65

זה לא ייגמר עד שנדבר

如果我们不开始对话,这一切就不会结束。

66

他打回三挡,好去爬坡。

山上再往前是塔利塔·库米鸟类环志站。陡峭的街道、石墙,镇中心,基督教教堂,细腻的肖像画,锡皮屋顶,高高的石灰岩房屋俯瞰着青翠山谷,医院,修道院,斑驳光影掠过葡萄园。即将到来的每一天,每一个原子都在他的面前舒展。

今天,就像大多数的日子一样,只是寻常的一天:在克里米桑修道院与一个国际团体会面。他听说来的人有七八个。

他在马槽街尽头的拐角处转弯。

67

在远处,在耶路撒冷上空,有飞艇升起。

68

一年前的一个星期日,他追踪了飞艇几个小时。飞艇监视他,他也监视飞艇。他在琢磨飞艇的活动规律。

他从一个拐角骑到另一个拐角,从一个街道标志到另外一个标志,然后骑到乡间,将车停在斯科普斯山的观景台,坐在低矮的石墙上,伸手护住眼睛,抬头凝视,看着飞艇飘浮在蔚蓝的天空。他从一个朋友那里听说这是一只气象气球,用于测量湿度、检查空气质量。掩盖真相的幌子罢了。事实上,到底有多少个传感器?几台相机?空中有几只眼睛在向下看?

拉米经常感到体内有九到十名以色列人在战斗。矛盾的人。可耻的人。痴情的人。丧亲的人。惊叹飞艇发明的人。知道飞艇在监视的人。往回监视的人。想要被监视的人。信奉无政府主义的人。抗议的人。对视线里的一切感到厌倦的人。

这样的复杂,这么多身份附体,让他头晕目眩。如果自己的儿子们去服兵役他该怎么说?努莉特给他看儿子们的课本时,他怎么说?如果在检查站被挡下来,他跟巴萨姆怎么说?每次打开报纸时应该是什么感觉?阵亡将士纪念日响起警报时他该怎么想?如果遇到戴阿拉伯头巾的人,该怎么想?儿子必须上那辆公交车时他应该是什么感觉?出租车司机有口音时他该怎么想?点开新闻时他该怎样担心?暴行会有什么新花样?接下来会有什么报复?对斯玛达丽①说些什么?小公主,死了是什么感觉?你能告诉我吗?她的答案我愿意听吗?

在他下方的山坡上,几个小男孩骑着瘦瘦的阿拉伯马在闲逛。男孩们穿着洁白无瑕的牛仔裤。马在他们身下奋力向前。拉米希望能以某种方式与他们接触,靠近他们,说上只言片语。但是他们从

---

① 斯玛达尔的昵称。

他的车牌上,已经知道了他是谁,他是干什么的,仅凭他的举止就能知道他的身份。即使他用阿拉伯语对他们讲话,他的口音他们也听得出来。一个老男人骑着摩托车。皮肤苍白。脸上光净。隐藏的恐惧。我应该去告诉他们。我应该大踏步走过去,直视他们的眼睛。她的名字叫斯玛达尔。枝上的葡萄。游泳者。也是舞蹈者。她个子这么高。刚剪了头发。她的牙齿有点歪。那是学年的开始。她出去买书。得知消息后,我正开车去机场。她不见了。我们知道。妻子和我都知道。我们知道。我们从医院赶到警局,又回来。你们无法想象那是什么感受。一扇门。然后是太平间。防腐剂的气味。难以言表。他们把她推到金属托盘上。冷冷的金属托盘。她躺在那儿。和你们年龄差不多。不大也不小。伙计们,我们实话实说吧。听到这个消息你们会高兴。你们会庆祝。会喝彩。过去我们也为你们的人死掉喝彩。还有你们的父亲,你们的祖父。听我说。我承认。我不否认。都过去了,此一时彼一时。你们觉得怎样?我们生活在什么样的世界里啊?抬头看看吧。它在监视我们,我们所有人。看。看。在上面。

过了一会儿,飞艇又往下,离他更近了,像一只手轻轻放到他的胸口,越来越沉,最后拉米只想离开,找个没人看到的地方。经常是这样。消失的愿望。一个干脆利落的动作,让一切都消失掉。一张白纸。这不是我的战争。这不是我的以色列。

那就让我看看。说服我。把石头滚回去。让斯玛达尔回来。全还回来。全部缝好,还是那么漂亮,那双黑眼睛。我就要这个。这要求过分吗?我再也不发牢骚,再也不哭泣,再也不抱怨。天衣无缝地将她还原。也把阿比尔还回来,还给巴萨姆,给我,给萨尔娃,给阿雷,给希巴,给努莉特,给我们所有人。不如一并把希芳、阿乎瓦、达利亚、亚米纳、莉莉、耶尔、舒拉米特、卡里拉、萨巴赫、扎哈瓦、瑞夫卡、亚斯敏、莎拉、以南、阿亚拉、香农、塔莉亚、拉士达、蕾切尔、尼娜、马瑞姆、塔玛拉、祖哈拉、瑞娃,以及其他所有人,全都还回来,还给这热得要死的一天。这样的要求,是不是太高?

他能感到胯下的车如骏马奔驰,他开回到自己家,坐进书房,关上窗帘,将桌子上的照片重新整理。

69

斯玛达尔。出自《所罗门之歌》。葡萄树。花的盛开。

70

阿比尔。出自古代阿拉伯语。香水。花的芬芳。

71

他骑摩托车只被挡住过一次。他听说西岸的小路已经关闭,但从这路回家是最快的近路。雨水斜灌下来。他想,赌一把吧。最坏又能怎样,被制止、被盘问、被驱赶?

他知道,即使上了年纪,他笑起来仍像个顽童,他的脸胖乎乎的,目光柔和。他俯下身子,拧动油门把手。摩托车在他身后喷出水雾。

突然有聚光灯亮起来,恐惧让他打了个激灵。他松开油门,坐在车上。雨滴模糊了他的遮阳板。聚光灯的光如同一个光的泳池,将他淹没。他把车刹住。雨水油乎乎的,车的后轮略有些打滑。

一声高喊消失在深夜里。卫兵浑身发抖着,在倾盆大雨中奔跑过来。银色雨水中光线弥漫。卫兵将枪对准拉米的头盔。拉米缓缓举起手，打开面罩，用希伯来语问候他，Shalom aleichem[①]，说Shalom 时他用最重的口音，然后他出示了他的以色列身份证，说他住在耶路撒冷，必须赶回家。

"道路封闭了，先生。"

"你要我做什么，回到那头？"

一滴雨水从卫兵步枪的枪管上掉下来："回去，是的，先生，回去，赶紧！此路不通！"

拉米精疲力尽。他想和努莉特一起，坐在舒适的椅子上，在膝盖上盖条毯子。简朴的生活，普通的日常，有什么痛苦私下扛着。他不要这样寂寥的雨水，这样的路障，这样的寒冷，还有这晃动的枪杆。

他把面罩往上又推了推："我迷路了，迷路了，你想让我回到那边，你疯了吗？看看我的身份证，我可是犹太人。我是迷了路。迷路了，伙计。你为什么要我回去？"

小伙子的枪疯也似的来回挥动。

"回去，先生。"

"你他妈疯了吗？你以为我去送死？我迷路了，走错了路，仅此而已。"

"先生，我已经说过路关闭了。"

"跟我说这个——"

"什么？"

"哪个神志正常的犹太人会去西岸？"

小伙子满脸困惑。拉米握紧油门，让发动机略微轰鸣起来。

"habibi[②]，你要开枪悉听尊便，我可是要回家了。"

小伙子的困惑如若地震，眉上断层般的皱纹更深了。拉米拉下

[①] 意思是"愿平安归于你"。
[②] 阿拉伯语，意思是"亲爱的"。

面罩，打开应急灯，继续向前行驶，整个身体几乎都贴在车上，脑子里一直在想着那瞄准他的枪，等着子弹射进他的后背。

72

第二天，在"失子父母圈"的办公室里，他开始告诉巴萨姆检查站的故事。突然想起了那双闪亮的蓝鞋子在空中飞过，子弹射入她的后脑勺。他不想再往下讲了。

73

店主才三十四岁，但有"古人"妮莎这个诨号。她在听流行音乐。一，二，三，四。轮胎的尖叫。突然安静下来。她的手放在长长的木柜台上。然后又是大喊大叫：高中学生，大多数是女孩，这是一个不寻常的迹象，女孩通常都很安静。妮莎从收银台里拿出钥匙。

外面一阵骚动。有个孩子在人行道上。身穿一条蓝色裙子。白色棉领上衣。一只鞋子掉了。妮莎跪了下来。她知道孩子的名字。她俯下身检查脉搏。

"醒醒，阿比尔，醒醒。"

尖叫声响了起来。一群人凑到阿比尔周围。她已经昏迷不醒。周围男女都忙着按手机键盘找信号。有消息说，在路那一头被士兵堵住了。不许通行：没有救护车，没有警察，没有医护人员。

"醒一醒。"

几分钟过去了。一位年轻的老师哭着穿过环形路口。一辆破旧的出租车停了下来。年轻的司机挥了挥手。孩子们从学校大门口拥过来。

妮莎把阿比尔从地上抱起，塞进出租车后座。她自己挤在前后座之间的空档，以防止孩子从座位上滚下。司机扭头看了一下，出租车开动了。有人把阿比尔丢的那只鞋扔进车后。妮莎将它套在阿比尔脚上。她感到了脚趾的温暖。那一瞬间她知道，她永远不会忘记人体那令人惊讶的温暖。

出租车飞速穿过集市核心地带。相关消息已经在阿纳塔和舒法特传开了。人们在清真寺、阳台和人行道上打着电话。孩子们从各个小巷奔向学校。驾驶员只有遇到减速缓冲带才刹车。在市场那头车堵上了。他的手不断按着喇叭。周围的汽车加入到这地狱般的交响声中。

妮莎躺在阿比尔身下的车地毯上，伸出手，让孩子的头保持静止。阿比尔的眼睛一颤一抖。她没有发出任何声音。她的脉搏缓慢且不规则。妮莎再次摸了下孩子的脚趾。感觉越来越冷了。

出租车的窗户摇了下来。外面喇叭里在播报着什么。旗帜在飘扬。暴乱的前兆。汽车一冲一冲向前。司机呼唤真主保佑。妮莎的耳朵里满是喧嚣。

医院大楼低矮而肮脏。有一群人已经在台阶上等候了。妮莎把手从阿比尔的头下抽出来，出租车还没停下，她就打开了后门。人们喊着给轮床让路。医院的前面的台阶上一派混乱。

妮莎看着被白大褂簇拥的轮床消失了。这些日子，人们对小小的裹尸布早已司空见惯：她已经看到很多人在街上被抬走。

她突然想起她忘了给商店锁门。她用前臂抹着眼睛，哭了起来。

74

飞艇中的摄像机远距离旋转，镜头张开。直升机已经在阿纳塔上空盘旋。

75

直升机下方,抗议的年轻人在扔石头。石头落在屋顶,砸着灯杆,砰砰地砸到水箱上。

76

斯玛达尔被杀的那天,扎卡①医护人员还没到,电视台的摄像机就已经到了。

几年后,拉米在一部纪录片里看到了部分镜头:户外餐厅,午后的灯光,粉碎的身体,翻倒的椅子,桌腿,破碎的吊灯,桌布碎片,一个自杀性爆炸者的断躯,如同一截希腊雕像,倒在街道中央。

他连闭上眼睛听也受不了:急促的警报声,脚步声。

放映后,他发现由于一直紧攥着双手,松开时指甲都渗出了血。

他真希望纪录片制片人能想出什么办法,钻进时间内部,将其逆转,转向完全不同的方向——就如同博尔赫斯的小说那样——让光线更强烈,椅子恢复完好,街道整洁有序,咖啡馆完好无损,斯玛达尔突然又行走起来。短头发,鼻子穿了鼻环,和同学手拉手,在咖啡馆旁闲逛,把随身听给朋友听。咖啡的香味扑鼻而来,日子庸常到大家都不会去想下一刻会发生什么。

77

天空是一片耀眼的蓝色。鹅卵石街道上挤满了九月的购物者。酒椰树叶贴面的扬声器飘出乐声。爆炸破坏了音响系统。随后是一

---

① ZAKA, Zihuy Korbanot Ason 的缩写,以色列民间志愿救援组织,从事遇难者的识别、搬运和幸存者救援。

阵诡异的寂静，一段短暂的惊愕，然后街上开始叫喊声四起。

78

亚兰语里，塔利塔·库米的意思是：起来，小女孩，起来。

79

自杀袭击者将自己伪装成妇女，炸药带扎在肚子上。他们已经剃光了胡子，戴着的头巾遮住了他们的脸。

他们全都来自西岸的阿西拉·沙马里亚村。其中两个人是第一次来耶路撒冷。

80

二十世纪七十年代初，豪尔赫·路易斯·博尔赫斯与导游一起穿越耶路撒冷时，说自己从未见过如此阳光普照的城市。他用木拐杖敲击鹅卵石地面和楼房的墙壁，想弄清石头的年龄。

他说，这些石头像肉一样是粉红色的。

他喜欢漫步于露天集市附近的巴勒斯坦居民区，作为讲故事的盲人，他在那里受到了特别的尊敬。阿拉伯人一向善待盲人。阿卜杜拉·伊本·乌姆·马克图姆。艾尔-迈阿瑞。市场上的阿訇。这些人被称作"巴希尔"（basir），眼不见但心里明白。他们有独特的观察与讲述方式。

一群年轻人跟着博尔赫斯，双手紧握背后，伺机和这位著名的阿根廷作家、说书人说上话。哪怕天暖，博尔赫斯也穿着灰色西装外套和衬衫,打着领带。人们给他一顶红色土耳其帽①作为欢迎礼物。他毫无顾忌地戴上。

他脚步停下来时,人群会和他一起停下来。他喜欢小巷的声音,洗衣机的转动声,鸽子的飞翔声,还有鬼魂留下的声响。他特别喜欢旧城区的小装饰品店。在那里,他可以从托盘中挑选小饰品,仅凭摸在手里的感觉去感知它们的历史。

博尔赫斯坐在小店里喝咖啡,四周烟雾缭绕,水烟袋呼呼有声。他聆听古老的百灵鸟和大象的故事,曲折回环的街道,藏有宇宙各种声音的柱子,飞行的骏马,还有神话般的市场——那里唯一出售的商品,是无穷无尽延伸的手写诗歌。

81

和你在一起,还是没和你在一起,是我衡量时间的唯一方法。

～博尔赫斯～

82

十四岁的希芳·扎尔卡与斯玛达尔一起被炸飞。她的父母是法国人:她曾生活在阿尔及利亚。他们最近才搬到了耶路撒冷,希芳和斯玛达尔一样,在拉哈维亚的吉姆拉萨高中学习。耶尔·博特温也是十四岁。她刚去以色列艺术与科学学院②开始读九年级。八年前,她与父母从洛杉矶,经"阿利亚"项目③移民过来。拉米·科扎什维利今年二十岁。他在耶胡达集市任店员,销售运动服。他从

---

① 多为穆斯林所戴。
② 以色列一所寄宿中学,旨在培养潜力超群的学生。
③ aliyah,让世界各地返回以色列的移民项目。

前苏联的格鲁吉亚移民过来。伊利亚胡·马科维兹是办公室文员、书迷、和平主义者，去世时年仅四十二岁。他的家人最早从罗马尼亚的黑海沿岸迁来此地。

83

"阿利亚"的意思：上升。

84

马科维兹和他十一岁的儿子在户外咖啡馆吃午饭。儿子也被爆炸波迎面冲飞起来，跌落时砸到窗前一棵盆栽的棕榈树上，树给他缓冲了一下。

85

拉米想，很多时候，拯救我们的是那些寻常的事物。

86

拉米从赎罪日战争的战场回来时，长头发、蓝眼睛、精疲力尽。他开始做平面设计师，绘制海报，不论客户是右翼、左翼还是中间力量。他特立独行。他无所谓。如果他们想要恐惧，他会给他们设计恐惧。如果他们想要魅力，他会给他们设计魅力。争议、民族主义、悲观主义，全都可以。煽情也是：没问题，一堆废话他可是提笔就来。为新以色列举起拳头。广阔的边界，从尼罗河到幼发拉底河。一个睁大眼睛的孩子。阴险的目光。一只受伤的鸽子。优雅的长腿。什么都行。聪明款式，粗糙款式，粗鲁款式，他无所谓，他没有政治。不效忠于任何党派。没有立场安全的站队。有个房子，有个家，不受干扰：以色列的生活方式，他只想要这个。好工作，抵押贷款，安全的街道，绿树成荫，没人敲门，没有午夜打来的电话。他想要的，就是这种极致的平庸。最糟糕的情况，不过是买沙拉三明治要排长队，奶酪店找错零钱，邮递员投递失误。拉米的拿手好戏是绘画，标语设计，他用画笔和铅笔激发受众。他开了自己的公司。主营广告和图形设计。他喜欢做刺儿头。大多数人都喜欢他——如果不喜欢他，他一笑了之。总是插科打诨，嬉笑怒骂，不随主流。他遇到了努莉特：她是位美人。火热。红头发。信奉自由主义。她不在乎别人的想法。绝顶聪明。出身名门。将军的女儿，先驱者，土生土长，世世代代在这里。她到哪里都是焦点。他的面孔粗糙，生硬，更属劳动阶层，但她喜欢他的魅力、机智和他对文字的把握能力。他毫无顾忌。能让她发笑。他追定了。她有头脑，他有本能。他向她求婚，给她写信，为她作画。她是个和平主义者。他送她红玫瑰。她退给他，要白色的。他坠入了爱河。他曾在军队中担任坦克机械师。他帮她父亲修了汽车。将军喜欢他。他们在努莉特的家里结了婚。一位拉比主持了婚礼。他们在一起打破了玻璃杯。屋子里"Mazal tov"①的祝贺声响了起来。他们关了十八分钟的"耶洽德"②，这是传统，不守白不守。岁月流逝。他们有了孩子：一个，两个，三个，四个。长得都好看。有点趾高气扬。有点狂放不羁，个个都是。斯玛达尔尤甚。像个充满能量的火球，也像个放大镜，聚焦，燃烧。几个儿子——埃里克、盖伊、伊加尔——都有母

---

① 希伯来语，恭喜、祝好运。
② yichd，犹太婚礼中的仪式，新郎新娘独处，时间数分钟到十几分钟不等。

亲的眼睛。他称之为老虎眼睛，来自一首英文诗，具体出处他不大记得了。那些岁月让人难忘。拉米敏锐，机智，需要的时候还能来点讽刺。他认识政治家、艺术家和记者。他受邀参加各种聚会。耶路撒冷。特拉维夫。海法。他总是插科打诨的角色。他喜欢摩托车。给自己买了件皮夹克。回来的时候带着花花绿绿的连衣裙和围巾，送给努莉特。她嘲笑他品位不佳，但亲吻他。她让头发披下来。在聚会上，他可以听到她和她的教授朋友聊天。占领这个，占领那个。啊，我的妻子，自由主义者，大美女。她写文章。她不顾忌。她直言不讳。这让他很兴奋。她把他带到边缘。他的肺快要破裂。还有更多的战争，是的，但是总有战争，不是吗？这毕竟是以色列，总会有别的战争，这是人民必须付出的代价。无论怎样，在这乱世，他游刃有余地活了下来。一只眼睛睁开，两只都闭上了。警觉。对了，就是这个词。警觉。他知道那些例行的做法，即使他不喜欢。注意公交车上的深色面孔。永远要知道出口在哪里。如果车流中有阿拉伯公交车在边上，祈祷绿灯快点亮。辨别口音特点。寻找穿廉价衬衫和运动衫的人。眼睛快瞟一下别人的鞋子，看上面有没有灰。他说，他并没有偏见，就像其他人一样，他很讲逻辑，他很务实，他只是想保持安静，不受干扰。他说，他读报纸是为了忽略这些消息。这是唯一的对付方法。他不想被拴死。他要维护自己的自由。他可以随时随地与任何人争论。毕竟他是以色列人：如果需要，他都可以跟自己争。一切都与食欲有关。他长出了双下巴，衬衫穿起来也显紧了。每个阵亡将士纪念日，他没有和其他人一样挂国旗，但他仍立正敬礼。工作是他的依靠。他过得很好。他的收费很高。他让收费涨到双倍，然后再涨到三倍：他收的费用越高，揽的活就越多。他开始获奖，他感到意外。银色水罐状奖杯。雕花玻璃碗状奖杯。各种奖杯，在家里的架子上排开。耶路撒冷周围的广告牌有一半是他设计的。电话响个不停。孩子们长大了。小伙子朝气蓬勃。斯玛达尔像手枪，像鞭炮。她喜欢在屋子周围跑来跑去。她在桌子上跳舞。在花园里翻滚。膝盖擦破。磕了一颗牙。女孩的那些事。时光悠悠向前。高中毕业。剧院。然后是服兵役——努莉特不喜欢他们去服兵役，但是最大的埃里克还是去了。他把皮鞋擦得亮亮的，用手指顶着贝雷帽绕圈。这是没有办法的事。拒绝服役就意味着被孤立。被孤立就是认输。认输不符合以色列人的特点。这是义务，就这么简单。拉米意识到了这一点：他服过役，他的儿子也要服役，最终女儿也得去。斯玛达尔穿上祖父的军装，戴上哥哥的红色贝雷帽，在屋子里走正步，惹得大家大笑不已，拉米抓拍了不少照片。

几年后，他会形容这是他在气泡中的生活，穿无领衬衫的生活。那时候的他，仿佛活在"传声头像"乐队[①]的一支歌中。

87

冰冷的金属托盘下滚轴的转动声。塑料鞋套在瓷砖地板上摩擦的声音。后面冷藏箱门关闭发出的嘶嘶声。接着，太平间又陷入了沉默，拉米走出去。

88

你可能会问自己，那座漂亮的房子是什么？
你可能会问自己，那条高速公路去哪儿了？
你可能会问自己，我到底正确，还是错误？
你可能对自己说，我的上帝啊，我都做了什么？

---

① Talking Head，曾活跃于纽约的朋克和新浪潮乐队。

89

爆炸发生后的最初几年,拉米担心自己反复念叨。有时他每天不得不把斯玛达尔的故事讲上两三次。早上在学校里讲一次。下午在"失子父母圈"办公室讲一次。晚上在犹太会堂、社区礼堂或清真寺讲一次。听的人有牧师、阿訇、拉比、记者、摄影师、学童、参议员。还有来自瑞典、墨西哥、阿塞拜疆的客人。来自委内瑞拉、马里、中国、印度尼西亚、卢旺达的丧亲者——他们也是来圣地朝圣。

终于有一天,他能把故事说得滚瓜烂熟了。在此之前,他发现自己有时候会话说一半顿住,在想自己是不是把同样的话几分钟内说了几次,不只是简单的重复,而是连续用同样的词、同样的语调、同样的面部表情,好像他是不带热情地讲述这些,让其融入到日常的节奏之中。在听众心目当中,或许他成了卡带的影片,卡在那一成不变的悲痛之上。他对此感到烦恼。

之后,他会意识到自己遗漏了他真正想说的大段内容。

他或许给人造假、煽情、事先排练过的印象,想到这个他会面红耳赤。好像他的故事是一个品牌、一个广告,自我重复是其宿命。他能感觉到脸发烫。手心出汗。每天讲第二次第三次时,他会掐自己的前臂,确保自己还醒着,不要陷入老调重弹。我叫拉米·埃尔哈南。我是斯玛达尔的父亲。我是第七代耶路撒冷人。

他想知道演员是怎么做到的。说同样的事情,一次又一次,但又不陷入机械化。如何才能一直充满激情?这需要什么样的自律?每天一次。甚至两次,包括日场。在无休止的重复中,他们如何让表演每次都栩栩如生?他们如何保持演出的生命?

但是讲述的次数多了,故事渐渐有了单一的形态,他逐渐意识到,先前的那些担心纯属多虑。他知道,演员的演出总有谢幕的时候,而他没有谢幕。没有最后的谢幕。没有鼓掌。没有大结局。他也不会走出剧院后门,穿上大衣,衣领翻起来,走过街灯通明的小巷,走过淅淅沥沥落着雨的鹅卵石街道。没有早间评论。没有粉丝的追捧。

他开始明白,他的讲述不是表演。他的讲述是无止境的开始。完全没有戏剧性。他想怎么讲就可以怎么讲。他适应了重复:这是他的祝福,也是他的诅咒。

他讲述给学者、艺术家、学童、以色列人、巴勒斯坦人、德国人、中国人,只要有人听。基督教团体。瑞典科学家。南非警察代表团。他告诉他们,这个国家写在一块小小的画布上。以色列能装进新泽西州。西岸不比布鲁克林大。伦敦塞得进五个加沙地带。阿根廷境内能放进一百个以色列,仍有空间留给南美大草原。以色列和巴勒斯坦的面积只有伊利诺伊州的一半。是的,小得可怜,但在它的核心处,有东西如脉搏一样在跳动,这东西多余、新颖、原子化。他喜欢这个词,原子化。他故事中的原子相互碰撞,形成讲述的力量。有时他似乎魂游象外,盘旋着,看着自己,但这没关系:他现在与这些词联系在一起,它们属于他,他拥有它们,它们被说出来是为了一个目的。他想把听众从昏睡中唤醒。看到他们为之一震。哪怕只是一瞬间。睁开眼睛。或抬起眉毛。这就够了。他说,只要让墙上出现裂缝。只要让大家产生疑问。或者其他任何反应,都行。

讲述时,他会再次看到斯玛达尔。她椭圆形的脸。棕色的眼睛。她的大笑。在花园里。在耶路撒冷。头发上扎着白色的带子。

90

不久,他们几乎每天都开会。比对他们的正业还上心,这事成了他们的正业:讲述各自女儿的故事。拉米把平面设计公司的领导权交给了合伙人。巴萨姆也减少了他在巴勒斯坦体育部和档案馆的工作时间。两人开始与"失子父母圈"正式合作。他们的报酬只够生活费。他们到处旅行。与慈善家会面。在基金会演讲。与外交官共进晚餐。在军事学校讲话。他们随身携带着各自的故事。

他们一次又一次地重复相同的单词,这没有关系。他们知道,听他们讲述的人是第一次听到:这是他们建立自身词汇的开始。

91

有时候让拉米感到惊讶的是,他能全身投入,找到新的方法说同样的话。他知道,他是要让斯玛达尔一直如在现场。新的表述如同尖锐物滑过来,燃烧着穿过他的胸膛,把他的心进一步撬开。

在讲述现场,他有一两次四处张望,会看到巴萨姆一脸惊讶,好像新的短语也把他切开了一样。

92

耶胡达大街上的爆炸冲击波,让她弹跳到空中。

93

有时我认为她可能一直在乘电梯上天堂。

94

我至今还能听到在那个冷冷的金属托盘下滚轴的转动。

95

她的飞翔,被物理学盗走。

96

巴萨姆脑海中如有不同的片断,随手可取,他试穿它们,比较尺寸,重新排列。他穿着它们蹦蹦跳跳,或将它们抛来抛去,打破它们的整齐排列。

他喜欢先让听众放松。我入狱七年,然后结婚。想知道被占领的滋味吗?试试住进有六个孩子但只有两间卧室的房子。嘿,谁脑子这么不好,让一个跛子去干放哨这差事?

听着这些打趣,人们一开始不知所措。他们坐立不安,眼睛看别的地方。但是他身上有种魅力,慢慢将他们拉回来。我是唯一去过英格兰并且喜欢那里的天气的人。

他的口音很浓。那些词似乎在他嘴里打滚。不过他声音柔和、悦耳。他会引用诗歌:鲁米、达尔维什、叶芝。他的故事讲得零零散散,但没有关系。对他来说,他更像在唱一首歌,而不是在讲故事,他要进入歌的节奏。

97

气管底部的骨骼结构——鸣管——是鸟音箱的组成部分。鸣管借助周围的气囊,与由膜产生的声波形成共振,鸟类凭借膜推动空气。变动膜上的张力,就会产生不同的音高。音量则由呼气的力度控制。

鸟类可以互不干扰地控制气管的两侧,因此某些鸟类可以同时发出两种不同的鸣叫声。

98

晚上,拉米会给斯玛达尔用希伯来语朗读《一千零一夜》的儿童版。

斯玛达尔听的时候,眼睛不时眨动。水手辛巴德。海里出生的贾纳尔。阿里巴巴和四十大盗。阿拉丁和神灯。

斯玛达尔似乎总在故事讲到四分之三的时候醒来。

99

据说某些鸟类能在飞行途中睡觉。它们通常在夜幕降临时,短短睡上十秒钟。鸟儿能够关闭大脑的一侧以便休息,另一侧保持警醒,好避让飞行的同类,同时防范天敌。

100

一只军舰鸟可以在高空停留两个月而不降落在陆地或水上。

101

一天下午,博尔赫斯在艾尔-扎哈拉街的露天市场上对他的听众说:《一千零一夜》可与建造大教堂或美丽的清真寺相提并论,甚至比这些建筑更辉煌。和大教堂或清真寺不同的是,《一千零一夜》的作者或创造者——真正的建造者——都没有意识到他们在参与一本书的创作。他们的故事来自不同时间,不同地点——包括巴格达、大马士革、埃及、巴尔干、印度等不同地方,有不同的起源,比如《雅加达故事集》和《故事海》①,然后被重复、提炼、翻译,首先是法语,然后是英语,又经历一轮改动,并继续下去,成为新的传说。

博尔赫斯说,这些故事最初独立存在,后被结合到一起,彼此增强,成为无尽的大教堂,不断扩大的清真寺,赋形随机而又无处不在。

这就是博尔赫斯所说的创造的不忠。时间裹在别的时间里,又出现在另一个时间里。

他说,这本书浩瀚无际,取之不尽,以至于读与不读没有两样,因为它已经成为人类无意识记忆密不可分的一部分。

102

他们无比亲密。一段时间后,拉米觉得他们的故事都可以互相换着讲了。我叫巴萨姆·阿拉敏。我叫拉米·埃尔哈南。我是阿比尔的父亲。我是斯玛达尔的父亲。我是第七代耶路撒冷人。我出生在希伯伦附近的一个山洞里。

每一个字,每一个停顿,每一声呼吸,都可以相互重复。

103

斯玛达尔的葬礼立刻就安排好了。电话。电子邮件。电报。

---

① 《故事海》(*Katha Sarit Sagara*),印度古代寓言故事集。

犹太律法要求尽快掩埋尸体，其所有肢体和器官完好无损：灵魂入土为安，否则不得安宁。

104

穆斯林律法也是如此，不过警察一开始并没有将三个人肉炸弹的遗体交还给他们的家人。

此后多年，这些遗体装在蓝色塑料袋中，放在耶路撒冷某太平间的一个上了锁的冷库里。

105

西斯廷教堂天花板的某些小块被故意保留了下来，以便后人可以了解修复的层次。

早在十七世纪初，硝石的沉积物就开始通过天花板的裂缝渗下来。沉积物聚集并在画作表面蔓延：这些结晶沉积物看起来像小岩层。

意大利艺术家西蒙娜·拉吉为了不让壁画被侵蚀，一生的大部分时间都用柔软的亚麻布和湿面包去给这些壁画除垢。

天花板上未被处理的地方显示了教堂无人看护会是什么情况。

106

十三世纪叙利亚化学家哈桑·拉玛描述了火药的制造过程：将硝石加热蒸发，用木灰混合，形成硝酸钾，然后晾干，混合成炸药。火药在阿拉伯语中被称为"中国雪"。

107

九世纪,中国人为长生不老寻找灵丹妙药时,意外地制造了爆炸性混合物:七十五份硝石,十五份木炭,十份硫。

108

耶胡达大街上还有七人遇难。数十人受伤。警灯闪烁着,红蓝亮色的光,映照在在白色石头建筑上。难熬的一夜,四处都有人在叫喊。

扎卡医护人员接到他们的电话——mayday mayday mayday——炸弹袭击发生几分钟后,人员就纷纷赶到,有的踩着踏板车过来,有的开车过来。他们留着长长的胡须。头戴基帕帽。缀着流苏。他们穿着橙色背心,戴着乳胶手套,开始与警察和红大卫盾会[①]一起工作。

他们和即将来临的夜晚抢时间。他们先帮助生者。夜幕衬托出他们的轮廓:他们身形粗壮,但轻手轻脚,行动专注。他们向受害者俯下身,对仍然活着的人轻声安慰,小心不踩到会让他们打滑的鲜血。

在所有受伤或垂死的人都被送往医院后,扎卡开始了他们的实际工作:收集尸体的碎块以便埋葬。他们停了片刻。他们的专注力是在重复劳动中产生的。做个祈祷。互相点个头,将背心换成法医的黄色,戴上新的乳胶手套,裹上新鞋套。

他们默默地做着这些事。分成小组行动。快速而简洁地将碎尸形成人的拼图。一根指头。耳垂。一只脚,仍在鞋子里,几乎没有顾忌地靠在垃圾桶上。

他们拆了排水沟格栅,清理了窨井盖,推开被卡住的门。他们

[①] Magen David Adom,缩写为 MDA 或 Mada,以色列急救、灾害处理、救护车派送和血库服务组织。

梳理碎玻璃渣和碎屑,寻找生命或肉体的迹象。他们用长镊子探入碎玻璃渣,捡起断拇指。他们从汽车挡风玻璃上捡起血腥的人体碎片,在桌子下面照亮手电筒,爬上树从树枝上刮下受害者的皮肤,从路牌上擦下软骨,将盘曲的肠子放回躯干,用吸尘器把任何残留的液体从人行道上吸入便携的仪器。

在强烈的泛光灯下,扎卡医护人员在移动。一个人沿着街道走过来,换为下一个人,再换为下一个人。一种沉默而简洁的沟通。

他们在白色塑料板上拼接尸体,装进袋里,交给以色列警察。他们一丝不苟。严格。精确。尤其注意不把受害者和人肉炸弹袭击者的鲜血混到一起。

几个小时内,他们的工作就完成了。

走向自己的摩托车时,他们特意让手臂垂下来,不贴到身体上,好像手已经被污染了。一名男子洗了洗不慎散下来沾了点血的流苏穗子。另一个人俯身取下塑料鞋套。他小心翼翼地将它们折叠起来,放入另一个塑料袋。他们把衣服放入踏板车后的金属储物箱里,戴上头盔,然后带着悲伤的心情,再次消散到城市的四面八方。

他们不闲等着,不当众祈祷。没有仪式。没有终结。这是他们的职责。就那么简单。

对这一切,经文上已有记述。

109

禁言结束。

110

第二天早上,两位扎卡工作人员又发动踏板车,他们要把一个被遗漏的眼球捡起来。

一位名叫莫提·里希勒的老人看到了眼球。黎明时,他从耶胡达大街楼上的公寓里往下看,看到有一条人的碎肉躺在阿塔拉咖啡馆高大的蓝色遮阳棚上。

一道长长的视觉神经,仍附在瞳孔上。

111

直到今天,科学家依然认为,人眼的工作原理和候鸟迁徙一样,错综复杂,深不可测。

112

随着年岁增长,黄斑变性会让患者形成中央盲点,通常只能看到周围的物体。视野中心的一切都会暗淡。病人看到边缘:其他所有东西都变成一个模糊的圆圈。如果看飞镖板,可能只看到它的外圈。

为了解决这个问题,外科医生要摘掉眼球上自然的水晶体,在一只眼中植入一个微型金属望远镜。手术不会修复黄斑,但会放大患者的视力。盲点可能会从一个人的脸部大小缩小到嘴巴大小,甚至可能缩小到硬币那样小的区域。

该手术在纽约开创,在特拉维夫得以完善,仅需几个小时,但之后看东西需要有适应期。患者必须学会通过一只眼睛的微型望远镜看,同时用另一只眼睛扫视周围的物体。一只眼睛直接向前看,将事物放大到通常大小的三倍,而另一只则侧向扫视。在大脑中,两组视觉信息被组合成完整的图片。

有时，患者需要数月甚至数年才能把视力给恢复过来。

爆炸发生时，莫提·里希勒正在这项手术后康复的第二个月。他从窗口转过身，对妻子爱辽娜表示他不确定看到的到底是什么，但他一直低头看昨天爆炸的现场，他用植入的望远镜，看到了下面遮阳棚上有什么东西有点异样。

113

那只眼球在莫提的眼里看起来像一盏连着电线的老式摩托车的车灯。

114

关于眼睛结构、疾病、治疗方法最早的文献，是阿拉伯医生侯奈因·伊本·易司哈格在九世纪所撰的《眼科十讲》。

他写道，眼睛的各个组成部分都有其自身的特质，但又精妙地排列组合，如宇宙之和谐，反映了造物主的奇思妙想。

115

医生在医院走廊里找到巴萨姆。他们洁白的白大褂下系着领带。他们要他坐下。他感到手臂发冷。他说更愿意站着听。

一位医生是犹太人，另一位是来自拿撒勒的巴勒斯坦人。他用阿拉伯语对巴萨姆说话。声音很轻，语气节制。如果阿比尔不幸去世，他说。如果问题恶化。如果发生最坏的结果。如果我们无法救活她。

另一位医生摸了下他的肩膀。"阿拉敏先生，"他说，"您明白我们说的意思吗？"

巴萨姆的目光越过医生的肩膀。萨尔娃坐在走廊更里面，被家里人簇拥着。

巴萨姆用希伯来语回答说，是的，他明白。

然后，第一位医生谈到了器官的捐献。从生命中创造生命。她的肝脏、肾脏、心脏。第二位医生接着开口。

"您知道，我们拥有著名的眼部移植设备。"

"我们会很好地照顾她。"

"现在需要很迫切。"

"有些人不愿意。"

"我们能理解。"

"阿拉敏先生？"

那一瞬，阿比尔的眼睛似乎飘浮在屋子里：大大的眼睛，棕色，瞳孔上的铜色斑点。

"您考虑一下。和您夫人商量一下。"

"好的。"

"我们会回来的。"

字母陀螺在幼儿园地板上旋转。字母表。律法书。成人礼礼服。服兵役指令。玻璃后的检查点。通行证和邮票。蓝色和白色在她上方飘动。黄牌的汽车。以色列电视台，以色列书籍，以色列食谱。她可能回家为安息日烤鸡蛋面包，点蜡烛，做礼拜仪式，在丈夫身边醒来，亲吻丈夫的眼睛，抚养自己的孩子，把他们带到犹太教堂，教他们唱国歌《希望》。他们的孩子的孩子，子子孙孙，会有自己的世界观。是的，除了穆斯林律法以外，还有其他世界观，他知道——德鲁兹，基督徒，贝都因人——但不仅仅是这些，不，远远超出了这些。他想跟医生解释，说这里还有更深的东西，一些本质的问题，他想说的这些，也不肯定能解释清楚。他一直想带阿比尔看大海，那是他向她许诺了多年的事情。他向女儿保证，他将带着她,还有她的兄弟姐妹,开上短短一段路,去阿卡海滩,让他们在蔚蓝的地中海里蹚水,沿着木墩奔跑,把将他们拒绝在外的东西还给他们。他想知道医生到底看到了什么。他收回视线,用完美的希伯来语说:不,对不起,我们不能这样做,对不起,我和我的妻子,我们没法答应,不行。

116

阿比尔的灵柩盖着旗帜,经过颠簸不平的阿纳塔街道。葬礼结束后不久,巴萨姆打电话给拉米,说希望加入"失子父母圈"。

他坚持认为,他已经准备好参与。他将尽快开始,如果需要的话,第二天就可以来。

巴萨姆放下电话,走过高低不平、尘土飞扬的街道。人行道坑坑洼洼。一堆堆的瓦砾。轮胎堆成了金字塔。

他曾经在国家档案馆里看到过阿纳塔的照片。曾经是多么美丽。市场。别墅。花样镶嵌的外墙。男人在发呆。女人穿着长裙子。咖啡馆。全都消逝了。被墙包围了起来。成了垃圾场。

他穿过学校的大门,悄悄从商店后面走过。路过墓地时他屏住了呼吸。

117

我的名字叫巴萨姆·阿拉敏。我是阿比尔的父亲。

118

在1948的战争中,莫提·里希勒守卫着一辆原始的推车。手推车用钢丝绳吊着,横穿耶路撒冷的希诺姆山谷。钢丝绳长两百四十米。从眼科医院的一个房间通向锡安山旁边的一所学校。钢丝绳被绞车拉紧,临时用卡瓦莱提栅栏抬升起来。

用木头和增强钢板制成的推车,仅在夜间运行。它把受伤的士兵和医疗设备从山谷的一侧带到另一侧:仍然清醒的士兵在空中飞行时会感觉到推车的摇摆。

每天晚上,莫提都会骑摩托车从缆绳下方的山谷穿过,确保缆绳完好无损,没被人设下机关。他穿着深色衣服,还用鞋油将脸、脖子和手涂黑,以免吸引约旦狙击手的注意。

意大利制摩托车被涂成黑色,包括车把手和辐条轮。发动机上装有消声器。尾灯被禁用,莫提把前灯卸下来,以免玻璃反射月光。

整个战争期间,被拆卸的前灯一直放在莫提的床边,电线晃来晃去。

119

爆炸发生的次日,莫提从公寓的窗户俯瞰下面的遮阳棚。

——爱辽娜,快点,他扭头呼唤妻子。下面。看那个。

120

多年后,法国钢丝艺人菲利普·佩蒂在莫提曾经守护的那段钢丝缆绳同样的位置,以同样的角度,系上一段直径四分之三英寸的钢丝,身体前倾着走钢丝穿过山谷。

121

大卫与歌利亚在以拉谷的决战中①,大卫从附近一条小溪中找了五块石头,用其中的一块,击中巨人的额头。山谷中的石头主要由硫酸钡组成,密度是大多数石头的两倍。据传被装进投石器后比其他石头飞得更快,更远,更精确。

122

橡胶子弹让阿比尔面朝前栽倒在地。

123

据传巨人跌倒在地,被大卫当场斩首,但每个掷石者都会告诉你,当你用石头打敌人时,会发生的事是他向后跌倒,除非石头砸中他的小腿。

124

英国人称之为砸膝神器。

125

当时,如果巨人尚有意识,会一直直视大卫的眼睛。正如施洗

---

① 参见《圣经·旧约·撒母耳记上》第17章。

者约翰直视杀害自己的人那样。施洗者约翰是应莎乐美的要求被杀的，他被杀的城市在塞巴斯蒂安，离阿西拉·沙马里亚村庄不远。耶胡达大街的那些自杀性爆炸袭击者就在这里长大，那里有金黄的麦浪、蜿蜒的小路、橄榄树林、摇摇欲坠的木梯靠在树上。

126

自杀性爆炸袭击者拉响绑在腰带上的炸弹时，脑袋几乎总是从躯干顶部飞走。警察称其为蘑菇效应。

127

断头后，大脑仍会有两三秒钟的意识：嘴巴会发出声音，眼球可以转动，眼皮可以跳动，眼睛可以睁开，或者闭上。

据说，被斩首的人身体与头部分离时，他们常常会感到惊讶：仿佛他们最后的念头飞腾了起来。他们眼前会出现自己的亲人，在斯德哥尔摩，在萨凡纳，在塞拉利昂，分散于世界各地的撒玛利亚[①]。

128

拜特贾拉的青少年每天会花几个小时画石头，画上旗标、徽章，他们喜爱的橄榄球球队的球衣，沙巴布·艾尔-哈达尔和瓦迪·艾尔-奈斯。

塔雷克的兄弟们曾经把石头涂成拜特贾拉东正教教堂的颜色，

[①] 《圣经》记载中的古城，居民多为犹太和其他民族混血的后裔。

有时候甚至涂成附近难民营的德沙队的蓝白二色。

也有一些石头上涂上了外国球队的徽章,主要是巴塞罗那队和皇家马德里队,也有埃及的阿赫利俱乐部队,法国的奥林匹克里昂队,或是苏格兰的格拉斯哥凯尔特人队。

有时候,愤怒的以色列士兵接到不准射击的命令时,徒手将石头扔向暴乱的人群。这些石头一次又一次地被拾起,在士兵和男孩之间来回扔,一来一往大家都快扔出感情了。

129

130

这只军舰鸟幽暗、隐秘、喙若尖钩、尾似剪刀。它们属于热带和亚热带海域的海鸟。翅膀伸展开最长达八英尺。它们不能潜入水下,甚至不能在水上游动,否则羽毛吸水过重,会沉下去淹死。

了解这种鸟的人知道,它们会在积云下俯冲,借助不断上升的热气流,升入云雾中央。在气流中,它们只是张开翅膀,就好像天上有吸尘器吸着,被惊雷般的旋转气流席卷。上升过程中它们有时候会睡着。它们被拉升到数千英尺的高空,犹如骨头中空的神灵穿过狭窄的旋涡。

到了高空，它们终于摆脱气流，展翅飞出云层。刹那间，它们会摇晃一下，但湍流接着会结束。在静止的空气中，它们可以向下滑翔达四十英里，翅膀都不用拍动，它们通常会在不知不觉中跌落而亡。

在飞行过程中，它们可以抢劫其他海鸟的食物，或掠过海面，捕捞鱼类和乌贼，用那长而锋利的喙捕猎。

131

古代的水手称它们为"战士"。

132

1099年，基督教十字军在斯科普斯山上扎营，改进了巨大的弹弓的构造，可以远距离抛发大火球。

133

在她位于阿纳塔的学校上美术课时，阿比尔把她只从高楼顶见过的蔚蓝的地中海画到纸上。画法稚嫩，画上有黄色的太阳，一团团卷曲的云雾，画面上方一隅有两只海鸥飞过一艘四方形的船，船上有四个铅笔画的小圆圈。

134

在设计"捕食者"无人机的早期模型时，以色列航空航天工程师研究了军舰鸟的形状和流体造型。

在二十世纪九十年代后期,两位科学家被派往加拉帕戈斯群岛。他们在那儿拍摄飞行中的鸟群。他们还捕获了几只,在它们的身体下面绑上传感器,追踪它们的路径和降落的弧线。

后来以色列的团队到了西雅图,创造了一系列计算机模型,并开始实践,看能否把鸟的运动模式,挪移到他们面向二十一世纪所开发的无人机和导弹上。

135

模型的图形设计类似时下流行的视频游戏,卡通图像上覆盖着复杂的数学地图。无人机首先悠悠地进入,在高空等待、盘旋,然后只要按一个键,或是按一下操纵杆,导弹就会发出。计算机模型复制了军舰鸟坠落时的优雅。

地理场景来自不同地方,但更多是计算机处理过的加沙地图:街道、小巷、市场、钓鱼小屋、小块农田、边界沟渠、废墟、难民营。

136

2008 年底的"铸铅行动"中——当时也称为加沙战争,或准则战役,也称为加沙大屠杀——这些无人机被用来向城市发射斯派克导弹,从云端发射下来,下面是人间地狱。

斯派克导弹属"即射即忘"的类型。

137

阿比尔很小就展现出超常的记忆力。她会背古代歌谣、诗歌,

《古兰经》中的冗长经文她也熟记于心，可随意引用。

萨尔娃会坐在她的床边，给她讲自己家族传下来的故事，不仅有传统的卡利拉和迪姆娜，或是机灵的哈桑、正义的奥马尔，也有历代传承的其他故事。具有特殊治愈能力的亚麻布。会夜间行走的古老橄榄树。能让冷漠者入迷的银制魔壶。能变成小蜂鸟的豺狼。

小姑娘早上醒来，会去问大人夜里她可能听漏的地方：她往往可以把前一天晚上母亲的原话一字不漏地重复下来。

阿比尔也表现出对数学的热爱。巴萨姆确信无疑她会通过考试：乘法表她能背得滚瓜烂熟。她在公寓里四处晃，把数字念得琅琅上口。

那天早晨，她不慌不忙出门去上学时，巴萨姆递给了她两个谢克尔，并告诉她一定要继续背诵乘法表，好让在她前面出门的姐姐阿瑞也能通过考试。

138

她把谢克尔硬币从柜台推过去给"古人"妮莎。

139

颅骨后部的创伤。头前部挫伤。脉搏微弱，眼皮跳动，意识模糊。

医生聚到一起。他们以前见过这种伤害，但很少在这么小的孩子身上见过。最有可能是硬膜外血肿，血液缓慢聚集在颅骨和大脑内膜之间的空隙中。

需要做颅骨减压，但是没有CT机扫描一下做不了。他们唯一的CT机已经坏了一个月。不过他们可能不扫描就得穿孔了。他们过去急救时做过。在颅骨上切一个小口。缓解压力。排掉积血。

走廊上响彻着叫喊声。我们需要得到许可。父母在哪里？你听到了吗？我们应该等等。监视她的脉搏。我们给父母打电话了吗？检查她的心率。我们需要父母的许可。注意心动过缓和呼吸衰竭。

140

巴萨姆被带进手术室。萨尔娃不想去。她受不了。空气十分黏稠，他仿佛在水里奋力向前。他把空气推到一边，但空气又在他身上塌下来，一波又一波。阿比尔躺在手术台上，手臂上插着细小的管子，嘴里放着呼吸器，头缠着绷带，波浪一样的黑发搭在她脖子上。他走过去，吻了她的眼皮。那天早上他还交代过，她不能留在朋友家。他对她很严厉。醒醒啊，他想。只要你醒过来，去哪里爸爸都不反对了。睁开你的眼皮吧，爸爸保证，再也不会说一句严厉的话了，求你睁开眼睛行不行。

巴萨姆转向身后的医生：我们必须把她送到哈达萨。那边设施齐全些。

"不行的，"医生说，"都封锁了。"

"我在耶路撒冷有朋友。我可以打电话给他们。他们可以提供帮助。他们可以在这里派救护车。"

"全部封锁了。"

巴萨姆开始走向走廊，去找萨尔娃。她坐在长凳上，被其他妇女包围着，但模样孤单。她的黑眼睛闪闪发光。嘴唇左侧略微抽动。她周围的妇女低下头，让他通过。他握住她的肘部，将她带到手术室。门开了。他用自己的脚抵住门让它一直敞开。

萨尔娃僵硬地站在那里，然后手抬起来捂住自己的嘴。她可以看到阿比尔胸部的起伏。

"我们要把她转到哈达萨去。"他说。

141

以色列医院位于艾因·科勒姆。一个古老的巴勒斯坦村庄,如今面目全非。

142

斯玛达尔出生的地方。

143

一开始,似乎只是小小的延迟。规定。安全。军队需要将车辆护送到医院。路线必须准备好。外面有麻烦。必须保持冷静。救护车可能很快就能动了。一个小时过去了。情况已得到控制,他们说。保持警惕。他们很快就能动了。他们在联系当局。重复。这是为了所有人的安全。正在找路线。保持冷静。马上有指示过来。重复。他们很快就能动了。直升机已经出动了。检查站附近仍有骚乱。重复。马上就动了。

巴萨姆坐在救护车的后面守着阿比尔。她穿着医院的长袍,躺在轮床上,挂着点滴。监控器轻声哔哔作响。两名救护人员坐在救护车前部,另一名救护人员和巴萨姆坐在一起。他们小声说话。无线电里发来信息时,他们对视。已经开了一条路。我们很快就会去。

一小时十五分钟后,巴萨姆的手机就没电了。他从后窗看不到人群骚乱的迹象。他知道,救护车可以走其他路线。前排座位上的医护人员对着无线电大喊：他们想绕弯过去。答案回来了：不可以。原地不要动。

一只小塑料袋放在轮床的脚下。阿比尔的校服袜子、校服鞋子和校服外套。旁边是她的皮书包。他伸手打开了包扣。里面是她的课本。数学。宗教研究。一个抄写本。她的午餐盒还没有动过。

在书包的底部，他找到了糖果手镯。一会儿，他想把它戴在她的手腕上，但想了想又塞回包里，吻了她的额头。

他伸手从救护车后面拿出一张干净的床单，打开门，走到外面。一辆吉普车在五米外巡逻。扬声器有个声音告诉巴萨姆回到救护车上，一切都处于封锁状态。

"退回去，先生。马上退回去。"

他没有转身。他把床单拿到路边的混凝土路桩旁。抬头看东边升起的太阳，将床单方方正正铺在地上，跪了下来。他很惊讶没有人试图阻止他。他能听到远处直升机的声音。

一个士兵朝他走来，肩上架着枪。他的瞳孔是棕色的，眼神柔和。巴萨姆祈祷结束之前，他什么也没说。

"您必须马上返回救护车。"

士兵语气里带着歉疚，却让巴萨姆恼火起来。

士兵的手碰到他的胳膊肘。巴萨姆把手挥开，走向救护车。门在他身后关上。他弯下腰看阿比尔。他仍能看到氧气罩里她呼气形成的细雾。

急救车开开停停。一百码，两百，五十，十，一百。倒车，再次停住，掉头。收音机里只剩静电噪声。又过了半个小时。

有电话打进来，要他们返回第一家医院。算了。你马上就可以走。重复。你马上就可以走。

当他再次打开门时，巴萨姆意识到他们仍在检查站附近。几个士兵在一个橙色的桶后面争吵。桶旁边有三把空躺椅。远处有一条狗在叫。其他一切都很安静。

两小时十八分钟后，救护车获准前往西耶路撒冷。

144

在医院，阿比尔又活了两天半。

145

候诊室里到处都是活动分子。过去的十五年中，巴萨姆对他们非常了解。法院里有他们。清真寺有他们。犹太会堂有他们。基督教堂有他们。监狱有他们。和平会议上有他们，普通会议上有他们，集会时有他们。

他们的圈子很小，但帮派林立。现在，这一切都无关紧要。他们挤在一起，等着，喝着咖啡，等着，手牵着手，等着，溜到外面抽烟，等着，小声地对着电话说话，等着。

巴萨姆走进来时，里面一片寂静。他认得每一张脸：苏莱曼，狄娜，拉米，阿隆，穆罕默德，罗比，陈，埃里克，伊扎克，佐哈尔，耶胡达，阿维查伊。

他低下头，安静地站着。他不想跟任何人讲话。他感到天花板朝他压下来。只能听到挂钟的滴答声。

Ma feesh khabar baed，他用阿拉伯语说，然后用希伯来语再用英语重复：还没有消息。

146

有报道说，西岸的一起事故发生后，一个十岁的孩子在医院死亡。有一些报道称她的父亲是"和平战士"组织的著名成员。还有报道称他曾因在希伯伦的恐怖活动而入狱七年。另外还有报道两方面都提到了。《国土报》《耶路撒冷报》《耶路撒冷邮报》《巴勒斯坦报》《新消息报》《以色列新闻》《新生活报》《巴勒斯坦电讯报》。军方发表正式声明，否认与此事有任何联系。有家电视台报道说，有关入侵的消息是假新闻。后来有报道称，骚乱是为了抗议在学校操场上建隔离墙。另一则报道说，有人在学校大门口看到那个女孩捡起了一块石头。她是被附近暴徒扔的石头砸中后脑的。她被巴勒斯坦权力机构枪杀。她是癫痫病患者，跌倒时，头砸到了地上。她从吉普车旁跑开，说明有牵连。后来发现她口袋里有石头。她捡起一枚手榴弹，手榴弹在她手里爆炸了。她在买糖果。她举起双手投降。她不听指挥要走开。她在一家巴勒斯坦医院受到不当处理。她从轮床上滑下来，头部被撞到。她立即被空运到哈达萨，在那里她得到了优先照顾。她的穆斯林父母拒绝向犹太医生求助。她没有身份证件。关于非法入侵的报告绝对是不真实的。女孩们一直在扔石头，学校大门口的闭路电视都录了下来。她的父亲是法塔赫组织的活跃成员。她学校的老师是一位知名的哈马斯积极分子。那天早上没有记录显示有这样的边防警察行动。救护车的延误绝对没有加速她的死亡，她的死与当地的骚乱直接相关。

147

四年后，在民事法庭上，法官对几个巴勒斯坦男孩从附近墓地里扔石头砸中阿比尔头部的主张提出了质疑。她指出，最近的墓地位于一栋四层高的建筑后面，距离吉普车所在地有一百米。暴徒须得有能力将石头从高高的建筑物上方扔过来，越过水塔，再精确地向下，才能掉落在铁皮屋顶杂货店附近的任何地方。

法官补充说，即使有最生动的想象，这也是完全不可能的。

法官说，更不必提在阿拉敏一家的要求下，法医进行了尸检。此外，在阿比尔倒下的地方，发现了橡胶子弹。目击者也称，至少发射了两轮橡胶子弹。

148

报纸报道说，一名十四岁的女孩在西耶路撒冷的一次自杀式袭击中丧失。有报道说袭击中有四人死亡。也有说五人的。部分报道中说有两个人肉炸弹，其他报道中说有三人。受伤人数，有的说五十八人，有的说七十七人，有的说一百二十人。人肉炸弹打扮成东正教男子。这是一个哈马斯分裂组织。他们来自东耶路撒冷。他们是从西岸的监狱中逃脱出来的。他们在通缉名单上，而巴勒斯坦权力机构对此视而不见。他们通过了卡兰迪亚检查站。他们在老城区以商人身份作为掩护，秘密生活了几个月。他们藏在西岸的洞穴中。他们故意以一群十几岁的女孩为目标，制造最大的冲击。他们原本计划进攻马赫恩·耶胡达市场。备选方案是炸掉一所音乐学校。它直接呼应 1948 年在同一条街上发生的爆炸事件。当年的爆炸案是由加入犹太地下组织的英国逃兵领导的。爆炸的幕后指使者是伊朗伊斯兰共和国。策划人是亚西尔·阿拉法特。这是一个新成立的小派别，隶属于一个激进的地下网络。人弹拉响皮带炸弹之前，有人听到他们喊"真主至大"。爆炸是对斯玛达尔的外祖父、前以色列将军迈提·佩雷德家人的直接攻击。这是哈马斯最高级成员计划的一项复杂行动。附近的另一枚汽车炸弹未能爆炸。弹片上满是老鼠药，据传它可以引起最大程度的流血。这是从以色列国防军那里偷来的新型炸药。人肉炸弹在街道上平均散布开，以实现最大的杀伤力。那些女孩正在买教科书。她们打算报名参加爵士舞班。丧生之前，有人看到她们之间在传递一只银色的随身听，有两个女孩紧挨着彼此，在共用一副耳机。

149

被炸烂的随身听找到了，作为呈堂证物提交。后来，特拉维夫的法医尤里·埃斯特胡兹检查了随身听，从烧焦的录音带中发现她们正在听希奈德·奥康纳的专辑《别无所求》。

塑料带辊熔化了，卡在歌曲《你无与伦比》上。

150

斯玛达尔穿着宽松的短裤，红色的无袖T恤，手腕上戴着已故的外祖父送她的手表，随歌而舞。

在客厅里，她总是撞到橡木咖啡桌上，所以膝盖上总有一圈瘀青。她站在桌子上跳舞时，瘀青变得很明显，仿若暗色文身。

她戴着白色耳机听这张专辑，拉米总想知道，她在手舞足蹈时，是在听哪一段音乐。

151

炸弹很响，三十码外的窗户玻璃都震碎了。

152

当她还是个婴儿时，斯玛达尔就成了和平运动的代言人。她的海报出现在全国各地的工会大厅、学生中心和集体农庄里。左翼办公室、学校走廊、面包店、酒吧和沙拉三明治商店里,也都能看到它。

拉米接受了这份工作,但仅此而已:一份工作。

他拍下了照片并亲自设计了海报:照片的尺寸、字体、纸张的克重。斯玛达尔金黄的头发用发夹别着。她的眼睛大大的。脸红红的。小手指钩在上唇附近。

她才一岁的时候,身上就有种让人紧张、不安的东西。仿佛她已经预见到了未来。

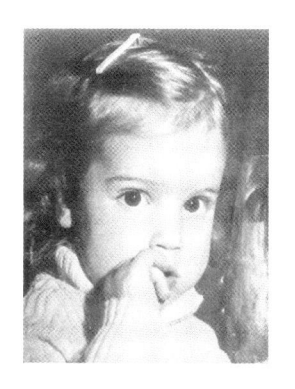

153

154

海报问道:等斯玛达尔十五岁时,以色列的生活会怎样?

155

她还有两周就满十四岁。

156

三个自杀式炸弹袭击者的年龄加起来是六十八岁。他们在一阵粉红色的烟雾中化作齑粉。

157

每个人肉炸弹的炸弹背带重量为四十至五十磅。里面有塞姆汀塑胶炸药，还有球轴承、螺钉、钉子、玻璃和锋利的瓷器碎片。法医报告的结论是，尽管有报道称弹片上有老鼠药，以使受害者更快地失血，实际上并没有发现老鼠药。

158

塞姆汀（Semtex）塑胶炸药是两名捷克化学家发明的，他们用母公司的名字 Explosia 和帕尔杜比采市郊区 Semtín 的名字缩写来为炸药命名。炸药一开始是北越胡志明政府订购，在二十世纪六十年代被大量生产。

塞姆汀塑胶炸药具有延展性、黏合性，可以附着在任何物体上。只要一点点就可以炸毁一架飞机。

多年来，捷克政府的代表，把塞姆汀塑胶炸药装入礼盒，用丝带系着，赠送给各国元首，最著名的是穆阿迈尔·卡扎菲上校，他最终购买了七百吨，并分发给了巴解组织、"黑色九月"组织、爱尔兰共和军和红色旅。

机场的安检扫描仪开始都无法测出这种炸药，直到 1991 年这种炸药配方里添加了标签剂，会散发独特的蒸气，才可以被检测到。

即使对于最有经验的化学家来说，从塞姆汀塑胶炸药中去除爆炸物标签剂也不是一件容易的事，而且去除过程经常会让炸药无效。

159

橡胶子弹的制造，是将橡胶涂覆在圆形钢芯上，用棕榈蜡做润滑剂，二硫化钼（也称为钼）有助于橡胶在接触时仍粘在金属上。

160

巴萨姆和拉米逐渐意识到，悲伤将会是他们的武器。

161

七百五十年前，叙利亚化学家拉玛在《军事马术和武器装置》一书中，提出了用火箭推进鱼雷的想法。

他的论文手稿佚失多年，后来在奥斯曼的一个村庄集市上重见天日。当时它被装在一个破烂的旅行皮箱里。

手稿几易其手，后被伊斯坦布尔的托普卡匹皇宫图书馆收藏。托普卡匹皇宫图书馆有圆形穹顶，有精美的伊兹尼克瓷砖，是学界公认的世界上最美的图书馆之一。

162

Perdix 无人机根据一种神秘的山鹑命名。飞行器小到可以放在手掌里。它们从喷气式战斗机机翼上的匣子里被推出来，同时多个释放，像乌云飘散，又如欧掠鸟散布在天空。

它们足够坚固，可以以每小时 0.6 马赫的速度释放，时速几乎可达五百英里。

无人机最初的命令，是人工操作员远程编程的，不过无人机的设计主要是让其自主行动。

它们每次可以二十只以上集群式发射。彼此之间会发出信号，在前进中形成自己的智能。它们是数字通信的极致，将数学和计算机直觉完美结合。它们能够告诉自己如何行动，确定行动时机。左转，右转，重新调整坐标，攻打移动的汽车，立即发射，开火！开火！开火！解除武器，侦察，放弃任务，撤退，撤退，撤退。

它们可以自主决定载着炸药从你家窗户穿过去。

163

飞速极快，用弹弓将其精确打中则会是奇迹。

164

拉米发现可以用3D打印机远程打印无人机，塑料外壳自下而上逐步被打印出来，一片接一片，嵌入微芯片，冷却直至完全成型——这样，只要拿到合适的芯片，任何人在任何地方都可以制造一批无人机出来——他从家庭办公室的桌子边站起来，走进客厅，跟努莉特提起这事。

她在餐桌旁写字。灯光照在她的头发上。她整个人显得有些空灵。一只燕子掠过窗外。

努莉特从她的电脑前抬起头，摊开双手：我们还说令人震惊的是那些神话传说呢。

165

拉米曾经听说,在第二次世界大战期间,美军曾将炸弹里装满活蝙蝠,希望把日本变成火海。这种炸弹率先为美国军方研制,每枚炸弹都有数千个小隔室,一只巨大的金属蜂窝。

每个小隔室里放入一只墨西哥游离尾蝙蝠,它们身上都附着一个微小的燃烧弹。爆炸起初是在实验室和大型飞机机库中进行的。

这些蝙蝠炸弹原计划会在黎明时被轰炸机运载,从高空发射:它们将在五千英尺的高度释放出来。军方计划在大阪上空打开炸弹外壳,让蝙蝠散布到空中,这是厄运的成群结队。它们会从冬眠中醒来,然后飘到广阔的市区。在黎明时分,他们会藏到阴暗的房檐里,或躲到木梁下,或钻进挂着的纸灯笼,甚至从敞开的窗户进入,躲在帘子里。最后它们身上的定时炸弹爆炸。

然后,炸弹——蝙蝠——会爆炸。

日本的房屋大部分是用木头、纸和竹子建造,美国军方以为燃烧的蝙蝠会引发一场壮观的大火。

美军根据集中营关押的日裔美国人提供的消息,在犹他州建立了一个模拟村庄。一代,二代,三代。他们说了乡村房屋什么样子,神社什么样子,榻榻米是什么。它们的高度、形状和位置。屋檐的形状。弧形的瓦。墙壁的高度。

村庄坐落在沙漠,好像天外飞来之物,如同拍电影的道具。士兵们称之为日本村。村里每天都有地方被烧。

发起者觉得该项目肯定能奏效,但是花了数千万美元之后,项目进展缓慢,到了1943年下半年,蝙蝠炸弹计划不再被看重。军方把重心转移到了更有前途的秘密行动"曼哈顿计划"上,在洛斯阿拉莫斯。

166

在蝙蝠炸弹的测试中，没有人承认的一个结果是：大多数情况下，墨西哥游离尾蝙蝠在空中被释放时，仍处在休眠状态。蝙蝠从炸弹壳里掉下来，但没有醒来。到实验结束时，科学家们知道他们可能是把蝙蝠当石头使了。

167

努莉特和拉米都相信，斯玛达尔是个当医生的好苗子：她总是跟在弟弟伊加尔后面满屋子转，安慰他，给他膝盖抹药膏，他流鼻血时她让他头向后仰，他被蜜蜂蜇了的话她会给他胳膊上敷冰。

168

8月9日，广岛被投下原子弹的三天后，原定第二枚炸弹投向九州岛的小仓市，主要目标是新日铁工厂。对日本人而言，该工厂是战争的支柱。小仓市有大量军队驻扎，但也有大量平民。该工厂位于远贺川上游，四周群山环绕。

博克斯卡号轰炸机从北马里亚纳群岛的天宁岛起飞，和另一架B-29轰炸机"伟大艺术家"一起，双双飞向九州。机组人员在"胖子"炸弹的前端刻上了JANCFU一词：是Joint Army-Navy-Civilian Fuckup（联合陆军-海军-平民混蛋）一说的缩写。

飞机起飞时天气晴朗，但到了九州，空中乌云密布。薄薄的灰色烟雾从下面的工厂冒出来。

行动指挥官查尔斯·斯威尼少校接到命令，肉眼看不到目标就不许投弹，哪怕有精密的雷达也不行。

斯威尼少校看着下面灰白色的风景。他判断燃料足够绕城十多次。飞机再次上升、下降，来回盘旋，寻找清晰而便利的位置。乌云消散了，斯威尼可以看到钢厂、海岸、海滩的轮廓，但下面仍是滚滚浓烟。

工厂的尖顶再次出现，十分模糊。一片森林。一个码头。更多工厂的烟雾。一排卡车。一艘油轮在水面上。一片薄薄的云。窗外的一缕缕白色。燃油指示表在下降。

斯威尼下令飞机继续盘旋。透过双筒望远镜，他惊讶地看到一个方形的棒球场。球场随即又被一团乌云遮住。沿岸出现了一排渔棚，然后被烟雾吞没。

少校将计算结果写在一张带线的黄色便笺纸上：他投弹越迟，使用的燃料越多。博克斯卡号轰炸机已经以不断扩大的弧度转了十圈。

他有三个选择：第一，将炸弹投向没有清晰视觉效果的小仓；第二，换个城市去投弹；第三，将"胖子"扔到海上。

斯威尼要求上司再次发布指令，并开始第十一次转圈。他感到云正在消散。他确定视觉效果很快好转。燃油表继续下降。他看向窗外，看到外面意外出现了一片厚厚的云。

无线电里的传呼接通。坐标已切换。

斯威尼被告知，长崎上空没有乌云。

169

长崎炸弹的钚芯只有一块人手可以投掷的石块的大小。

170

我们还以为令人震惊的是神话传说。

171

拉米经常想到这一点:仅仅由于一次云汽事故——无非是大气层的波云诡谲——七万五千人丧生,但是另外一个地方的人得以幸存。

172

如果没有转向书店。如果不是早点坐车。如果不是耶胡达大街上的某个随意的变动。如果没有去本·古里安机场去接她的外祖母。如果不是晚睡。如果不是带孩子的日常时间略有变动。如果不是那天晚上要做功课。如果不是希勒尔街拐角拥挤的行人。如果不是因为她要绕开一个跛行的人。

173

地理就是一切。

174

如果不是阿纳塔学校提早休息。如果不是乘法表。如果不是在商店柜台等了很长时间。如果不是口袋里有两个谢克尔。如果不是在糖果店里稍做停留。如果不是敞开的学校大门。如果不是吉普车的方向盘转向。如果不是警笛声。如果不是水泥路障迫使她绕行走到街上。如果不是传言说墓地那边有骚乱的男孩。

175

从八岁起，阿比尔就想当个工程师。她的哥哥阿拉伯有一把透明的塑料尺，和一个银色的弓形圆规。她喜欢在字帖背面画圆，然后让圆与直线相切。

她过十岁生日时，要的礼物是一本关于伽利略的书。

176

有时候，摩托车让拉米进入一种流动的境界，他活在当下，意识清醒而敏锐。他找到的路没有坑洼，没有垃圾，没有障碍物，没有滑溜的路漆，没有鹅卵石，没有树枝，没有山梁，没有柏油线，没有裂缝，只是一道直线，尽头是弧度不大不小的转弯。身后无一物，前头空空，没有什么可以减缓他的速度。他经过一道让人心生恐惧的崎岖山脊，将手掌按在右车把上，让摩托车调转，重新校正，调节，手指握在油门柄上，调高油门。耳朵嗡嗡响，呼吸给屏住。摩托车消失了，车的重量消失了，橡胶消失了，钢铁消失了，重力消失了，冲力消失了。周遭的景观消失了，一切的一切都在瞬间消失，直到路的颠簸让他再次回过神来。

177

拜特贾拉的白色公寓楼。黑色的水箱。屋顶卫星天线密布。阳台上的衣物在风中飘扬。房屋前面铺着淡白的伯利恒石头。偶有弹孔。蒙灰的窗户。外面的小男孩在窨井盖上打弹子。

再往前走，他经过了一度宏伟的巴勒斯坦别墅。它们俯瞰着山谷，其中许多现在空着，有的屋顶都没了，里面的家庭早已离开，移民去了，门锁着，窗户被胶合板封起来了。

房子像一个不同时代的画像，给人的感觉寂寥多过愤怒。

178

这是一个总是让他惊叹的小镇：餐馆外面的墙上，他总能看到薄薄的粉色塑料袋装着面包。这是当地的风俗：不得浪费或丢弃任何食物。

面包首先给有需要的人，穷人，然后塑料袋扎上口子，小心地放在任何外墙上方。

很多时候，没有人拿走袋子。食物就可以拿来喂动物。拜特贾拉年纪较大的人——包括基督徒和穆斯林——形成了一个传统，清晨在陡峭的山坡上来回走，小心地把小钱包一样的粉色塑料袋一个个解开。

有时，人们会看到一只小鸟俯冲下来，抓住面包，有时甚至会见到整个粉色塑料袋在空中升起，越过拜特贾拉。

179

拉米年轻时是校园里的搞笑人物，小丑的角色。他害羞，但常常是一脸坏笑。课间休息时他跑来跑去，步伐很快，精力旺盛，他呼吸急促到自己都不知怎么对付。他在教室门的顶部放了一罐浑水，老师进来时，罐子从门框上掉下来，水溅了出来。

他被开除那天，在学校门口，拉米学卓别林，蹦蹦跳跳，用双脚脚后跟打拍子。

内心深处他感到害怕。他才十三岁，不知道接下来该做什么。

180

在技校，唯一让他真正感兴趣的是平面设计：他发现自己对把握色彩和形状感兴趣。

181

无极形：无限可数边的形状。

182

无限可数是最简单的无穷形式。从零开始，人们可以一直往下数。哪怕永远都数不完，但是经过一段有限的时间，人总可以抵达宇宙的某个地方。

183

在拉米看来，西岸的灰尘比其他任何地方都多。汽车上是灰。窗户上是灰。车把上是灰。头盔上是灰尘。睫毛上也是灰。

转弯时，他轻轻刹车，前面有轻微的堵车。一个小伙子把自己卖茶的铁皮车拴在面包车后面，正在往街上倒车。后面的车流在等着，司机们胳膊搭在窗外，手指在门上敲着，香烟的烟雾飘到窗外。

通常，在耶路撒冷，他会按喇叭，从那茶车边上绕过去，而现在他在耐心等待，发动机闲着，转速表处于静止状态，发动机风扇转了起来。天有点闷，也有点凉，一群雨燕飞过屋顶。

184

巴萨姆让他看过一些存档的照片：古老的巴勒斯坦别墅，坐落在山谷边缘。它们是拉米见过的最美丽的建筑之一。奥斯曼帝国时代的生活。托管时期的生活。约旦的生活。

一张照片上，一个约莫八九岁的小男孩，正沿着雕花精美的铁栅栏边缘行走。他身着挺刮的白衬衫和深色裤子，头发梳得整整齐齐，手里提着一只小小的皮书包。他的另一只手握住一根细枝，从铁栏杆上一路划过去。

另外一张照片上是个大美女，戴着大墨镜，坐在杏树荫下的游廊上，穿着长长的白色连衣裙，细长的肩膀裸露着，一大杯冰水紧贴着她的脸颊，水上漂着几片薄荷叶。她对着镜头微笑着，好像全世界的清凉都在她的玻璃杯里。

他还有一张最喜欢的：一个阿拉伯男人穿着白色阔腿裤和蓬松的衬衫，站在一所瓦房的屋顶上。不知何种原因，他手中握着羽毛球拍。男子看起来刚把羽毛球打给下面的什么人。拉米在想，没准就打给那个脸贴着冰水的女子，或是用枝条在栏杆上弹奏的男孩呢。

185

在最晴朗的日子里，从拜特贾拉举目远眺，一边可以看到地中海，一边可以看到死海。

眼睛不能休息。在下面的山谷中，有一个果园，一座瞭望塔，一片梯田，一座犹太会堂的屋顶，一处尖塔，一个军事基地大门，以及剩下的树木之间的薄雾网。

在这里待久了，向下眺望山谷，你会发现耶路撒冷周围的犹太定居点有统一的样式：红瓦，红瓦，红瓦。

聚在一起，它们汇聚成一个完美的环状：如紧缩的肺叶边缘。

186

开始两年,巴萨姆去演讲时,总是把手伸入夹克口袋,取出阿比尔的糖果手镯。

他不愿将手镯戴在腕上,怕绳子会断。他用手指抓住它,举在空中,向观众展示:蓝色、粉色、橙色、黄色。

"这个,"他说,"是世界上最昂贵的糖果。"

187

讲座结束,巴萨姆独自一人开车回家,在临时检查站被拦下检查。炎热的一天。斋月。太阳还没有落山。他向前走去,影子在灯光下倾斜着。

"把手举起来让我们看到,把手举起来!"

那个士兵年纪较大,头顶已经灰白。他觉得她有点俄罗斯口音。她的步枪在臀部摆动,然后突然举起来对准他。

"那是什么,那他妈的是什么?"

巴萨姆把举起的手转过来,端详片刻。看起来好像不属于他的东西。他的手掌涂成了粉色。他也不知道是为什么。他把手凑到鼻子前。闻起来很香。

"跪下!跪下!"

巴萨姆跪在路边的尘土中。他确保自己面对东方。他不知道他们要扣下他多久;面对东方,至少他可以祈祷。

另外三名士兵向他冲过来。巴萨姆再次凝视自己的手。他想了一会儿,将粉红的粉末舔了下去,然后想起自己正在禁食。

"把衬衫掀起来!把衬衫给我掀起来!"

那一瞬间,即使面对一个女人,他也不感到羞耻。只是心中怒火升腾。他把衬衫一直掀到胸口位置。士兵们再次上前。

步枪的枪托砸向他的下腰。他被推向前。灰尘扑面而来。黑色靴子。那个女兵用拉索拷住他的双手。他被他们扯着头发，推进吉普车后排。

188

那天晚上在警察局，他被审讯了五个小时。最后女兵态度软化了，对巴萨姆说，她很抱歉，是的，不过，众所周知，塞姆汀塑胶炸药，也能把手染成粉色和橙色。

189

此后，巴萨姆再也没有在演讲中展示糖果手镯。

190

斋月期间，临时检查站比平时更多。巡逻车随时随地都可以停：吉普车横七竖八在马路上，士兵蹲下，放下橙色的锥形筒，步枪对准开过来的汽车。

黄昏时分，禁食即将结束，临时检查站比其他时候更多。这个时候的穆斯林脾气暴躁，身体疲倦，饥饿，烟瘾大发，这时候被人拦住，他们会很恼火。巴萨姆感觉那些士兵对这种时刻甘之如饴。他们就喜欢发生对峙。不发生对峙还显不出他们的正确，他想。

巴萨姆永远不会知道在何时何地会遇到卡车、路障，甚至马路中间的大石块。绕错拐角，他一整天就会报废。

他知道，摇下车窗时不能多嘴。不能反抗，可他也不想显得自已多顺从。他点点头,等着他们开口。他们大多数说英语。有几个说阿拉伯语。他很少表现出自己懂希伯来语,反正他的听说也不流利——能听懂希伯来语说明他可能入狱过。他缓慢而精确地对他们说话。

他总是把手放在视线范围内。他知道永远不要突然采取行动。他检查着后视镜,小心翼翼地开走。

191

他已经了解到,命运的解药是耐心。

192

鸟类迁徙是从北欧开始的:它们沿着大裂谷的上空,经叙利亚、莫桑比克中部,飞越那世界上不断变化的大陆板块,直到非洲的一角。

一只鸟可以在几周甚至几天的时间内,就能从丹麦的筑巢地飞到坦桑尼亚,从俄罗斯飞到埃塞俄比亚,从波兰飞到乌干达,或者从苏格兰飞到约旦。

它们成群一起飞,多达三十万只在一起,在狭隘地带会遮天蔽日。

最后,六成的鸟无法抵达目的地,它们死于高压电线、塔架、工厂烟囱、聚光灯、钻机、油坑、毒药、农药、疾病、干旱、农作物歉收、拍击炮、诱饵捕猎、偷猎者、其他猛禽、突如其来的沙尘暴、寒潮、洪水、热浪、雷暴、建筑工地、窗户、直升机叶片、战斗机、油泄漏、巨浪、突然涌出的污水、堆积如山的碎渣、排水管堵塞、无粮无水的喂鸟器、恶臭的水、生锈的钉子、碎玻璃、猎人、收藏者、猎犬、玩弹弓的男孩、六瓶装啤酒的塑料套。

193

巴勒斯坦和以色列之间的路线，长期以来被称为世界上最血腥的迁徙路线之一。

194

在非洲南部的部分地区，鸟骨头被用来制作乐器。背后的理论是，用空骨头吹气，能召回祖先的记忆。

195

在监狱中，巴萨姆的室友们用他们能找到的任何物品制造乐器：用木头和浴帘的金属环做铃鼓，用紧绷的帆布和特定形状的金属条做达夫鼓，甚至将鸡骨架上的韧带撕成条，搓在一起，拉伸开来，涂上漆，做成手工造竖琴的弦。

囚犯如果能找到钓鱼线或牙线，也会立即将它们投入使用。任何尼龙绳都被认为是宝物。

实在找不到别的，他们就用食堂的托盘或空的汤罐，有节奏地敲出音乐来。

196

监狱里气味恶臭。食堂、淋浴间、电话亭，甚至很小的监狱清真寺，臭味都无处不在。角落里的死老鼠。蟑螂。蜥蜴。这个地方四处都有腐烂物。

日子像挂在架子上一样绵长,时间是无穷无尽的。囚犯无聊得都在开始剖析无聊了。他们在地板上互相传递消息,敲打管道作暗号来下帖木儿象棋。手卷的香烟在地上丢过来丢过去。他们把鹰嘴豆做成马匹、骆驼、白嘴鸦、棋子中的小卒。

他们不许穿任何传统服装。他们用自己能找到的任何东西,临时制作阿拉伯头巾,厨房的抹布、洗碗布、内衣上的橡皮筋。他们花几周时间将它们缝合在一起,哪怕马上又被没收。

到了晚上,走廊上便响起吟诵《古兰经》经文的声音。他们不得入乐园,直到缆绳能穿过针眼。你不信造物主吗?他创造你,先用泥土。[1] 他们组成各种各样的学习班,以诗歌和曲调的方式,一个牢房一个牢房地喊着上课。安塔尔[2]、阿布·扎伊德·艾尔=希拉利[3]、萨伊夫·伊本·迪·亚赞[4],也有马克思和列宁。

马哈茂德·达尔维什的诗歌和祈祷一样,常被吟诵:这样的牢房,窗户冰冷。向着我们的海洋,背叛我们的海洋。我和一个同志,在石矿场一起劳动。在我身上喷洒留兰香的香水吧。

巴萨姆对挨打很能扛。大多数发生在食堂。看守全副武装。他们把犯人排成一排。一丝不挂。他用塑料食品托盘作为防护。它在他的头顶上方从当中被劈成两半。

他一瘸一跛地走进淋浴间,衣服不脱,以便洗掉上面的血,然后他将衣服挂在窗台上。他跪下来,对着潮湿的衬衫祈祷。

他的大部分时间都在单独监禁。按照仪式规定,他必须在干净的祈祷垫上祈祷。他有一块蓝色的布,在上面画了个米哈拉布[5]。是狱警赫兹尔冒着风险,把布带给他。巴萨姆将其精心地卷好收起来,不让人注意到。

---

[1] 以上两句经文分别引自《古兰经·高处章》第40节和《古兰经·山洞章》第37节。
[2] 安塔尔(Antarah ibn Shaddad),6世纪阿拉伯战士和游吟诗人。
[3] 阿布·扎伊德·艾尔=希拉利(Abu Zayd al-Hilali),11世纪阿拉伯领袖。
[4] 萨伊夫·伊本·迪·亚赞(Sayf ibn Dhi Yazan),6世纪也门国王。
[5] 米哈拉布(Mihrab),清真寺墙上中指明麦加方向的壁龛。

他和赫兹尔是不打不成交。赫兹尔又高又瘦，脸尖，喉结突出。他在正统犹太教家庭长大，过去在特拉维夫学数学。巴萨姆的监狱号码是220—284，恰是互满数①，他印象深刻。

巴萨姆试图回想起有关花拉子米②和智慧之家的一堂课。他回忆不完全，但他告诉赫兹尔，所有好的数学都来自阿拉伯人，这一点每个人都知道。两人开始交流起来。在他牢房的门口，说话小声但持续。

"嘿，赫兹尔，我们的数学运算已经做了一千年，现在你告诉我，我们谁是这里的定居者？"

他学习希伯来语是因为他想了解敌人。Ivrit hee sfat ha'oyev。让他靠近点。想想怎么把他干掉。阅读《律法》。了解他肮脏的偶像崇拜。打破他的监狱。把他关在他自己看守的监牢里。

巴萨姆周围的一切几乎都是敌人。他吃的食物。他抓挠的有机玻璃窗户。他呼吸的空气。空气对他肺部的改造。甚至像赫兹尔这样的人：在占领下，每个人都是敌人。

七年刑期的第四年，他在监狱里看了一部纪录片，他的世界才颠覆过来。

197

"为什么你让马儿孤单？"

"孩子，这是为了给家作伴。"

〰马哈茂德·达尔维什〰

---

① 参见220节内容。
② 花拉子米（Abū 'Abdallāh Muhammad bin Mūsā al-Khwārizmī，约780年—约850年），波斯数学家、天文学家及地理学家，巴格达智慧之家学者。

198

看守用一个食品杂货袋带来两瓶可口可乐,藏在监狱长办公室的一个水箱中,以保持凉爽。夜深人静的时候,他把可乐藏在衬衫下,带给巴萨姆。他还锦上添花地带来一个玻璃杯。

第二天,巴萨姆让所在单元里的每个囚犯尝了一口可乐。他把空瓶子切开,压成小块,用马桶冲走。

连续几天,玻璃杯上都能闻到糖浆味:囚犯为了呼吸一口这气味会专门来他的囚室。

199

监狱中的任何领导人都没有提到,达尔维什的一位情人是犹太舞者塔玛尔·本·阿米。他有一首诗《丽塔和步枪》是关于她的。巴萨姆后来会想起这位黑眼睛的伟大巴勒斯坦诗人,掀开她那修长的白色身体上的被单,那把枪,M-16 或 M-4,背带的痕迹仍留在她的肩膀上。

有次达尔维什入狱时,她去陪着他,在大门口亲吻他,随后重返以色列军队:她是海军表演团的一员。

她在护卫舰、炮舰和运输舰的甲板上给达尔维什写信。有一张照片上,她正坐在猎潜艇的栏杆前。

她用希伯来语中写道:"没有你,我毫无深度。我在这水面上等着你。"

200

巴萨姆六岁那年,一架直升机在希伯伦郊外的山丘上掠过天空。他以前从未见过这样的飞机。在他眼里,士兵们跳出飞机时就像绿色的昆虫，蹲伏，然后跑上山坡，模样奇异而令人恐惧。

他们的家在山坡上的洞穴里。母亲从里面跑下来，抓住他的袖子，示意他不要发声，牵着他，沿着石头小路回家。他熟悉脚下每一块卵石。

她一把掀开洞口的帘子。岩洞顶上吊下来的玻璃灯笼里蜡烛在摇曳。母亲将其吹灭。

手工地毯挂在墙上，光在上面顿了一下，然后是一片漆黑。

201

希伯伦郊外的洞穴冬暖夏凉，是农民梦寐以求的住处。芬芳的橄榄堆在华丽的花盆里，摆放在精心打造的木架上。

巴萨姆家中一共十五个孩子。夏季，他睡在篷布下的草垫上，挨着父亲。这是他的兄弟们觊觎的位置。

巴萨姆知道，父亲让他睡在自己边上是出于内疚：所有孩子中，唯有巴萨姆错过了脊髓灰质炎疫苗。

202

在一处浅山洞中，巴萨姆发现被藏在那里的手榴弹。他和朋友们曾经用这些手榴弹发动过袭击。他们在洞里接着找，又找到了步枪。

手榴弹如大石块般大小。朋友把步枪枪栓拉上，有灰从上面撒落。

203

军用吉普车穿过仙人掌、灌木丛、篱笆。引擎在轰鸣。有人大喊大叫的声音。一只无名的鸟低低地从他耳边掠过。他拖着右脚。他感到一边脑袋被敲了一下。他跑着跑着就倒了。

地面干硬。灰尘钻进他的鼻孔。一只沙色的蜥蜴在他眼前飞速窜过。

他试图站起来。一只脚踩到他的脖子上。士兵们穿着黑色的方头靴子。那鞋子让他们的脚看上去像出了点问题：他们要是穿那样的靴子长途跋涉，脚会跛的。

他的手臂被反绑到身后。有人对着他脖子猛砸了一下，他顿时晕倒。

204

他被绑在椅子上，戴上头套，被猛揍。头套很粗糙，棕色，肮脏，带着烧过的稻草的气味，不像后来在贝尔施瓦用的那种，质感光滑，黑色。他在头套下低声祈祷。我呼召真主的完美话语，它罩着好人，也罩着歹人。

他们用绑在他脖子上的绳索将他从椅子上拉起。他们把绳子绕在暖气管上，让他站在椅子上使劲撑着。他们来回摇动椅子。他们用力殴打他的肾部、腹部和腹股沟。

他再次援引真主的名。他们对着他头的侧部多次狠揍，直到他晕倒。

当他醒来时，他在一个六英尺长、三英尺宽的牢房中。他的睾丸非常肿胀，他几乎无法挪动双腿，无法下床。

205

那一年他十七岁。

206

他十三岁那年,在学校操场上竖起了一面旗帜:绿色、红色、黑色、白色。只是为了惹士兵们生气。他们过来拆,他就可以向他们扔石头。看他们脖子上青筋暴露。让他们暴跳如雷绕过拐角过来,突然把车停下。

他最喜欢听的,是吉普车轮胎驶过学校大门的声音。不是士兵,不是汽车,不是枪支,只是轮胎打转的噪声:那声音里透出饥饿。

那是他少年时代的声音。

207

之后,他静静地走在尘土飞扬的山丘上。

208

希伯伦南部有个山洞自带天井,能看到天空。巴萨姆小时候常常躺在那里,看着满天星斗,看它们的无穷变幻,看它们悄然挪移。

偶尔有成群的夜鸟从那豁口处飞过,让他一时感到迷失。

在监狱里,他试图复制记忆。诗歌和故事在囚犯之间流传着:一头机械秃鹰的故事,一群硕大的鸵鸟,半人半马怪的飞行,垂泪的狮子,尼罗河河畔处女的献祭。

209

回忆也一直在影响拉米。门的关闭声。摩托车的喇叭声。剃刀刮下巴的沙沙声。呼唤派担架的声音。太平间金属滚轮的声音。

210

拉米参加了三场战争。第一次,拉米给一支技术医疗队驾驶军用卡车。他送去弹药,并把阵亡的以色列人从西奈沙漠运回去。

一天晚上,在埃及北海岸埃里什的一个废弃仓库里,拉米所在部队的指挥官在一堆谷物中坐了下来。他们失去了十一辆坦克中的八辆。指挥官抓了几粒谷子数数,又让它们一粒一粒地从手指间掉下来。三、四、五。他不慎让第九粒也掉了下来。在拉米看来,这就像是一场残酷的戏剧。

他走进夜幕里。轰炸的一道道强光从空中闪过,如同北极光。

之后回忆起来,他把战争视为可怕的艺术品:担架进去时是白色,出来是红色。床被水管冲洗干净,放回卡车上,他再次开车进入沙漠,去收拾那些次日会在报纸上露面的男子。

211

退伍后,他对努莉特说,他不确定自己完整无缺地回来了。

212

八哥从远处赶来

赶向死亡的池塘:它们总如期而至。

〜伊丽莎·波拉〜

213

十九世纪末叶,伯利恒的集市上有珍稀的猎鹰出售。

贝都因男孩在沙漠里捕猎鹰。他们夜间挖深坑,用灌木和树枝将其遮住,自己也躲到下面。他们在鸽子腿上绑上长皮带,放出去当诱饵。惊恐的鸽子腿上拴着带子,在空中来回飞,轨迹如弹弓。

男孩子们等着,从掩体下面偷看。他们知道,捕猎鹰最好是在日出的时候,那时候风比较稳定。另外,由于日光斜照,陷阱不易发现。

男孩们手中握着长皮带。他们穿着长及胳膊肘的骆驼皮手套。他们时不时抽动一下皮带。鸽子惊恐之下乱扑翅膀。

猎鹰注意到下面挣扎的鸽子,顺着气流,谨慎地盘旋着,飞得越来越低。

猎鹰下降时,男孩们把咕咕叫的鸽子慢慢拉向坑边。

猎鹰小心翼翼地接近他们。猎鹰离坑很近,就要抓住鸽子了,这时候男孩们猛地从洞中扑出,抓住猎鹰的双腿,将它拖入坑中,快速将其翅膀折到后面,将喙绑住,给它戴上头罩,将其制服。

鸽子被拧断脖子,喂给捕获的猎鹰,让它平静下来。

男孩把猎鹰装进笼子,绑在骆驼的一侧,然后几个人一队,穿过矮小的山丘,一路上小心谨慎,防备有人伏击。他们催促骆驼赶路,拍打着它们那带着斑纹的皮毛,从手中喂谷子给它们吃。

猎鹰售价不菲,英国贵族更是出手阔绰。他们把铃铛系在猎鹰腿上,训练它们在耶路撒冷周围捕猎。

214

十九世纪的探险家理查德·弗朗西斯·伯顿爵士是个猎鹰玩家。他出生于托基,1840年代求学于牛津,此间学会驾驭猎鹰。他还在那里学了阿拉伯语——这是他所掌握的二十九门语言之一。他又高又瘦，有一双远近闻名的黑眼睛，与他喜爱的鸟的眼睛一样。在印度的军队里，他被称为"白皮黑鬼"。有传言说他主要是罗马利亚血统，或者说吉卜赛血统。伯顿给人的印象，像商人、外交官，也像苦行僧或流浪的圣人。

他爱好战斗，同伙称他为"浪子迪克"。有时打架打到一半，他会停下来，搓一搓自己黑胡须的末端，然后继续毫无畏惧地战斗。他自称业余野蛮人。

伯顿环游世界寻求智慧：他想找到意义和存在的真正根源。1853年，他去麦加朝圣。他非常清楚，非穆斯林不得进入这座城市，违者会被处死。他发明了所谓阿拉伯步态：假装是在散步，他长臂、长腿，在人群中显得轻松自在，满不在乎，潇洒自如，但对周围发生的一切充满警惕。他认为自己追随的是带人上天堂的"塔里卡"，亦即神秘之路。他学习伊斯兰教法，还学会了玩魔方。他不断完善自己的阿拉伯语口音，留起了长发，用煮过的草涂黑皮肤，涂上眼影，穿着薄薄的平纹细布衬衫，学着在地上一蹲几小时。他在铁匠铺学会如何给马打马蹄铁——他觉得自己最终可能会找到阿拉伯马匹贸易的营生。

伯顿坚持每天祈祷五次。到了晚上，他为有两百名信徒的大篷车队主持祈祷仪式。他骑着骆驼在队伍的最前面，用一把巨大的黄伞挡住残酷的阳光。

在前往麦加的路上，在他的帮助下，朝圣者从几次土匪袭击中化险为夷。

他在旅行者中享有盛誉：他知道沙漠中哪里能找到水——不但能敏锐观察沙漠中鸟类的飞翔，还能从周遭的蛛丝马迹中找到线索：沙丘的倾斜、蜥蜴的飞奔、沙子的粗糙程度。

215

以色列国防军中为数不多的全部由阿拉伯人组成的军队,其中有一支几乎全由贝都因寻路人组成,他们内部自称为"哈明风部队"。他们全是志愿兵,寻路能力超强,遮天蔽日的沙尘也难不倒他们。

216

哈明风是根据阿拉伯语中"五十"一词命名的。这风由南向西北吹,风是热风,带有沙尘,一吹就是五十天。

217

想象一下猎鹰下降时鸽子的恐惧。它们被拉向洞里,扑腾得洞口全是灰。带子绑在腿上。树枝掩体坍塌。掀起一阵风。消失于地下。漆黑一片。男孩声息全无。突然伸出手。猎鹰尖叫。翅膀折到身后。一地鸽毛鹰毛。

218

在沙漠中,最好的寻路时间是清晨或傍晚,这时斜射的阳光产生阴影,使足迹或车辙显得暗淡。

太阳当空的时候,贝都因人会用重量和厚度各异的便携纸板,在地面形成阴影,辨别尘沙中的细微变化。

寻路人另一个自以为豪的本领,是能根据风的气味和感觉来找路。

219

耶胡达大街爆炸案发生后,贝都因人部队被派往西岸,去找自杀炸弹袭击者居住了将近一年的洞穴。该任务称为伊卡洛斯[①]行动。他们找到的一个藏身处为瓦迪·艾尔-哈曼,意思是鸽子谷。

220

互满数是指两个不同数字,各自整除数相加(不包括原始数字),所得之和分别等于另外一个数。

数学家们推崇这些数字,认为它们"互相满足":220的整除数为1、2、4、5、10、11、20、22、44、55和110,它们相加等于284。284的整除数为1、2、4、71和142,相加之和为220。

它们是1000以内仅有的互满数。

221

似乎它们所包含的一切,能以某种方式彼此识别。

222

离开监狱的那一天,巴萨姆从囚服上剪下了自己的编号。后来,他把这标记寄给了狱警赫兹尔。

赫兹尔将"220-284"框起来,挂在希伯来大学数学系办公室的

[①] 伊卡洛斯(Icarus),希腊神话人物,用蜡和羽毛做成翅膀,试图逃脱克里特,后因接近太阳,翅膀熔化而坠落。

墙上。在那里，他开始研究谐波积分的思想。

223

理查德·弗朗西斯·伯顿爵士翻译了《阿拉伯之夜》，此书又称《一千零一夜之书》，或《一千零一夜》。

224

斯玛达尔最爱的故事之一是《驼背的故事》，故事说有一个滑稽的驼背人，一再被人认为已经去世，涉嫌的凶手陆续招供。最后真相大白：一位理发师透露，驼背人根本没有死。

225

爆炸发生几周后，拉米走进斯玛达尔的房间。一切都还是她离开那天的样子：她的习字簿在桌上打开着，耳环在窗台上摊着，希奈德·奥康纳的照片放在镜子的角落里。

他从书架上拿下《一千零一夜》，开始阅读《驼背的故事》。

"你看，"理发师叫道，"他根本没有死。"

226

伯顿很警惕，避免被人视作间谍或巫师：去麦加朝圣时，他不想被人看到自己记任何笔记，哪怕记的是阿拉伯文。他有本表面上看是袖珍《古兰经》的书，用皮绳串着，斜挎在肩上。此"书"有三个隔间——一个里面放着他的手表和指南针，另一个放着他的钱，第三个放着可以藏在手掌中的铅笔和编号的纸条。他在口袋里放了一支小手枪，还带了一包鸦片，没人的时候会抽上几口。

如果伯顿非信徒的身份被揭穿，他会遭到棍棒殴打，被扔石头，被开膛破肚并在难以忍受的酷热中丢进一个浅浅的坟墓，被豺狼撕咬，被秃鹰啄食，直到完全无法辨认。

227

印度裔小说家萨尔曼·鲁西迪被下达宗教判决期间，有人寄来一封邮件，里面只有一块小鹅卵石：它独自装在白色信封中，没有便条。鹅卵石在他书桌上放了好多年，后来被一个纽约的清洁工在打扫时不小心给扫走扔掉了。

228

伯顿（他还翻译了《爱经》）喜欢撒谎是出了名的。

据说他杀死了一个贝都因小伙子，因为那小伙子看到他掀起长袍站着小解，而不像传统方式那样蹲下。据说伯顿用刀捅死了那个男孩，以免自己的身份败露。

伯顿声称这是胡说八道，是个人偏见，以讹传讹，但多年后，他在里约热内卢的一家妓院里喝醉，跟周围朋友说，他杀死过一个孩子，他会带着这份罪恶进入坟墓。

229

"你看,"理发师叫道,"他根本没有死。"

230

巴萨姆最讨厌的是看守殴打囚犯时,把囚犯衣服全部脱掉,让其赤身裸体、充满羞辱感地站在那里。

看守把他们锁在食堂里。他很快发现,第一次被警棍打并不是最糟糕的:是第二下,第三下,他意识到一时停不下来。打到第七或第八下的时候,它几乎感觉像例行公事。他用手护住头,不知道下一次打的是什么地方。

他在监狱医院里醒来,身上只有薄薄的一张床单。

只有赫兹尔不参与殴打。有一次,他甚至站到巴萨姆前面,不让警棍打过去。另一名看守将赫兹尔抵到墙边,用头撞他,问他是不是对骆驼有什么特殊嗜好。赫兹尔回答说,是的,他颇有兴趣——骆驼胆子很大,敢向主人脸上吐唾沫。

231

在十二世纪十字军东征期间,基督教武士将男囚赤身裸体捆绑在山顶的岩石上,然后放飞经过训练、爪牙尖利的老鹰。

老鹰啄食他们的肝、肾、心脏,直到囚犯被啄死。

他们雇来画家,以木炭、青铜和水彩,描绘普罗米修斯惨死的场景。

232

布埃隆的戈弗雷成为了圣墓的捍卫者,在鹰脖子上挂上一个纯银的十字架。它们离开了他装有护套的手,向囚犯飞来。

233

想象鹰靠近时,那十字架的摆动。

234

235

族长们的处理方式。

236

二十世纪九十年代初期,以色列请来八名纽约隧道挖掘工,在

60号公路（也称隧道路）施工。这些人刚强、勇猛、坚韧，是出色的隧道工人。他们中间有两名在美国出生，两名是爱尔兰人，一名是波兰人，一名是意大利人，一名是加拿大人，另一名是克罗地亚人。

他们结束了波基普西市的上州涵洞工程，搬到耶路撒冷，集体住在城东一家破旧旅馆里。

八个月来，那些隧道工都长期处在宿醉状态。唯一的异数是滴酒不沾的克罗地亚人马可·科瓦切维奇。科瓦切维奇身材高大，好沉思，肩膀宽阔，做事专心。他不怎么说话，和其他人也不住一个楼层。

每天早晨，科瓦切维奇开着白色厢式车，将他们全部带到工地。他们装好炸药，接上导火索，炸开岩石，监督清除山下的碎片。

科瓦切维奇的特长是在高难度的地方，使用少量炸药精准爆破：大家给了他"鼹鼠"的诨号。

晚上，科瓦切维奇开车把吞云吐雾的伙计们送回去，然后出去在圣城散步。星期五、星期六的时候科瓦切维奇从来不露面。他长出头发，开始留长胡子。他把头发扎成很多小卷。工程快结束时，他失踪了。施工的同伙向以色列警察报告了他的失踪情况，但最后没有人找到科瓦切维奇。没有人怀疑这是他杀：自杀似乎是唯一的可能。工友们联系上了他在布朗克斯的妻儿，但他们也没有听说他的消息，也连续三个月没从账户上看到他汇来一分钱。

警方公布了科瓦切维奇的失踪报告，但这个沉默寡言的克罗地亚人一直没有出现。

隧道施工结束后，工友们聚在一起，像从前在纽约、宾夕法尼亚、佛罗里达那样，举办了一个仪式。电闸拉了，点燃蜡烛，他们以传统的方式，一个接一个在黑暗中走过。他们的影子忽隐忽现，他们背负着失踪同事的记忆，沿着先祖之路，在拜特贾拉下的隧道里，从一头一直走到另外一头。

237

公元前 700 年，希西家国王下令在耶路撒冷建造一条隧道，将水从基洪泉引到西洛阿姆水池。隧道一米宽，半公里长。

他们开始用凿子、锤子和斧子在山两边同时开挖。两条隧道本应在中间相遇，但石匠们不知道两边到底在哪里会合。每天，两个团队都会放下工具，把耳朵和手贴在岩石上，看能否听到对方的声音。

当他们最终听到石灰石上锤子、凿子的振动声时，挖洞的人就开始朝彼此方向挖。他们一直在凿在挖，声音越来越近，越来越清晰。最后他们又钻了一道 S 形曲线，终于会合到一起。

破壁之后，水顺着梯度，从泉水流向水池。

238

在吉洛隧道的中央，隧道工将圣巴巴拉（隧道挖掘者的守护神）的石膏雕像塞入顶棚的缝隙里。

他们发现巴勒斯坦工人也有自己的仪式，他们对此并不感到惊讶：顶棚每一百英尺，就被刻上一个箭头，指向麦加的方向。为了安全起见，他们还在铺路石下塞了一根细线。

239

2010 年冬天，两名巴勒斯坦鸟类专家塔雷克·哈利勒和萨义德·哈拉尼在吉洛和拜特贾拉之间的灌木丛中考察，想了解伯劳鸟的活动规律。这种小鸟有个著名的怪癖，它捉到昆虫后，会将其扎在铁丝网上。两人很谨慎，没穿任何让人感觉是传统服装的衣服，他们还分别套上反光背心，很容易辨认。

快到晌午时，有人向他们的头顶开了几枪。两人过去也被人开枪警告过。开枪者包括定居者，也包括拜特贾拉这一侧房子里的自己人。

两人躺在灰土地里，用棍子举起塔雷克的白色 T 恤。两人的手机都没有信号。他们开始在坚硬的岩石和矮小的橄榄树之间的灌木丛中往回爬。在这个不少地段已成无人区的地方，到处都有铁丝网，铁丝网上钩着虫子。当他们确信自己已经爬回安全区时，在一条小小的黏土山脊附近，他们再次向空中举起了白色 T 恤。又有人向他们开了六枪。

两个人一起躺在地上。傍晚时分，他们被以色列人和巴勒斯坦人的联合部队营救。

枪声究竟从何而来成了争论的焦点。六个月后，高大、瘦弱的定居者马克·科瓦克在经举报后被捕。警方搜查他的房子时，发现了几支狙击步枪。进一步的搜索显示，他已经从定居点修建了一系列隧道，进入无人区，在那里他可以从任何角度向入侵者射击。

科瓦克被其他定居者看成安静的隐居者，他声称自己出生于耶路撒冷，但他操东欧口音。迅速展开的背景调查显示，他以前在布朗克斯区当隧道工。

240

不少人知道，伯劳鸟把虫子穿在铁丝网上属求偶行为。

241

据说科瓦克在西岸的一个犹太人定居点阿瑞买了房子。他名下有一家游泳池公司。多年来，在一号公路上可以看到一块广告牌，上面是个红屋顶别墅，边上有个光鲜的游泳池，上面有个电话号码，还有一句广告词："你的绿洲在等待"。

242

2004年的纳布卢斯行动中，以色列士兵攻进城市。

士兵们没有穿过狭窄的街道和拥挤的小巷，而是直接穿过墙壁炸开天花板，一路走一路炸，一户人家接着一户人家，一个商店接着一个商店，隐蔽地曲折前进，还在墙上画荧光箭头，告诉后面的士兵怎么行动。

停下来时，他们用热成像护目镜查看墙那一侧的情况。男人和女人在一起拥抱。睡觉的孩子。用阿拉伯头巾包住嘴的年轻人。

这种穿行，士兵们称之为穿墙走壁。

243

电话是在夜里打来的。炸弹袭击十四年之后。拉米大吃一惊。纪录片导演。她一直与阿西拉·沙马里亚的家庭保持联系。三个人肉炸弹中有两个的父母都愿意与他见面。她说，在西岸的心脏地带，这样的见面前所未有。他们允许西方摄制组拍摄这次会面。在他们的村庄、他们的房子里、他们的客厅里。

她也会安排交通，以及安保。他不用担心。她可以保证。不过他得偷渡到约旦河西岸，但他知道这不难做到。

杀害他女儿的凶手的父母，在等着他。

244

拉米想象自己身处一间高高的拱形房子里，坐在沙发上，沙发上放着有图案的靠垫，一托盘豆蔻咖啡和糖果摆在他面前，鲜花，陶器，还有一座白色珍珠母做的缩微圆顶清真寺，以及高高的木架上精心摆放的照片。

245

1932年夏，几位著名知识分子相互通信。阿尔伯特·爱因斯坦写信给西格蒙德·弗洛伊德。

爱因斯坦称赞奥地利努力把人类从战争的魔爪中解放出来，实现内部的安宁和外部的和平。这种解放，是从基督到歌德、康德以来，所有道德和精神的领袖的深切希望。这些领袖人物，均超越了自己的时代和国家而存在。但是，爱因斯坦问道，这些人改变人类事务的愿望，实质上并无效果，这个事实不也很重要吗？多年以来，他们何曾阻止野蛮的脚步？即使再雄辩的诉求摆在面前，暴力仍将继续。

他想问弗洛伊德的本质问题是，有没有办法左右人类的心理发展，使其对仇恨和破坏心理产生抵抗力，从而让文明摆脱战争的威胁？

246

拉米答应了，可是他也知道，见面或许难以发生。

247

那天晚上，他骑上摩托车，去巴萨姆在阿纳塔的公寓。在通过检查站之前，他撕下了保险杠贴纸。如果我们不开始对话，这一切不会结束。

他们在客厅里聚了几个小时。这个提议让巴萨姆感到震惊，他说，见面恐怕会带来更大的悲伤，不一定能解决什么问题。这些村民很简单。他们种橄榄，割小麦。他们不知道如何对付笔记本电脑、相机和麦克风。采访者的想法可能太深，他们不一定能理解。可能中间会出问题。也许他们不会理解他，他的直言，他的诚实。他毕竟是以色列人，面对这个事实吧，他嗓门大，力气大，他可能尺度把握不好，他可能怒发冲冠。结果可能只是大家拼嗓门。情绪很紧张。村民们也可能闯祸。他们不一定遵循正确的政治路线。会有后果。有影响。话会传来传去。他们可能被称为犹奸、巴奸。谁说得准。那可是个雷区。可能有人会受伤。

他们走出公寓，下了楼梯走进黑暗中。在地平线上，附近的舒法特营地火光冲天。又是一场抗议。远处，在隔离墙上方，昏暗的星光照在灌木丛上。两个人站在倾斜的人行道上，沉默了一会儿。

"别去了，我的朋友。"巴萨姆说。

248

1948 年，英国人从托管地巴勒斯坦匆忙撤走时，陆军下士保罗·哈廷顿留下了他的游隼。

第二次世界大战期间，哈廷顿在北非屡建战功。在巴勒斯坦任职期间，他购买了两只珍贵的游隼。哈廷顿同情犹太人的事业，给当地地下抵抗力量的一位领导人留下一张便条，要求他照顾两只鸟。这两只屡获殊荣的游隼被关在银色笼子里，放在耶路撒冷一间白色石灰石大宅的阳台上。鸟笼里留了足够的食物，能维持它们几天的所需。他留下了兽医证书和梳毛的说明，甚至还留了一点钱，确保两只鸟能得到照顾。

几天后,石灰岩大宅附近爆发了激烈的枪战。阿拉伯军队击退了犹太战士,这些鸟落入当地人贾弗·哈桑手中,贾弗·哈桑帮鸟梳洗、照顾它们。几天后,他也被迫撤退,只带着鸟和钥匙,回到自己大门紧闭的家。

哈桑一家人带着两只隼,最终到了纳布卢斯的泥泞街道上落户。他们的房屋勉强能住人。薄薄的工业地毯盖在裸露的水泥上。聚苯乙烯泡沫墙。从悬挂的电线上偷接的电。路前方还有一条污水管总是汩汩地吐出脏水。哈桑申请返回耶路撒冷的石灰岩房屋,但被拒绝。他设计锁让钥匙来配,而不是用钥匙去配锁。锁装在游隼笼子上。一个月又是一个月,一年又是一年。

哈桑把鸟放在屋顶上。在难民营中,建筑的唯一方式是向上建。随着家庭的成长壮大,他家的房子也越来越高,边上的临时搭建越来越多。有一阵子哈桑喜欢这样:游隼不断地上升,好像下面能自然生成热气流。在它们之下,子孙生养不息。

房屋在扩展、摇摇欲坠,屋顶上再添屋顶,四周脚手架环绕,笼子摇摇欲坠地放在上面。

在整个二十世纪六十年代和七十年代,哈桑以养鸟为生,但也总因屋顶上的笼子而收到罚款。他没有养鸟许可证。去申请又得不到批准。罚款一直追加,最后,他无奈去拍卖这些鸟儿。鸟类最末一代在八十年代卖出。此时哈桑已经老迈,知道自己再也回不到耶路撒冷的家中。他保留了锁和钥匙。

他用卖鸟所得的钱在阿西拉·沙马里亚村买了一座石头大房子,但把家人全搬去不久后,他就死了。

这些鸟最终被出口到阿布扎比,那两只游隼的后代有时价值高达数十万美元。这不仅因为它们的美丽,更因为它们身后有故事。养鸟人还将它们与其他获奖的游隼配种。连游隼的头套都是用金箔和珠宝做的。

249

阿布扎比酋长拥有最为著名的游隼后代,他称其为悲伤之鸟。2012年,他还让人给这些游隼拍了照,给斯威汉路上豪华的阿布扎比游隼医院宣传册做封面。

250

游隼医院最复杂的手术之一是修复断羽。各种形状、色调的游隼羽毛,整抽屉整抽屉地存放在一楼手术室旁边恒温的仓库里。

这些羽毛被仔细缝制、粘贴在受伤的鸟身上。

然后,医院用相机捕捉它们新的飞行模式,输进计算机程序中,然后对新的羽毛做进一步调整,好让这些飞禽能够完美地飞行。

251

世界上最受欢迎的游隼头套匠人是莫娜·阿基拉·萨卡夫。她在洛杉矶东部郊区一个到处是灰的仓库里工作。她的原材料是草食野牛的皮革,纯手工缝制,不用胶水。她的设计原为波斯风格,但也融入了美国原住民的特色,尤其是采用了科曼奇风格的打结和配色。除头套外,她还制作系带、爪环、脚镯和栖息带。

通常情况下,客户从中东直接用私人飞机带游隼到她这里来。根据头套上宝石、金箔、银线的使用状况,萨卡夫制作头套最多可能要用两个星期。

莫娜与她的智利丈夫、儿子卡米尔住在他们圣莫尼卡的家中。户外建有一个阿拉伯头罩形状的巨大游泳池;游泳池是明亮的蓝色,航拍照片常出现在建筑杂志上。

2004年，身穿比基尼的她站在游泳池边摆拍，照片出现在一家时尚杂志上。她的生意从此一落千丈。几位大酋长取消了订单，直到萨卡夫的经纪人向他们保证，头套是用传统方法制作的。

萨卡夫开始派送一张新照片。照片上的她身穿保守的中东服装，在工作台前给头套上漆。

252

给游隼戴头套和玩鹰人不给游隼戴头套是同一个出发点：戴上头套的游隼仍能看很远，但又不会被远处的其他猎物分散注意力。

玩鹰人给游隼戴上头套，等候着。他只想让游隼的视野缩小到他的视野。

253

萨卡夫在洛杉矶的游泳池能装三万两千加仑的水。

254

1932年9月，爱因斯坦收到了精神分析派心理学家西格蒙德·弗洛伊德的回信。对此延误，弗洛伊德表示歉意。

有关如何防止战争这个棘手问题，他会择时另行回复，但是弗洛伊德称，他自己无能为力，并为此感到不安。他的回答可能没那么令人鼓舞。他说，他已经老了。终其一生，他都在告知人们他们难以消化的真相。

一周后，爱因斯坦给弗洛伊德写了第二封信，说他愿闻其详，期盼新的来函。

收到爱因斯坦的来信后,又过了几个星期,弗洛伊德终于回信,说他受宠若惊。不过,在他看来,没有什么人能够压制人类最具侵略性的本能。他说,世界上没有多少人过着波澜不惊的生活。战争狂热很容易感染人类,仇恨和破坏是人类活跃的本能。弗洛伊德说,尽管如此,终结战争的希望,也非胡思乱想。人类要做的事,是达成共识,建立一个中央权力机构,在每次发生利益冲突时,有最终的仲裁权。

除此之外,凡能强化人与人之情感联系的一切,也都可以制衡战争。必须寻找一种情感的共同体,一种关于本能的神话体系。

255

1933年,爱因斯坦与弗洛伊德的往来信件发表。此时阿道夫·希特勒已经掌权。书信集最初以德语和英语出版,书名为《战争溯源》,仅印了两千册。

为了避免尚难以预料的命运,两人都离开了各自的家乡,弗洛伊德流亡到了英国,爱因斯坦则去了美国。

256

我叫拉米·埃尔哈南。我是斯玛达尔的父亲。我是第七代耶路撒冷人。你也可以称我为大屠杀的毕业生。

257

从奥斯威辛集中营释放后,伊扎克·埃尔哈南·戈尔德随即拿到前往特拉维夫的船票，同行的还有其他十几个匈牙利人、几个罗马尼亚人和两个瑞典人。大家都没有正式文件。

抵达后，迎接伊扎克的是犹太地下抵抗组织的人员。他们把他伪装成英国士兵，让其乘公共汽车去耶路撒冷，后来给他安排了在旧城担任警察的工作。他因胸口上的数字，被昵称为切·切·该木尔[①]：英国托管地883号警察。

他在1948年的战争中受伤，在医院里被一个在这座城市住了六代的当地家庭领养。他很快学会了当地语言并开始适应。但是直到几十年后，由于斯玛达尔要完成家谱研究的作业，他才第一次和孩子谈论大屠杀期间的经历。

258

十四岁的时候，伊扎克被派给杰尔的一个拉比当差，将黄金走私到市场。拉比用这些钱来购买食品和药品。

伊扎克行动快捷，处事灵活。他的夹克上没有犹太星标记。没有军帽檐的营地帽。他对这里的小巷和屋顶了如指掌。他能够在城里穿行而不被发现。有时他会从一个烟囱跳到另一个烟囱，或者顺着排水管滑到下面街道上。

他匆匆穿过红灯区到达广场附近的市场。女人嘴唇涂得通红，放荡不羁。冬天，她们还只是穿着短外套。他跑过去，进入市场。傍晚，他在电影院里闲逛，开始做黄牛，以略高的价格倒卖电影票。

一天晚上，他只剩下一张票了，他决定犒劳一下自己，去看一下萨拉·利安德尔主演的电影。

他刚坐下来，《伟大的爱情》开场没一会儿，一个盖世太保在他

[①] Chet Chet Gimmel，Chet 和 Gimmel，分别是希伯来文中的第八和第三个字母，也代表数字8和3。

旁边的座位坐下，阻止他离开。

259

影片的主题曲《世界不会因此终结》(Davon geht die Welt nicht unter)，是当时最流行的德文歌曲之一。

260

1944年6月23日，纳粹允许红十字国际委员会的代表访问泰雷津，以反击关于集中营的谣言。德国人说，哪里有什么集中营？

在党卫军中尉卡尔·瑞姆及其副手的带领下，丹麦卫生部的主任医师和外交部的高级代表一行，参观了这座捷克难民营。

在访问之前的几周，德国人强迫捷克和犹太囚犯清理街道。他们布置了鲜花，修理好破损的屋顶，安装公园长椅，对宿舍的较低楼层重新粉刷修葺。他们画了假的店面。将街道换上非军事化的名称。街道上还装了招牌，指向其实并不存在的邮局、游泳池、咖啡馆。他们开放中央广场，铺上新草坪，种上玫瑰。他们刻了标记，标示咖啡馆、面包店和豪华水疗中心。他们印刷了装饰海报，挂在酸橙树的树枝上。他们分发了皮带扣、衣服刷、梳子。发放了鲜黄色的袖章。排练了集中营囚犯汉斯·克拉萨写的儿童歌剧，并在集中营官方乐评家维克多·乌尔曼的指导下，举办了几场表演。

小镇拾掇好了，他们将数百名老弱病残的犹太人运到奥斯威辛集中营，以免街道看起来过于拥挤。

在访问的那天，德国人指示所有集中营成员，如果路过的丹麦客人问他们问题，他们一律不许回答。强制性敬礼被废除了。居民只有被假市长及其下属或身穿军装的官员问到时，才可以讲话。艺术家、演员、诗人、教授、心理学家、儿童，还有一些老人都遵守了这些规定。

红十字会代表团按照地图上事先画好的红线，参观了小镇。

此后，代表团离开，并下结论称这里是在国际法许可范围内运作的牢房。德国人意犹未尽，决定在这里拍一部宣传片。他们找来集中营的犹太囚犯库尔特·杰伦来当导演。杰伦过去在德国从事歌舞厅和电影表演，是著名的《大刀麦克》[①]的演唱者，也在玛琳·迪特里希的电影中做过配角。

在德国人的督促下，杰伦用十一天时间完成了影片的拍摄。他用了十几个演员，用16毫米徕卡摄影机拍摄。到底拍什么完全是德国军官告诉他的。给我拍《布伦迪巴》的表演。给我拍在调音的小提琴家。给我拍个在秋千架那边跳房子的孩子。给我拍校舍里在身后黑板上写着粉笔字的女老师。给我拍个下象棋的老人，样子悠闲一点。把太阳从房屋中间升起的画面给我捕捉下来。

电影拍完后，杰伦和妻子及剧组其他成员一起被送上火车，被送往奥斯威辛集中营。在那里，他们被送进毒气室毒死。

261

德国人称其为"点缀行动"。

262

这部长达二十三分钟的电影大部分后来都被销毁了。

[①] 《大刀麦克》(Mack the Knife)是布莱希特的著名剧作《三毛钱歌剧》中的一首歌，1928年首演时，库尔特·杰伦扮演布朗警长。

263

标题是《元首给予犹太人一个城市》(*Der Führer schenkt den Juden eine Stadt*)。

264

一个称为卫生研究所的特殊部门负责向奥斯威辛集中营的党卫队士兵运送齐克隆 B 颗粒。他们用救护车将药罐迅速送到毒气室。

保质期为三个月的齐克隆 B 颗粒从天花板上的通风孔里落下来。

265

肺部紧缩的边缘。

266

斯玛达尔最喜欢听祖父讲一个故事：一位衣冠整齐的男子，在杰尔火车站，给伊扎克递过来一块报纸包着的果籽蛋糕。

在火车上，他打开报纸，在角落发现了电影《伟大的爱情》的广告。

伊扎克一口气把蛋糕全吃完——他总是后悔，他告诉斯玛达尔，他多么希望能让蛋糕放久一点啊。包蛋糕的报纸，他给折叠好放入口袋里。

267

巴萨姆的牢房里有一台小型的黑白电视机，可以收看希伯来语的第一频道,偶尔也会播出阿拉伯语节目,仅此而已。他把它放在床头的木桌上,即便睡觉的时候,电视也照放不误。

他必须把手放在天线上,才有更好的接收效果。一天的新闻通过希伯来语从他手指间流过,这事让他感到惊奇。最令他感兴趣的是天气:他可以想象出赛尔那边的情况。

大屠杀纪念日前一天晚上,他将其切换为纪录片。这不足为奇。巴萨姆对他们的宣传已经烂熟于心。可他还是会看。他想坐在那里,看着犹太人一个接一个地死掉。看到他们跌倒。饿死。在沟渠中倒下。看到天花板上喷下来的气体。报应。他想体验他们如何被歼灭。

巴萨姆那年二十岁,躺在床上,等着他可以鼓掌的时刻。

268

在低温症的最后阶段,遭受极度寒冷的人由于某些周边血管过于劳损,血液会突然流向四肢。

受害人甚至可能因为他们以为的无法忍受的高温而脱掉衣服。

269

第二天午餐时间,巴萨姆沿着金属地板走到食堂。他几乎没法从铁网格往下看:他的平衡感被打得落花流水。

270

将叠靠在墙上的硬床折下来。他躺下来。手放到脑后。走廊上呼喊声在回荡。来自各牢房的音乐。弹拨单弦乐器的声音。远处的收音机声。他觉得，他身子下面的虚空里还有虚空。他把头靠在发臭的枕头上，抓住那根细细的金属天线。开始他想为倒下的尸体喝彩。看着他们在可怕的扭曲中一个个向前倾倒。了解你的敌人，让他们靠近。最好踩在脚下。在地上。他转向墙壁，拉起薄毯子。悲伤者啊，减轻你们的悲伤。他重复他的祷告。一只小蟑螂从抹灰的缝隙中爬了出来。它的触角抖动了一下。他用鞋子把它压碎了。把毯子再次裹上，再次伸手去抓天线。他好奇他们为什么不反击。一个接一个。一次又一次。他们的身体向前倾倒。一丝不挂。在牢房的另一侧，厕所，金属水槽。管道里传来一丝微弱的水声。每个声音都被放大。他觉得好像有些东西已经占据了他思想的齿轮，推动那些机械的齿轮向前转，如同一具具被抛出去的尸体。

271

最大的圣战是自我征服。

272

喇叭里在喊全体集合，人口统计。此时是 11 月的早晨：外面彻骨严寒，树枝在自然折断。

成千上万的囚犯列队走到空地上。有的才从床上爬起来，身上还是睡时穿的短衫。其他人披着薄薄的夹克、集中营的长裤和外套，以及他们在集中营里能织出来的任何手套和帽子。他们排成整齐的队列。男，女，老，少。一声令下，毯子全丢在雪地上。一瞬间，血液离开了他们的手指、脚趾、腿、手臂。他们瑟瑟发抖，最后一丝暖意也消失了。

集中营指挥官安东·伯格蹬着黑色长靴，身穿毛领大衣，双手紧握在背后，腰带上系着一块漂亮的怀表。他将怀表轻轻弹开，然后关闭。计时五分钟，八分钟，十分钟。

有的人穿着齐整，也倒了下来，旋即被拖走。正如伯格所预想的那样，很快有帽子掉下来。又过了一会儿，有的人把外套扔掉。一个。接着一个。弯下腰捡东西，或去搀扶他人，都立刻被枪杀。一位妇女开始动自己的扣子。一位老人脱去了汗衫。又过了两分钟。三分钟。四分钟。伯格又看了一下怀表。囚犯开始三三两两倒地。地上到处都是衣服。总共二十七分钟。伯格挥了挥手：他会在下一次更恶劣的天气里再次做这个实验。他命令囚犯回营房。

数十具尸体躺在地上。伯格下令将丢下的衣服立刻收起来，全部焚烧。

273

叫什么名字？巴萨姆·阿拉敏。籍贯？希伯伦。年龄？四十二。和谁一起旅行？我爱人和孩子。目的地？英国。英国哪里？布拉德福德。没听说过。是所大学。去那里是什么目的？上大学。你跟我耍嘴皮？不是。许可证怎么拿的？我跟其他各位值班官员解释过了。你看我像其他值班官员吗？是从耶路撒冷的办事处拿的。你上大学目的是什么？学习。你是教授吗？不是。你多大？四十二，我告诉过你。是去"上学"？是的。过去在哪里上学？赛尔村。在哪里？希伯伦附近。完成学业了吗？学业中断了。中断是什么意思？我没有完成学业，没有。你为什么笑？我喜欢笑，这是我的天性，我喜欢笑。你是不是想再错过一班飞机，巴萨姆？不想。那就别嬉皮笑脸的了。告诉我你在哪里学希伯来语？放学后。放学后，是么？我这里有你的档案，我知道你是谁。那你还问我干什么？不要跟我装机灵了，问什么你答什么。放学后，我放学后学的希伯来语，然后我在行政当局工作，先是体育处，然后是档案处，然后我被布拉德福德录取了，我有特别许可，我有权去。回答我的问题，你为什么现在上大学？我被录取了。你真的喜欢这么笑吗？不是特别喜欢。再跟我说一次你的名字。为什么？我说再说一次你的名字，听到没有，在听吗？巴萨姆·阿拉敏。巴萨姆啊巴萨姆，阿拉敏啊阿拉敏，你说你，二十五年没读过书，突然一下子，就成知识分子啦？我从来没有这么说过，我是去学习的。你要去多久？一年。许可证有效期是两年。是的。你学什么？Shoah。什么？大屠杀。你说的我听明白了，你去研究大屠杀，你说你一个阿拉伯人，一个穆斯林，还曾是恐怖分子，坐过七年牢，攻击我们，向我们扔手榴弹，恐吓我们，现在你去当学生，研究大屠杀，还说自己是个知识分子，你是跟我开玩笑么，巴萨姆啊巴萨姆，你觉得我像傻瓜么？我根本不认为你是傻瓜。你是不是在告诉我，你去英国研究大屠杀，然后回来告诉我们大屠杀根本没有发生过？不。"不"是什么意思？根据我的了解，没有人希望被历史排除在外。你他妈到底在说什么？我对否认真相不感兴趣。是这样吗？是的。我不相信任何形式的暴力。什么时候开始这么想的？很久以前了。是吗？是的。巴萨姆，你在布拉德福德要跟多少恐怖分子见面？我不知道，什么叫恐怖分子，你能给我一个定义吗？你在问我？我爱人在等着，孩子在等着，我们搞不好又上不了飞机，我不得不说，现在感到恐怖的人是我。咦，巴萨姆，你这嘴还挺贫的嘛？我不这么认为。不要笑。我没笑，我不是在笑，我什么都没做，我只是坐在这里，回答你的问题，等着上飞机。说出你的名字。我已经说了十二遍了。名字？巴萨姆·阿拉敏，那个哭的是不是你家小孩？我看不到墙壁那边。她为什么哭，巴萨姆？我不知道，可能是因为她累了，我们等了很久了。你老婆能不能让她别哭了？我爱人自己可能也累了。我们在这里待了八个小时了，我都不知道错过了多少班飞机。你几个小孩，巴萨姆？五个，过去是六个。

274

他在图书馆最早看到的一张照片就是泰雷津集中营。照片上，一个年轻人穿着燕尾服，打着白色领结，正在给小提琴琴弓擦松香，眼睛直盯着相机镜头。

275

后来他遇到英国人，提到布拉德福德，他们都把眼睛翻一下，脸上写满了不屑。不错，这里不是牛津、剑桥、爱丁堡、曼彻斯特，但他和萨尔娃都喜欢。小镇坦荡开阔，公园一片翠绿，沿河是干干净净的小道，低矮的红砖房一排又一排，烟囱鳞次栉比，小小店铺个个亮堂。还有那电梯里的音乐，庄园路，镜池，佩里德北大街，唐布林山，罗森路，成片的霓虹灯，大大小小的咖啡馆，商店，醋的气息，沙拉三明治摊点，红色双层巴士，圆顶硬礼帽的男人，身穿布卡罩衫的女子，消防车，垃圾车，教堂的钟声，提醒祷告的人，邮递员，戴夫扎德路上留着脏辫的印度警察，和平博物馆外的走钢丝艺人，沿彭伯顿大道步行回家的路，安静的街道，狭长的草地，倾斜的大门，爬墙的黄玫瑰，蓝的门，白的钟，银色的字母槽。帽子架，吱吱响的楼梯，五间卧室。自己的卧室俯瞰一个小花园，暖气片滴答作响。孩子们下午可以出门，无忧无虑地去公园。他们可以看着孩子在水边奔跑，撕碎面包喂鸭子。最让人惊奇的是，即便在一片灰色的英国天空下，也可以从雨中走过。是啊，就连雨他都喜欢。这里的雨，或斜斜地随风飘落，或阳光下洒落的亦雨亦晴，或夜间飘起的毛毛细雨，或倾盆而至的暴风骤雨。这里的雨伞笑话说不尽，有的连刚学英语的萨尔娃都觉得好玩。

276

萨尔娃,雨落下的时候,什么向上?

277

在图书馆,他读普里莫·莱维①。阿多诺②。苏珊·桑塔格。爱德华·萨义德。他看了《辛德勒的名单》,搜索其他电影、纪录片,浏览大量新闻胶片。搜索集中营的照片。把关于泰雷津集中营的一切资料找了个遍。他还阅读有关创伤的文章,以及创伤和记忆相互影响的文章。阿德勒、珍妮特、弗洛伊德。获得恐惧。随着时间的推移,记忆的瓦解。语言的任务。

有时在他看来,他的大脑像是着了火。他深夜才回到家,精疲力尽,却亢奋异常:他躺在沙发上睡着,书本打开着放在胸前,脚搭在咖啡桌上。

他开始撰写硕士论文:《大屠杀:历史和记忆的使用和滥用》。他用普通书写体写作。他用阿拉伯语思考,但用英文写作。他知道这些不是新概念,只是对他而言是新概念。不过,他仍然感觉是个探险家,在探索新的领地。他把自己放逐到海上。大多数时候,他还跌跌撞撞回到岸上,但间或也会遇见或隐或现的零星陆地。他试图找到落脚点时,那片土地又在他眼前消失。他认为这是真正的恐怖。他的责任,不是去消减。他想用历史来说明当下,讨论历史如何螺旋式发展,如何一个时刻紧挨着下一时刻,如何找到过去与未来的交集。

他是班上年龄最大的学生。和平研究。他坐在房间的第二排座位上,尽量保持安静。若是开口,声音也和耳语无异。他很少自愿

---

① 普里莫·莱维(Primo Levi, 1919—1987),犹太裔意大利化学家、小说家,奥斯威辛集中营幸存者。
② 西奥多·W. 阿多诺(Theodor W. Adorno, 1903—1969),德国哲学家、社会学家。

发言。一旦开口语速也很慢,很轻柔,仔细斟酌过。他低着头离开教室。独自吸烟,远离建筑物。将祈祷垫放在别人看不见的地方。

尽管如此,他的背景还是泄漏了出去:他是一个巴勒斯坦人,一个激进主义者,他失去了十岁的女儿,他正在研究大屠杀。

他熟悉门卫、球场管理员和食堂女工,能叫出他们的名字。走路遇到他们,他会点头示意。他们心态开放,性格开朗。他们想知道他喜欢哪支足球队。他对足球不感兴趣,但他开始披蓝白双色的布拉德福德围巾。他们喜欢他浓重的阿拉伯口音,喜欢听他说英语。布-雷-德。他们因为他腿跛,给他起绰号为凯萨尔·索兹[1]。他们还说他看上去有点像阿拉伯版的凯文·斯派西。他不知道他们在说什么,所以租了部电影,和萨尔娃一起看。他们觉得他说话很好笑:他说他是例行嫌疑人之一。巴勒斯坦人的日常。小小的讽刺。

他受邀参加聚会、晚宴和专题讨论会。他接受了邀请,一次在格拉斯哥,一次在哥本哈根,一次在贝尔法斯特。这是他的命:他讨厌让人失望,他永远不会拒绝。

有一个问题总是被提起,他有固定的答案。看守和囚徒之间没有对称性。摧毁监狱。占领的依据是保障安全,但这个前提是虚妄的。占领必须结束。不结束,没有其他的可能。

似乎有一片阴霾降临到听众头上。他知道,他的回答让他们失望。他们总想别的解决方案——一国,两国,三国,八国。他们希望他剖析《奥斯陆协议》,谈论回归权,辩论犹太复国主义,新定居点,殖民主义,帝国主义,和平协议,联合国。他们想知道他对武装抵抗怎么看。对定居者怎么看。他们说,他们听到了很多,但是了解得很少。对购物一条街、被盗的土地,对狂热分子他怎么看?他反对。对他来说,一切都和以色列占领有关。占领才是共同的敌人。它正在摧毁双方。他说,他不讨厌犹太人,不讨厌以色列。他

---

[1] 指电影《嫌疑犯》(1995)中凯文·斯派西扮演的角色。

讨厌的是被占领，以及被占领带来的侮辱、窒息、退化、卑微。在结束占领之前，安全无从说起。不信你们弄个检查点试试看，哪怕只试一天。你们也试着在校园中间竖起隔离墙。试一下来辆推土机把你家橄榄树轧倒。试想一下送货卡车在检查点耽搁卡车上食物开始腐烂什么感觉。尝试一下，发挥一下想象力。来吧，试一下吧。

听众点点头，但他不确定他们是否完全理解。占领这事永远由不得自己。它带走了选择的能力。只有放逐它，选择才会出现。

不过，他的听众仍向他施压。暴力的道德依据在哪里？他的政见是不是过时了？为了回归权，他可以做出什么样的让步？可以开展什么样的领土互换？阿瑞镇会怎样？贝都因人怎么办？无法识别的村庄怎么办？他为什么不研究灾难日①，而来研究大屠杀？

这些问题让他精疲力尽。接着，他改变了语调。他俯下身子。他开始小声。他说，他们的问题是正确的，他会回答，但是给我时间，给我时间。我朝这个方向努力的唯一方法，就是利用悲伤的力量，你们能理解吗？他不再想战斗。他说，最伟大的圣战是讲述。这就是他现在所做的。语言是最锋利的武器。非常伟大。他想将它利用起来。他需要小心谨慎。我叫巴萨姆·阿拉敏。我是阿比尔的父亲。从这里开始，一切顺利成章。

他常有回到监狱的错觉：看到纪录片的时候，沟渠上方的赤身裸体的尸体，手腕上被刺上的编号，刺骨的寒风将树枝吹断。他刚离开监狱时，算不上多么和平的人，甚至"和平"这个词他都觉得别扭。他只是在面向他人和他自己，反击暴力中的无知。接下来的岁月如同一场讽刺：他成了家，有了孩子，在阿纳塔住着公寓，从事推动和平的工作。然后，在一月普通的一天，一颗橡胶子弹从空中飞来，女儿的额头撞在人行道上。

---

① Nakba，又称浩劫日，巴勒斯坦纪念日，时间为每年的 5 月 15 日，1948 年 5 月 15 日以色列建国后，几十万巴勒斯坦人被赶出家园。

有时他会提前离开座谈会。他想回家。想安静安静。不想被人打扰。他打开房子的后门,惊讶地看到萨尔娃在花园里除草,她的头巾垂落在杜鹃花丛中。

278

情感共同体。本能的神话。

279

深夜,他在布拉德福德的街道上漫步、读书。这里有死胡同,有小巷,有环岛。他随身带一本笔记本。他站在光照各异的球形路灯下,随手记录。他头上戴着一顶英式平顶帽,不停地走。他避开小镇的中心:饮酒者的噪声太大。有时他会在公园里转了一圈又一圈。回到家后,他的笔记本上的记录像象形文字一样,自己都看不懂。有时页面被薄雾弄湿。他将它们撕下,开始抄写。记忆。创伤。历史与压迫的周期。世代的转换。狭窄戕害的生命。了解他人的历史意味着什么。

他很早就感到震惊,人们害怕敌人,是担心自己的生命被敌人削弱,人们可能会因彼此了解而自我迷失。

他认为,这些想法有些火辣辣的感觉,有些焦灼感。过了一会儿,他想完全停止写作,只是去看看书。开卷有益,每一页都有新发现。现在,他喜欢失去平衡的感觉。

他沉浸在图书馆里。他经常是最后一个离开的人。他坐着不动。灯关了。他收好散落在桌子上的书和纸。他的背包塞满了东西。他弯腰回家。他的身体好像轻盈了一些,腿跛也不那么明显。他也可以看到萨尔娃在变化。她更放松,更快乐了。她雇了一个年轻的法国女孩来教她英语。他可以听到她们一起在厨房里咯咯笑,念着某个单词:Um-ber-rella(雨-伞),他和孩子们一起去公园散步。

巴萨姆知道这一切都是暂时的,不会持久。他最终会回去,拿奖学金求学的日子会有结束的一天。有一天晚上,他不知不觉穿着长长的白色睡袍和凉鞋在街上散步。这不是阿纳塔,不是东耶路撒冷,不是西岸;这是英格兰,这不是他的地盘。他知道,眼下幸福归幸福,他仍不由自主地产生了归乡之念。

在他的桌子上方,他贴了一条他已经记住的波斯诗人鲁米的诗句:*昨天我很聪明,我想改变世界。今天我很聪明,我开始改变自己。*

280

好莱坞制片人史蒂文·斯皮尔伯格早在职业生涯初期就知道,历史在不断加速,但无论什么力量,迟早会遇到拐弯:每个拐弯就是一个故事,必须被讲述。

281

死亡除以生命等于圆。

282

听到新闻时,拉米正坐在车里。在前往特拉维夫的途中,去本·古里安机场接岳母。路有些堵。午后。他在听收音机。披头士的歌。音乐突然停止。一个男人的声音。爆炸新闻。在过去的半小时内。耶胡达大街。一家咖啡馆。死伤人数未知。警方在现场。

他的反应总是一样：肚子好像被人塞了一拳，喉咙好像堵了一下，眼后升起一片黑暗。他很快统计了一下每个人的方位：努莉特在大学，斯玛达尔在家带伊加尔，埃里克在值班，盖伊在练游泳。全部平安无事，好的，是的。呼吸。

前面也有司机踩了刹车，似乎他们也听到了这则消息。刹车灯红成了一片。公路的另一边已经有警笛声：警察和救护车正在路上。

他又统计了一遍。星期四。努莉特在大学，没错。斯玛达尔在家照顾弟弟，没错。几个儿子都安全，没错。

别紧张。呼吸。呼吸一下。

向前看，他看到汽车纷纷驶向出口。他打了信号灯回到车道，再次打信号灯。汽车开始漂移。仿佛要和他分开。好像冥冥之中有点什么，他说不清，好像有点疑惑，有些微弱的本能反应。总会有某个熟人的熟人。以色列没有一个人能够完全回避炸弹袭击。

他没有给手机充电。他觉得应该找个电话亭，给努莉特打个电话。他再次打上转弯信号灯，车子斜插在两条车道中间。

身后响起一片喇叭声。

拉米伸手去调收音机，不断换台。耶路撒冷发生炸弹袭击。耶路撒冷发生炸弹袭击。耶路撒冷发生炸弹袭击。

呼吸。保持冷静。

他将收音机频道调到 95.0FM 固定。这次是女人的声音。他们正在等待实时更新。据信有两个人弹。警方活动。城市保持戒备，谨防其他袭击。交通混乱。敬请期待更多更新。数十人受伤。可能有人死亡。

后面有喇叭响了。他惊讶地发现，自己车子前面空出了一大段路。他把脚从刹车上挪开，车子向前，下了出口。这到底是哪里的出口？他不记得了。许多人看起来都一样。他在目测前方有无加油站或快餐店。任何有电话的地方。只是想放心。告诉他们他还好，不用担心，不用惊慌，他在去机场的路上，只剩四分之一的路了。只是例行询问一下。嗨，亲爱的，一切都很好。

电台再次说，肯定有两个人弹。可能是三个。大量人员伤亡。大街上挤满了购物者。返校时间。该区域已完全锁定。未经证实的报告称有人死亡，可能多人死亡。

283

返校时间。

284

285

他在帕兹加油站侧面看到一排三部电话。他把车停靠到路边，锁上门，在牛仔裤里掏出钱包，拿出电话卡。两部电话被人占了。第三部还空着。一排名片随意地插在电话的边上：特拉维夫一家脱衣舞俱乐部、电脑维修、割草机维修、代人遛狗服务。他拿起话筒。没有拨号音。第二次，第三次。来吧，我们这里有粉嫩妹子。艾丽尔园艺服务。手机维修五十谢克尔。你给狗我们帮你遛。小猫咪，小猫咪，你去哪儿了？

他猛砸了一下话筒。话筒从话机上掉下来。他退出去，走回路边。

一个年轻姑娘在使用中间的电话，年龄不比斯玛达尔大多少。她甩着头发，笑着。拉米在她身后走来走去。他真想说，别煲电话粥了，我得打给我爱人，我得问平安，你能不能快点？

使用另外一部电话的人也很年轻。二十多岁，深色皮肤，运动服上衣，头上架着墨镜。他靠在电话旁，手托在听筒上，低声说话。拉米顿了一下。他在说阿拉伯语吗？拉米走在路边，俯身倾听。不，是希伯来语，一点口音都没有。

拉米感到一股愧意在体内升腾而起。

又有两辆汽车很快开过来停下。一男一女。那个女的又高又瘦，鬈发，冲在前面去打电话。她把挂着的话筒拿起来。

"坏的。"拉米说。

她的眼睛是令人惊异的蓝色。她把话筒放回去，离开路边，开始来回走动。

"你听说了吗？"

"听说了。"

这个女人仿佛被人跟踪了一样，瞳孔似乎完全消失了。另外那个男的是矮个子，模样瘦而精干。他也去拿起电话。

"坏了。"那个女人说。

矮个子男子将他的电话卡滑入插槽。

"是歇菜了。"拉米说。

那个男子耸了耸肩,还是用手指按钩形开关,来回按。

一张名片飘落到地上。艾丽尔园艺服务:我们把你来割。矮个子男子将名片踢开,继续把话筒贴在耳朵上。

"我们已经试过了,"那个女人说,"我们也在等,我们在排队。"

矮个子男人走过穿运动服的男人,然后盯着那个还在甩着头发笑的女孩。

拉米俯身向前,轻拍女孩的肩膀,说:"我们在等,亲爱的,你看不到我们在等吗?"

286

耶路撒冷发生炸弹袭击。耶路撒冷发生炸弹袭击。耶路撒冷发生炸弹袭击。

287

拉米的第一个电话打到了努莉特办公室。接通了,但半天没有人回答,转到了她的答录机。他等了一会儿,想听她回不回。喂,宝贝,是我,你在吗?他听到答录机哔的录音提示声。喂,宝贝,他又说了一遍。没有反应。他挂了,又从衬衫口袋里掏出电话卡。第二个电话打回家给斯玛达尔。电话立刻接通了。你好?对方声音让他震了一下。是努莉特的声音:我一直在拨你电话。我电话没电了。你在哪儿?去机场的路上。我给你办公室打电话了。我回家了。

为什么？我让斯玛达尔到市区，我让她和朋友一起去的，她想买几本书，她好像说要上什么爵士班。哪里？市中心。你有没有听到她的消息？还没。好吧，好吧，她的朋友呢？没有。她和谁在一起？我不知道，希芳、丹妮拉，还有其他几个，都是乘公交车去的。公交车出事了吗？没、没有、不，我不知道，我只是没有听到她的消息，通常她会打电话回来。她没带电话吗？她可以用公用电话啊。也许线路忙，你的声音我也只是勉强能听见。这里每个人都想打电话。我听不清，大声点，拉米。她没事的，亲爱的，她没事的。儿子们在哪里？他们打了电话来，说没事。你说她去哪里买东西的？我应该回来吗？或许是要回来，或许。收音机里说交通很乱。我会给妈妈留言，她可以从机场打车过来。公交糟糕得像地狱，我去市里，你有电话吗？我刚说了，我电话没电了。你过来要多久？我不知道，半小时？四十五分钟？好的。以防万一，你找个人来照顾伊加尔。拉米。什么？你快点。

288

时速七十公里，八十公里，八十五公里。车流中的每个缝隙似乎都在为他敞开。即使在应急车道上。他感觉自己好像不是在开汽车，而是在骑摩托，他前面是一系列的自动滑动门，这里有空隙，那里有空间，没有人紧跟，没有人按喇叭，没有人竖手指骂他，甚至到了堵塞的市区，也通行无阻。他跟到一辆警车后面，那警车像神话一样，在他前面开路，如同让海浪在他面前分开。后来他对此感到十分困惑。这一路畅通无阻，处处出人意料。警察甚至把车开到路边，匪夷所思地挥手让他继续前进。出口坡道上没有一辆车。他遇到的每个交通灯都是黄色。

289

我们把你来割。

290

前面堵。后面也堵。他无能为力。他非常了解阿纳塔的街道。没有捷径可走。他不能向左拐,他不能向右拐。没有能强行开上去的人行道。没有挪动的空间。巴萨姆伸出手抚摸萨尔娃的手。她打开手机。她说,没有更多消息。片刻之后,她再次打开手机。她说,他们在等我们,她会没事的。他把按喇叭的冲动按捺下去。他打开窗户。直升机在头顶旋转。某处发生了什么事。他仔细眺望天际线看是否有什么地方冒烟。他说,我只是希望她不要缝针。

291

商店外的人骚动不安。有少年在汽车之间奔跑。有的人已经把围巾围住脸。巴萨姆走上街。他举起手。他们跑过去。有的人被枪打中了。哪里?在学校。他们从他身边跑过去。他再次举起手,要他们跑慢点,可他们还是在他两边鱼贯而过。停住,他大喊。他伸手抓住一个高个子男孩的胸口。他急得人差不多僵住了。哪所学校?女子学校。你肯定吗?是的,我肯定。

292

离医院半公里处,他们把车丢下。车钥匙还插在开关上。他们一起跑。她穿着一条绿色的长裙,围着头巾。他穿着深色衬衫和裤子。一跑快起来,他的腿跛得更明显了,但是即使在匆忙的时候,巴萨姆也保持镇定。

他们进诊所时,诊所突然鸦雀无声。走廊上的人群为他们让路。他们都知道了。他们急忙赶向手术室。巴萨姆被一名医生带到一旁。他们在清真寺还有巴萨姆做和平工作时见过对方。

一只手放在他的胸口:"很严重,巴萨姆。你做好准备。"

"我准备好了。"

巴萨姆认为,让别人保持镇定是他的职责所在:自从出狱之后,每次去给别人报信的都是他。

他回到了萨尔娃身边。她站在一根闪烁的日光灯下。他握住她的手。她迅速转过身,抱住他的肩膀哭泣。

"我们必须做好准备。"他说。

293

他走到外面时,他的车已经到了,停在医院停车场,上有一张阿拉伯语的条子,说他们正在为阿比尔祈祷,钥匙已经交给前台了。纸条下面是一支郁金香,附着一张便笺,上面写着:"快好起来。"

294

巴萨姆后来在想,如果让斯皮尔伯格来拍,他如何呈现橡胶子弹在空中飞啸而过呢?他会把摄像机放在哪里?他如何拍出吉普车在街上的急转弯?车轮尖锐的摩擦声?车后门上金属栅网被拉开?光突然射到边防士兵的脸上?吉普车的内部:一堆报纸、制服、弹药盒？他又如何去拍 M-16 从后门上伸出来？弯曲的手指扣动扳机？子弹从类似拐杖棒棒糖条纹的凹槽里射出来？来福枪枪托的后座力砸向边境警察的肩膀？子弹旋转着穿过湛蓝的空气？枪响了，伴随着学校的钟声？子弹如何撞到阿比尔的脑后？她的皮书包在空中飞起？鞋子从脚上飞起的样子？是不是旋转了一下？脑后细小的骨头被打碎？救护车的延误？医院人群的聚集？监测器上的一条横线？

295

两个女孩的死相隔十年：斯玛达尔死于 1997 年，阿比尔死于 2007 年。在斯德哥尔摩的一次演讲中，巴萨姆站起来说，有时他觉得那颗橡胶子弹飞了整整十年。

296

斯皮尔伯格执导的《辛德勒名单》开场时，有点燃安息日蜡烛的一幕，它浓缩了本片的诸多精髓。那淡淡的闪烁的黄色，是影片中仅有的五种颜色之一。

297

每年在耶路撒冷圣墓教堂——据传基督被钉死在十字架上后葬在这里，基督教徒相信他已经从死里复活——据说有圣火自发燃起，点亮蜡烛。这蜡烛最终把火焰散布到世界各地。

在复活节前的神圣礼拜六，耶路撒冷希腊东正教的主教会进入耶稣坟墓，墓里所有的灯尽数熄灭，门上了蜡密封。主教会搜寻可能点火的任何物品：火焰、火石、打火机、放大镜。

教堂内外，大批群众在等待着，准备迎来火燃起的消息：那火一定是升腾而起，声音洪亮，光彩夺目。

在坟墓的门口，主教脱下长袍，彻底搜寻任何可能点火的东西。然后，他被郑重地请入密封室。他跪在一块石头前，据说会有蓝色的火苗在那里慢慢升起。

那火苗一开始摸到时是冷的。它会形成火柱，主教在那里点亮他的两支蜡烛。

蜡烛点燃后，会从坟墓两侧的出口出来。主教先是把火传给亚美尼亚主教，然后是科普特主教。那火然后被牧师们传下去，最终传至主教宝座。

教堂开始大放光明，钟声大作。人们有的在呐喊，有的敲响古老的鼓，有的七嘴八舌争论，有的开怀大笑。然后蜡烛在会众中从前往后传开，次第亮起。

然后，圣火穿过旧城的狭窄街道，进入基督教徒的家里，有时候也会进入穆斯林和犹太人的家里。它会传到圣地所有的东正教教堂。

几个世纪以来，人们会用骡子把圣火运出城外，用骆驼带着穿越沙漠，或是用玻璃灯盏装着，经轮船运向世界各地。到了二十世纪中叶，圣火还被警车装运，带向本·古里安机场。从那里，圣火像奥运火炬一样，被装入特别设计的真空管，被飞机带向希腊、俄罗斯、阿根廷、墨西哥及其他地区。

298

2015年，希腊东正教会的代表与伊隆·马斯克的代表进行了谈判，希望通过马斯克的火箭制造公司 SpaceX 将火焰带入外太空。谈判失败了。

299

理查德·弗朗西斯·伯顿爵士的银色指南针背面,刻有《古兰经》的铭文:举目寰宇,看拒绝真理的人都是什么下场。

300

"点缀行动"期间,红十字会代表团参观镇上时,囚犯被告知要保持沉默:不该说话时说话者,格杀勿论。

301

想象一下,丹麦的部长们在繁华的街道上彬彬有礼地走着,听着,点着头,双手在背后交叉,好像在给人代祷。

302

关于圣墓教堂的火焰来历,有不少民间传闻:蜡烛可能抹上了白磷,能够自燃,或是地板上镶了一块火石,或者坟墓里暗藏了一瓶石脑油,或者主教设法将打火机藏在胡须或纠结的头发中带了进去。

虔诚的信徒们对这些说法嗤之以鼻。他们说火只是被圣灵点燃。

303

斯玛达尔最喜欢随之起舞的一张唱片上,希奈德·奥康纳演唱了一首古老的爱尔兰民谣《我在你的坟墓被钉十字架》。她说，她的表演深受卡巴拉教派的影响。卡巴拉是基督教神秘教派，主张以神秘方式阐释《圣经》。

304

卡巴拉教徒探索神的本质时，发现神有两种属性。第一是 Ein Sof，即认为上帝是超然的，不可知，非人格化，无尽而且无限。第二个属性，神是可以被感知的，存在于我们的物质世界，可以在我们有限的生命中显现。

两个方面根本没有相互矛盾，而是无限、完美地互补，是一种深层的真理，可以在表面的对立中找到。

305

博尔赫斯也对卡巴拉很着迷。他认为，世界可能仅仅是一个符号体系，包括星星在内，整个宇宙都是上帝神秘笔迹的体现。

306

博尔赫斯写道：我们拿出两面镜子让其相对，即可形成迷宫。

307

巴萨姆小时候，在一篇关于越南的杂志文章中看到了穆罕默德·阿里的照片。他将照片带回家，剪了下来，贴在洞穴墙壁上靠近煤油灯的地方。

在照片上，阿里站在索尼·利斯顿上方，双臂交叉，目光如炬，神情中有胜利者的自得，也有些愠怒。利斯顿仰卧在他脚下，手臂背在头后面，是被打得晕头转向、甘拜下风的样子。

在山洞的后部，巴萨姆以阿里的姿势照着镜子，咧着嘴笑，握紧了拳头，想象脚下是一个士兵的尸体。

308

穆罕默德·阿里在穆斯林世界被誉为"da'ee"：致力于向世界传达真主信息的人。他的一件珍贵财产是一只银色的天美时手表，上有一枚基卜拉[①]指南针，总指向麦加的方向。

309

洞穴的顶部浑圆，为穹顶造型。穴内有用细细的手钻钻出的通风孔。柔软的岩石中挖出了不同房间。壁架被用作天然的储物架，也用作台阶，通往洞穴上方。岩壁里挖出了很多深洞。

巴萨姆的兄弟按照《一千零一夜》里的说法，称这些洞穴为"芝麻"。

洞口铺着平石板。再往洞里面，地上铺满地毯。厨房和客厅的墙壁都抹平了，涂上了明亮的油漆。烤炉上方是高高的木架子，上面摆着厨房用具和装橄榄的陶罐。

南边的墙壁上摆放着一排书和照片，北边的墙壁上只有一张地毯。地毯乃是祖传，据说自奥斯曼帝国时代以来，就在巴萨姆的叔叔家了。

[①] 基卜拉（qibla），也称奇布拉，指穆斯林在礼拜期间祷告时需要朝向的方向。

水来自半公里外的一口井。邻近洞穴中的人家从电网偷电,但是巴萨姆的父亲更喜欢自己的洞穴里不用电。

洞穴前部顶上有个一线天的开口,巴萨姆小时候可以根据它来判断时间,误差不超过几分钟。

310

他赶着驴子,在怪石嶙峋的山坡上来来回回,搬运地毯、架子、床垫、椅子和炊具。赶到村里要四十五分钟。天热,东西重,驴子驮得气喘吁吁。

每次回到山洞,巴萨姆都会用药膏清洗驴脚,然后再次出发。驴子每踩一步都小心翼翼,有时候会撅起后背蹦跶一下,咴咴叫上几声,然后继续前进。

沿着山坡,树荫下都站着全副武装的以色列士兵。他发现,他运东西下山的时候,大多数士兵都没有扭头看他。

士兵们——他的索尼·利斯顿们——把站着睡觉的本领,练得炉火纯青。

311

下达驱逐令后的次日傍晚,这些山洞被拆除,雷管炸药将其炸得粉碎。

一个月后,巴萨姆在废墟中玩耍,发现了那块石头,指向麦加的方向。

312

多年后,在波士顿,巴萨姆坐在参议员约翰·克里的办公室转椅上，回忆从山洞被驱逐的往事。

之前的谈话中，他坐在椅子上，俯身向前，告诉克里：参议员，很遗憾这么说，但是你谋杀了我的女儿。他一下子吸引了参议员的注意。

313

他说话方式独特，平静而有力，总是把重音放在最后一个音节：你—谋—杀—了—我—的—女—儿，听起来像某种吟诵。

314

与参议员的会面比预计时间多出了一个半小时。结束的时候，克里参议员低下头，带领所有人在办公室祈祷。他发誓，永远不会忘记阿比尔的故事。

315

以色列国防军使用的催泪瓦斯过去是在宾夕法尼亚州的萨特斯堡生产，但后来联邦调查裁定催泪瓦斯被滥用，于是1988年停止销售。厂家找了说客，国会开了会，本地也开了会。报上有社论称宾夕法尼亚人和以色列人有血缘关系。停产影响工作机会。他们说，催泪弹这里不产别的地方也会产。是该明确立场了。

十八个月后，生产重启。再接着，生产转移到了另外一家公司，公司在宾夕法尼亚州詹姆斯敦，和萨特斯堡相距一百英里。

316

为了扔回一个催泪瓦斯罐,被气体笼罩的示威者必须身手敏捷,必须用戴手套的手拾起瓦斯罐,要瞬间判断风向。罐子被抛回去的过程中需要有特定的角度位置,短时间内防止气体泄漏。

如果示威者没有防毒面具,可以戴游泳镜或焊工眼镜,并用蘸有稀释小苏打的围巾捂住嘴。罐子被举到头顶,尽快扔出。有的罐子是以色列科学家特殊设计的,砸下来会分成三部分,那么这种三踢腿型的罐子要扔得更快一些。

示威者笑称这种回笼的瓦斯罐为"回归权"瓦斯。

317

每年一二月都有成群的雨燕从南非迁徙而来,在耶路撒冷旧城古老的石灰岩哭墙上,见缝插针地找地方做窝。

有的雨燕以让人赞叹的速度和灵敏,直接飞入小小的裂缝,有的雨燕则在空中来个九十度转弯,一只翅膀向下,一只翅膀斜向天空。

它们与鸽子、寒鸦和麻雀共享这砖墙。野鸽有时会挡住洞的入口,因此,雨燕不得不来回盘旋,伺机回到自己离地三十英尺的小窝。

人们也将鸟儿在夜间的飞行称作晚祷飞行。黄昏时分,小鸟在信徒头顶上方钻洞。很多信徒头靠着哭墙祈祷时,会把写着祷文的小纸条塞入墙中。

有时风大,祈祷文的纸条会飞掉,被空中的飞燕叼走。

主啊,让我做你的器皿。原谅我的罪过。让达娜也一样爱我。治好我的链球菌感染。上帝保护我。让贝塔尔·耶路撒冷打进冠军联赛!给耶利米带来希望。让真正的安息降临给圣灵的翅膀。

雨燕飞得很低、很快，下面的信男信女有时候都得避让。如果从空中的飞艇上往下看，就好像帽子和头巾的浪潮，时而起，时而落，一波又一波。

318

每年两次，清洁人员将塞进哭墙的小纸条取出。

纸条被收集在塑料袋中，埋在橄榄山的墓地里。巨大的挖土机挖了个洞，将祈祷文纸条放进去，用土覆盖。

当地的掘墓人照看这地方，每个季节他都郑重地重新种上新草。

319

一个巨大的钢制钥匙，放在伯利恒阿伊达难民营的钥匙孔状的拱门上，提醒人们1948年巴勒斯坦人被驱逐时身后留下的房屋。钥匙高九米，重近一吨，上面刻有几种文字。当地人称它为"回归之钥"。钥匙杆上刷着"非卖品"字样，旁边还有几处弹痕和催泪瓦斯罐的划痕。

320

在拜特贾拉，每天太阳西沉、群山苍茫之际，克里米桑修道院的晚祷声就会响起。

几十年来，百余名修士在敞亮的教堂集合，齐声诵读祈祷文，那抑扬顿挫的声音绕梁徘徊，又顺着石地板和高高的窗户，向四周扩散开来。

祈祷后，修士会从拱门下出来，沿着砾石小路，走向葡萄园，走向渐浓的夜色里。他们拿起凹陷的银桶和喷壶，在葡萄园里散开，在植物根部附近浇上一小圈水。晚间水蒸发慢，是给葡萄藤浇水的最佳时间。

修士多为巴勒斯坦人，也有的来自意大利、法国和葡萄牙。在离伯利恒和耶路撒冷这么近的地方酿酒，是他们神圣的追求。

他们把瓶子寄回给家乡的教会：托斯卡纳、西西里、朱拉、朗格多克、翁布里亚、普罗旺斯的埃克斯、波尔图、法鲁。

在运输桶上，这些酒被标记为圣酒——即基督的宝血，提醒经手者小心谨慎。

321

密特朗说，他的最后一餐——圃鹀——是把上帝的滋味、耶稣的痛苦以及人类永恒的流血融合，化为一餐。

322

葡萄采摘季节，相距四百米远的修道院的修女会来给修士当帮手。

修女穿着修女袍，在星光下缓步向前，有时候会跪下来采摘成熟的葡萄。若夜暗无光，她们会带上蜡烛，白色的袍子在藤蔓之间，如若鬼魅。

天亮时，当地的孩子经常会遇到沿路赶回修道院的修女。她们的衣服弄脏了，膝盖处有斑斑点点的紫色。

323

324

五世纪的禁欲主义者圣西缅,在阿勒颇修道院住了十年之后,宣告上帝要他通过静止证明信心。他要尽量减少任何移动,进入静态;放弃肉身,拥抱思想。

他爬到叙利亚小镇塔拉达一根废弃的柱子顶,给自己搭了一个小平台,在上面尽可能静态地活着。睡觉时他用棕榈叶将身体绑在一根杆子上,以便睡着时也保持直立状态。无论是酷暑难耐,还是沙尘肆虐,他都岿然不动。

他用罐子收集饮用水,以绳索和滑轮装置取食。附近村庄的小男孩有时会爬上柱顶,给他送来一些面包和山羊奶。

世界各地其他苦行者和崇拜者慕名而来,西缅不堪其扰,决定将平台建得更高。据说他的第一根柱子不到三米高,而最后一根柱子离地面超过十五米。即使如此,仰慕者仍蜂拥而至,让他难以独处。

修道院的长老们开始怀疑,他对隔离的渴望是否真的出自信仰。他们命令他下地。他们的假设是:如果他愿意下来,那是真正的圣洁行为;如果他不下来,那是骄傲之罪。

西缅宣布，愿意的时候他自然会下来。长老们只得允许他留在柱子上。

西缅在柱子上度过了三十七年，然后去世。

325

二十世纪七十年代，修道院的葡萄酒酿造实现了全自动化，包括压碎葡萄、装瓶和贴标签的过程。酿造不再由修士来做，酿出的酒被当地巴勒斯坦富商买走。

住在修道院里的修士人数开始下降。来住的人大多已经退休，行为举止也像疲惫的圣徒模样。人们会看到他们在附近徘徊，穿过花园，穿过葡萄园，双手背在身后。

拉米听说修道院鼎盛时期住着一百多个修士，现在不过五六个。

326

住在布拉德福德的时候，每个星期六，巴萨姆都穿上白背心和旧运动裤。手推式割草机关在房屋侧面的一个棚子里。他把生锈的门闩打开，连拉带搬，好不容易才把割草机弄到外面。

割草机使他着迷。起初，它只是把草打碎，他用金属锉刀磨割草机口子，给几个轮子拧紧螺丝，上润滑油。他把割草机来回推了几次，确保它正常工作，然后开始割草：他喜欢刀片发出的搅动声。

花园很小，所以他也去割外面的便道。割草机毕竟老得厉害，他每次割草要花几个小时，来来回回。

那年的宰牲节，萨尔娃给他买了一副园艺手套。他立即戴上，出去割草。

327

以色列官员常把对加沙地带和西岸的突袭称为"割草"。

328

年少时,巴萨姆学会了在口袋里装个洋葱,以抵挡灼烈的催泪瓦斯。

329

巴萨姆从英格兰返回西岸,回到阿纳塔山坡上的公寓,第一个来见他的人是拉米。他是乘出租车来的,以避免在检查站遇到麻烦。

拉米敲了敲门,两人拥抱了,在两边脸颊上都亲吻两次。饭菜准备好了:玛格鲁巴奶酪炖鸡肉,还有可口的酸奶。

后来两人一起走下山,走到校园。学校为阿比尔建造了一个纪念操游乐场,里面有猴子杠、滑梯、沙坑、转盘。

两个人还修理了入口处的杂草。没有剪刀,于是他们找一个坐在窗口的老师,借了一把塑料剪刀。两人边剪边聊,那老师一直看着他们。

330

当他穿过拜特贾拉时,摩托车发出一阵轰鸣声。

331

如果我们不开始对话,这一切不会结束。

332

333

他熟知穿过老城区的路,陡峭的山坡,然后又是一个平滑的弯道,再次进入 B 区:视线良好,他可以快速驶过。

他在通往伯利恒半路上的马槽街尽头转弯。

他调整了手机上的音乐,轻按头盔的侧面,好将耳塞固定,然后转动油门,沿着隔离墙,向珠峰酒店驶去。

也许只是喝杯咖啡。叫点吃的也可以。找个地方坐下来,歇息一会儿。

334

斑头雁能在将近三万英尺[①]的高空飞行,能飞过喜马拉雅山脉

---

① 约合 9144 米。

上空，然后向南。在地球上第五高的马卡鲁山上，人们也见到过三三两两的斑头雁。

有的村庄人们捕捉斑头雁，然后将死者的名字用深色墨水写在鸟腹下面。

据说斑头雁能把死者的消息带往天堂。

335

他知道，这家酒店现在的业主是俄罗斯人。修建隔离墙之前，这里景气得多：婚礼，洗礼，人们在这里回应祷告，召开宴会，享用美味佳肴。如今它破败颓唐，大不如前。

到了山顶，他穿过华丽的大门，转向右边，将摩托车停在两辆大巴之外。他把手机关掉，取下头盔。

片刻的解脱。就像从沉箱中走出来。他打开摩托车后厢的锁，将头盔放进去，朝酒店入口走去。

即使到了六十七岁，戴着头盔走进西岸任何地方也都是不明智之举。

336

他总是对菜单上有鸽子感到惊讶。

337

他们俩一个是以色列人，一个是巴勒斯坦人，从外到内均天差地别，能成为朋友让人匪夷所思。

他们第一次见面是在珠峰酒店。星期四。时间是傍晚,其时天公作美,拜特贾拉温度降了下来:大地吐纳,日头西沉,鸟儿升起,山峦突然一片苍翠。

他们坐在旅馆的餐桌旁,一共十二个人,八个以色列人,三个巴勒斯坦人,一个瑞典记者。拉米是儿子埃里克给邀请来的。拉米对"和平战士"组织感到好奇。这个组织已经小有规模。他为儿子的折腾能耐而感到骄傲。

小组已经在讨论谁是战士,谁不是战士:这个问题很重要,只有回答好了,才能确定谁有资格成为会员。战士到底怎么定义?是刚参加过战争?是曾在军队服过役?是在领土以外服过役?军队文职人员算不算战士?这个问题为什么重要?为任何事业作战都算是战士吗?也许每个人都是战士?妇女儿童算不算?如果以色列妇女由于服过兵役能算战士,那巴勒斯坦妇女是不是也要算进去?如果对方是约旦人、美国人、黎巴嫩人或埃及人怎么办?谁可以成为创始会员?谁可以成为经费维持成员?如果面铺得太广,会不会影响组织的定性?如果面太窄,又是什么结果?这些都应该写进章程里吗?

拉米和巴萨姆坐在一起。拉米要了柠檬水慢慢地喝。巴萨姆喝咖啡,一支接一支地抽烟。话题转着圈。拉米可以看到树木的阴影越来越长。

片刻之后,他打开了话匣子。他不知道他是怎么来的。他是来观察,是来闲逛,想看看儿子怎么做事。他本来不想讲话,但是一说起来,话题就转移到他自己的组织"失子父母圈",以及他们如何处理会员资格和语言问题。为了加入"失子父母圈",成员应该是失去一个孩子的丧亲者,以色列人将其称为"mispachat hashkhol",巴勒斯坦人可能将其称为"thaklann"或"mathkool"。该组织已经有几百名成员——这是一个希望成员减少的罕见组织。丧亲者不仅包括父母,也可以包括兄弟姐妹、叔伯姨姨、堂亲表亲。但是,话说回来,像战士一样,也许每个人都是丧亲者,也许"父母"这个词也有问题——如果孩子是领养的，如果父母自己也死了，又怎么办？家庭成员呢？文字一个人可以一直把玩下去，无休无止地咬文嚼字，或许他们应该在一个更大的旗号下，把不同组织整合起来。

过了一会儿——他也不知道多久了——拉米低下头，惊讶地发现自己在抽烟。他旁边有一个烟灰缸，他像个老烟鬼一样弹着烟灰。他戒烟好几年了。他甚至没有意识到自己点了一支烟。他都不记得找人要烟。不知怎的，他自己伸手，从巴勒斯坦人的烟盒子里拿了一支。与一个陌生人一起吸烟，还抽同样一盒烟，还有，他们已结成了一个群体，还有，巴萨姆也什么都没说，他的眼睛闭着，聚精会神地在听。这事就有点味道了。这感觉来得快，走得也快。拉米不说了，话语从他嘴里消失，香烟的味道很糟糕。谈话又回到了命名问题，但他仍然坐在巴萨姆旁边，在珠峰酒店，在这个突如其来的组织里。

这一切，只有他也会吸烟的儿子埃里克注意到了。他只是默默点了点头。

338

他再次与巴萨姆一起吸烟，是在两年后，在医院外面，在阿比尔的心脏监护仪显示出一条直线之前不久。在黑黝黝的树下，他们安静地坐在长凳上，烟你一支来我一支去，烟火在闪烁。

339

巴萨姆祈祷时，头会轻轻地碰着地面，但从不会用力到让额头留下祈祷者常有的擦痕。

340

拯救我们，脱离那公开或隐藏的阴曹。

341

1993年秋天，亚西尔·阿拉法特和随行人员到达华盛顿特区的丽兹酒店，包下了酒店整个顶层。酒店给亚西尔·阿拉法特送了个欢迎果篮。

柳条果篮里放了日程表、一支手电筒笔、两瓶苏打水、一袋蜂蜜味的山核桃，一个白宫热水瓶。除此之外，果篮里还有一片精心包装的饼干，形状为鸽子。糖霜是白色的，眼睛是蓝色的两个小点。

阿拉法特穿着不合身的西装，习惯性地围着阿拉伯头巾，在通往大堂的电梯上，他转向保镖，手摸着桀骜不驯的胡子，一脸认真地问：我怎么办，吃下去吗？

342

1987年5月，法国艺术家菲利普·佩蒂准备走钢丝穿越希诺姆山谷，他决定要用一只白色小鸽子。

佩蒂把他脚下的钢丝想成橄榄枝。走到一半的时候，他会放飞小鸽子。

表演前一天，佩蒂逛遍了旧城区的街道——走过一个又一个市场，穿过一条又一条小巷，小摊上摆满了糖果、草药、水果、蔬菜、衣服、纪念品、十字架、经文盒和小装饰品。他与店主、门童、屠夫交谈，甚至在高档熟食店打听，问哪里有让他走钢丝表演时放飞的小鸽子卖。他找到了鹦鹉、鹧鸪、大鸽子，但没有小鸽子。

佩蒂心想这实在讽刺：耶路撒冷居然没有鸽子。但他找遍每个隐蔽的角落，穿梭于各个市场，继续寻觅，他在找鸽子的消息也不胫而走。

在表演那天的早晨，在老城的街道上，有个老人招呼他过来。陌生老人胡子拉碴，身穿黑袍，英语说得不好。他紧紧抓住佩蒂的手臂，带他穿过拥塞的鹅卵石小道和街角。

在一家裁缝店的柜台上，五颜六色的布匹中间，有个古老的钟形笼，笼子里有一排的鸟。老人把鸟逐一拿出。佩蒂很快发现它们并无大用：太大、太暗、太笨拙。

"这是家鸽，"佩蒂说，"我需要野鸽。白的。很小。这么大。不是这种。"

佩蒂转身离开商店，但卖家握住他的胳膊肘，咧开嘴笑，从笼子里取出最小的浅色鸽子。它看上去略带灰色，但在灯光下呈灰白色。

老人鞠了一躬。佩蒂示意要离开时，他发现鸽子已经塞到他手里。

"拿去，"老人说，"免费。"

佩蒂摸了摸鸽肚。它仍然很大，很灰，不过远一点，不一定能看出什么差别。

"免费的，"那人又说，"送给你。"

佩蒂跟店主握手，给了他五十谢克尔，将笼中的鸟儿带回旧城。他知道，世界上没有免费的东西。

在希伯伦路锡恩山酒店的房间里，佩蒂练习从缝在宽松长裤上的特制口袋里放出鸽子。

它笨拙地在房间里扑棱着翅膀，落在佩蒂的床上。

343

随着年岁增长，西班牙艺术家何塞·鲁伊斯·布拉斯科手指的灵活性有所丧失。手指缺血。他发现他难以握住画笔。过去他以画岩鸽的脚闻名，现在很难画好了。

在马拉加，他获得了 El Palermo——梦鸽人——的雅号，他在屋子里养了许多鸽子，有的关在笼子里，有的在楼下房间里自由飞翔。

何塞为手指的僵硬而悲伤，他要年幼的儿子巴勃鲁帮忙，画完细腻的脚爪部分。这个男孩已经表现出了一定的天赋。常有人发现他在默塞德广场上，用埃及无花果的枝子在泥里画鸟，用裸露的脚趾勾勒轮廓。

何塞·鲁伊斯看到儿子能用工笔画出鸽脚，就把自己最喜欢的调色板和画笔给他。

"去，给我画吧。"他说。

344

在1949年的世界和平大会上，巴勃鲁·毕加索揭开了一幅鸽子衔着橄榄枝的画。这幅画灵感来自《圣经》里诺亚方舟的故事。鸽子衔着繁茂的树枝回来，说明洪水已经消退。这幅画立即成为世界性的反战标志。

345

1974年，马哈茂德·达尔维什为亚西尔·阿拉法特撰写了联合国大会发言：今天，我一只手拿着橄榄枝，一只手拿着自由战士的枪，来到这里。不要让橄榄枝从我手里掉落。

346

我再说一遍：不要让橄榄枝从我手里掉落。

347

348

在她卧室的墙壁上，就在希奈德·奥康纳的照片正下方，斯玛达尔挂着一幅毕加索笔下鸽子的素描。她故意让鸽子倾斜向上，而不是横着侧飞的模样。鸽喙被描粗了，以固定橄榄枝。

在它下面还有一只鸽子，像幽灵一般衬映出来。这幽灵鸽喙稍微尖一点。

斯玛达尔去世多年后，素描还挂在她墙上，后来拉米的孙子将它摘下来，和她其他很多物品一起，放到床尾的透明塑料盒子里。

349

希诺姆山谷又称歌赫纳山谷。在《圣经》时代，错综复杂的洞穴里和祭坛上，会举办祭祀仪式，以崇拜火神莫罗赫。婴孩们被放入橄榄木堆成的柴堆，绑在木桩上，或支架搭建的平台上。火逐渐靠近平台，孩子们一点一点被活活烧死。祭司们开始大声敲鼓，盖住被烧死的孩子们的哭泣。孩子们身体被火烧的气味，飘荡在整个山谷。

据传犹大出卖耶稣后，用三十两银子在这里买下血田，后在树上吊死，摔倒在田里，身体崩裂，肠子流出。

据说山谷里能找到地狱之门，一些著名艺术品中有所描述。

在《古兰经》中，山谷也是罪人和不信者受折磨的地方。

350

佩蒂说，他穿越山谷时，可以听到几个世纪的声音，在他脚下回荡。

351

他穿着宫廷小丑那种宽松的白色服装。右裤腿是以色列国旗的淡蓝色，左裤腿上交织着巴勒斯坦旗帜的几种颜色。

他从距离锡安山酒店仅几码远的"西班牙殖民地"大楼的屋顶走出。

钢丝绳跨过山谷，长三百米。他曾想将表演称为"竖琴上的行走：和平之旅"。在他看来，表演的配置轮廓上像个竖琴：山谷如碗状，颇有些深度，钢丝绳两头是平的，十一根卡瓦莱提栅栏，各就各位放好，保持钢丝绳绷紧。

钢丝绳直径为一点九厘米，长三百米，高低落差二十米。人群聚集在城市各处：有的在耶路撒冷城墙旁，有的人在电影院，余下的人则站在地上抬头观望。

令佩蒂感到惊讶的是，由于钢丝绳的落差，他是往天上走的。

下面的山谷里有星罗棋布的青翠，有墓室，古老的洞穴，以及地狱的悲伤故事。

强烈的夏风吹在脸上。在傍晚的阳光下，山谷分外美丽。遥远的屋顶上电视天线闪闪发光。小飞艇在盘旋。佩蒂从"西班牙殖民地"大楼屋顶走出来，四周响起一阵欢呼声和掌声。

他的衣服在风中飘摆。那只曾被笼养的白鸽，此刻包着红绸手帕，放在他的裤子口袋里。

352

毕加索小时候喜欢在烛光下作画。他悟出来一个道理，烛光的摇曳，会投下动感的阴影，让他的作品更为飘逸。

353

佩蒂在钢丝绳上停住，回头向旧城区看去。他用眼角余光看到了几个小顽皮的身影。他们在建筑物上腾挪跳跃，和走钢丝绳的他平行前进。

他听说，在耶路撒冷旧城，去任何地方，最快的办法都是从屋顶抄近路。

354

1882年,一家名叫耶路撒冷圣约翰修道会的英国基金会,建立了一所俯瞰山谷的眼科医院,为穆斯林、犹太人和基督徒服务。其背后的考虑是,病人被治愈后,拆开绷带,第一眼看到的,是地狱之门上方的圣城。

在山谷的边缘,他们能看到西罗亚池,考古学家在那里发现了第二圣殿中水池的遗迹。相传耶稣在那里告诉瞎眼的人去洗眼睛,好让视力恢复[①]。

355

后来,不知何故,佩蒂突然回想起来,他把鸽子放在缝着以色列国旗图案的这一侧的裤子口袋里。而在他的上衣袖子上,两个国家的国旗图案位置是反过来的。所以当他将手伸进口袋时,就好像一方的领土在靠近另外一方。

356

那一年,莫提·里希勒视力不好——要过上好多年,他才会接受黄斑变性的外科手术——不过他还是步行去了山谷,在下面观望,希望能看到菲利普·佩蒂一眼。

钢丝绳比他在"二战"时看护的钢丝绳要长,方向也不大一样,但这没有关系,还有人记得他的钢丝绳,他就心满意足了。

他在钢丝绳下方的人群中等候着。"二战"时摩托车沿着山谷穿行时那低沉的声音,仿佛又回荡在他的耳边。

---

① 参见《圣经·新约·约翰福音》9:1—2。

357

佩蒂的走钢丝表演是在有"无人区"之称的土地之上。据说观看的人有四万之多。

358

拉米也在,他让三岁的斯玛达尔骑在自己肩上。

359

巴萨姆在监狱中。

360

每个星期四,太阳升起时,曼哈顿会有两名哈西德派犹太教士驱车绕城一圈,从哈莱姆到休斯敦街,从东河区到哈德逊河,检查高空鱼线是否完整。

这根细线离地二十五英尺,它标志着开戒区域,此区域内,哈西德派犹太教的信徒可以自由携带安息日被禁的物体。

这些人车开得很慢,一边开一边抬头向上看。细线绕过高楼,接上红绿灯,绕过电线杆,经过联合国,沿着河流,穿过城区,一直牵到西区。

开戒区域在公共空间中开辟了私人空间,让忠实的信徒能够带着祈祷书,拿着钥匙,推着婴儿车,而不违反安息日的宗教规定。

整个城里还有其他各种细线,成百上千英里,形成不同的开戒区域。这些细线有的肉眼几乎看不见，有的稍粗一些，约莫四分之一英寸。

遇到暴风骤雨、鸟群穿行、游街花车，或是疾风吹过的塑料袋，这些线都会断落。如果拉比在一圈接线中发现任何没有衔接上的缝隙，他们都会迅速找维护人员过来，赶在安息日到来之前将其修复。

哈莱姆区常有孩子扔球鞋到鱼线上，看鞋子能否挂起来。开戒区域的分界线是最抢手的挂鞋目标。在远处，这些线几乎无法看到，如果鞋子能扔过去，在上面挂起来，就像是完全处在悬浮状态。

361

他们站在电影院旁，面前有八九个人。从远处很难看到山谷里到底是什么情况。在拉米眼里，走钢丝的人仿佛是古代简笔画中的人物。

斯玛达尔在他肩膀上移动了一下位置，把拉米的脖子抓得更紧了。她的小脚在他胸口荡来荡去。他伸手扶住她的后背。

走钢丝的人走到中间，停了下来，拉米感到自己的身体都绷紧了。斯玛达尔俯下身，呼吸忽快忽慢，小小的心脏在他耳边怦怦跳动。

362

拉米那时候就知道，看客想看到走钢丝的人顺利走完，但他们也一样希望看到他掉下来。

走钢丝的人到了中途暂停，人群为他鼓掌欢呼。拉米感到女儿的重量在颈后移动。

363

从他的地方看上去，表演像是精心编排过的：佩蒂走到钢丝的中间，停上一会儿，悬在山谷上方。

他熟练地把平衡杆挪了挪，握在一只手中。另一只手，伸入以色列国旗颜色的口袋——摸到了鸽子。鸽子整个被红绸手帕包着，翅膀顺在身后。

他的手指，感到了那颗小小心脏的快速跳动。他把丝绸帕子包的鸽子从口袋里掏出来，让丝绸自然展开。他得小心。他能感觉到鸟翅在绸布下面松动，慢慢地。他放得越多，鸟越活跃。他可以感觉到翅膀的力量了。没有声音。没有咕咕叫。他把包裹着的小鸟高高举起，晃了晃，松开手。

人群长呼一口气，鸟在空中盘旋了一会儿。红丝绸晃晃悠悠落到山谷的地上。佩蒂等着听到翅膀的拍打声。他让自己稳下来，然后感到头皮痛了一下。刺痛。头皮被抓了。

开始一瞬间，这个法国人不知道发生了什么事。人群从山谷四面八方扬声欢呼，掌声雷动。

那只鸟栖息在他的头顶上。爪子划了他的头皮。

他握住平衡杆，稍微摇了摇头，等鸽子再次飞起。刮风了。鸽子没有动。佩蒂小心翼翼把手伸到脑后——任何突然的动作都有致命危险——用手指将那只鸟推了推。他听到头顶翅膀疯狂的扑动——飞吧，马上飞走——吸了口气，然后重新调整自己的注意力。下面欢声雷动。他能听见那只鸟的翅膀在疯狂扑棱。人群再次鼓掌。

佩蒂意识到平衡杆上有轻微的拉动。他向右朝山谷的方向看过去，见到那只鸟端坐在铝制平衡杆的末端。

又有一阵风刮了起来。鸟仍在平衡杆上。现在已经不只是分散注意力的问题了：鸟动得快一点，他就会失去平衡。他用手指旋转着平衡杆。鸽子跟着动，爪子抓得紧紧的。佩蒂稍微抖了一下平衡杆，鸟仍然没有动。他再次旋转平衡杆，然后反向旋转，但是鸽子都不走。

佩蒂跪到钢丝上，低下头，手呈弧形抬起。人群再次欢呼起来。他们坚信他这一切都事先彩排过：跪下、炫技，还有鸽子的各种搞怪。

他完成了敬礼，然后拍了下平衡杆一侧，让鸽子飞起。鸽子疯狂地拍着翅膀，略微飞起来一点。他向别处看过去。人群中又爆发出一阵呼声。鸽子不见了。

佩蒂从跪姿慢慢站起，再次开始走起来，一只脚小心地跟着另一只脚，他的目光专注地看向锡安山。

他再次顺着斜度向上走。圣城周围的人们，开始击掌打起了拍子。

走了几步之后，他又听到了人群中的呼声。他转过头看后面，发现那鸽子已经落到了钢丝上，正向旧城的方向走去。鸽子身子微微颤抖，尾巴在钢丝上左右摆动。在佩蒂眼中，那仿佛是对他的嘲讽。这鸟对所有这些折腾似乎有点恼火了。

佩蒂再次前进。全神贯注、全心全意。他随着拍手的节奏走，合拍得天衣无缝。

当他环顾四周时，鸟已经不见了。

364

每个安息日之前，莫提总把他所在团的拉比带到"无人区"，为钢丝缆绳祈福。莫提自己已经沿钢缆骑车一次，确保缆绳没有打结、没有断开、没有炸弹、没有陷阱。

像莫提一样，拉比一身黑色，手、脖子和脸上，都涂上了鞋油。他坐在摩托车后部，手紧紧抓住车垫底部。他们沿着钢缆，穿行在山谷的狭窄小道上,一边颠簸,一边低声祷告。

365

佩蒂在钢丝绳上转过身,低头看着山谷。钢缆、树木、几朵白云。他鞠了个躬。他在有斜度的钢丝上,走完了三百米。人群在四面八方鼓掌:在他的脑海里,他给他们行了欠身礼。

一架由前精锐突击队指挥官驾驶的直升机,刺破了他头顶的天空。绞车从直升机上放下来,佩蒂将钢扣扣上去,固定好。最后的大结局。几天前,这名士兵与佩蒂的弟弟一起在艾尔-拉希达附近的沙漠中练习过这样的升降。直升机的盘旋完美无缺。

绞盘和钢扣各就各位。钢丝艺人和飞行员交换了个手势。佩蒂轻拍了下绞盘,发出了最后的信号。

钢丝艺人感到了一下拉扯。接着,钢丝将他拉起来,他双手张开,飞离锡安山,越过拜特贾拉的群山。

366

一些观众联想到了穆罕默德的夜间飞行:他从耶路撒冷出发,越过锡安山,飞向远方。

367

在以色列,有时直升机会用来捕获金鹰,以便生物学家给它们上脚环,对其进行研究。飞行员在空中追踪雄鹰,直到雄鹰降落在地上,蜷伏着,垂着头。直升飞机在附近降落,让生物学家下飞机。

然后飞机继续盘旋,迫使金鹰就范。

生物学家直接用手,从身后抓住金鹰。生物学家训练有素地将翅膀往后折,以免被鹰爪抓到或被鸟喙啄到。生物学家有时会用网枪,但众所周知,直接手抓更安全。

368

金鹰要用宽大一些的脚环。它们的腿有时可以厚达四分之三英寸。如果脚环太紧,会阻住流向鸟脚的血液。

369

以色列电视台直播了佩蒂走钢丝的过程。在距离耶路撒冷八英里的艾尔-拉撒拉森林边缘,一个贝都因部落的人,坐在帆布帐篷里看电视。

佩蒂乘坐直升机升起时,他们离开了电视机,从大型帆布篷下面走出来,看着那法国人张开双臂,穿着小丑服装,从空中飞过。他一条裤腿是巴勒斯坦的颜色,另一条是以色列的颜色。

370

人群开始分开。斯玛达尔俯身向前。拉米让她骑在脖子上,穿过人群,回到卡考咖啡馆。

她现在向后拉他的脖子,双手抱着按在他的喉结上。

371

菲利普·佩蒂的"和平之旅"结束七个月后，第一次巴勒斯坦起义开始了。

372

第一次起义，始于1987年的滑翔机之夜。滑翔机是用铝条和帆布制造，以割草机发动机驱动。袭击者趁黑从黎巴嫩南部起飞。一架滑翔机驾驶者被马阿扬·巴鲁克基布兹的探照灯照得睁不开眼，但另一个滑翔机的驾驶者——他在不同地方有不同的称号：恐怖分子、烈士、凶手、游击队员、自由战士——则设法飞越过沙漠，飞向了基尔纳·希莫纳附近的吉本军营地。

滑翔机按树木的高度飞行，以此做掩护。夜晚漆黑一片，没有月亮。他飞行良好，敏捷，可以用一只手驾驶滑翔机，身体向后伸展，双脚搁在滑行杆上。他穿着黑色连身裤、黑色鞋子、黑色手套和巴拉克拉法帽，脸上裸露的部分抹了黑烟灰。滑翔机在滑行。风嗖嗖地刮过。在下面，他看到了两束光。翅膀伸展，他看上去宛如蝙蝠。

他保持飞行器稳定，将其引导到更靠近道路的地方，路遇一辆卡车，他用卡拉什尼科夫机枪开枪射击，驾驶员当场死亡，乘客受伤。在单个引擎的旋转下，飞行器又飞了两百米。他在营地围栏上方向哨所投下几枚手榴弹。哨兵惊慌失措，纷纷逃离。这位空中飞人又向地面的帆布帐篷投掷了一枚手榴弹，并用AK-47向地面扫射，打死了五名士兵，伤七人。伤者中有一个是军营厨师，腿部挨了一枪，却用军队佩的手枪连开几枪，终于把滑翔者击落。

滑翔机砸了下来，割草机引擎呛了几声。起了一阵小火。然后是一阵沉默。

消息传开后，黎巴嫩、加沙和西岸举行了盛大的庆祝活动。咖啡馆里人们在为烈士歌唱。男孩们从屋顶上放飞纸做的手控滑翔机。

以色列对自己的防御轻易被攻破深感震惊：帆布和割草机发动机做的滑翔机，俄罗斯制步枪，捷克制手榴弹。

373

第一次起义的开始也可能是一次车祸：有天下午两点，在贾巴尔亚难民营，一辆以色列卡车在加沙街道上与一辆民用卡车相撞，没有停下来，而是直行驶过，压死了四个巴勒斯坦人，还有其他几个人受伤。

374

起因也可能是一名以色列推销员两天前在贾巴尔亚的同一个路口被人刺死，刀不偏不倚扎在他的两块肩骨之间。

375

也可能是犹太激进分子想要接管东耶路撒冷的圣地山（又称圣殿山）。

376

也可能是它注定要发生，躲也躲不过。

377

彩色石头在空中飞舞。

378

他在人群后面。跛脚耽误了他的速度。人群在他四周鱼贯而过。烟雾刺激着他的舌头、喉咙、胸部。耳朵里又是灰尘又是嗡声。他拿起洋葱,将其包裹在阿拉伯头巾里,用力闻上一口,然后再次前进。他的腰带上别着全新的弹弓:捷克制造,黑色松紧带,弹弓袋是强化皮革所制。他口袋里放着几块小石头。人群挟裹着他前进。旗帜在头顶飘扬。烟雾悬浮在阳台底下。披阿拉伯头巾的年长男子,火焰照亮了他们的脸。同龄和稍大一些的男孩,在向前冲。女孩也不示弱。袖子在挥动,偶然露出一截手臂。空气在呼啸,在震动。人们在热血沸腾地喊叫。人体挤在一起的炎热。他经过一辆被焚烧过的汽车,车坍塌了,车轴及地。喇叭里有声音传过来。听到几声巨响。人群分开。四名男子手臂缠绕在一起,做成椅子状,把一个男孩背朝下抬起来,从人群中挤过去。

男孩直直地凝视前方,在一瞬间,他与巴萨姆目光相接。

在男孩的腹股沟处,一片鲜血绽放开来。

379

调制莫洛托夫鸡尾酒燃烧弹大有讲究:先得摇晃瓶子,让汽油或易燃液体被抹布吸收,然后才将其从空中发射出去。

有经验的示威者会用黑色电工胶带将破布条固定在瓶子口,顺手一扭,把胶布快快贴上,这样火焰就不会在飞行途中散落。

380

1939年的冬季战争中，苏联向芬兰投掷了数百枚燃烧弹。炸弹装在一个巨大容器里，颗颗致命。苏联外交大臣维亚切斯拉夫·莫洛托夫声称，这些炸弹根本不是炸弹，而是食物，馈赠给行将饿死的芬兰人。

炸弹被戏称为莫洛托夫面包篮。

芬兰人表示，他们不仅要食物，还要搭配点饮料，于是发明了莫洛托夫鸡尾酒，给俄国人派送的食物佐餐。

381

第一次起义期间，耶路撒冷市市长泰迪·科勒克都在桌子上放着菲利普·佩蒂的照片。那只和平鸽在走钢丝的人的头上方扑着翅膀。

382

383

此后多年,佩蒂一直想弄明白为什么鸽子不会飞。

鸽子包在红丝绸手帕里,头朝下脚朝上,装在他口袋里。当他准备走钢丝时,它就处于颠倒状态。他在走钢丝时,鸽子仍然脚朝天。

也许鸽子在口袋里待得太久了。也许鸽子的血液、思想、身体都混乱了。还有,它的翅膀可能被店主剪过了——众所周知,当宠物养的鸟常有这种遭遇。他想,也许这鸟根本不知道怎么飞。

一切皆有可能:他永远不会知道最终答案。

384

据穆斯林的传统,审判日会有一条细绳,从西边的哈拉姆·艾尔-谢里夫墙的顶端,挂到东边橄榄山山顶,基督和穆罕默德都在那里,施行审判。

义人会被天使保佑,迅速经过,恶人会一头栽进山谷。

385

隔离墙。也称分离屏障。也称隔离栅栏。也称安全墙、安全屏障、安全栅栏。别的称谓还包括:种族隔离墙、和平墙、隔离墙、耻辱墙、西岸墙、行政墙、吞并墙、缝区墙、恐怖分子墙、渗透者墙、破坏者墙、障碍墙、人口墙、领土墙、殖民墙、统一墙、种族主义墙、圣所墙、绞索墙、诅咒墙、和解墙、恐惧墙。其诨名还包括围栏、鸡舍、陷阱、套索、护栏和笼子。

386

四百四十英里的隔离墙不全是混凝土墙,也包括一系列沟渠、土墩、巡逻道路、沙土带、禁区、运动传感器和圈形带刺铁丝网。

387

1949年,在地图上绘制停火线时——也就是绿线,在1967年前一直作为边界线——指挥官阿卜杜拉·埃尔-特尔和莫施·戴颜都用较粗的彩色铅笔,俯下身子,在线条上涂抹,常常不知道边界会穿过村庄中间,分割了街道、房屋和花园。

一个女人可能会在午夜之前在巴勒斯坦爱她的丈夫,然后翻过床,余生在以色列度过。

在被沟壑、小溪或一队士兵分割开的小村庄,信鸽爱好者用信鸽传书的方法做交易:合同、地契、出生证、所有权纠纷,另外还有人们羞于承认的情书。

在边界线巡逻的约旦士兵,头顶上常有这些灰色鸽子,像子弹一样穿梭来往。有时候它们也横遭厄运,在空中被打死。

388

在大屠杀题材小说《彩绘的鸟》开篇,作者耶尔齐·科辛斯基描述了猎人的一项运动:他们捕鸟后,涂以色彩,然后将彩绘的鸟释放。其余的鸟由于无法认出被彩绘的同伴,会从四面八方来攻击这所谓的入侵者。

这本书颇受评论家好评,后以多种语言出版。科辛斯基最初暗示,小说是基于他在波兰的童年经历。小说出版后,他就放弃了这主张，可后来仍被指控剽窃。

该书在波兰是禁书，直到1989年柏林墙倒塌才解禁。此后不久，华沙的一位艺术家从该书里撕了几页，做成各种伪装和颜色的纸鸟，从文化科学宫的屋顶上放飞，它们在风中飞舞的情形，全被拍了下来。

389

地狱都已上冻，何事不能成真？Control+ALT+Delete。汉达拉不朽。一个巴掌拍得响。这可不是啥绿线。× 死你，比比。（嗯，不用，谢了。）耶稣为她的罪而死。最终还是尼采赢了。邦克斯，别搞这么美丽了！阿里贡尼还活着！瞭望塔四处都是。耶稣是个水上滑手。等你看到此字，我已不在人世。统一。马上和平！↑阿拉法特。詹姆斯·米勒长眠。记住 '48。柏林也只有这个高度。固定的工事是人类愚蠢的纪念碑：乔治·巴顿将军。不要修墙，要鹰嘴豆泥。Patriae quis exsul se quoque fugit（他们也要逃到逃亡的父那里）？时间就是痛苦，兄弟。上帝是以色列人尼采。你能听到我讲话吗，班克斯？这堵墙不在乎。又是个JANCFU。ICH BIN EIN BERLINER（我是柏林人）。194号决议。根除审查！CHE SERA SERA（该怎样就怎样）。怒对机器。I＞R＞A。吉米·桑德斯，我们永远怀念你！逃生舱门。比暴力更明智！连我的句子都没有回归权。说实话吧，姐妹。别四处喷毒气了——臭鼬真糟糕。瑞特·查特尔到此一游。蕾切尔·克里安息。这是雷切尔陵墓。抵制隔离（和／或）制裁。（当然不行）。这伙人无可救药！禁止裸泳：巴勒斯坦人已受够了。ANC不朽！"和平、爱、理解"这个说法哪里好笑？UBINTIFADA。特利翁安息！小心这只母狗。保持整洁，班克斯。视觉污染，小丑对小偷说。尤班图，我是因为你而存在。真猛兽也。瓦加，瓦加，瓦加。猫王安息。撑竿跳运动员，联合起来。忽略恐惧。城墙将倒塌。阿布·阿玛不朽。记住滑翔战士，6-1。有了塞马·威尔就是7-1。马拉巴进球！守好斋月吧，索比。你已不在迪士尼乐园。存在就是抵抗。犁慢但泥土不急。停下来，让我们为亲人和家园哭泣。散居国外的人们，我们亲吻你们。死亡之前有生命吗？思想脚踏实地，要求高峰入云。里拉·卡里德我们爱你。释放马尔万·巴格提（还释放？买玉米片免费赠送好了！）。我们（应）将被（比比）释放。如果蝙蝠侠知道了，你麻烦就大了。

390

拉米最喜欢的一句："终结占领。"

391

一天下午，拉米与《每日邮报》的威尔士记者开车回来，穿过伯利恒时，拉米发现隔离墙属于巴勒斯坦那一侧，有张彩绘的脸，很像阿比尔。一阵寒气，像碎弹片一样袭来。画像上的女孩紧紧地包着长头巾，不过脸与阿比尔并无二致。好像有人拿了巴萨姆女儿的照片，准确地画了下来：一样的眼睛，一样浑圆的脸，一样甜甜的樱桃小嘴。他原本安宁，见此画心如刀绞。

他从乘客座位上转过身，再次回头去看，但一路转弯很快，他们沿着隔离墙，经过蕾切尔墓和300号检查站。这时候威尔士人表示，他想看一段班克斯的涂鸦。

这事拉米没跟任何人说，包括当天晚上躺在努莉特旁边的时候。他感觉好像是头上有屋顶，脚下却没有土地。如果下了床，他就会消失。他如同生活在沉默的唇齿间：这里有一种他无法言传的意义。

如果阿比尔没有离开,她就不需要被记住。换言之,缺席成了她的存在。

他没睡觉,他也无法入睡。悲伤在他的嘴里,能品出咸咸的味道。他突然想起了斯玛达尔很小的时候,睡在他胸口,小手搭在他的胸上。

凌晨时候,突然有一些异样的声音。他起了床,带上手电筒,走到屋后的木头露台上。他把电筒沿着树照过去,突然看到了闪亮,可能是眼睛。但那闪亮很快消失了。是动物?还是人?他无从知道。

拉米非常清楚,他们可能会不时来盯他一下。他的电话可能被窃听了。他无所谓。他已经失去了这么多,他们监控不过来。

392

第二天晚些时候,他从耶路撒冷骑摩托车出门。涂鸦仍然在那里,在高高的墙上。他现在意识到,这是另外一个巴勒斯坦女孩的形象,她大约十岁,是的,在许多方面与阿比尔相似,但是他定睛细看时,又觉得完全是她,只是眼睛有点大,颧骨有点尖,酒窝的阴影有点深。

393

在隔离墙的一侧,太阳鸟一直被称为巴勒斯坦国鸟,又称巴勒斯坦太阳鸟。而在另外一侧,最近几年,该鸟被称为以色列太阳鸟。

394

维特鲁维乌斯·波利奥在他公元前一世纪的大作《建筑学》中

说，任何需要有深地基的围墙——从障碍物，到巨大的木制防御塔——都应用烧焦的橄榄木连接在一起。

橄榄木即使埋在地下，或投入深水中，都不会腐烂。

395

2006 年，以色列政府下达了一道命令，要求经过克里米桑葡萄园中心，完成隔离墙的建造，将修士和修女两个修道院分离开。

修女们的修道院将在隔离墙的巴勒斯坦一侧，修士们的修道院在以色列一侧。修女和修士见面，需要许可证。

六年后，该命令重新发布，巴西修女卢卡瑞莎嬷嬷在修道院大门外接受了采访。她说，上帝给了我们很多东西，但不幸的是，没给我们翻墙的抓钩。

第二天，一只巨大的联邦快递包裹送到了她的修道院。

卢卡瑞莎嬷嬷决定不打开它。她在上面留了句话，"若有需要，欢迎取用"。然后将包裹带到 300 号检查站，放到墙脚下。

396

300 号检查站的瞭望塔配有空调。士兵们在螺旋形楼梯的顶部，坐在带充气皮垫的旋转椅上，可以三百六十度俯瞰整个伯利恒，整个接缝区，一直到耶路撒冷。他们的枪管从射击孔伸出。

天花板上有一个装甲出口，以便需要时士兵可乘坐直升机离开。在瞭望塔里面还有架折叠梯子，让他们可以到达塔顶。

士兵们可以发射实弹或橡胶子弹，或者向地面部队、高压水炮或催泪弹卡车发出指示，将他们引向隔离墙内置的一系列活动机关门。

397

卡兰迪亚检查站的人道主义通道是个预制小屋,有浴室和饮水机专供老弱病残使用。

小屋的一端有一张折叠式木桌,可在上面给婴儿换尿布,上方有英语、希伯来语和阿拉伯语写的标语:"你是我们所有人的希望"。对面墙上是耶路撒冷旧城的照片,照片上旧城边缘的城墙被雪覆盖。

大门每天开放四十五分钟。

398

拉米的很多熟人从未去过西岸。他们甚至拒绝前往 B 区,担心去了会遭绑架、监禁、殴打。

但他知道,隔离墙很容易穿越。几乎所有的以色列人都可以前往伯利恒。他们只需开车前往 B 区,在珠峰酒店停好车,然后乘出租车去伯利恒的集市。穿着要慎重点。给人以游客的印象就好。要么一言不发,要么只说英语。就说自己是丹麦人。随便走走。是去教堂。尽收眼底。全然无惧。

他们甚至可以开自己的车通过:伯利恒周围有足够的黄色车牌,可以蒙混过关。

回家也很容易。只需开车到定居点,摇下窗户,刷下身份卡,用希伯来语应答那些套路问话,然后就可以驱车回到空旷的路上。

拉米告诉他们,一切都是宣传的操作。一切都建立在恐惧之上。安全行动,他这样称呼。填鸭行动。蒙骗行动。

399

巴萨姆曾看到有人手脚并用从隔离墙低矮处爬过。有的人用木头、钢铁、麻绳做的梯子。有的人在墙壁上挖出秘密的通道、隧道，或凿出空隙，好来回递送东西。他听说有些男孩用攀岩装备。伯利恒有个踩高跷的年轻女杂技演员，用高跷翻墙。到了墙顶，就用绳索将木制高跷吊起运过来，藏在附近的仓库中，然后去希伯伦路的一家沙拉三明治店上班。

400

401

起来，小女孩，起来。

402

阿比尔的脸黑黑的、皮肤细嫩，颧骨有些突出。她的眼睛大大的，黑褐色，眉毛细直。她的头发在额前向两边梳，后面有时候会扎个马尾辫。她总是笑眯眯的，总是像在提问。

403

斯玛达尔用什么相机去拍都上相。她的气质特异，仿佛目之所及都在她掌控之中。那一双褐色的眼睛环视四周，目光带着请求，充满感染力。

404

阿比尔遇难的前一天晚上，隔离墙的几块强化预制板从内盖夫的阿克斯坦工厂用铰接大卡车运过来，放在校园的后方。那巨大的混凝土板块被起重机吊起，在空中摇摇摆摆，然后堆在地上。

隔离墙最初方案是从学校横穿，后折衷，改从操场经过。

这项工作将在当晚晚些时候，在泛光灯下进行。工人接到了命令，不能在学习时间产生噪声，打扰学童。

巴萨姆不知道阿比尔是否见到预制板的到来，但是枪杀他女儿的边防军证实，他早晨接到的命令中有一条，是保护送运隔离墙预制板的工人不受伤害。

405

巴萨姆只知道那个边防军的名字首字母缩写是 Y.A.。所有法庭文件中都没有透露边防军的具体姓名。

406

建造隔离墙的工人主要是巴勒斯坦人。他们操控钻头。驾驶推土机。卷绕电缆。用卷尺丈量。在墙的各部分上用粉笔做记号。一天三到四次,他们的祈祷垫在墙前铺开,这样好有个干净的地方祈祷。

407

五年来,砌墙是这个地区收入最高的建筑工作,工人称其为"来钱墙"。

408

一只塑料购物袋自行飘起来,飞过隔离墙:风将其刮得哗哗作响,乍一听像在开枪。都没有人惊诧。

即使在受难日协议达成数年之后,贝尔法斯特的和平墙依然存在,和上面的铁丝网一起,高高地耸立在城市的灰色天幕上。

在马丁·路德·金和阿拉法特的画像前,巴萨姆顿了一下。附近是一幅黑色九月战士的画像。粉碎犹太复国主义。爱尔兰声援巴勒斯坦人民。没有正义就没有和平。

街道的尽头是一堵山墙,背面是壁画,一张丘吉尔的肖像在大以色列的地图上,这是戈尔达·梅尔①的画作。再往前,我们看到:戈尔达,我们爱你。巴尔队—四。巴勒斯坦队—零。不列颠统治:我们支持锡安人民。以色列总统哈伊姆·赫尔佐格,1918年生于贝尔法斯特。

---

① 戈尔达·梅尔(Golda Meir, 1898—1978),以色列教师、政治家,1969年—1974年任以色列总理。

再往前走，毕加索的和平鸽画像，嘴里衔的不是橄榄枝，而是阿玛莱特狙击步枪。

409

就我而言，图片是破坏的总和。我画一张画——然后销毁它。最后，什么都没有损失：我从一个地方拿走的红色，会在其他地方出现。

～毕加索～

410

建筑物伫立在一片灰蒙蒙之中。雨似乎有意淅淅沥沥地下着。对他来说，贝尔法斯特是个充满惊喜的城市。他被带去参观。皇冠。泰坦尼克号博物馆。植物园。米尔敦公墓。香基尔路。瀑布。

一天深夜，他走在当地人称为圣地的地方。街道的名称吸引了巴萨姆：巴勒斯坦、开罗、耶路撒冷、大马士革。他在地图上搜索。德尔斐大街。巴拉克拉瓦街。统一公寓。克什米尔路。

他是从布拉德福德过去，参加为期三天的和平会议。他的头缩在蓝色斗篷的帽子里，烟一支接着一支，一直在深夜里行走。

巴勒斯坦街上有一排红砖砌成的房屋，深色的大门，小小的花园。耶路撒冷街的尽头是死胡同。他听说这里曾发生不少枪击事件。街道很短，记忆很长。

屋顶上飘扬的旗帜让他啧啧称奇。城市部分地区飘扬着大卫之星旗。其他地方则有巴勒斯坦旗。白色是我们的事迹，黑色是我们的战斗，绿色是我们的田野，红色是我们的利剑。灯杆上、桥梁上、商店橱窗里。

不过,小镇上还是充满了活力,充满了放肆,也充满了希望。这好像是他本该长大的地方。他想对它说悄悄话,宣布他对小镇的的认可。那是一个有宵禁记忆的城市,一个幽灵四处游走的城市。

他走到船坞的边缘,看到初升的太阳从哈兰德和沃尔夫造船厂背后升起。坐在码头的系船柱上,他听着号角的声音。他沿着海岸线独自漫步。

在酒店,其他与会者正在结束各自的早餐。他混迹其中。巴萨姆擅长消失在人群中。他可以让自己成为阴影一样的存在。

他的演讲安排在中午。他在后台喝着茶等着。不管他多少次讲述自己的故事,每次依然觉得紧张。演讲之前,他抽完了半包"丝卡"烟。他走上舞台,轻轻地向着麦克风咳嗽了一声,向后退了一步,将手放在额头上以遮住强光,停顿了一下。我是巴勒斯坦人,名叫巴萨姆·阿拉敏。报告大厅里一阵窃窃私语。

演讲之后,大多数人为他起立鼓掌。不起立的人,则蓄意两臂交叉。他可以看到他们凑在一起。

在台下,有人拍了一下他的后背。爱尔兰的口音甚至比英国口音更难听懂。他不由自主地弯下腰,频频点头。他最大的愿望就是不得罪人。他不想让他们再说一遍。他最想和那些双臂交叉的人交流,但他们没出现。

会议很热闹。他常受邀参加小组讨论。理论与实践。冲突分析。和解研究。对话的仁慈。他意识到,在这里做个巴勒斯坦人不是难事。大家听他的发言。他很真诚。他受过苦。他甚至认为,在境外做巴勒斯坦人,比在境内还容易些。这个想法让他矛盾。如果他决定不回去怎么样?如果他在国外工作怎么样?他有话可说吗?他知道,少他一个,就少一个阿拉伯人,这正中很多人的下怀。他也知道,如果他离开三年,他们可能会撤销他回去的权利。巴萨姆真想那天下午立刻乘飞机去约旦,然后开车回西岸,好安心一些。

晚上，与会者三五成群，聚集在酒店的酒吧和休息室。他们唱歌、喝酒。这里也分派系。有人安排巴萨姆会见一伙挪威学者。他们听说他在监狱里当过歌手。他坐在他们中间，唱了一首阿布·阿拉伯的歌曲。有人递给他一杯健力士啤酒。

"不、不，"他说，"我从不喝酒。"

一分钟后，又有人放了一瓶威士忌在他面前。他坐在椅子上，笑了起来，把威士忌从桌子上推给他人。

他无法入睡，走路时却感到释然。他喜欢走在毛毛细雨里，雨有助于他整理思路。他的论文只剩最后四分之一了。他觉得自己的方向太多。

有时他会停下来，在笔记本上记上短短几句。*没有和解的和平。要原谅不要借口。思想的殖民。*

411

他找到了正对东边的方向，后退数步，悄悄铺开垫子，开始祈祷。

412

在二十世纪九十年代初期，每月至少两次，参议员乔治·米切尔与妻子希瑟和一岁的儿子安德鲁在纽约告别。

一天后，他降落在贝尔法斯特郊区的奥尔德格罗夫机场，主持北爱尔兰和平谈判。大多数时候，他出门只带一个公文包和一个小小的旅行袋。在机场过道上，基本上没有人能认得他。

在机场，一辆汽车接他去城里。他会在后座打个盹，一天难得安静一会儿。

米切尔一坐下来能坐很久,安心倾听对立派系讲述各自的故事,为此,喜欢他的人给他取了个"铁裤"的绰号。议会的党派领袖会到他的办公室来,坐下,把自己的立场跟他和盘托出。他安静地听着,提醒自己保持耐心。有时候,这些故事无休无止。他想知道他是否能够找到一种描述这一切的语言。

这里已有八百多年的历史,其中压迫史是三十五年。时而签约,时而屠杀,时而围剿。1968年发生了什么。1974年哪个超市被火焚烧。上周香基尔路上发生的事。伯明翰爆炸案。直布罗陀枪击事件。与利比亚的联系。博因战役。克伦威尔游行。砍伐树木。把竖琴演奏者的指甲拔掉,让他们无法拨弦。

每天早上,参议员的司机用镜子在车底下照一照,检查有没有炸弹。然后开车带他穿过街道,他回到谈判大会,继续聆听。一个接一个的会议。一个接着一个的午餐会。一个接着一个的晚餐会。一个接着一个的电话。他常需强打精神,保持清醒。有时他会用圆珠笔戳自己的指尖。一天下来,他的食指尖常常布满蓝色的斑斑点点。

效忠派、共和派、温和派、新芬党、社会党、妇女联盟党,还有各式各样的首字母缩写:DUP、UVF、IRA、UFF、RIHA、ABD、RSF、UDA、INLA。

413

二十世纪八十年代,在以色列之外,以色列国旗销量最大的地区是北爱尔兰。在这里,爱尔兰共和党人升巴勒斯坦国旗,效忠派则针锋相对,升以色列国旗。这里成片的小区,要么被蓝白两色覆盖,要么就是黑红白绿的旗帜连片。

414

以色列国防军第 101 号命令《关于禁止煽动和敌对性宣传行动》于 1967 年生效。它禁止巴勒斯坦人在正式文件中使用"巴勒斯坦"一词，不许提及、不许升起、不许悬挂巴勒斯坦国旗，艺术作品不得以任何方式同时涵盖国旗的四种颜色。

415

星期五下午，巴萨姆和他的朋友们在学校大门口悬挂了国旗，士兵们赶过来，将其扯下。他们用石头砸士兵。

士兵们反过来用催泪弹和橡胶子弹对付他们，子弹打到学校后面的锡皮棚子上，又反弹过来。有时，男孩们走了很久，士兵还在开枪。

从远处，隐藏在一条小巷中，他听着罐子从生锈的锡皮屋顶上弹出，一声又一声，一点也不像雨滴。

416

2002 年，米切尔被任命为中东特使时，他突然感到自己再一次闯进了打乱了的拼图里：PLO、JDL、DFLP、LEHI、PFLP、ALA、PIJ、CPT、IWPS、ICAHD、AIC、AATW、EIJ、JTJ、ISM、AEI、NIF、ACRI、RHR、BDS、PACBI、BNC——不同的是，这次他没法找到靠边的一小块，从那块开始拼。

417

无限但可数的边。

418

喝完咖啡，他用阿拉伯语感谢服务生，离开了珠峰酒店，还余下十五分钟可以打发。在外面，他调整了一下头盔，将摩托车从架子上晃动着挪开，离开泊车位。咖啡因让他清醒了过来。他想加大油门，让车轰鸣一阵。

419

西岸的路坑坑洼洼。想向左转弯，他要轻推右车把。左边稍往下压一点，就会缓缓向右。

420

他顺着拜特贾拉西部边缘的街道悠悠地骑行。白色的公寓楼四四方方，它们的三四层晒着衣服，风把它们吹得翩翩起舞。一件白衬衫两袖在风中抬起，状若投降。

沿萨拉曼街是下坡的弯道，两边是屋顶、栏杆、堆着沙袋的高层阳台。有一些窗玻璃被涂成黑色。

一小伙人在一个修车厂外聚会，都在抽着烟，头上总是烟雾缭绕。再往前，一排排的公寓楼之间，有栋低矮点的房子，高处的窗户上镶着漂亮的彩色玻璃。

他绕过弯道，缓过街道中间的一棵橄榄树，又经过老别墅区。

他可以感觉到这些建筑的古老：拱形天花板，纯白的色调，马赛克式地砖，高大的门厅点着细蜡烛。

421

纳布卢斯上方有座山,名慈悲山。山顶有大宅,业主为巴勒斯坦首富,名叫穆尼布·艾尔-马斯瑞。

在人人艳羡的山顶胜地,他参照由帕拉第奥设计的、位于意大利维琴察的圆厅别墅,建了这座豪宅。宅顶模仿阿克萨清真寺的圆顶,四周为贴面材料覆盖。方圆几英里,都能看到它在阳光下闪烁光辉。

豪宅大门来自十七世纪的法国庄园。门口是碎石子,走上去吱吱作响。两旁窄道为鱼池,里面养有金鱼。大门前是抛光花岗岩台阶。高高的圆顶下方是门厅,里面伫立着大力神赫拉克勒斯的大理石雕像。中央大厅为十字形,四周有四道门,模样相仿,分别指向正东、正南、正西、正北。宅子里珍贵艺术品和文物比比皆是,包括毕加索和莫迪利亚尼的画作、佛兰德文艺复兴时期的挂毯、《圣经》画像、凡尔赛的镜子、伊朗古代数学家的手稿,以及最初挂在集市的几幅阿拉伯文卷轴,其历史可追溯到六世纪。

石阶通往一个玻璃房的冬季花园,其主人原本是拿破仑三世的情妇。附近还有一个罗马圆形剧场。柏树丛前伫立着两座凯旋门——一座来自普瓦捷市,另一座是为了纪念艾尔-马斯瑞的朋友亚西尔·阿拉法特而建。精心修剪的植物迷宫,十英尺高的围墙,让花园完美无缺。

艾尔-马斯瑞长期失眠。他建造这座豪宅,是把它当成一个谜,一个拼图,一个国家的隐喻:他称其为 Beit Felasteen,即"巴勒斯坦之家"。他想建造一艘方舟,一艘收藏所有美丽事物的方舟,一个引人思考的拼图。前来参观的人无不感到震撼。

通过石油和水的投机,艾尔-马斯瑞赚了很多钱。他为这房子投入了数千万美元。

在地基挖掘过程中,工人发现了橄榄木的细梁、烧焦的绳结、凿痕、一小片瓷器、一段台阶,还有一块看起来像祭坛的石头。马赛克地砖。彩色的石头。蓝色罗马玻璃。他停止了施工,从世界各地招来考古学家,让他们仔细地在废墟上考察。考古学家发现了石柱,挖出了石祭坛,将陶器碎片分类整理,结果发现这是一座古老的修道院遗址。

修道院的历史可追溯到大约一千六百年前。考古学家绘制了修道院的地图,然后将其复原。完工后,艾尔-马斯瑞在其顶部重建豪宅——豪宅为此抬高了二十英尺——如此一来,底层的结构得以完好保存,可供人参观。

422

从"巴勒斯坦之家"望过去,可以看到另一座山,其名厄尔山,亦即诅咒山。

423

2011年,艾尔-马斯瑞的孙子——名字也叫穆尼布——沿着黎巴嫩边境游行,纪念1948年的灾难日。一颗子弹高速飞过,穿透了他的肾脏和脾脏,然后扎在脊椎附近,他就此瘫痪。

穆尼布被送往贝鲁特的医院,在那儿,他恳求医生让他死,但最终他被空运到美国接受治疗。圣地亚哥的医生让他此后多年一直进行严格的康复训练。

424

穆尼布现在的家在佐治亚州,有时候还回去探访祖父的豪宅。

他坐在轮椅上带路,把访客带到楼下,向他们展示一幅大型壁画。壁画上有历史上大屠杀的画面,但也画了几只和平鸽。

425

Nakba,也称灾难日。还有一个叫法是 Hejira。别的说法还包括逃亡日、受难日、大灾日、强迫日、涂黑面孔背井离乡之夜。

426

1948年逃亡的路上,一路撒落着烟盒、信件、头发、丝绸领带、塔布什帽、布娃娃、照片、成卷的电影胶片、手杖、网球拍、水晶水瓶、头巾、祈祷披肩、迈德瓦烟斗、里拉硬币、板球拍、黄铜咖啡壶、鞋子、袜子。

七八十万巴勒斯坦人,大多没有带比较重的物品,因为他们确定自己过几天就能重返家园。传说走的时候,有的人家汤还在炉子上沸腾。

427

博尔赫斯曾在耶路撒冷的一家咖啡馆里听到一个故事,也是他最喜欢的故事之一。有个陶罐熬的汤,煮了好几个世纪而没有蒸发,也没改变味道。有人尝了欲仙欲死,有人尝了痛不欲生。

428

如果我回来了,就以我为柴,放入烤炉,为你做饭。

⌒达尔维什⌒

429

2002年,赫拉克勒斯雕像被装进巨型木箱,从巴黎抵达艾尔-马斯瑞的家。这件作品是用一整块白色的意大利大理石雕刻而成。

为了把木箱运到房子门口,需要特殊的起重机。司机判断失误,木箱离地还有一英尺时他就松开木箱。木箱晃了一下,然后倒在台阶上,在艾尔-马斯瑞的面前敞开。赫拉克勒斯的身体——左手紧抓木棒,右手抓着石头——跌落出来。雕像头部撞到台阶顶部,与身体分离,然后滚到山下。当时下着瓢泼大雨。艾尔-马斯瑞的工人花了两个小时,才在泥泞的灌木中找到雕像的头颅。

艾尔-马斯瑞找到能工巧匠,把雕像的头部巧妙地重新连接上。他把高大的雕像放在巨大的圆顶下,雕像光芒四射。

游客需要十分仔细,才能看到头部和身体是后来接的。

430

艾尔-马斯瑞常常西装革履,一身衣服熨烫挺刮,袖口纽扣精美,口袋四四方方,衬衫印有姓氏字母。以这身行头出现,有的人发现他居然是巴勒斯坦人,顿时一脸惊诧。这让他很不舒服。他们原以为他一身邋遢,围个阿拉伯头巾,挎个枪套,身穿作战服,或套一件涤纶夹克啥的。

他们看看他,仿佛在说他这么穿,实属大谬。

431

穆尼布·艾尔-马斯瑞家的前门有四百年历史,由橡木和钢制成,能抵挡巨大撞锤的冲击。

432

房子建于A区,四周被C区包围,坐落在一条交叉路口,俯瞰着纳布卢斯的平坦屋顶和尖塔。

穆尼布·艾尔-马斯瑞居高临下,能看到巴拉塔难民营,远处还能看到阿西拉·沙马里亚村。

433

434

在田野里漫步,看着女人背着麦捆,看到男孩在炎炎烈日下脱谷。一片片的金黄，一片片的洁白。

女人们沿着鹅卵石路返回村庄，经过古老的水井，走在装有铁丝网的高墙之下。然后，在陡峭石阶的阴影里，各回各的家。

你可以沿着她们衣服上掉下来的麦穗，追踪她们的行迹。

435

耶胡达大街爆炸案发生一周后，村庄被突击检查。街道封锁了。直升机在盘旋。所有人都被枪顶着带到外面。男人都被抓了起来，手用拉索铐住。妇女和儿童被下令面对着墙跪着。

第一个小队进来，扔出所有物品：照片、书籍、床上用品、小摆设、水烟袋、家具、古旧的钟、烤箱、冰箱、锅、文件、衣物。第二小组将打碎的一切装进一个军用垃圾箱，在众目睽睽之下将其粉碎。

房屋仅余四壁。妇女和儿童被转移走，另一组士兵——建筑工兵——进驻。

门被封上，窗户插上了交叉的钢筋，前后阳台都用气动射钉枪镶满了金属钉。工兵们还将装满混凝土的桶，固定在地板上，确保屋子没法再住人。

新的钢门被焊接牢固，并用高强度钢筋固定，以防撞锤将其撞开。

士兵们在墙上喷涂了大卫之星。但行动结束后，尤塞夫·舒利的侄子、八岁的小体操队员萨布里，设法爬进窗户。他的第一份工作就是把这些喷漆擦掉。

436

孩子们随后在墙上写下过去屋主的名字：巴沙尔·萨瓦尔哈

(1973—1997)、尤塞夫·舒利（1974—1997）、塔乌非克·亚辛（1974—1997）。然后，孩子们在靠近天花板的水泥桶之间爬来爬去，玩打仗游戏：杀死犹太人、绑架、巴格达炸弹袭击。

437

十年后，萨布里·舒利在阿尔及尔代表巴勒斯坦体操队参加了泛阿拉伯运动会：他在双杠项目上排名第五。

438

中世纪的撞锤通常有一根二十英尺长的木梁，用来撞击城墙、隧道入口或者大门。其中一些带有锋利的金属尖，可在猛扎进砖石之间来回撬，使其松动。有的是平的金属头，以便能一撞再撞。

较先进的撞锤配了轮子，并在投石手和弓箭手的护卫下，由大批人或牛用拖车拖到进攻地点。

通常，在撞墙之前，必须在护城河上架桥，或将护城河排干，以便进攻。在进攻的最后阶段，攻击者会铺设一条简易的木板轨道，使推杆更容易推。拖车用巨大的岩石卡住，以防它在陡峭的山坡上向后滚动。

推车的前部是敞开的，可以吊起撞锤。撞锤用粗绳子从马车的顶上吊起来，形若钟摆。来回摆动时，它聚集动能，一旦释放则产生巨大冲力，撞到墙壁上，使砖块脱落，使门铰链松开。

守军会奋起反击，武器无所不用其极：火把、热油、箭、石头、蛇，甚至还有腐烂的尸体。

439

为了交换以色列士兵的尸体,三个人肉炸弹的尸体最终被返还给各自家属。这个过程花了七年时间。以色列国防军将装尸骸的蓝色塑料箱放在他们各自老屋的台阶上。

这是一次秘密行动。四辆吉普车趁着天黑,在村庄陡峭的街道上行进。窗户里没有灯。街上没人巡逻。

他们飞速驶过烈士墓地,穿过小广场,经过校园路。

聚光灯照亮了台阶。士兵两个一组,将蓝色的冷藏箱从车上抬下。尸体放在被封起来的门口。

到了小镇上,灯光开始闪烁。狗开始狂吠。捧门的声音。士兵们开着吉普车加速离开,远处传来了喊叫声。

440

士兵们称此次行动为"拼图行动"。

441

飞到阿塔拉咖啡馆遮阳棚上的眼球,是尤塞夫·舒利的。

442

通常,人肉炸弹拉动自杀背心上的导火索时,自己的上半身承受爆炸最大的冲击,会瞬间炸为齑粉。头和脚被炸飞,但通常仍能被认出是人头人脚。

舒利的眼球与头的其他部位分开。法医专家估计，他可能在拉线时低头看了一下胸部，可能是线有问题，他在低头查看，也可能是另外一个人弹的爆炸，让他恐惧地蹲下身子。也可能是他在祈祷。

443

一些专家称这种背心为"杀人背心"。

444

人弹的家人在村外新建了房子，据说是伊朗政府的馈赠。

付款渠道可谓九曲回肠，最终到达纳布卢斯当地政府部门。也有传言说，这笔钱是从德黑兰经另一家瑞士银行账户，转到日内瓦、大马士革，最终进入拉马拉。

这笔钱专门用于修建，作为对以色列国防军捣毁、封锁老房子的直接军事反应。负责的人拍摄了一段视频，并发布在一个激进的网站上：你们摧毁，我们重建。

445

在纪录片录像素材中，拉米看到了新房子的内部。接受采访的人弹的父母坐在沙发上，背后摆着各种小玩意：茶壶、鲜花、小小的玻璃动物、吊坠、《古兰经》、麦加纪念品。

巴沙尔·萨瓦尔哈的母亲膝上放了一个镜框。她在哭泣，用白手帕擦眼泪。她话说到一半，会从沙发上站起来，然后又精疲力尽地坐下去。

尤塞夫·舒利的父亲直视着镜头。妻子安静地坐在他旁边。他说，他的儿子去见真主了，愿真主怜悯他的灵魂。这位父亲伸手去拿水杯时，手在发抖。他说，他已经多年没有好好睡上一觉了。他无法理解。几个儿子是在狱中被极端化了，安拉保佑他们。不过他们入狱，只不过是用弹弓打石头。

"也就这点事，"他对着镜头说，"扔个石头而已。这整个世界，还不都是石头？"

他站起来走到后墙，然后走出摄像机画面，再也不愿意回来。

外面的天空蓝得出奇。镜头里出现了村庄的尖塔，还有地平线上的瓦屋顶，墓地上方有一群燕子在飞。

当地人在一家亮着霓虹灯的咖啡馆里接受了采访。他们称赞了1997年的伟大烈士，他们为圣战献出了生命。尤塞夫·舒利的表弟说，他多么希望自己能替代自己的血亲。如果能让表哥回来一天的话，他就是一次又一次地走在耶胡达大街、一次又一次炸死自己也乐意。拉米看的是没有翻译的版本，但他的阿拉伯语尚可，大部分意思他看懂了。

最令他莫名惊讶的是，最有可能炸死斯玛达尔的尤塞夫，居然学过平面设计。

446

在伯利恒大学，尤塞夫·舒利开始了一个项目，用他发现的战争物品，如橡胶子弹、瓦斯罐、弹药盒，制作鸟笼、门铃和进料器。他告诉一位教授，他也有兴趣用催泪瓦斯罐制成伯利恒之星。

读书两年后，舒利在贾斯尔皇宫酒店外面，与其他几位学生一起去收集防暴用具，作为艺术用途，却在那里被捕。军事法庭控告他煽动抗议活动，以及扔石头。

他拒绝承认审判的合法性,并声明自己从未扔过石头,一次都没有。不过从现在开始,他要开始扔了,遇到一次扔一次。

舒利被判四年徒刑。

447

斯玛达尔剪短了头发,刺穿了鼻子。她十三岁了,开始进入叛逆期。她想模仿希奈德·奥康纳,在房子里,在花盆之间,跳着舞,唱着《你无与伦比》。

448

之后,拉米告诉人们,他不介意鼻子刺孔,但是刮体毛么,那他得掂量掂量。

449

许多年老的犹太人签署了"购房协议",同意支付八万马克,获得泰雷津的居住权。他们被告知这里是波希米亚风格的度假胜地,环境赏心悦目,花园、喷泉、别墅、长廊一应俱全,是理想的退休去处。老人们在行李中携带了各种纪念品,尤其是珍贵的镜子、梳子、夹子和刷子。

450

剃下的头发被做成靴垫,供潜艇船员使用,有的被用于制作简易工作服。据说有的还被用来制成长鬃,装在木制摇马上。这种摇马,有的至今仍能在波兰克拉科夫黑市上找到。

451

他们用金属托盘将斯玛达尔的身体推出来时,拉米注意到她外祖父的手表还在她腕上。表还在走。

452

斯玛达尔出生后,外祖父迈提·佩雷德带着她一起坐在花园里,教她英语和阿拉伯语。将军喜欢当外祖父,这个角色让他内心柔软一些。他带她参加社区委员会、活动家和人权团体的会议。在她八岁之前,他一直让她骑在肩上。

453

佩雷德的办公室墙上挂着拉米的海报:等斯玛达尔十五岁时,以色列的生活会怎样?

454

拉米和岳父一起摆弄汽车。佩雷德高个子,一头银发,沉默寡言。他俯身在发动机缸体上方时,才会打开话匣子:好像他对有秩序、有逻辑的问题,更容易发表见解。

他在引擎盖下摸索。他的手指又粗又笨。他一边拧下化油器，一边在诅咒。

佩雷德对拉米说，他不是很受得了蠢蛋的人，他自己也包括在内。

他曾是六日战争的策划师。闪电式打击。空袭。出其不意，他成了举国敬仰的将军，他也是最早的犹太理想主义者之一：社会主义者，犹太复国主义者，民主主义者。不过1968年以后，他开始对占领一事保持警惕。他说，占领损害了犹太事业的道德力度，使得以色列不再是世界上的灯塔之光。他去议会开会时，会同时别上大卫之星和巴勒斯坦国旗的徽标。他穿淡蓝色衬衫，腋窝处有大块椭圆形汗渍。他是个性情中人，脾气急躁，遇事执着，不达目的不罢休。他说话时，声发于丹田。他呼吁节制、宽厚、包容、审慎。他可不属于三十六义人，他不想承担国家的悲伤。他说，他从1948年开始，就为以色列而战，对军事武力这事略知一二。他见过达扬[1]、赫尔佐格、拉宾[2]、戈尔达·梅尔等人。坚持领土占领是个错误，它与安全的犹太民主理念相悖。他们需要离开，需要结束占领。

拉米很喜欢听他这些抨击，觉得这些观点特立独行。他坐在保险杠上，听佩雷德一边修补引擎一边狂侃。

将军曾在巴勒斯坦作战，亲眼目睹了巴勒斯坦人的受难日，看到了他所谓的"阿拉伯之胶"的瓦解。他曾驻扎在加沙，并以士兵的身份学习过阿拉伯语。战争结束后，他恢复了学业。他的论文写的是埃及小说家纳吉布·马哈福兹[3]。他去看过加桑·卡纳法尼[4]的戏剧。推崇过法德瓦·图坎[5]的作品。也翻译过萨林·巴拉卡

---

[1] 摩西·达扬（Moshe Dayan, 1915—1981），以色列军事和政治领袖。
[2] 伊扎克·拉宾（Yitzhak Rabin, 1922—1995），以色列政治家，1974—1977年、1992—1995年任以色列总理。1995年遇刺身亡。
[3] 纳吉布·马哈福兹（Naguib Mahfouz, 1911—2006），埃及作家，1988年诺贝尔文学奖获得者。
[4] 加桑·卡纳法尼（Ghassan Kanafani, 1936—1972），巴勒斯坦作家，巴勒斯坦解放运动领导人之一，后被摩萨德暗杀。
[5] 法德瓦·图坎（Fadwa Tuqan, 1917—2003），巴勒斯坦诗人，作品以反对以色列占领的立场闻名。

特①的作品。对哈利勒·萨卡金尼②的诗句烂熟于心。他参加过各种语言和政治的研讨会。他还曾秘密前往开罗，会见马哈福兹。他为报纸撰写热情洋溢的社论。他与努莉特以及儿子们谈论和平如何至关重要。

他说，他知道屈辱是个扎得很深的伤口。我们都是闪米特人，以色列人和巴勒斯坦人都是。他对拉米说，你这一代人处在危险之中。他说，过去打仗是不得已，这我承认。但这个必要已经不存在了。他自己承受了重担。他也制造了很多重担。他说，占领是一种腐败。美国在军事装备上的援助已成为灾难。他说，自由始于两耳之间。

佩雷德在特拉维夫大学的阿拉伯语言系找到了工作，教授巴勒斯坦诗歌。像努莉特一样，他的课堂上也座无虚席。他开车去以色列议会。他有几次去见阿拉法特。两个人试图促成一项交易。谈判有时持续好几天。阿拉法特拥抱他，亲吻他的左右脸颊，向他道别。在以色列，对他的仇恨在加剧。右翼，保守派，定居者。他家里电话响了。是死亡威胁。说他是个假先知，是个吃猪肉的人，是巴解组织的左膀右臂，是亲阿拉伯的人。他嘲笑来电者，说他会在他们指定的任何地方见面，他和他们平心静气地说话，他无所谓，他只想交谈。他们挂掉电话。他衣领上别着同时有以色列和巴勒斯坦国旗的徽标去犹太会堂。他访问过欧洲、亚洲、美国。巴勒斯坦发起的爆炸、劫机事件、绑架事件也让他义愤填膺。道义上的怯懦，极端分子的做事逻辑。但他又说，没有人有权把脚踩在另一个人的脖子上。和平是一种道德上的必然。任何一方都不能阻止对方追求和平。

下午的时光就这样不知不觉溜走了。

---

① 萨林·巴拉卡特（Salin Barakat, 1951— ），作家，有库尔德和叙利亚血统。
② 哈利勒·萨卡金尼（Khalil al-Sakakini, 1878—1953），巴勒斯坦东正教基督教徒、教师、学者、诗人、阿拉伯民族主义者。

佩雷德从汽车发动机上方抬起身子。他的头撞到了引擎盖子。
"去，"佩雷德告诉拉米，"发动起来。"

455

外孙女去世之前十八个月，迈提·佩雷德因自然原因去世。两人的死亡均充满遗憾，唯一让拉米和努莉特感恩的，是外祖父走在外孙女之先。

456

亚西尔·阿拉法特派了一位私人代表参加斯玛达尔的葬礼。巴解组织领导人有时称斯玛达尔的外祖父为阿布·萨拉姆，和平之父。

阿拉法特本人无法前来：以色列军方禁止他进入耶路撒冷。

从他位于拉马拉的住所的顶层，阿拉法特可以眺望窗外。在废墟上方，胖子二号飞艇徘徊在城市上空。

457

在美国旅行，对犹太人组织或者在犹太会堂演讲，讲述和平及其可能性时，迈提·佩雷德的外套口袋里都装着一枚橡胶子弹。

在舞台上，在灯光下，他会举起子弹，然后将橡胶皮剥开，显示出下方金属的亮光。

458

子弹击中了阿比尔的后脑,掉到人行道上,被回收再用。

459

拉撒路弹:可能的话,它们可以捡起来重新使用。

460

据说耶稣听到伯大尼的拉撒路死后,让人将墓石从洞口移开。拉撒路已经死了四天。

石头滚开后,耶稣走近山洞,马大和马利亚站在外面。他大声喊着:拉撒路,出来。

拉撒路走了出来,仍然裹着尸布。耶稣告诉人们解开这布,让他自由行走。

据说这个复活的人在耶稣死后很久还活着,一直活了三十年。他周围的人想知道拉撒路在地下世界中看到了什么,但是据说他走过伯大尼的街道时一言不发,也没有笑容。他从没提到过这四天他见过什么。

461

佩雷德的七十岁生日是在耶路撒冷的一座绿色花园过的。斯玛达尔身着淡紫色连衣裙,披着白色头巾,为外祖父念敬酒词,这一切都被摄像机录了下来。

"L'chaim，l'chaim①。"她用希伯来语说，说话的时候把落在脖子上的一缕头发拨开。

然后，她用阿拉伯语说Ahlan wa sahlan②，带着调皮的笑容抬头看着摄像机。她的前牙突出，眼神清澈。

"外公，"她说，"您带了我九年，盖伊十四年，埃里克十六年，伊加尔十个月。你用带着温暖和关爱，抚养了我们所有人，我们在温暖和关爱中成长。"

然后她再次微笑。

"除了伊加尔外，您教我们所有人怎么下棋！多亏了您，我们对政治、以色列以及您打过的仗都有了更多了解。您一直为和平而奋斗，我们为您感到骄傲。我认为您是领导者。"

在视频上，当她说到这里时，包括佩雷德在内的听众都笑起来。"认为"这个单词悬浮空中，绕梁不去。她还在摆弄头发，还在微笑。

"我们也为您给杂志写稿而骄傲。您总是那么帅，可别否认啊，我有照片为证。"

在录像的最后，她再一次拨开头发。佩雷德俯身亲吻她的脸颊。

"期盼您的一百二十岁生日。盖伊、我、伊加尔和埃里克上。"

462

斯马达尔和外祖父并排埋在打结的角豆树丛中。墓地后面的墙是用石灰石制成的，但用钢筋加固，其中一些钢筋是空心的。风从墙上吹过，掠过钢筋的孔口，有阵阵回声。

---

① "致生命！"，犹太人常见的敬酒词。
② 意思是"大家好"。

463

佩雷德在1994年为报纸写的最后一篇文章,题为《奥斯陆安魂曲》。他在文中认为该协议有毁灭性。

464

捷克作曲家、钢琴家拉斐尔·谢赫特被关在泰雷津集中营期间,设法偷运了一架无腿的立式钢琴进来。一开始,钢琴被放在地下室。

谢赫特找了一群犹太乐人,表演了十六场朱塞佩·威尔第的《安魂曲》。这些乐手仅凭一本声乐乐谱就学会了这首高难度的曲子。谢赫特是想保持集中营里的士气。

纳粹高级军官和看守观看了表演,最后,他们起立鼓掌。

最后一次演出,是在"点缀行动"期间,谢赫特等人为丹麦政府官员和红十字会成员演奏《安魂曲》的片段。此后,谢赫特被装入运牛的车厢,送往奥斯威辛集中营。在那里,他和电影制作人库尔特·杰伦一样,听到了毒颗粒从天花板上的格栅中掉落下来。

465

威尔第的《安魂曲》的主要乐章,表现的是压倒性的失败,转入彻头彻尾的恐怖。乐章中间出现了几处变奏,如小号短奏和笛子独奏,但每一次都会随着有力的旋律回归到低音鼓和管弦乐的乐章。

466

《安魂曲》于1874年在米兰的一座天主教教堂内首演,那里不允许鼓掌。

467

据说，谢赫特最后一次表演之后，艾希曼说：这些犹太人疯了，在唱自己的安魂曲。

468

先锋派剧院导演彼得·布鲁克曾称，起立鼓掌一定是观众自我肯定的信号。

469

1972 年 12 月，布鲁克带领一群演员和一个运输队，从巴黎到达阿尔及利亚，然后进入撒哈拉沙漠。

五辆路虎越野车和一辆卡车组成的车队，载着二百加仑水和七百加仑燃料，还有帐篷、火炉、滤水器、药品、水桶、撬棍、斧头、竹棍、水壶、折叠桌、铝制椅子。鼓、锣、铃鼓、木琴、哨子、长笛、口琴、印尼木琴乐队、牛铃和海螺。还有数千罐食品、开罐器、砧板和刀叉。此外，还有干面条、盘子、杯子、碟子以及八千多个茶包。

剧团穿越沙漠，傍晚找到村庄歇脚。村庄越小越好，越偏僻越好。他们铺开一张大地毯，摆出一排排瓦楞纸箱。一位演员会出来击鼓、召集观众。观众聚集过来，剧团就开始表演根据法里德·乌德·丁·阿塔尔的一首寓言诗《鸟类大会》改编的话剧。演出中，演员用布偶讲述世界上鸟类聚集在一起,决定谁是鸟王的故事。

剧中,每只鸟代表人类的一种错误,让人无法开智。其中最聪明的戴胜鸟表示,他们应一起努力寻找传说中的波斯神鸟斯摩格,为自己开智。

剧本由布鲁克和让·克劳德·卡里尔改编,演出中会对各种声音和动作随机利用。表演期间,演员海伦·米伦和笈田吉发出异国情调的鸟叫声,在散落在地毯上的空纸箱之间跳来跳去——尘土飞舞。

村里的人对演出反应不一:有的欢呼,有的大笑,有的一言不发。

布鲁克觉得剧院注定会诞生在空旷的地方。他一直在寻找所谓的普世剧场,试图在尚未受到传统羁绊的受众中,以非语言的交流方式,找到最大程度的人类情感。

傍晚,工作人员卷起地毯,在开阔的沙漠中架起帐篷。到了清晨,他们顶着钉头状的星星再次开车出发,穿过撒哈拉沙漠。

470

《鸟类大会》撰写于十二世纪末,原文为波斯语。

最后的三十只鸟飞得精疲力尽,到达斯摩格的家乡。此时它们向湖里望去,没有看到他们寻找的神话动物,而是看到了自己的倒影。

471

戴胜鸟长嘴,喜鸣叫,色彩斑斓,头上有朝后翻的羽冠。在以色列建国六十周年之际,它被选为国鸟。

在投票中，时任以色列总统的西蒙·佩雷斯说，他唯一的遗憾，是最能代表犹太复国主义的鸽子没有进入决赛。

努莉特说，那是她一生听到的最变态的说法之一。但她又补充说，也不奇怪，因为希伯来语里，"佩雷斯"意思是长胡须的秃鹰。

472

1995年，《奥斯陆协议》生效。以色列军队撤离杰宁的那天，巴萨姆站在广场上，大喇叭在喊着。四周的人们挥舞着国旗，载歌载舞，喜极而泣。他看到年轻的巴勒斯坦男子向以色列士兵分发橄榄枝。

那一天令他惊讶。没有石头。没有弹弓。陌生人在街上互相拥抱。吉普车转弯了。飞艇从天上消失了。

巴萨姆当天晚上回到广场，用他从当地一座清真寺借来的扫帚，扫除当天庆祝活动留下的垃圾：可乐罐、塑料瓶、彩纸带、花纸屑、一根根橄榄枝躺在地上。

473

那时，巴萨姆刚出狱两年，一年后阿比尔出世。

474

我重复：不要让橄榄枝从我手里掉落。

475

1994年7月，一名年轻的以色列士兵、神学和诗歌专业学生阿里克·弗兰肯塔尔伸出拇指，从拉马拉附近的军事基地搭便车。三名戴着圆顶小帽的男子让他上车。他用希伯来语和他们打招呼，然后在后座坐下，很快就被对方制服。

阿里克年少时就对和平运动很感兴趣，并坚持认为，根据他对哈拉卡，也就是犹太教律法的理解，以色列人必须与巴勒斯坦人妥协。

阿里克遍布创伤的尸体在拉马拉被人发现。他身上有多处枪伤和刀伤。

476

四个月后，亚西尔·阿拉法特、伊扎克·拉宾和西蒙·佩雷斯共同获得诺贝尔和平奖。

477

阿里克的父亲伊扎克·弗兰肯塔尔几乎每天都去特拉维夫的公共图书馆。他检查了报纸档案库——一卷又一卷的活页集——寻找自1948年以来在袭击中丧生者的名字，包括巴勒斯坦人和以色列人。

弗兰肯塔尔在一个螺旋活页大笔记本上记下他们的名字，并通过公共记录搜索其家人的电话号码和地址。

弗兰肯塔尔把能卖的东西全卖掉，这样他可以将自己的时间全部投入到搜索之中。他终于找到了四十四个愿意聚会、聊天的家庭。他把他们召集起来，分成小组，在图书馆、咖啡馆，有时甚至在自己家里见面。

弗兰肯塔尔的基帕帽、执着的目光、正统派犹太教言行,一开始让很多遇难家属迟疑,但他们接受了他的邀请。他在雅法、希伯伦、拜特贾拉组织会议。他打电话给记者、分发传单、还拜访以色列议会。他在电视上露面时说,必须将儿子的凶手,理解为出生就要面对可怕的占领的人。他无意宽恕袭击者,但他不得不承认,如果他生在他们那种境遇下,他自己也一定会成为战士,甚至他可能是谋杀他儿子的那种人。

他说,弗兰肯塔尔是以色列爱国者。他引用《摩西五经》,也引用《古兰经》。他喜欢说,道德上没有黑与白,只有白。

他的答录机上出现了死亡威胁,但时不时地,某个失去孩子的人会发来消息。

478

巴萨姆在监狱服刑七年后获释,出狱时二十四岁。

479

他从监狱大门乘公共汽车,在东耶路撒冷下车,四周一片灰雾。在阿扎尔街的一家咖啡馆里,他告诉他的朋友易卜拉欣,他该找个妻子成家了。

480

他甚至从未握过女孩的手。

481

她的母亲来了，兄弟来了，姑姑婶婶、堂兄表妹也都来了。她父亲在后面卧室。阿布·阿拉伯的录音带正在便携式唱机上播放。他们给了他一杯芬达。他坐在沙发上。起初只是闲聊，然后她父亲走出房间，与他握手，随后对着桌上的食物比画了一下。葡萄叶卷菜，鸡肉菜，米饭，西葫芦，芝麻面包，玛格鲁巴鸡肉饼。巴萨姆把盘子堆得满满的。他说，那是他吃过的最棒的玛格鲁巴鸡肉饼。她母亲笑了，一边夸张地扇扇子。萨尔娃倒了另一杯芬达。很快房间里的人全走了。他不知道这都怎么回事：一会儿挤满了人，一会儿全走了。萨尔娃坐在他对面的扶手椅上。她有颗牙齿有点歪。她的右眉拱了起来。她脖子上有个酒窝状小洼。他注意到她的袖子上有一根细细的白线。他想给她摘掉。他双臂交叉着。她站到厨房，拿起一盘百里香蛋糕。味道真好，他说。她说，也是我妈妈做的。他微笑着又要了一块。他还想喝点什么吗？不，他说，他太饱了，吃不下了，都快爆了。她介意他吸烟吗？当然不介意，她自己也抽抽水烟，但是从不敢在家抽，父亲不赞成。巴萨姆将他的万宝路拿出来。不，不，她说，你抽吧，我喜欢，我不介意，我几个兄弟都抽。他又点了一根。他们沉默地坐着。外面的灯光变暗了。他把香烟掐灭在绑在沙发侧面的皮烟灰缸里。你在哪儿长大的？这里。你喜欢它吗？当然。我在艾尔-哈利勒附近长大。哦，她说，我知道。你怎么知道？是易卜拉欣告诉母亲的。易卜拉欣这是告密啊，他笑了。洞穴怎么样？他说，很完美，没什么可担心的，可惜我十二岁那年，我们被驱逐出去了。发生了什么？他们把便条塞在一块石头下面，发现时已经晚了。不过也无所谓了。为什么无所谓？他们是欲加之罪何患无辞啊，想驱逐还不有的是办法。他们将纸条藏在岩石下，故意让你找不到，他们只给二十天的回复时间，这就是事实。找不到，那对不起，是你的错，得走人。他的杯子还很满，她还是站起来给他倒芬达。他说，他们炸毁了山洞。她停了一会儿，然后坐到沙发另一侧。她离他不到两英尺了。监狱里怎么样？他耸了耸肩。听说你还是个头儿。这个肮脏的告密者，易卜拉欣，我是头儿，对的，但也只是在监狱里。他说你是歌手，喜欢阿布·阿拉伯。阿布·阿拉伯，是的，我崇拜阿布·阿拉伯，我可以整天听。易卜拉欣说，他们在监狱里给你起了"阿布·阿拉伯"的绰号。我连给阿布·阿拉伯系鞋带都不配，但歌我是唱的，是的，我会唱，打发时光呗。坐牢时我思考了很多问题。都是些什么问题？不一样的，和平与枪支，可口可乐和安拉。听说你绝食了。他点了点头，把烟头掐灭。你睡得着吗？四天后，饥饿消失了，过了十二小时饥饿又回来，再过十五小时又不饿了。你最想念什么？我想念你母亲的玛格鲁巴鸡肉饼。她笑了：你那时候哪里认识我妈妈呀。她再次大笑，将一个小枕头拉到肚子上。她说，我以为你会更高。他从沙发上站起来，踮起脚尖。我是很高的，他说。她再次抬起宽宽的袖子一笑，然后瞥了他一眼。她的眼睛闪闪发亮。她又问他要不要喝。不了，谢谢。他们沉默了片刻。她一遍又一遍地把小枕头翻过来，将它拉近自己的肚子。他轻轻地拍着一包香烟的底部，打开包装纸，将玻璃纸扭成一团。你多大？他问。二十二。你看起来年轻些。你嘴还很甜嘛。岂敢，我害羞得很，我一直都很害羞，我到现在还是个害羞的小子。我也是，她说。他用力抽烟，安静地说道：这一天我已经等了很久了。萨尔娃脸红了起来，站起来，从桌上拿走了一些盘子。你虔诚吗？她回来的时候他问。差不多吧，她说。他们再次保持沉默。回答得不好吗？没什么不好的。那就好，她说。他伸手摘掉她袖子上的线。她退缩了。哦，她说，然后站起来，慌张地从他身边走过去。她从沙发扶手边拿起带子系住的烟灰缸。她去厨房倒垃圾。回来时，她再次坐到沙发上。他注意到，她自己已经从袖子上把线头摘了下来。

482

三十四天后，他们结了婚。巴萨姆和她说的话加起来只有两小时。

483

婚礼十个月后，他们添了第一个孩子，根据歌手易卜拉欣·穆罕默德·萨利赫的艺名，给儿子取名阿布·阿拉伯。巴萨姆本人成为阿布·阿拉伯。阿布意为"之父"。

巴萨姆把孩子挽在臂弯，用手托着。我能告诉你什么？他大声地对睡着的孩子说。

484

电话是校长打来的。阿拉伯和另外三个男孩一起逃出学校大门，去扔石头。在这附近出现过。校长说，巴萨姆应该抓紧时间去找。

他在学校附近的仓库后面找到了阿拉伯。男孩子们用轮胎给自己筑起了路障。他们在轮胎的内圈中储存了石头。

阿拉伯用丫形树枝、黑色眼罩和松紧带，制作了粗糙的弹弓。

"上车。"

"不上。"

"上车吧。马上上车。你才十二岁呢。"

"不上。"

"你给我听话，马上上车！"

巴萨姆摇起车窗，锁上门，驶过阿纳塔破烂不堪的街道。阿拉伯摆弄着车门把手。在一个陡坡上，巴萨姆拉起手刹，把车窗摇下，头抵在方向盘上。

"不要动。"

他能感觉到男孩的愤怒、拳头紧握、目光深邃。

"听我说。"

巴萨姆从未把自己的经历和儿子和盘托出:首先是旗帜,然后是扔石头,然后是扔手榴弹,从山顶上的眺望,然后是逮捕、入狱、殴打、没完没了的殴打。

"你听见我说话吗?他们把你抓过去,痛揍。然后你出去,又扔一块石头。然后他们再次痛揍你。你继续扔石头。"

阿拉伯耸了耸肩。

"看到结果了吗?"

阿拉伯凝视着窗外。

"这意味着他们赢了。"

他再次耸了耸肩。

"你要他们赢吗?"

"不要。"

巴萨姆松开了手刹,开了一会儿车。他可以看到儿子的膝盖不安地抖动。

巴萨姆说:"下车。马上。"

他从儿子的腿上方伸手过去,将车门推开。阿拉伯解开安全带,走进尘土之中。巴萨姆绕过汽车的前部,从车轮附近捡起一块石头。他将石头放在阿拉伯手中,让儿子抓住。

"我马上走到那边,"巴萨姆说,"我会闭上眼睛。我要你朝我扔石头。使劲扔。你得给我扔准了。"

"不要。"

"如果你不朝我扔石头,我就回到你们设的路障那儿。我会站在那儿,等吉普车。吉普车过来,我替你扔石头。明白了吗?"

"明白了。"

"如果你不用石头砸我,我会自己扔石头。这样你就会知道到底是什么结局。明白了吗?"

巴萨姆在不到十步之外站好,眼睛紧紧地闭上了。"给我扔,"他说,"马上扔。"

他听见石头在自己身边呼啸而过。

"你应该砸我啊。"

他听见儿子在哭。

"再来一次。"他说。

"不要。"

"你不砸到我,我们今天还就不走了。"

485

英国人称之为砸膝神器。

486

他最担心阿拉伯最终也会坐牢。当晚回到家时,巴萨姆让儿子把手放在《古兰经》上,发誓日后再也不会参加任何形式的骚乱。

487

骚乱一说源于古法语 rioter,意思是争执、争吵、争论。Riote:噪声,政变,失去秩序,鲁莽行动。另外,也许是来自拉丁语 rugire,意思是咆哮。

488

二十世纪九十年代初期，巴勒斯坦骚乱中的装备在一些日本青少年中大受欢迎。他们收集橡胶子弹、瓦斯罐、警棍、护膝、头盔、护裆、护胫、战术护目镜、口罩，尤其是在第一次起义期间年轻人扔的彩绘石头。

如果石头上的彩绘是巴勒斯坦国旗的颜色，有文件证明和明确标记，可以卖到一百多美元。带有以色列国防军徽章的有机玻璃盾牌，如果有士兵的签名和验证，可以卖到一百五十美元。

在东京新宿附近出现了一家名为"战利品"的临时商店，店很小，百叶窗破破烂烂，货架歪歪斜斜。第二次起义开始后不久，防暴装备就过时了，小店也关了门。

489

他们第一次在"失子父母圈"见面时，拉米很难听懂巴萨姆的口音。巴萨姆说英语速度很快，重音受阿拉伯语影响。他说他的朋友往一辆吉普车扔了两颗手榴弹，但是用他的希伯伦口音说出来，两颗手榴弹好像说的是两百颗手榴弹。

这笑话在大家中间流传开来，大家会跟他说："嘿，兄弟，再去扔他两百颗手榴弹。"

490

巴萨姆在给拉米的信中写道，痛苦的主要特征之一，是得先战胜它，然后才能理解它。

491

拉米在修道院路的起点停了片刻。他推开面罩，摘下眼镜，把头盔从头上取下来，用围巾末端擦了擦眼镜。

左边是修道院。右边是通往城中心的路。他看了看表。

太阳出来了，照在伯利恒上空。鸟成群结队，像是撑杆跳一样飞出，在头顶上方划出漂亮的弧线。

492

在飞行中，飞鸟会自行摆姿势，后面的鸟会借力前面的鸟。飞翔时，领先的鸟儿会用翅膀将空气向下推，空气被压到两翼外侧，空气在翼尖流动产生升流。

追随的鸟儿尽量接近前面的鸟翼，借助那上行的风力，好保存一些体能。鸟儿会仔细调整翅膀拍动的时间，有时候会排成人字，有时候会排成丁字，或是反人字、反丁字。

在暴风雨和逆风中，鸟类会随机应变，创造出新的形状——V字型、S型，甚至还有8字型。

493

他看到一辆黑色的起亚汽车准点爬上了山顶。起初，他不确定是不是巴萨姆，前挡风玻璃上的冬季光线颇为刺眼。

接着他听到急促的汽车喇叭声，还看到前排座位上挥动的手。

巴萨姆在拉米旁边停下，拉动手刹，把茶色玻璃车窗摇下。巴萨姆嘴里总是叼一根烟。

"兄弟。"

"你好。"

"你在这里多久了?"

"我搞错了。忘了夏令时。"

"什么意思?"

"兄弟,我们用不同的夏令时。"

巴萨姆摇了摇头,笑了笑。"啊,以色列时间。"他说。他用力抽着烟,从窗户上弹出烟灰,烟雾弥漫在空中。

"我开车转了转,"拉米说,"还去'珠峰'要了杯咖啡。"

"今天我们有几个人?"

"七八个。"

"来自各地?"

"是的,是的。"

"为什么去修道院聚?"

"不知道。我想是他们租的。"

"到底多远?"

"四百公里左右。"

"以前去过那里吗?"

"没进去过。"

"一百五十年历史了。"

"对的。你先走。"

"不,不。你请。"

"你请。"

"嘿,我们俩够了没有?"

这熟悉的笑话让拉米笑了,他在起亚后面跟上,按了喇叭。他经过一片杜鹃花丛、几株野玫瑰、一排杏树。

在路的一侧,一道铁丝网伸展开来,他能眺望到山谷的谷底,房子的屋顶一片一片,梯田一级又一级,还能看到远方的耶路撒冷。

494

拉米在女修道院封闭的木大门处把摩托车停下来。难以想象,有朝一日这里和修道院之间会修隔离墙。这里是一处瞭望塔,那里是一户农家的大门。稍微过去一点,就是铁丝网的边缘。

495

终结占领。

496

他们在哪里说话都没关系。他们大部分时间在酒店会议室见面。或学校礼堂,或社区中心内部的房间。有时候他们也会被安排在开阔的剧院里。始终是同一个故事,在每个地方有不同的说法。他们知道,有限的故事,放在无限的平面上,是让他们继续前行的力量。

497

大门打开了,巴萨姆的车腾挪着开了进去。拉米踩了下油门追上他,停车,卸下头盔。在修道院的阴影里,两个人走近,相互拥抱。

498

君士坦丁·布朗库西的鸟类雕塑,被一些人视为二十世纪最美丽的艺术品之一。这些雕塑上的鸟没有了翅膀和羽毛，鸟身拉长，头部是光滑的椭圆形。

这位罗马尼亚艺术家创作了十六件雕塑作品《空中之鸟》，其中九件为铜像，七件为大理石雕像。

1926年，其中一尊青铜雕塑被美国海关人员拦下，他们不相信那块金属是艺术品。该雕塑及其他十九件布朗库西作品，将出现在纽约和芝加哥的画廊中。相反，海关官员以工业品对其征收关税。接下来是一场诉讼。最初，美国海关同意重新考虑它们的分类，将其纳入厨房和医疗用品的分类，并征收了保证金，才放行雕塑。

艺术界都感到高兴，但后来海关估价师追溯到了起源，确认了官方分类。估价师F.J.H.克劳克是布鲁克林共和党的重要人物，他声称他已将雕塑的照片和描述发送给了艺术界数位知名人士。

他得到的回应表明，布朗库西所谓的雕塑，是普通砖瓦匠都能想出的点和虚线的勾勒。因此，克劳克有了结论，艺术品可是需要高超的想象力的。

499

一位老年修士在前庭迎接他们。他说，很荣幸见到他们。他对他们做的事了解不少。

修士微微鞠了躬，然后带他们穿过走廊，朝礼拜堂走去。天花板是拱形的。木刻精美。地上铺的是石头。

他说南美口音的阿拉伯语。他来自一个曾住在海法的家庭。他说，和其他很多人一样，他们在1948年离开了。被放逐。坐船走了。

拉米觉得自己的呼吸在这里似乎也有所不同。这里空气凉爽。彩色玻璃窗滤过的光线，斜照在一排排长椅之间。修士们在祭坛前屈膝行了个礼，然后将他们引到教堂后方的房间。一张木桌上放着一个水罐，切好的柠檬片，还有两个空杯子。

"绿色的房间。"修士面露一笑。

墙上是一幅圣人画，相框为木刻。旁边还有修道院过去多年的老照片。

他转了个身，修士袍哗啦一响。他们跟着他走下高高的走廊，走廊空荡荡的，有声响就有回声。他告诉他们，墙壁有几米厚。当地的石材被称为皇石。他说，这皇石本来很柔软，在采石场用刀都可以切成薄片。可是一与空气接触，就会硬起来。如世间其他事物一样，他扭过头说。

"一代代过去，"他说，"地板已经擦得十分干净了。要是石头会唱歌的话，这地板一定会歌声嘹亮的。"

拉米感觉他们正在烛光中漫步。他们经过几个小房间。门由橡木制成，门上均包着深色铁框。门上的小窗户是礼拜堂造型，玻璃之间有个白色的木头十字架。每个房间里都有一张桌子和一张床。

他们走到走廊的尽头，天花板再次向上拱起。这里空气更凉爽了。修士慢慢转过身，看着另外一条长廊。

"来吧，"修士说，"你们的听众在等着，我们安排了十人的桌子。"

我叫拉米·埃尔哈南。我是斯玛达尔的父亲。我今年六十七岁，职业是平面设计师。我是以色列人，犹太人，第七代耶路撒冷人。你也可以称我是大屠杀的毕业生。我母亲出生在耶路撒冷旧城的一个超级正统的家庭。父亲于1946年来到这里。他进过集中营，具体经历很少跟人讲。只是在我女儿斯玛达尔十岁或十一岁时，跟她透露了些。我的家境平常，不富也不穷。我在学校闯了些祸，都不是多大的事。我后来进入了工业学校，学习艺术，都是些稀松平常的经历。

我想告诉大家的故事，开始也结束于犹太历法中的赎罪日。赎罪日对于犹太人来说，是我们为罪请求原谅的日子，也是我们日历中最神圣的日子。我当过兵，参加过1973年10月的西奈战争。这是一场可怕的战争，每个人都知道，这么说算不上什么大彻大悟。在西奈，我们的军团一开始拥有十一辆战车，到最后只剩下三辆。我的工作包括运送弹药上战场，运送死伤者下战场。我失去了一些非常亲密的朋友，亲手用担架把他们抬走。离开战场时，我感到痛苦、愤怒、失望，只想着一件事：不想和任何官方组织有瓜葛，遑论忠诚，我不想涉及任何公务。我是一个无政府主义者，甚至连无政府主义者都算不上，我对政治丝毫没有兴趣。西岸、加沙、西奈、廷巴克图，我都无所谓。我都不去想它们，我只想安安静静过自己的小日子。

退伍后，我在贝扎雷尔艺术与设计学院完成了学业。我娶了努莉特，我们育有四个孩子，其中之一是女儿斯玛达尔。她于1983年9月赎罪日前夕，在耶路撒冷的一家医院出生。她的名字取自《圣经》中的《雅歌》。她充满朝气、活泼、开朗、美丽。她是个好学生，会游泳、舞蹈、会弹钢琴，热爱爵士乐。我们称她为公主，当然这是陈词滥调，但是她对我来说就是公主。每个父亲都有这种感觉。事关自己的时候，陈词滥调也就没那么讨厌了。

我的三个儿子和这位小公主，住在耶路撒冷拉哈维亚社区，屋子很安全，我们过着近乎完美的太平日子。努莉特在希伯来大学任教。她较为激进、左翼、魅力四射、才华横溢。她上的是最好的学校。她是将军的女儿。算是以色列精英。从某种意义上说，你可以说我们生活在一个与外界完全脱离的泡沫中。这个国家比新泽西还小，一天之内就能从一端开车到另一端。它当然有问题，但哪个地方没问题？我当时做平面设计，帮人设计海报和广告什么的。不管右翼还是左翼的活儿我都接，谁给钱给谁做。小日子过得很美满。我们很开心，我们沾沾自喜。老实说，这种生活适合我。

这样的日子，一个月接一个月，一年接一年，转眼就到了1997年9月4日，离赎罪日就几天了。那一天，那个原本妙不可言的泡沫在空中爆炸了，炸成了千百万片。一个漫长、寒冷、黑暗的夜晚开始了，直到今天，仍然漫长、寒冷、黑暗，而且永远都会漫长、寒冷、黑暗下去，直到末日那天。

这个故事我已经讲了很多遍了，但是总有新的话要讲。回忆无所不在。一本书打开，一扇门关上，一阵哗哗声响起，一扇窗户打开。任何东西都勾起回忆。包括一只蝴蝶。

1997年的那一天，三名自杀袭击者在耶路撒冷市中心的耶胡达大街中间，发起了爆炸，三个人弹接连爆炸。他们杀死了八个人——他们自己和另外五个人，包括三个小女孩。其中之一，就是我们的斯玛达丽。那一天是星期四，是下午三点。她出去买书，接着她还打算报名上爵士舞班。美好而宁静的一天。她和朋友们在街上散步，听音乐。

我正开车去本·古里安机场，听到收音机里说有炸弹袭击。一开始，听说爆炸的消息，不管发生在什么地方，你都会心存侥幸，兴许这次命运之手不会指向你。每个以色列人都知道这一点。你习惯了这些消息，不过每次心里总会咯噔一下。你会等待，你会继续听收音机，希望和自己无关。接着什么也没有听到。这时候你的心开始跳动。你打了几个电话。接着再打。你一次又一次找寻自己的女儿。你没完没了地拨号。没有人听到任何消息。没有人见过她。然后，你会听到其他声音。最后一个见到她的人，是在市区见到她的，在耶胡达大街附近。你的心提到了嗓子眼，怦怦乱跳。你和妻子开车进城。你开得飞快，心里在想，不，不可能，不会，不会，不会。你下了车，不知不觉在街上跑，商店、咖啡馆、冰淇淋店，到处找，试图找到女儿，找到自己的孩子、自己的公主，但她已经消失了。你喊她的名字。你跑回车上。你开得更快了，你从医院到医院，从警察局到警察局。你靠在桌子上。你在祈求。你一遍遍地说她的名字。而且，你已经知道，你内心深处已经知道。护士不敢和你直视，警察摇着头，他们要么吞吞吐吐，要么一言不发，你便知道了结果。但你不肯承认。你要继续四处找，直到很晚，直到深夜，你和妻子最后找到了太平间。

命运的手指指到了你，指到了你的双眼之间。停尸房的工作人员带你过去。他们带你去一个房间。你会听到托盘滑动的声音。金属辊，橡胶轮。你看到的一切，你终身难忘。女儿躺在钢托盘上。你从此彻底被改变。

她的葬礼在纳顺基布兹一座绿色的山丘上举行，在通往耶路撒冷的路上。斯玛达尔葬在外祖父迈提·佩雷德将军旁边。她的外祖父是真正的和平战士、教授、以色列议会议员，深受各方爱戴。在这个马赛克般的国家，人们从四面八方来吊唁。有犹太人、穆斯林和基督徒、定居者代表、议会代表、阿拉法特的代表，各地的人都有。最后她被埋在外祖父旁边。

你回到家，成百上千的人过来表示慰问，表示哀悼。七日丧期。

你被这几百人包围着，实际上是上千人——他们在人行道上排成一列，警方不得不竖起橙色圆锥路障，把街道封闭。女儿的专职交警。但是到了第八天，每个人都回到了自己的生活里，你就一个人了。没有了女儿。

你在屋子里徘徊。你说她的名字，小声说。你一个人时便大声喊叫。斯玛达尔，斯玛达丽。你会触摸一些东西。她在书架上的书。她的音乐磁带。你为了她而听。她却已不在。

时间不等你。你希望它等待、冻结、自身瘫痪、倒退，但这一切都不会发生。你需要醒来，站起来，面对自己。她走了。桌前她坐的椅子空了。她的房间空了。她的外套还在门把手上。你必须做出决定。你肩负着这种新的、无从承受的负担。你怎么办？如何对付那令人难以置信的愤怒，不叫它把自己的生命吞噬？你如何处理这个新的自我，如何做一个丧女的父亲，做一个生存状态先前无从想象的男人？

起初的选择显而易见，那就是报仇。有人杀了你的女儿，你得报仇雪耻。你想出去杀死一个阿拉伯人，任何阿拉伯人，所有阿拉伯人，然后想要杀死他的家人，还有他周围的任何人，这才符合我们的期望，这才是一种必须。看到每个阿拉伯人你都希望他去死。当然，你不一定亲自动手，你是要别人为你动手，你指望你的政客和所谓领导人。你要他们去向他的房屋里发射一枚导弹，毒死他，占领他的土地，偷走他的水，逮捕他的儿子，在检查站殴打他。你杀我一个，我杀你十个。死者自然会有一个叔叔、一个兄弟、一个堂兄或一个妻子想要杀死你，然后你又想杀死他们，又是十倍。复仇。这是最简单的方法。然后，你将获得复仇的纪念碑，丧葬者的帐篷、歌曲、墙上的标语牌，再发生一场骚乱，再设置一个检查站，再有一片土地被占领。从扔石头开始，以发射子弹结束。然后再来一名自杀式袭击者，再来一次空袭。冤冤相报，无休无止。

你看，我脾气并不好。这我知道。我动不动就火冒三丈。很久以前，我可是打过仗、杀过人的。远远地，就像在电脑游戏中那样。我拿着枪。我开坦克。我打了三场仗。我活了下来。事实是，可怕的事实是，阿拉伯人对我来说如同外在之物，遥远而抽象，缺乏意义。我认为他们不是真实的，不是有形的。他们甚至是隐身的。我不考虑他们，他们好也罢，坏也罢，都不是我生活的一部分。耶路撒冷的巴勒斯坦人，他们修剪草坪、收集垃圾、建造房屋、清理桌子上的盘子。像其他以色列人一样，我知道他们在那里，并且假装我知道他们的存在，甚至假装喜欢其中一些人，一些安全的阿拉伯人——我们像这样谈论他们，把他们归类为安全的或危险的——我永远都不会承认，甚至对自己都不承认，我只是把他们当成割草机、洗碗机、出租车、卡车一样的东西。他们星期六来修理我们的冰箱。有个老笑话：每个镇都至少需要一个好阿拉伯人，否则星期六冰箱坏了找谁来修？如果他们不是物品，那他们就是恐惧的对象，因为，如果你不害怕他们，他们就会成为真实的人。我们不希望他们成为真实的人，我们无法应付。一个真正的巴勒斯坦人，是一个在月球背面的人。这是我的耻辱。我知道这是我的耻辱。我现在知道了，但是那时候我不知道。我不会原谅自己。请理解，我一点都不原谅自己。

一开始，我傻傻地想，我可以继续我的生活，假装什么都没发生。我起床、刷牙，试图过正常的生活，回到自己的工作室，画画、做海报、做标语，把一切都忘记。没有用。一切都不正常了。我不是原来那个人。我不知道早晨如何起床。

过了一会儿，你开始问自己问题，你知道，我们不是禽兽，我们可以动脑子，可以发挥想象力，我们必须找到早晨爬起床的方法。你这样自问：杀人会让我女儿回来吗？杀死所有阿拉伯人会把她带回来吗？给别人造成痛苦，能减轻自己遭受的难以名状的痛苦吗？好吧，答案是在那漫长的黑夜里出现的。你会去想，到头来，还不是尘归尘、土归土？她再也不会回来了，你的斯玛达丽。而且你必须适应这个新的现实。因此,你以一种非常缓慢、复杂的方式走向另一端:你开始问她发生了什么事,为什么?这很困难,令人恐惧,令人疲惫不堪。这样的事情怎么会发生?是什么导致一个人那么生气、那么疯狂、那么失落、那么绝望、那么愚蠢、那么可悲,以至于要把自己炸死,还要牺牲一个不到十四岁的女孩?你怎么可能理解这种本能?炸碎自己的身体?沿着繁忙的街道走,拉扯一条线,把自己炸得粉碎?他怎么会这样想?是什么原因?他生活的世界什么样子?他是怎么变成这样的?他来自哪里?是我教的吗?他的政府教的吗?是我的政府教的吗?

在斯玛达尔遇害大约一年后,我遇到了一个改变了我一生的人。他的名字叫伊扎克·弗兰肯塔尔,是个正统派犹太教徒,头上戴着基帕帽。你知道,我们喜欢把人分门别类,将一些人污名化。我们会用穿着来判断人。我确信这个人是右翼分子、法西斯主义者、吞吃阿拉伯人都不吐骨头那种。但我们开始交谈,他跟我说到了他儿子阿里克。阿里克是一名士兵,1994年被哈马斯绑架并谋杀。然后,他告诉了我他创建的这个组织,即"失子父母圈"——成员是失去了亲人但仍对和平抱有希望的人,无论是以色列人还是巴勒斯坦人。我想起了一年以前,在斯玛达尔七日丧期时,成千上万来吊唁的人中,也有伊扎克。我对他很生气,很不解。我问他,你怎么还能这样?老实讲,你怎敢走进刚丧亲的人家,来说什么和平?你胆子不小!斯玛达尔被杀了,你倒来到我家?你觉得我会认同你的感受,就是因为我是迈提·佩雷德的女婿,是努莉特·佩雷德的丈夫,就不把我的悲伤当回事?你是不是这么想的?

伊扎克这人很了不起,我这么说他也不生气。他理解我的愤怒。他邀请我去耶路撒冷,参加这班疯子的聚会。他们都失去了至爱的亲人,我也好奇,就说好吧,我试试,我没什么可损失的。我已经损失太多了。不过他们一定是疯了,一定是疯了。我骑车跑过去看。我站在开会那地方的外面,形单影只,满腹怨言。我看着那些人陆续到达。作为一个以色列人，这个组织的第一批人是活着的传奇。这些人我过去仰慕过、崇拜过。我在报纸上看到过他们，在电视上也看到过。大屠杀的幸存者亚科夫·古特曼在黎巴嫩战争中失去了儿子拉兹。还有罗尼·希申森，失去了两个儿子阿米尔和埃拉德。

在以色列，守丧是个传统，可怕，但也神圣。我从未想到有朝一日，我会成为他们中的一员。

他们不停地过来，人还真多。但是后来我看到了别的东西，对我来说是全新的东西，我从未见过、从未考虑过、从未感受过、从未思考过的东西。我站在那儿，看到几个巴勒斯坦人坐在公交车里从我眼前经过。听着，这让我大惊。我知道这一切会发生，但我还是突然惊醒一般。阿拉伯人？有没有搞错？他们和这些以色列人一起，参加同一个会议吗？会思考、有感情、会呼吸的巴勒斯坦人？我记得我看到了一位穿着黑色传统巴勒斯坦服饰、戴着头巾的女士。你知道，这种母亲生出来的孩子，也许就是炸死我女儿的人弹。她步伐缓慢而优雅，从公交车上下来，朝我的方向走。然后我看到，她胸口贴了一张女儿的照片。她从我身边走过。我没法动。心里面就好像闹起了地震一般：这女人也失去了自己的孩子。听起来很简单，但事实并非如此。这之前我像关在棺材里。这事让我开了眼。我的悲伤，她的悲伤，是同样的悲伤。

我进去见这些人。和他们面对面，他们跟我握手，和我拥抱，和我一起哭泣。我深受触动，深受感动。仿佛有把锤子从头上砸下，让我开裂了一样。丧亲者的组织。有以色列人，也有巴勒斯坦人、犹太教徒、基督徒、穆斯林、无神论者，都有。大家在一起。在一个房间里。分担各自的悲伤。不是利用悲伤，不是庆祝悲伤，而只是分担，说我们永远拿着剑生活，不符合信仰的规定。当时看起来，这一切的疯狂我无以言表。我完全被打开了。这就像一个核事故。真的，听起来很疯狂。

你知道，当时我四十七八岁，我得承认，我是平生头一回——

我现在可以这么说，当时感觉无法想象——把巴勒斯坦人当人看。他们不止是街上的工人，不止是报上的漫画，不止是幻灯片、恐怖分子、物品，而是——我怎么说才好？——是人，是人类。我没法相信我在这么说，这话怎么听怎么不对劲，但在当时，我好比醍醐灌顶——是的，他们和我一样，是人类，背负着同样的重担，遭受同样的痛苦。就像巴萨姆所说的那样，我们在痛苦中奔波。我不是一个虔诚的人，远非如此——我无法解释当时发生的事情。如果你几年前告诉我，我会这么说，我会说你疯了。

有些人有兴趣保持沉默。其他人则有兴趣播种基于恐惧的仇恨。恐惧会让人赚钱，恐惧会创造法律、占领土地、建立定居点，恐惧喜欢让人封口。而且，我们面对现实吧，在以色列，我们对恐惧很擅长，恐惧占领了我们。我们的政客喜欢吓唬我们。我们喜欢互相吓唬。我们用"安全"这个词让别人闭嘴。其实不关安全什么事，而是涉及别人的生活、别人的土地、别人的脑袋。归根结底是为了控制。控制就是力量。我以刀砍斧劈的力度认识到了这一点。能不惧权力，说真话，是真实的概念。权力已经知道真相。它试图隐藏它。因此，你必须大声疾呼，反对权力。从那时起，我开始了解我们有义务知道事实真相。一旦看清了事实真相，你就会思考：我们能做些什么？我们不能继续否认和平共处的可能。我并不一定要每个人都和睦相处，我也不想大家在这件事上要么低三下四，要么虚无缥缈，我只求大家争取和睦相处的权利。沿着这个思路走下去，我偶然发现了最为重要的一个问题：你个人可以做些什么，防止他人遭受这种难以忍受的痛苦？我只能告诉大家的是，从那一刻到今天，我将自己的时间、我的一生，都拿出来交谈。我什么地方都肯去，跟任何人交谈，想听的，甚至不想听的，我都愿意。我向他们传达一个非常基本、非常简单的信息，那就是：我们没到一切已无法挽回的地步，但对那些让我们封口的力量，我们要全力将其消灭。

这话听起来可能有点怪：在以色列，我们真的不知道"占领"

究竟是什么。我们坐在咖啡店里，我们过着悠闲的小日子，我们不必每天操心。我们不知道每天穿过检查站是什么感觉。不知道家族的土地被夺走是什么滋味。不知道被枪指着醒来是什么感觉。我们有两套法律、两条道路、两种价值观。对于大多数以色列人来说，这一切似乎是不可能的，这一切都是对现实某种奇怪的扭曲，但事实并非如此。我们只是不知道。我们的日子很舒服。卡布奇诺香浓。海滩好开阔。机场就在那儿想去就去。对约旦河西岸或加沙的人的生活，我们一无所知。没有人说这些。除非你是士兵，否则你也不可以进入伯利恒。我们在以色列专用道路上行驶。我们绕过阿拉伯村庄。我们在它们上面修高架、下面修地铁，让它们面目全非。也许我们服兵役时见过西岸，或者偶尔在电视里看到，我们的心会滴血三十分钟，但我们并不会真正地知道发生了什么事。直到最坏的情况发生。然后，世界为之颠覆。

事实上，人道占领一说并不成立。这种现实并不存在。占领与控制有关。也许我们必须等待，等到和平的代价太高了，人们才会理解这一点。直到代价超过收益，它才会结束。经济的代价。大量的失业。晚上睡不着觉。耻辱。甚至死亡。我付出的代价。这不是呼吁暴力。暴力很弱。仇恨很弱。但是今天，巴勒斯坦这一方完全被抛在了路边。他们没有任何权力。他们的所作所为出自令人难以置信的愤怒、郁闷和屈辱。他们的土地被占领了。他们想要回来。这就引出了各种各样的问题，比如，定居者该怎么办？遣返？土地交换？慷慨赔偿土地被盗走的巴勒斯坦人？也许是这一切的综合。然后，那些想留下来的定居者可以留下来，在巴勒斯坦主权的统治下生活，成为巴勒斯坦公民，像以色列的阿拉伯人一样。平等权利。方方面面的平等权利。经过一段时间的努力后，我们创建了中东的欧洲，中东的美国。双方都要作出牺牲。重新定义我们为之杀戮、为之牺牲的信念。现在，我们为了一些简单粗暴的事情杀戮、牺牲，为什么不为更复杂的事情而死？不应该让一方拥有更多的权利——

更多的政治权力，更多的土地，更多的水，以及更多的东西。平等。为什么不能平等？平等像盗窃一样疯狂吗？像谋杀一样恐怖吗？

听过我发言的人，没有人可以原样不变。也许你会生气，会受冒犯，甚至感到羞辱，但至少你不会不变。到最后，绝望不能算行动计划。建立任何形式的希望，都是西西弗斯①那样的任务。这就是我前进的动力。我一次又一次地讲这个故事。我们必须结束占领，然后一起坐下来，讨论出结果。一国也好，两个国也好，在这个阶段都无所谓——结束占领，然后开始为所有人重塑尊严的可能性。这事对我来说，就像午后的阳光一样清晰。当然，有时候我还希望自己错了，这会容易得多。如果我能找到另一条路，我会走的——不知道，报仇？犬儒？仇恨？谋杀？但是我是犹太人。我热爱自己的文化和人民，我知道统治、压迫和占领不属犹太精神。做个犹太人，意味着你尊重正义和公平。任何人都不能为了自己的安全、和平，去统治别的人民。占领既不公正，也不可持续。反对占领绝不是反犹主义。

其他人也都知道这些，他们只是不想听。有时他们听到很生气，有时他们难过，有时他们会颠覆自己的世界。这是事实真相。谈不上多么勇敢，说起来很普通，也很自然，是我必须要做的。

人们用各种话骂我。说我是爬虫，是亲阿分子，是自我憎恨的犹太人。我走进一些地方，就像走进火山一样。他们说我天真，自以为是，说我利用自己丧亲的悲痛。我是在利用自己的悲痛吗？是的，我愿意。这么做是对的。是的——但我这样做，是为了他人不要经历这种痛苦。可笑吗？好的，即使很荒谬，也不意味着它不是真的。

曾经有一个以色列人告诉我，他们巴不得当时我和女儿一起在耶胡达大街上被炸死。我考虑了很长时间——我应该被炸死吗？过

---

① 希腊神话人物，受罚滚巨石上山，然后巨石滚下，他继续重复。

了一会儿，答案明确了：是的。是的。我"确实"被炸死了。这事已经发生了。后来，同样的事，还发生在许多其他人身上。在加沙、西岸、耶路撒冷、特拉维夫，我们仍然在被炸死。我们仍然在四处搜集碎片。我每天都在想一个问题，为什么？

你永远都不会治愈，不要让任何人告诉你你完全治愈了——是活人在埋葬死者。我付出了代价，有时我感到绝望，但除了希望之外，我们还能做什么？走开、自杀、杀死对方？这事已经发生过，并没有多大成效。我知道，如果我们不开始对话，这一切就不会结束。这就是我摩托车前面的贴纸上的字样。加入他人中间，拯救了我的生命。不管从哪方面看，我都真心觉得，不去聆听别人的话，会带来无法想象的伤害。无法估量的伤害。或许外面有隔离墙，但真正的隔离墙在我们的大脑里。我每天都想在上面砸个小缝隙。我知道，故事越深入，参与得越深入。当什么都没有发生、什么都没有改变时，失望也就越大。为此，我再次深入。再次失望。也许失望是我的命运。那又怎么样？我会紧紧拥抱它，以至于杀死它。我叫拉米·埃尔哈南。我是斯玛达尔的父亲。我每天都在重复，而且这个故事每天都会因为别人听到而重又新颖起来。我会一直去讲，直到我死的那一天。故事永远不会改变，但我会一直在墙上敲开裂缝，直到我死的那一天。

谁知道事情的结局在哪里？世事还会继续。那就是世界的模样。你明白我的意思吗？我不确定我能准确地告诉你我的意思。我们有语言文字，但有时语言文字也不够。

1001

在不那么久的从前,在一个也不太遥远的地方,有个以基督教徒为主的城,叫拜特贾拉,靠近伯利恒。城外有群山,山名爱之山,山间有丘,名朱迪亚。丘之麓,有座克里米桑修道院,红砖红墙,四周乃是葡萄园,拾级而上,形成梯田,也有隔离墙的阴影笼罩在修道院之上。那是十月底的一个普通日子,地上雾沉沉,空气冷飕飕,拉米·埃尔哈南——以色列犹太人,平面设计师,努莉特的丈夫也是埃里克、盖伊、伊加尔以及已故的斯马达尔的父亲,骑着摩托车,从耶路撒冷郊区出发,赶到这里,与巴勒斯坦人、穆斯林、前囚犯、激进分子、萨尔娃之夫同时也是阿拉伯、阿瑞、穆罕默德、艾哈默德、希巴、已故阿比尔的父亲巴萨姆·阿拉敏会面,一起与人讲述各自的故事。两人在十年间,各自失去了女儿:阿拉敏的女儿阿比尔十岁时,在东耶路撒冷被一名不知名的以色列边防军枪杀,拉米的女儿斯玛达尔去世时离十四岁还差两周,杀死她的三名巴勒斯坦人弹——巴沙尔·萨瓦尔哈、尤塞夫·舒利和塔乌非克·亚辛,来自西岸纳布卢斯附近阿西拉·沙米里亚村,一个让听众感到好奇的地方。来自贝尔法斯特、九州、巴黎、北卡罗来纳州、圣地亚哥、布鲁克林、哥本哈根和泰雷津等地的观众,听着巴萨姆和拉米讲述各自的故事,并从故事中发现别的故事、别的歌谣,以及他们自己——你和我。在石砖地面的礼拜堂,大家一坐几个小时,好奇而又绝望,浮躁而又困惑,对现实有愤世嫉俗的不满,又有助纣为虐的内疚,记忆在翻腾,感触在起伏。夜色渐至,我们一边听,一边回忆,所有那些有待讲述的故事。

500

我叫巴萨姆·阿拉敏，阿比尔的父亲。我是巴勒斯坦人、穆斯林、阿拉伯人。我今年四十八岁。我住过很多地方——希伯伦附近的山洞、七年的牢房、还有阿纳塔的公寓，如今，我住在死海附近的耶利哥，房子带园子。我父亲在山上养山羊和其他动物，母亲照顾十五个兄弟姐妹。他们俩的出生地都靠近赛尔，那是靠近希伯伦的一个村庄，他们的祖祖辈辈也都在附近。我住在一个山洞里，但不是你可能想象的那种山洞——洞里有书架，上面堆满了书本，墙壁上有挂毯。洞里冬暖夏凉，里面总是欢声笑语，总在做好吃的东西。我们在那里很开心，我们有自己想要的一切。

少年时，我和朋友在学校操场上升起巴勒斯坦国旗。我们这样做，是因为它是我们的国旗，升巴勒斯坦国旗违法，我们知道，以色列士兵看到国旗升起来，一准气疯。我们看着他们过来，便朝他们扔石头，他们回以催泪弹、橡胶子弹，甚至实弹。他们会把旗帜扯下来，我们又朝他们扔石头，又把旗帜升回去。升国旗的人被逮到了要坐牢一年。我们总在躲、在跑、在翻墙。我们还是孩子，到底在发生些什么我们也不太了解。人们会到你的村庄来，你不认识的人，说你不知道的语言。他们是谁？像外星人。他们开着吉普车和装甲车过来，在街上巡逻，问我要身份证检查。靠墙站着，闭嘴，转身，趴地上！他们入侵你在山上的房屋，将其封堵、砸碎。他们将驱逐令藏在石头下。他们给藏住，让你找不到。他们逮捕了你的父亲、你的兄弟、你的叔叔。他们不让你去上学。他们在学校大门外逮捕你的老师。他们很快也逮捕你。在斋月期间，他们让你站在检查站外的骄阳下，但他们对找躺椅很在行。对其中一些人来说，检查站好比是沙滩，他们的脚边有冷藏箱，里面装有汽水。他们打开汽水罐，他们舒舒服服地打盹，手靠在脑后。而你却在酷热中等着，脑浆都要晒得沸腾起来。

我有小儿麻痹症，但我还是跑着去上学，避开吉普车。就像奥林匹克运动一样。我认识的孩子有的遭到殴打，有的被杀害。这就是事实，毫不夸张地说，每个人都知道至少一个孩子被杀，我们大多数人都知道几个。你已经习惯了，有时你认为这很正常。十二岁的时候，我参加过一次示威游行，亲眼看到孩子被杀，就发生在我眼前。我在人群的后面。一个男孩抬了一下手臂，咽下最后一口气。他是腹股沟中枪的，在离我几码的地方人不行了，他们将他带走了。从那一刻起，我就对复仇如饥似渴，不过我不认为那是复仇，我认为那是伸张正义。很长一段时间，对我来说，正义与复仇是一回事。

一开始，我们只是扔石头和空瓶子，但是有一天，我和我的朋友们在一个山洞里找到了一些废弃的手榴弹，我们决定将它们扔向以色列人的吉普车。两颗手榴弹爆炸了，其实也谈不上爆炸，自己就熄火了。幸运的是，没有人受伤，可能是我们对手榴弹操作不当。我们被追到山上，抓到，逮捕。1985年，十七岁的我被关了进去，监狱门闩在我眼前闩上，接下来是一个漫长的故事，长达七年。

我们在监狱里有使命，以色列人也有使命。我们的使命是作为人活下来。他们的使命是剥夺我们的人性。经常，我们正等着进餐厅，突然警铃大作。士兵会过来，命令我们脱光衣服。这是以色列国防军，不是监狱看守。他们正在执行训练任务。对于这事他们当然否认，但它确实发生了。这事令人非常难堪——一群青少年被剥夺了一切，首先是我们的衣服，然后是我们的声音，然后是我们的尊严。他们装备森严，佩有枪、警棍和头盔。他们痛揍我们，直到我们受不了。你最终意识到，保持自己的人性——有权利笑和哭——我们才能拯救自己。所以我开始对他们大喊："凶手！

纳粹！压迫者！"他们一直在殴打我们。但令我最震惊的是，这些比我大不了多少的年轻士兵，做这件事时没有仇恨，甚至没有情感。对他们而言，这只是一次训练。第一课，击中物体。第二课，踢踹物体。第三课，揪住物体的头发拖拽。我甚至觉得，他们甚至意识不到自己在做什么，他们对自己的效率感到非常满意，做得很好。面对现实吧，他们非常善于讽刺——他们称自己为国防军，但我向你发誓，那些持枪的人被这些枪所俘虏。他们永远不会以同样的方式殴打他们的狗。作为领导者——我最终成为总头领——我一直到最后还被殴打。我在医院的灯光下醒来，然后又是一顿暴打。

对我来说，幸运的是，有人说出生在哈利勒或希伯伦附近的人，脑壳特别硬。在监狱的一个晚上，我看了一部关于大屠杀的电视纪录片。当时我想到六百万犹太人的命运。我们成长的过程中，只知道大屠杀只是个谎言，对虚构的历史我不感兴趣。我的敌人始终就是我的敌人。他没有痛苦，没有感情。毕竟他对我和家人坏事干尽！过去发生的事情，让它再次发生好了。再次发生，然后再次发生。死个一千万又何妨。但是几分钟后，我开始感觉后脊发凉。我试图摆脱它，告诉自己这只是一种幻觉，并不真实，这只是电影，不是真的——没有人可以这样对待自己的同类。不可能，谁会对任何人做出这种事？这么做还是人吗？越到最后越是野蛮。我不懂。他们明明要被赶进毒气室，竟然不去反抗。如果他们知道自己要死了，为什么不尖叫，为什么不后退，为什么不战斗，为什么不试图逃跑？我晕了。我不知道该怎么想。我坐在牢房里。相信我，我并不是什么软蛋，但是那天晚上我转向墙壁，拉起毯子，开始发抖。我试图不让狱友看到，我的内心却发生了变化——也许没有变，但是有新的东西从别的方向出现了，也许我只是发现了一直都在那里的东西。

小时候，我认为做巴勒斯坦人、穆斯林和阿拉伯人是神的惩罚。

我一直背负着这种感觉，如若颈上的重担。还是孩子的时候，人总是问为什么，成年后，我们忘了去问为什么了。你只是接受。他们捣毁了我们的房屋。接受。他们赶我们过检查站。接受。他们自由获取的东西，我们凭许可证才能有。接受。但是在监狱里，我开始考虑我们的生活，我们的身份，作为阿拉伯人的身份，这也让我考虑犹太人。我现在知道，大屠杀是真实发生过的。我开始想——一开始还带着勉强——以色列人的思维在很大程度上是受大屠杀的影响，我决定试图了解这些人是怎么回事，他们的苦难，为什么在1948年，他们一再把压迫转嫁到我们身上，偷走我们的房屋，夺走我们的土地，给我们受难日，给我们这样多的苦难。我们巴勒斯坦人成为受害者的受害者。我想了解更多。这一切从何而来？在监狱里，我开始零零星星学一点希伯来语，甚至意第绪语。不久我和一个看守进行了交谈。他问我："像你这样的人怎么会成为恐怖分子？"然后他试图告诉我，我是他土地上的定居者，而非相反。他真心相信，我们巴勒斯坦人是定居者，是我们，占领了他们的土地。我说："如果你能说服我我们是定居者，我就在所有囚犯面前宣布这一点。"他说他从未见过像我这样的人。这是对话和友谊的开始。从那时起，他开始尊重我。他让我喝茶，他给我带来了祷告的垫子。这么做是非法的，但他还是这么做了。

在监狱里，我们用咖啡罐制成皮带扣。梅尔是另一名看守，非常简单。他们告诉他不要与任何人聊天，尤其是我，他们叫我跛子。我被看作危险人物。狱方对我保持警惕。不讲话的最危险。我总是被孤立。但是，梅尔想要一条皮带给他的爱人，上面有用希伯来语写的"梅尔爱玛雅"。我命令我的狱友给做一个——他们感到惊讶，干吗给一个以色列人做皮带，还用希伯来语，但他们还是做了，因为他们信任我，我是头儿。梅尔很喜欢，问我："该怎么报答你？"我说："什么都不要，就要一把很小的枪。"他笑着说："真的，你想要什么？""就要一把小枪，对了，多配些子弹。"他又笑了。所以我问我的狱友们想要什么。他们都还年轻,说他们真的想喝可口可乐,你能想象吗?一瓶可口可乐,仅此而已。于是我告诉梅尔,他弄来了两大瓶,藏在水箱里。我确保每个人都喝到了。那天,一百二十名囚犯每人喝了一小口可口可乐。他们从未忘记过,这是他们在监狱中度过的最美好的一天。我们用同一个杯子。可乐用玻璃杯喝味道更好。另一名看守赫兹尔给了我玻璃杯。每个人都喝到了一杯,这样的话,就没有奸细,没有告密。

我还得到了一些录音带,包括易卜拉欣·穆罕默德·萨利赫——也就是阿布·阿拉伯——的磁带,他用哀叹调唱难民的返回,政治犯的释放。听他的声音,就像脑海里闹起了革命。我开始高歌,歌声飘出牢门,他们很难让我闭嘴。我还唱了一些古老的农夫号子,还有婚礼民谣。最好的音乐感觉不像唱出来的,是自然发生的。过了一会儿,"阿布·阿拉伯"就成了我在监狱中的昵称。

在监狱里,我们有一个内奸帮助以色列人。我是头儿,所以大家要我来处理。不把他踢一顿对我来说太难了。我也踢了。他倒下了我还踢,踢个没完。可是一边踢他,我一边问自己:为什么,为什么,为什么要踢这个人?我是机器人吗?我是不是效仿以色列人对我的折磨?

在监狱里,我看书越来越多,也听讲,开拓思维。甘地。米尔扎·古拉姆·艾哈迈德[①]。我不是很喜欢他。马丁·路德·金,我喜欢他。枪支里出不了智慧。未来会有时间。我有一个梦想。穆巴拉克·阿瓦德[②]。很多人。因此,我开始认为也许他们是对的,实现和平的唯一途径是非暴力抵抗。

我于1992年10月获释,很快就结了婚。走出监狱进入婚姻,这事你们自己想去。但是说真的,那是我一生中最快乐的时光。

---

① 米尔扎·古拉姆·艾哈迈德(Mirza Gualam Ahmed,1835—1908),印度伊斯兰教艾哈迈迪耶教派创立者。
② 穆巴拉克·阿瓦德(Mubarak Awad,1943—),巴勒斯坦裔美国心理学家,基督徒,推崇非暴力抵抗。

1994年，我们有了第一个孩子，我们给他取名为阿拉伯。我现在是父亲，我有责任以不同的方式思考问题。这倒不是我胆小了，而是有时你会以别的方式牺牲自己。那是《奥斯陆协议》的时代，人们对两国解决方案充满了希望。当年我看到以色列的吉普车离开杰宁，孩子们向他们扔橄榄树枝。我那时问自己："这事本来可以以完全不同的方式解决，我怎么就为此坐了七年牢？"但是后来，《奥斯陆协议》废了。政客们说我们还没有准备好——他们似乎只相信装进自己腰包的东西。阿拉伯人也好，犹太人也好，都是一样的，各方都有骗子，以色列人、巴勒斯坦人、约旦人，他们知道自己在做什么。我完全心烦意乱。又失去了一个机会。然后爆炸开始了——这是我们在第二次起义期间犯下的最大的政治、战略和道德错误。我开始变得更加活跃，说我们需要改变自己的方式。我越来越了解非暴力和政治参与。我开始意识到，对手正希望我们去用暴力。他们喜欢暴力，因为他们可以应付暴力。他们诉诸暴力比我们厉害得多。非暴力才不好对付，无论是来自以色列人、巴勒斯坦人、还是双方。碰到非暴力他们就晕了。

不要误会我的意思，我没有背叛自己的信念。我会一直追求结束以色列占领，直到这个结果真正发生。你会发现，占领充斥于你生活的方方面面，让人产生外界无从理解的疲惫和痛苦。它剥夺了你的明天。它让你没法去市场、去医院、去沙滩、去海边。你不能走路，不能开车，如果你家橄榄树树枝伸到了铁丝网另一侧，你就不能伸手去摘。你甚至无法仰望天空。他们有飞机在那里。他们上管天，下管地。种地还要许可证。你的门被踢开，你的房子被接管，他们的脚蹬到你椅子上。你七岁的孩子被带走，接受讯问。你无法想象。七岁。你暂时从父亲的角度想象一下，哪怕一分钟，想想你七岁的孩子在眼皮底下被带走。被蒙上眼睛。手用拉索铐住。被带到奥弗的军事法庭。大多数以色列人甚至都不知道这种事情会发生。这并不是说他们眼瞎。他们只是不知道，他们的当局以他们的名义都在做些什么事情！他们不允许看到这些。他们的报纸，他们的电视，都不会告诉他们这些事。他们不能去西岸旅行。他们不知道我们的生活是什么样子。但是这种事每天都在发生。每天。我们永远不会接受。即使经过一千年，我们也永远不会接受。《古兰经》上说：看看周围的迹象吧，难道你们有眼无珠？占领将我们打倒，我们再次爬起来。我们很坚定。我们不会屈服。哪怕他们把我的血管抽出来把我绞死。你知道，结束占领是我们所有人——以色列人、巴勒斯坦人、基督徒、犹太教徒、穆斯林、德鲁兹教徒、贝都因人，等等，等等——唯一真切的希望。占领让我们从内到外败坏。但是我们如何结束它？我那时（现在更是如此）知道，我们的做法要改变。我要保证不让儿子被关进以色列监狱，不让他因为扔石头而自毁前程。你们知道，对石头我是很了解的，石头不是子弹，但是以色列人会从我们的石头中取出石头，将石头制成其他东西。我真想对他们说：别待在这里了，这样我们也不扔石头了。但是他们还是在这里。不请自来。当他们挖地三尺，石头都不剩时，我们还剩下什么？我们必须学会人性中的力量。极端非暴力。我们要把头低下，要把这些话相互转告。这不是软、不是弱，都不是。

我们需要不断证明自己是人，这实在是个悲剧。不仅对以色列人证明，而且对其他阿拉伯人，对我们的兄弟姐妹，对美国人、中国人、欧洲人，也一样要证明。这是为什么？我看起来不像人类吗？我血管里流的不是血吗？我们并不特别。我们是一个民族，就像其他民族一样。

直到2005年，我们中的一些人才开始与前以色列士兵秘密会面。我是最早参与的四个巴勒斯坦人之一。第一次会议让人无法想象。在珠穆朗玛峰酒店。对我们来说，他们是罪犯、杀手、敌人、刺客。对他们来说，我们也是一样。其中一位是拉米的儿子埃里克。我们两个家庭就是这么认识的。我们开会时相互还是敌人，只不过是想对话。这些年轻的以色列人拒绝在西岸和加沙作战，这种抗拒不是为了巴勒斯坦人民,而是为了自己的人民。我们也不是为了挽救以色列人的生命,而是在防止巴勒斯坦人遭受更多苦难。我们都打自己的小算盘,这也自然,有什么不对的?一开始我对他们没什么好感。是的,我们不是同一族类,但是那又如何呢?后来,双方才开始对彼此的人民负责。这过程花了一年多的时间。我们创立了"和平战士"组织。在那儿,在珠穆朗玛峰酒店,在那条路上,靠近定居点,就在隔离墙旁边,离这里两分钟路程。

信奉苏菲派的诗人鲁米说了句我永远不会忘记的话:在对与错之外,还有一片田野,我们在那儿会合。我们对,我们也错,我们在一片田野里相遇。我们意识到,我们同样为了自己的和平和安全而想把对方杀死。想象一下,这思路多么讽刺,多么疯狂。我们坐在珠穆朗玛峰酒店,谈论结束占领。甚至"占领"这个词,也能让大多数以色列人发抖。当然,每个人都有不同的观点——他们是占领者,而我们是被占领的人,他们的看法又不是这样。但是最后我们都被折腾得半死,我们一次又一次地互相残杀。我们本来要彼此了解。这是重心,这就是一切的重心。如果我们每个人都享有正义,那么每个人都会有安全感。我一直说,发现敌人的人性、敌人高贵的一面,会是一场灾难。那样的话,他就不再是你的敌人了,就没有可能把他当敌人了。

故事本可以到此为止。我倒是希望它能这样。我希望我现在可以走出这里,回到耶利哥,回到我的花园,不必再跟你们讲了,故事结束了,晚安,我希望早晨和平地到来。

但是2007年1月16日,即"和平战士"成立两年后,我十岁的女儿阿比尔一大早就从学校出来。那本是平常的一天,却成了我的黑色星期二。就在学校大门口,边防警察开了枪。用的是橡胶子弹。美国制造的橡胶子弹。美国制造的M-16。美国制造的吉普车。那一天并没有暴乱,没有发生起义。她却被枪杀了。子弹打中了她后脑勺。她刚去了商店,给自己买了一些糖果。

接下来的谎言太多了，每个人都在争相说出自己的真相，指挥官说他们不在该地区，他声称没有开展这种行动，他们发誓说她是被巴勒斯坦人的石头击中的，尽管她的身体旁边发现了橡胶子弹。然后他们又想说她在扔石头。但是，事情真相就这么简单：一个十岁的女孩，被一名十八岁的边防警卫在几米远的地方瞄准她的后脑勺开枪，他将枪从吉普车里伸出，直接开枪射击。她被击中后，从未恢复知觉。救护车耽误了几个小时，因为他们说发生了骚乱。很快，世界其他地方对发生的事情都感到震惊，尤其是听说阿比尔刚去商店买糖果。有些细节太简单，也更令人心碎。我想那糖果她都还没来得及吃，我常在想，这应该是世上最贵的糖果了。

而今我在这里，一个男人，女儿被他想要和解的人谋杀了。阿拉伯语里有一句话：As-sallāmu ʻalaykum，意思是愿你安宁。我们一直在说。怎么说呢？这平安已经不再了，这平安在天涯。没有刑事调查。我们中有人被打死，就从来没有刑事调查。他们从不说某某人被橡胶子弹"杀死"。他们说橡胶子弹"造成了某某人死亡"。那是他们的语言，但不是所有人的语言。大多数时候，巴勒斯坦儿童被杀，他们什么也不说，什么也不做。但世界各地的数百名以色列兄弟、犹太兄弟支持我将这名士兵送交审判。很了不起。但是最高法院认为证据不足，所以他们第四次封存了档案。我们有十四个目击者，但他们仍然说没有证据，二十八只眼睛啊，难道什么也看不见？我的孩子不是战士。她不是法塔赫或哈马斯的成员。她是阳光。她是晴朗天气。她告诉过我，她想当一名工程师。你能想象她本来可以建造的桥梁吗？

我不想要枪。我不想要手榴弹。对我来说，非暴力是不相信一报还一报的。我一秒都没有想过。在葬礼上，我说我不会报仇，尽管我认识的一些以色列人（以色列人，是的）说他们会为我报仇，他们为我感到生气。我没兴趣。我知道，接下来该怎么办，完全取决于我。我需要做点事。人们需要知道发生了什么事。因此，在阿比尔去世后的几天，我加入了"失子父母圈"。我的生活成了我的故事。我投身其中。这对我来说很有意义。我开始和拉米一起旅行，走遍耶路撒冷、特拉维夫、拜特贾拉，我们讲了又讲。我们都有使命。我们化悲痛为力量。我们不会用各自的记忆来复仇。我曾经说过：斯玛达尔被谋杀的那年，阿比尔出生了。是真的。可是阿比尔遇害的时候，我还不知道，她和斯玛达尔将永远活下去。我们不会让其他人窃取她们的未来。想不让我们说，门都没有。随便你怎么骂。叫我叛徒、阿奸、懦夫，随你们说好了，我无所谓，我知道自己是谁。站在学校门口，喊"阿拉伯人去死"，也不会影响我。这事无关投降，无关正常化，仅仅是纯粹的悲痛，悲痛的力量，而且就像拉米所说的那样，它深入到原子层面。在别人的记忆里继续活着，意味着你不会死。

最终，这件事促使我去英国留学，试图完成关于大屠杀的硕士学业。我不得不换个角度思考。我不得不把我的大脑放在新的地方。毕竟，是一名以色列士兵打死了我女儿，但是一百名前以色列士兵来到阿纳塔，为她修了一座游乐场。你必须了解他们来阿纳塔有多危险。我必须确保他们安全。他们在她被谋杀的学校里，建了一座游乐场，用她的名字命名。他们挖了地。他们贴了牌子。他们装了滑梯，装了沙坑。花了几个周末。

没有人因谋杀阿比尔而受到指控，但我决定在民事法庭为阿比尔抗争。你可以称其为疯狂，确实也疯狂，但是我又花了四年的时间，在民事法院证明阿比尔是被橡胶子弹杀死的。四年时间。巴勒斯坦的耐心堪比约伯[①]。我后来赢了，整个以色列都为之震惊。当我获得赔偿时，一个以色列人对我说："那么，你拿到多少？"我说没关系，补偿一词对我来说毫无意义，钱再多也不够。但是他又问了一次，他坚持要答案，于是我告诉了他真相，四十万美元。他的脸

[①] 犹太教、基督教、伊斯兰教中都描述过的先知，以在患难中存忍耐著称。

上露出那种奇怪表情。"也就是说，我们账算清了。"他说。我问："你什么意思？"他说："就算了吧。"我又问他，他说："算了。"我心里如有骨头在嘎嘎作响。我用希伯来语问他有没有孩子。他盯着我说："有，我有一个儿子。"我跟他说，只要他把儿子给我，我就把四十万给他。"为什么？"他问。我说："我好杀了他，然后你也算了。"他的表情我真希望大家能看到。"不，"他说，"你没懂我的意思，你的孩子被以色列政府误杀，我们都付出了补偿，这是个错误，我们承认，这和私仇不同，所以向前看，算了吧，伙计。"我说："好吧，我再给你四十万，四十万加四十万，然后再加四十万祝福的钱，我让政府杀死你儿子行不行——肯定是错误的。"他的脸刷一下白了。他感到困惑、愤怒。他走开，然后转过身，从房间的角落看着我。我想那一刻他也被改变了。他不停地眨眼。最后，他手臂一挥，离开了。

我也尝试理解这件事。很难解释。我仍然每天坐在那辆救护车上。我一直在等它移动。她每天都会再次被杀，每天我继续坐在救护车上，希望车移动，请动起来吧，拜托，拜托，拜托，动起来吧，为什么停在这里，开吧。拉米在医院等着我们。他将手臂放在我的肩膀上。我们不知道接下来是什么情况。

然后，我坐在车里，对着方向盘哭泣。你会记住一切，每件小事。阿比尔喜欢画画。喜欢熊，喜欢大海。她将蜡笔放在嘴角。在我的梦里，我把她带到海边，她沿着码头奔跑。告诉我世界上有哪个父亲不愿带孩子去海边，可那时我做不到，我没有许可证。

但是我拒绝成为受害者。我早就做了这个决定。有一个活着的受害者，就是那个杀死了我女儿的人。开枪打死我女儿时，他还是个少年。他不知道他为什么杀死她。他不是英雄，不是什么好汉。谁会从背后射杀一个女孩？我在法庭上看到他。我对他说："你是受害者，不是我。你不知道为什么要杀她，你是在服从命令，你是没有良知的。我希望你长寿，因为我希望你的良知能唤醒你。"

问题是,对很多人来说,我们巴勒斯坦人并不是人。严格地说,我属于无国籍人士。在你们的机场。在你们的领事馆。我归属哪里?这是一个荒谬的问题。也许只有一个地方——我属于监狱。也许,在你的想象中,我是以恐怖分子的身份存在着,不属于任何地方。我有旅行证件、通行证,是的,但是他们可以随时拿走。我去过很多地方。我去过德国、南非、爱尔兰,你们所有人的国家,我去过白宫,我和克里参议员谈过话,我指责他谋杀,而他完全明白我在说什么,他明白,他把阿比尔的照片放在他的办公室。

我们得继续前进。必须这样。拉米和我,我们的儿子阿拉伯和伊加尔在这方面也目标一致。现在我们也给我们的孙辈伊沙和犹迪灌输这种思想。我们不是自己要这么灌输。我们只希望他们能够和平、舒适地活着。如果我们觉得我们的冲突无解,我们将永永远远互相仇恨,不过有哪本书会教导我们要继续杀死对方呢?世界英雄人物化敌为友。那是我的职责。不要感谢我做这些。这是我的职责,仅此而已。他们杀死我的女儿时,他们一道杀死了我的恐惧。我不再害怕。我现在可以做任何事。终有一天,犹迪会和平地生活,这一定要实现。有时这事感觉就像用勺子从海洋中取水,但和平是事实。只是时间的问题。看看南非、北爱尔兰、德国、法国、日本,还有埃及。谁会相信这种可能会出现?巴勒斯坦人杀害了六百万以色列人吗?以色列人杀害了六百万巴勒斯坦人吗?但是德国人杀害了六百万犹太人,看看,现在我们在柏林有一位以色列外交官,在特拉维夫有德国大使。你看,没有什么是不可能的。只要我没被占领,只要我有我的权利,只要你允许我四处走动,允许我投票,允许我做正常人,那么一切都有可能。

我没有时间来仇恨。我们需要学习如何使用我们的痛苦。为我们的和平投资,不要投资于我们的鲜血。几年前,拉米和我一起去了德国,不过这事说来话长,我得费口舌劝他,他讨厌德国人。他从没想过自己会去德国。但他还是去了。亲眼看到的和想象的就是不同。

在巴勒斯坦，我们说无知是一个可怕的熟人。我们不与以色列人交谈。我们不允许与他们交谈——巴勒斯坦人不希望有这种交谈，以色列人也不希望。我们不知道对方是什么样子。疯狂就疯狂在这里。建好隔离墙，设置检查站，把受难日从书上删掉，想怎么干就怎么干。但这是关键——无论有多少沉默，我们都不是无声的。我们需要学习如何分享这片土地，否则我们将在我们的坟墓中分享。另外我们知道，一只巴掌拍不响。最终，我们将发出声音，请相信我，这一定会发生。达尔维什说：是你们离开的时候了。

你们要恨我，尽管恨，没关系。你们的墙想怎么建就怎么建，没事。如果你认为一堵墙可以为你提供安全和保护，那你就建好了，但拜托在你的花园里建，别跑到我园子里来。

我是园丁，我爱水。在英国，我是唯一喜欢那里的天气的人。当我说我有多爱雨时，清洁工嘲笑我。我曾经站在外面，让雨水落在我的脸上。我回到巴勒斯坦。这就是我能做的。今晚，我将把车停下，在星空下站一会儿。你见过晚上的耶利哥吗？如果你见过，你会知道未来再也看不到类似的景象。

499

发动机需要一点时间才能发动。夜黑了,天凉了。他呼出的气让挡风玻璃起了雾。

巴萨姆伸手打开暖气,瞥了一眼夜色中的拉米。他站在摩托车旁边,正在给骑行裤的通风口拉上拉链。在修道院的灯光下,拉米在停车场投下长长的影子。

巴萨姆将点烟器推入,等线圈加热。对香烟的期盼,有时与第一口烟一样美好。他吸烟已经四十年了,一直没戒。他把烟盒在手掌根拍了拍,把烟草拍严实了,打开翻盖,取出一支。很久以前,在监狱里的时候,抽烟有很多规矩,卷烟要小心,碎叶一点都不能浪费,过滤嘴要扭一下,烟纸要整平。有时他会连续几小时叼着支卷烟不点火。然后,他把烟吸到肺里,闭上眼睛。这时候感觉就像穿上了一件崭新的阿拉伯长袍。每次总是猛抽两口:第二口是为了给第一口放松。他能感觉到烟在重新熨烫肺部。

有时候他都希望能将吸烟过程分解开来。从喉咙开始,弹回口腔,再向下,进入肺部,稍作停顿,然后向全身弥漫。他三年前答应了戒烟。不过算了,他一直没有做到。不喝酒,也没有其他不良嗜好。不沾惹需要道歉的行为。

通风口的空气开始暖起来。他把窗户打开一点,把烟吹出去。在他旁边,拉米已经戴好头盔,抬腿跨上了摩托车。

两人点了点头。在夜幕下,香烟雾升起来,朦胧一片。

车子后退,倒车影像开始显示。红色和黄色引导线出现在小屏幕上。巴萨姆踩了下刹车,刹车灯的光照在修道院的红砖墙上。他又猛吸一口,让拉米的摩托车开到他前面。

门口的门卫室空空的，顶上的灯光照着雨斜斜地飘落。只是小雨，但会让他们回家的路更漫长一些：拉米回耶路撒冷，巴萨姆回耶利哥。

他看着他的朋友在空中举起一只手，然后他们一起向前，驶进夜色里。

498

让游客常常感到惊奇的是，约旦河的许多河段只不过是一条细流。

497

水池，缝隙，裂沟，细流，含水层，小河，河道，运河，引渠，渠道，溪水，溪流，溪涧，溪谷，水坑，水井，喷水，泉水，水闸，池塘，湖泊，水坝，水管，排水沟，水箱，泻湖，沼泽，冲浪，潮汐，活海，死海，雨水本身：这里，水就是一切。

496

智利阿塔卡马沙漠部分地区从未有过降雨记录，是地球上最干旱的地方之一，但是当地农民学会了悬挂大网，捕捉从太平洋沿岸来的云层，从中收集水汽。

云雾碰到高大的网，会形成水珠。水珠沿着塑料绳流下，经小水槽，聚集在网底部，从这里形成涓涓细流，经管道流向蓄水池。

在这里，随处可以看到高高的金属杆，撑着黑色的网，衬托着苍白的天空。云雾要在清晨收集，太阳一出来，水汽就蒸发掉了。

从一无所有中创造一些拥有。

495

农民称大网为捕雾器。

494

由于约旦河沿岸的灌溉计划和水坝，河水流量约为正常强度的百分之十。很大一部分流量来自污水。到了夏季，没有了这些废水咸水排放，河就几乎全部干掉。

那细流不到死海就消失了，因此，死海每年下沉三英尺。

493

如果像飞行员或鸟类那样，从空中往下看，海岸四周干燥龟裂的土地，就好比破碎的挡风玻璃。

492

有一次，拉米坐飞机从芬兰回来，飞机困在本·古里安机场上空。那一天天气晴好，他从靠窗的座位看下面的风景。西岸四处散布着建筑，建到一半的公寓楼，零星点缀的仓库，颜色越来越灰淡，道路渐行渐无，渐至废弃。

飞机倾斜起来，阴影在地面时隐时现。平飞或者绕环形大圈时，阴影缩短并从视线中消失。

拉米可以准确判断以色列的起点和终点：以色列所在的地方更有条理，更可操控，更有逻辑，有公路、高架、支道。

飞机向耶路撒冷方向拐弯时，他能够一眼看出哪里是定居点：红色的屋顶、闪烁的太阳能板、天蓝色的游泳池、完美的绿草坪。

491

装满一个普通的游泳池大约需要两万两千加仑的水。

490

1835 年盛夏，一名四海为家、偶尔给人帮佣的马耳他水手，在地中海沿岸的阿卡市场遇见了一名讲英语的年轻旅行者。水手刚从一艘船上带了些贝鲁特的香料下来，渴望找点事做。

据水手的了解，那名旅行者打算乘船，从加利利海到盐海，寻找失落的《圣经》城镇。

旅行者貌似快三十岁，身材高而瘦，戴一副金属边眼镜，浅色的头发开始稀疏，脖子上挂了个基督教的十字架。他态度虔诚，声音柔和。

旅行者的计划让水手感到困惑。很少有外国旅行者沿约旦河全程探索。传说里，冒险去盐海（有人称死海）的人，从来是有去无还。那时是七月底，将近八月，正是一年中最热的时候。约旦河不深，但水流湍急，部分地区无法通行。船要兼具独木舟的敏捷和远航帆船的坚实。据他测算，两湖之间路程将近七十英里。一路上旅行者不仅要对付好奇的村民、游荡的盗贼,还可能被其他东西攻击,如豺狼、老鹰、蝎子、蛇和各样的昆虫。

马耳他水手在水上生活了三十年,曾漂泊到非洲和中国。旅行者的计划他觉得极度愚蠢。但旅行者表示,他将为有经验的仆人预付丰厚的报酬,行程结束后,另有重金相赠。旅行者还表示,他也会获得丰厚的天国回报。

马耳他水手站出来,与对方握手相约,同意加入旅程。

当晚,两人在阿卡码头附近的一家客栈住宿。旅行者自己睡在地上,把唯一的床留给马耳他水手。早晨,阳光照在地中海上,金灿灿一片。他们到窗前祈祷。旅行者收拾好扁箱,水手收拾好皮包,到了港口,讨价还价,买了一艘坚固的木船,船上有铜饰边和高高的帆。他们还在市场上买了几个星期的物资。

桅杆被临时拆除,船身绑在骆驼上。他们还请了两个贝都因部落成员陪同,在内陆行进。贝都因人负责照顾运货的骆驼,还要保护旅行者一路不受偷盗打劫。其余的物资——水、食物、地图、粮食和书籍——从阿卡沿大路直接运到加利利海。

傍晚,水手和旅行者在外露营时,村里的孩子们来到木船里坐着,在沙里作划船状,咯咯笑着。贝都因人看到,将他们赶走。

水手在日出之前准备早餐,然后大家一起,把船绑在骆驼上,继续前进。

第三天晚上,加利利海在他们面前升起。一阵强风拂过湖面,成群白鹭飞起,如同在空中用白笔写出龙飞凤舞的大字。沿岸橘子、杏子、棕榈等树木鲜花盛开。西边的天空红霞万丈。对那名基督徒旅行者来说,这简直是伊甸园再现:他跪下来,开始祈祷。

次日早晨,天光大白。天空似乎就在他们的脚下。旅行者和贝都因人结了账,将小船放下水,上了船。他想在天变热之前赶路。他对水手说,前半段路他自己来掌舵。他笨手笨脚地摆弄桨架,桨架掉进浅水里。捞出来后,他似乎不再确定如何把船桨放在桨架上了。

马耳他水手惊奇地发现,旅行者过去从来没有划过小船船桨。

489

这原来是旅行者上过的第五艘船。第一艘船把他从爱尔兰的金斯敦带到了英国的南安普敦;第二艘船带他到了埃及的塞德港;第三艘船是把他从埃及带到贝鲁特;第四艘船把他从贝鲁特带到地中海的阿卡。

488

此城以色列人称为阿克城,巴勒斯坦人称为阿卡城。在以色列和巴勒斯坦之外,它叫阿克拉。这是一个兼容并蓄的小城,低低的天际线上,清真寺、平屋顶、犹太会堂,次第进入眼帘。钟声、喇叭声、宣礼声,声声入耳。在暖洋洋的海风之下,乡音消退,众声入喉:阿克,阿卡,阿克拉。

487

克里斯托弗·科斯蒂金这一年二十五岁。他在都柏林的托马斯街长大。父亲西尔维斯特是酿酒师,母亲凯瑟琳是簿记员。他在梅努斯学院学习神学,矢志成为神职人员。

科斯蒂金中学时看过黎凡特地区的介绍。他想亲自看看摩西从尼波山的高处看见的那条河,看看约翰给耶稣施洗的地方,看看以色列人进入应许之地的地方。他对在死海及其周围发生的《圣经》故事特别感兴趣,尤其是索多玛和蛾摩拉、天使降临、罗得之妻变成盐柱这些。

作为一名业余地理学者,他还想绘制地图,并对该湖进行一系列深度探测。科斯蒂金希望带回他能找到的一切证据:卷轴、岩石、手稿、绘画、故事。

他相信,在死海,可以追溯到上帝的源头。

486

死海是地球上的最低点,海里四处都是盐冰。有时候海浪汹涌,会将盐冰抛到岸上,使之钙化,成为坚硬的白色盐块。它们像岩石一样,出现在岸边,令人惊异。

485

科斯蒂金在历史书籍中被称为科斯蒂甘。十九世纪四十年代,死海的一个岬角以他的名字命名,就用了这个错误的拼写,后以讹传讹,流传开来。

484

马耳他水手的名字永远不为人所知。

483

水手轻松地将船划过加利利海,科斯蒂金则在皮面的日记本里记着笔记。太阳高照,但他们采取了防护措施,都穿上了传统的长袍,围着阿拉伯头巾,还带了两把白色的遮阳伞。微风从岸上吹来,船在约旦河中顺流而下。两个人都兴致勃勃。科斯蒂金不时将一根带了坠子的绳子沉入水中测量,并采取水样,装入几个小玻璃瓶中。

到了对岸,约旦河重又波涛汹涌。他们上岸扎营。天色已晚,野狗在嚎叫,远方有急流,水声滔滔。

第二天,河上气温渐升。两人到了一个白壁的峡谷,尽量让船靠水浅的一边,腾挪着前进。河水之浅出乎水手意料,水里怪石嶙峋,急流处,船磕碰着,动荡着,船侧的铜饰边磕得坑坑注注。

早期的困难倒是让科斯蒂金斗志昂扬。他很喜欢这样。他想停下船,去考察边上的一些洞穴,但马耳他水手要他将食物等供给绑严实,维持船的平衡。他说这种废墟下游多得是。

回头看,他们发现过第一次急流时,一把白伞丢了,此刻正在旋涡中悠悠旋转。

再往前,水流更急,且时断时续。到了次日正午,几处礁石他们愣是无法绕过,只得下船,将其转到陆上运过去。每次他们都得将船上物品卸下来,然后又得再次装上去。马耳他水手恳求他打道回府,回加利利去,但科斯蒂金充耳不闻。他说,他们有足够的淡水和食物。这条河会改变。他们必须相信上帝:他们一定会到达死海,河水一定会让他们渡过难关。

他们再一次停下来,把船搬到岸上。他们也失去了唯一的望远镜和温度计。两人均已精疲力尽,歇在河边,就地露营。但他们吃得很好,还补充了淡水。

曙光乍现,他们就再次下河出发。透过灌木丛和高高的草丛,他们看到河的上游出现了一帮阿拉伯骑兵,然后又消失在沙漠里。科斯蒂金想爬上悬崖与他们交谈,但马耳他水手恳求他留在河上。这些人后来又在悬崖上出现,但他们没有与之接触。

有几次,科斯蒂金想爬出船去探索,水手不得不将他硬拉住。

科斯蒂金在船上开始背诵《圣经》经文，身子来回摇晃，《圣经》紧抱胸前。

河面再次狭窄，急流重来。科斯蒂金的日记全掉到船外，船四周的铜饰边也松动了。酷热难耐，两人将头巾浸入河中，好让都快煮沸的脑袋冷却下来。他们已经把帆张了起来，两人挤在帆下。船被卡在岩石中间。他们用绳索将其拖出。科斯蒂金的手被绳子割得血肉模糊。

水手说，得尽快放弃这条河。科斯蒂金说，不行，无论如何都得继续。这是神的旨意。他们将获得解脱。这是一条圣河。他们需要的是信仰的飞跃。

河岸上再无人烟，也看不到动物，甚至连昆虫都没有了。可是到了黄昏，蚊子和苍蝇铺天盖地，将他们包围。成群结队，黑乎乎一片。冲到他们眼里，耳里，嘴里。

水手看着科斯蒂金擤了下鼻子，竟擤出一串死苍蝇。

第四天，下河还没几分钟，他们被迫再次搬船上岸。他们把船拖出河面，拖过河岸的灌木丛和棕榈树，穿过河岸，开始从陆路向死海前进。

482

他们顺着自己知道的唯一的安全路线前进。朝纳布卢斯方向向北。向西，前往耶路撒冷。然后向南，前往耶利哥。船再次绑在骆驼上。

481

自杀式袭击者在纳布卢斯附近的山洞中安营了几个星期。孩子们用马把供应物品运过来：罐头食品、净水器、衣物、报纸、火柴、煤油、香料。他们可以使用卫星电话。但是每次使用时要伪装成牧羊人,且离营地至少一英里[①]。

白天他们仍然留在山洞里。他们知道,以色列的监听站到处都是。白天还有飞机在空中穿梭拍摄照片。

480

袭击的领头者尤塞夫·舒利晚上从山洞走出来使用电话时,会在衣服下垫上铝箔和银色热毯,他相信这么一垫,山上装的带热感应功能的传感器就检测不到了。

用完卫星电话回来,舒利总会一身大汗,他的身体在银箔里烘烤。

479

想象一下:在黑暗里,舒利上下起伏的手和脸,都暴露给了热成像摄像机。

478

艾伦比大桥又称艾尔-卡拉美大桥,或侯赛因国王桥,横跨耶利哥附近的约旦河。河的两岸分布有几百码的带刺铁丝网、安全摄像机,以及触发式警报装置。

多年来,桥周围的建筑减少了。当地的一个传统,是过河时丢硬币下去,祈求好运。

约旦河还不太深,当地的孩子们可以潜水下去找硬币。

---

① 约合 1609 公里。

477

斯玛达尔九岁那年,有一篇作业写的是世界上污染最严重的河流:黄河、恒河、萨尔诺河、密西西比河和约旦河。

在约旦河的剖面上,她用了一张自己在死海艾因·伯克海滩附近海面上躺着的照片。标题为:约旦河的终点。

在照片上,四岁的斯玛达尔穿着淡蓝色的泳衣,戴着白色帽子,帽子前面有黄色的塑料花。她俯身向前,似乎对自己的脚趾感到惊讶。

476

在耶路撒冷的游泳比赛中,斯玛达尔绕游泳池四周查看。她的身体看起来像装了弹簧。她总是坐立不安,总是动弹不停。比赛前她有个习惯,把手指放在泳帽后部,让乳胶帽子贴紧脖子。这成了她的标志性动作,每次按下去,总会有"啪"的一声,回响在游泳池四周。

她最擅长蝶泳。拉米看着她翻飞一般穿过游泳池,手臂匀称地划动,双腿如剪刀,在水面上下裁剪。

比赛结束后,斯玛达尔总是扯下泳帽,把头发甩松。她听说过水里的氯会把头发变绿的谣言。

回到家,她把头浸在醋里:她称之为约旦式护理。

475

外祖父迈提·佩雷德死后,斯玛达尔养成了一个习惯,每次睡前都给手表上满弹簧。她不想手表在她睡觉时停掉,那是不祥之兆,说明她的祖父伊扎克也已在夜间去世了。

474

有一回,她下到游泳池里,手表仍戴在手上。后来秒表不走了。她坚持要拉米带她去一家表店给修好。他匆忙开车带上她去钟表匠的家。钟表匠是个亚美尼亚老妇人,住在米亚·谢里姆地区。

拉米从广告业的一名同行那里知道了这位犹太女子。

钟表匠把表的内部弄干时,斯玛达尔在屋子里转,看到成百上千的钟表在走。

他们离开之前,她用胳膊肘轻推了下拉米,拉了拉他的袖子,问:"为什么后屋所有的钟都差一小时?"

拉米一开始也不知究竟,但后来想起以色列和亚美尼亚有一个小时时差。

他于是告诉女儿,也许钟表匠想生活在家乡的时间。也许只是时钟让她想家。也许——他后来想——钟表匠根本不想生活在那个时间里,在她的后屋,时间总是提前一个小时,一切在别处已发生的事情,在这里还没有发生。

473

佩雷德无论什么时候都戴着这块表,这表伴随着他经历了1948年的战争、在以色列议会的日子、六日战争、赎罪日战争、与萨达特达成协议、从西奈撤军、入侵黎巴嫩和第一次巴勒斯坦大起义。这块表似乎成了护身符。在1994年夏天的私人日记中,他写道,他唯一不愿戴它,也不用它查时间,是在奥斯陆谈判结束的时候。

他写道,《奥斯陆协议》就像伪装成交响乐的室内乐,对巴勒斯坦人的耳朵来说,只是临时的抚慰,但归根结底,它是为以色列的小提琴所设计的。

472

拉米离开太平间后,不得不去父亲家,告诉他斯玛达尔的遇难。父亲在小客厅里看新闻。当时死者的名单尚未公布,伊扎克一无所知。

拉米关掉电视,把椅子拉过来。他父亲快八十岁了——膝盖上搭着一条薄毯——盯着拉米肩膀上方的某个地方。他张了张嘴,但没说话,仿佛是想弄明白嘴里的是什么新口味。

伊扎克把手放在鼻梁上,然后慢慢站起来,说道:"儿子,我好累,现在得去睡了。"

471

一切在别处已发生的事情,在这里还没有发生。

470

拉米骑着摩托车从修道院出来,红色的刹车灯照在坑洼之间。

巴萨姆左侧的山谷,灯光已经亮了。高速公路仅允许以色列汽车通行。路在山谷之间,一侧是黄色,另一侧是红色。有些通往希伯伦,有些通往耶路撒冷,有的通往死海。

469

巴萨姆将车窗开了道缝，让烟散出去。

在监狱里，一支香烟可能让两三个牢房的人分享。到了晚上，他可以看到走廊上红色的烟头一闪一闪，从一个牢房传到另外一个牢房。犯人们的手从门洞里伸出，接住荡过来的违禁品。烟用一根长长的牙线系着。在黑暗之中，如同一个悸动不息的小宇宙。

468

死海周围的海岸坑坑洼洼。随着盐水的消退，周围的淡水含水层开始渗透。水流怎么流都会遇到巨大的盐石。这些盐石伸入地表以下，深度从五米到六十米不等。

盐慢慢溶解，巨石消失了，剩下一个个巨大的空洞。空洞像气泡一样，升到地面上来，下面的地会毫无预警地坍塌。

近年来，死海沿岸已经形成了多个陷阱，如同硕大无比的陨石坑，无处不在。

有的地方整个建筑物都掉进洞里。掉进去的还有栅栏、枣椰林、马匹、汽车、部分路段、贝都因人的山羊。

467

一瞬间还在，下一瞬间消失。凭空消失。

466

水比任何其他液体溶解的物质都多，包括酸。

465

它破坏了将分子凝聚在一起的引力。

464

在西岸的很多人家,你要把盆子接满,你会把水罐子排起来,你会在厨房水槽里架瓶子。刷牙的时候你不会放水。你去淋浴,也是速战速决。你用塑料塞子塞住浴缸排水口。你在淤积的水里放入海绵。你在水龙头上加过滤网以减少水流量。你用扫帚清洁台阶,不用拖把。你用干布擦汽车。你给房屋的窗户除尘。你知道有时候水可能一停几个星期,到时候没水了去买,价格是山谷那边的四倍。你爬楼梯到平坦的水泥屋顶,检查黑色水箱是否漏水。你提起盖子,检查水的容量。哪怕水箱还是满的,你也会祈求下雨。

463

以色列士兵玩的游戏之一是射击水箱:射中水箱的位置越低,射手枪法越好。

462

有时,巴勒斯坦权力机构士兵也会瞄准。

461

第二次世界大战结束时,塔玛拉部落一名年轻的贝都因牧羊人在死海附近的砂岩峭壁上，寻找一只失落的山羊。

穆罕默德·艾尔-迪卜在岩石上攀爬，看到一个水箱状的洞穴入口。他想，迷途的山羊会不会是掉进了山洞，或者正在黑暗中觅食。

穆罕默德向洞里扔了几颗鹅卵石，听到了一些声音，他觉得有点异样。

穆罕默德下到洞穴里，从口袋里拿出一支细细的牛脂蜡烛，点亮了。几个古代陶器摆在地上，连成一排。他走上前来，用木棍打破了一个罐子。罐子马上碎掉。他砸了第二个，然后又砸了一个。全部是空的。

第十个罐子用红粘土密封。他在里面发现了几篇卷起来的皮革，皮革上有字，穆罕默德难以辨认。不过他想他或许可以用皮革做凉鞋上的带子。

穆罕默德将羊皮纸包裹在衣裳里，带回自己的营地。后来他发现，皮革太脆，无法做凉鞋鞋带，他将它装在山羊皮包里，放在小棚屋的一角。

他后来告诉采访者，皮包在雪松木的杆子上悬挂了至少一年。

460

1947年，穆罕默德的叔叔注意到小屋里挂的羊皮卷轴，很是好奇，他把它们带到伯利恒的一个市场。第一个贩子觉得这可能是从犹太教堂偷来的，一钱不值。它们又被带到附近另外一个市场，在那里，当地教长和一家商店老板找来了一个鞋匠和一个兼职古董商帮忙仔细查看。

这些人与穆罕默德的叔叔一起，返回发现了古卷的洞穴。他们搜索破碎的罐子，发现了更多残卷。

最终，他们达成了一项交易：他们以七约旦镑的价格，收购了其中三件皮卷轴。

459

1948年春天，《圣经》学者和考古学家约翰·C.特雷弗听说了这些古卷的消息，将照片发送给他的同事威廉·奥尔布赖特。奥尔布赖特说古卷是当代最伟大的手稿发现。

458

七约旦镑当时的价值为二十八美元。

457

犹太传统禁止扔掉写有上帝之名的文字记录。祈祷书。卷轴。百科全书。服装。经文护符匣的带子。甚至小册子或卡通书籍也不例外。这些文字都不能破坏，而要放入专门埋葬文字的字樟。

456

死海古卷最初被藏在陶罐里，放入洞穴中保存。如果没有人发现，文字自然逐渐褪色。密封的罐子没有风吹日晒，古卷本来会慢慢朽坏。

455

现代字樽通常出现在犹太教堂的地下室，也可用外面街道上经过认可的垃圾箱。

454

一天晚上，拉米开车穿越耶路撒冷郊外的一个定居点，看到一个正统犹太教男人和男孩聚集在犹太教堂附近的一个字樽。他们一起有说有笑，推推搡搡。他们中间两个人肩上挂着机枪。

一个老人开车过来，将行李箱中的东西扔进了蓝色的容器里。车开走了。年轻人掀起了字樽的盖子。拉米看见一个较小的男孩脱下帽子，像个体操队员一样，被其他人举起来。其他人拉着他的脚踝，让他倒挂在垃圾箱里，乍一看小孩像被垃圾箱一口吞了。

拉米大吃一惊：他们正在垃圾箱里淘货。

片刻之后，他们把穿着正装的小男孩拉出来，只见那男孩抱出了一堆书。这个经过来回发生了几次。后来这群人席地而坐，将书散开，逐个翻看。

拉米打开车门，沿路边走去。他向这群年轻人点了点头，但他们没有朝他点头。他们的枪就躺在他们旁边的地上。

他在拐角处转过身，再次从这群人身边走过。

拉米很是好奇。遗产。传承。被传递下来的东西。他们的黑帽子。他们的西装。他们的白衬衫。他们的络腮长胡。他们的枪。他和他们相互都会感觉对方陌生。来自另一个国家的人。这倒不是他们让他害怕，而是他觉得这些人和自己好像不是生活在同一个地球上。

拉米做个晚安的手势，但是他们没有动，直到他上了车，关上了车门。他在后视镜中看到了他们。他们互相靠着，笑着。这些书在他们周围摆成一圈。

后来他发现，这些人把自己的朋友倒挂在垃圾箱里，而不是让他们爬进去，是因为教律禁止用脚踩着 G-d 的名字。

453

安息日不得播种，耕种，收割，捆扎，不得打谷，筛谷，选谷，研磨，筛分，揉面，烘烤；不得剪羊毛，洗羊毛，打羊毛，染羊毛，纺纱；不得编织，不得制作两个线圈，不得编织两根线，不得分开两根线，不得捆扎，不得解开，不得缝双针；不得撕裂，诱捕，屠宰，剥皮，腌肉，浸皮，刮皮，切皮；不得写两个字母，不得擦除两个字母；不得建筑施工，不得拆毁建筑；不得灭火，不得生火；不得用锤子击打；不得将物体从私有区域带到公共场所，不得在公共领域运输物品。

452

用 G-d 代替 GOD（上帝）的习俗基于犹太律法，为的是尊崇上帝的希伯来名字。希伯来《圣经》中最常使用的名称是四个字母，即 YHWH，被认为过于神圣而无法大声说出来，英文中常被冠以 Yahweh 或 Jehovah（"耶和华"）之名。上帝的其他名字写法还包括 El、Eloah、Elohim、Elohai、El Shaddai 和 Tzevaot，都是写出来就不能抹掉的。

在祈祷中，人们常用 Adonai 的发音。在讨论中，上帝称谓通常是 HaShem，意为"名字"。

451

伊斯兰教中上帝有九十九个名字——'asmā'u llāhi l-ḥusnā，意思是真主美丽的名字。

450

1947 年之后，牧羊人穆罕默德就一直在昆兰的洞穴中寻找古卷，以此为生。1995 年，他在耶路撒冷旧城的一家古董店接受了采访。

他说，他留在小屋里的一些卷轴被小孩子发现，拿去做了风筝的条子。后来它们风化了，随风而逝。

449

死海古卷中的四幅于 1954 年被带到纽约的华尔道夫·阿斯托里亚酒店，在那里以二十五万美元的价格被拍卖。

448

穆罕默德说，作为老人，他现在最感到遗憾的一件事，是那只丢了的山羊，尸体他一直没有找到。

447

我们还以为令人震惊的是神话传说。

446

阿比尔有时会在父亲汽车上的灰里，写下自己的名字。她的字紧凑而节制。她用圆楷体写字，也开始学黑行书体。她把第一道弧线写成花体，后自如转换到下划线，衔接天衣无缝。第三条弧线上的点，她给连接起来。她的字秀美耐看，富有装饰性。她有时候会一笔到底，一气呵成，写在乘客车门上、后备厢上、前保险杠上。

想到自己的名字会以时速五十公里的速度前进，她很开心。

445

枪击事件发生后，巴萨姆在车四周找她的字迹。他在后窗玻璃上发现了淡淡的指印。

444

有时拉米会走进斯玛达尔的房间，把它想成一种字樽。

443

科斯蒂金和水手用绳索将木船拖过了悬崖。连续几个小时，他们沿着石头穿行，寻找一条远离河流的道路，以便找到大路。

沙漠的荆棘把他们身上划得一道一道的，两人衣裳褴褛，只得用修船帆用的白帆布，临时来遮蔽手臂和腿。他们用麻线将这帆布外套缝得更结实，在后面拖着船，尽量避免损坏船体。

科斯蒂金告诉水手，他们毕竟是沿着古人的足迹前进，一定不会受到伤害。

太阳当空时,他们停了下来,找到凉爽的洞穴,各自遮荫。他们取下了被褥,洗了伤口。月亮从洞口穿过。四周悄无声息。

第二天一早,天还没亮,他们各自包扎了伤口,后来遇到了一小群贝都因人。贝都因人惊讶地发现,旅行者用帆布蔽体,身后还拖着一条船。

他们将科斯蒂金和水手放在马背上,带到他们的营地。在那里,他们搽了仙人掌果肉做的一种特殊软膏。体力恢复后,科斯蒂金再次雇了骆驼来搬运船和剩余的物品。

442

2014年,巴萨姆到美国演讲,应邀参观了许多教堂。教堂里人们会唱关于约旦的歌。约旦河,水滔滔。死后我愿上天国。哦,约旦河,不干涸,不干涸,永远不干涸。我要到约旦河那一边,在那美好良辰,等你到那应许地。

他在长椅上坐着,听着。后来他告诉主持人,这歌声让他想家。

441

两人一身破烂,到了死海边的耶利哥。他们住进屋子里,花了几天的时间才调整过来。科斯蒂金洗了很长时间澡以降低体温。阴凉处的温度计读数超过37摄氏度。科斯蒂金去集市补给了水、咖啡、食物和衣服,然后从房主那里购买了温度计。

1835年8月,他们开始了旅程的最后一部分。到达湖岸时,科斯蒂金测量了一下,发现温度高达40.5摄氏度。他跪在沙滩,将手掌放在船头上开始祈祷。他将手指浸入湖中，放在唇上，感受那咸的味道。太阳下山时，他一边仰面躺在湖水上，一边吃珍珠鸡饭。

他们驶入约旦河口附近的死海。天空一片蔚蓝，风是热风，四周没有动静，没有鱼，没有鸟。

湖的两边都是高山。隔着热气，山显出了紫色。科斯蒂金对浪涛之大感到惊异：他曾通过书本研究过盐湖，但他没有想到它竟是如此浩大。他注意到，受盐的浮力影响，船在水面以上的部分比在其他水域高出一整只手。他跪在木板上，开始用绳子下沉探索。深度是一百七十五英寻①。

他们花了两天时间，在湖上迂回前进。科斯蒂金冒险上岸，进入黏土山，看他能否能找到被遗忘的废墟或城镇的遗址。步行了几个小时后，他狂喜地回到船上。

他对马耳他水手说，他可能找到了希律曾经沐浴过的硫磺泉。

他们将船停泊好，睡在帐篷里。一阵猛烈的北风吹过。温度计的读数为29.4摄氏度。日出之前，他们在湖上升起了帆。只几分钟，气温又超过了37摄氏度。马耳他水手说他不能再去了，但是科斯蒂金坚信他会找到所多玛和蛾摩拉的废墟。

他认为这些废墟在艾因·伯克附近。他们会冒着高温前去。

到了第四天，他们的头骨开始发热。科斯蒂金一遍又一遍地将他的阿拉伯头巾浸入湖中。但水面似乎也在沸腾。他的脸上出现了水泡和疮。他又把衣服浸湿，太阳很快又给烤干。他意识到自己犯了一个可怕的错误：阳光正在炙烤着他皮肤上的盐。他的眼睛肿大了，发了炎。水泡开始化脓。他用少量的淡水冲洗了头巾，淌下来的水被他收集起来。

他们再次下到湖中。温度计的显示保持在38.8摄氏度。

到了第五天，马耳他水手沉默了。划船时他直视前方。他不再

---

① 约为320米。

参加科斯蒂金的祈祷。温度计消失了。他们的食物还有一些，但淡水供应在迅速减少。白天，他们试图挡住水桶，免得它过热，让水蒸发。科斯蒂金无法入睡。他的脸上、身上全是疮。他开始自言自语，一遍又一遍地背《圣经》经文。他指责水手喝了所有的水，说他把温度计扔到船外。

水手告诉他，如果他们现在不离开的话，两个人都是死路一条。

七天后淡水全没了，但还剩下少量咖啡。科斯蒂金认为咖啡有药用，会推动他前进，给他力量，他们很快就会找到泉水。

他将锅浸入湖水中，用盐水煮了所有咖啡。几个小时后，他痛得打滚。

440

婚礼当天，萨尔娃按照娘家的习俗，装起一盘盘废咖啡渣，撒在家门口。

她赤着脚将咖啡渣踩烂，脚底全黑了，然后她在屋子前绕圈走，在走过的台阶上留下咖啡的印记。

这项仪式在她家已经传承了几代人，其寓意是她和巴萨姆很高兴婚礼后回门。

439

一群救援人员用马将科斯蒂金从伯利恒带到耶路撒冷。马脖子上挂了个大垫子，让科斯蒂金顺着马的一侧伸直躺下。

英国国教传教士约翰·尼古拉森牧师听说了科斯蒂金的处境，派了救援人员过来。他们夜间旅行，避开可怕的高温，在晨星消逝之前，到达了耶路撒冷。

1835年9月5日，尼古拉森在方济各会的卡萨诺瓦临终收容所，找到了科斯蒂金的病床。

诊断称，科斯蒂金是患上了严重高热。一位医生用了催吐剂，并用从收容所的花园采摘的新鲜柠檬制成的柠檬水润他的嘴唇。

年轻的见习修士时而昏迷，时而醒来。他躺在一条薄薄的被单下。发烧出的汗浸透了他的枕头。他想最后一次被推到花园里去，但是外面太热，他不得不等一夜。

他对医生说，他很抱歉，他没有为死海之旅充分准备好，但现在他已准备就绪，等着去见他的上帝了。

438

1835年9月7日是星期一。那天早晨，克里斯托弗·科斯蒂金被葬在锡安山阴凉处的一座墓地中。墓地俯瞰着汲沦谷，汲沦谷一直向下会通向他航行过的死海。

尼古拉森牧师主持了葬礼。他在日记中写道，科斯蒂金的棺材落土的一瞬，天空出现了一片乌云，短暂地缓解了高温。

437

科斯蒂甘角于1848年被命名。探险家威廉·林奇领导的另一支探险队，在美国海军的大力资助和提供的装备下，成功地制作了第一张完整的现代死海地图。

林奇以年轻的神学士的名字，命名了埃尔-利桑半岛的北端。美国人向天鸣枪三次，纪念科斯蒂金。

436

耶胡达大街人肉炸弹的爆炸，每次相隔三秒。

435

从后来调取的闭路电视录像上看，人弹至少从两个方向接近耶胡达大街：巴沙尔·萨瓦尔哈从梅西拉特·耶沙里姆街过来。尤塞夫·舒利从末底该·阿利什街过来。

他们伪装成女人，手里提着购物袋，袋里装了什么一直是个谜。炸药裹在他们身上。

第三个人弹塔乌非克·亚辛没有被任何镜头捕捉到，不过调查人员猜测，他应该是从哈马特米德巷地区过来的，经过了以色列移民和归化部的大楼。

434

女人的衣服是一周前分到他们手里的，但直到行动之前几个小时，他们都没有试穿过。

爆炸那天的上午，"囚犯自由烈士旅"的人给他们录制了录像，他们还确保自己衣装得体：头巾和头巾绳一应俱全。

接着，他们剃了胡子，穿上女人的衣服。

433

人弹穿的衣服式样简单，仅为黑色，并无装饰。炸弹按钮装在他们的口袋里。

432

目击者说，人肉炸弹到达希勒尔街附近时，曾透过面纱交换眼色。

431

上有公寓。下有商店遮阳篷。水果摊。果汁摊。时装店。收银机。喇叭。嘈杂。时值九月，外面喧闹非凡。打火机的轻弹。钱包扣打开的声音。女孩们手挽手在街上走。咖啡馆笑声朗朗。气动门其声嘶嘶。车门砰咚关闭。人肉炸弹的软底鞋闷闷地踩在地上。他们的衣服沙沙作响，宽口袖子摩来擦去。

430

尤塞夫·舒利是最后一个人弹。他已经走进稠密的人群中。

429

努莉特在他们公寓的门上贴了一张贴纸：结束占领。拉米把钥匙插到门上。她站在那儿等着。他感到她在发抖。他吻了她的头发。

"快点。"她说。

拉米快步走进家里，他从办公书房拿起手机备用电池。电话留言机上有红灯闪烁。他打开听。留言是一天前的，声音似乎来自远方。他把电池塞进口袋,再次检查自己的车钥匙和钱包。

保姆——一个邻居——在厨房里带着伊加尔玩。火车摆在地板上。互相连缀的组件。拉米大踏步走到房间那头,将五岁的孩子抱在怀里,吻了他,然后急忙走向前门。

努莉特在她的手提包里塞了一张斯玛达尔的照片,是宝丽来相机拍的。拉米心照不宣,没有问为什么带。

428

这张照片是上爵士课时拍摄的,照片上的她戴着白色耳机。

427

他们赶到耶胡达大街附近时,那里已经平息下来,四周安静得令人毛骨悚然。警笛声、尖叫声、喊叫声没有了。各种制服在走动:警察、军人、医护、扎卡医护人员。

在红胶带处,他们被拦住。他们可以看到远处的泛光灯。黑暗中有人在走动,影影绰绰。他们走到红胶带边,身子探过去。

"很抱歉,任何人不得入内。上面有严格指示。"

努莉特让看守看了下照片。

"很抱歉,不行。"他说。

她又把照片往前伸了下。他又看了一下照片,再次摇了摇头。

大街上的人成群结队:父母、少年、士兵。拉米和努莉特分开,朝不同的方向去找。他们在三五成群的人中间走动,在沙马里街再次碰面。

"他们是说有两个人。"

"男的女的?"

"四五个人受伤。"

"你打电话回家了吗?"

"没消息。"

"儿子们呢?"

"他们也没听到什么消息。"

"试试医院吧。"

他们匆匆走过关门的商店。拉米想在街上叫斯玛达尔的名字。他想,也许他们仍能在这里找到她。或许她在咖啡馆里瑟瑟发抖,或许她吓晕了,去了朋友家,或许她根本没来这一带,或许她压根儿没听说过爆炸案的事,只是高兴地在某个卧室,和另外四个女孩在放着枕头的床上,一起涂唇膏,一起看着杂志,一起在咯咯笑呢。

他按了一下车钥匙,汽车的喇叭叫起来,应急声也响起来了。

他们把车停在音乐博物馆旁。他插进钥匙把车打开,收音机响了起来。是脱口秀节目。他给按掉。车转入沙马里街。

努莉特在手机上拨了些数字。她的每一次呼吸他都听得见。

"哦,她在电话里说。是。好的。是。"

他将车加速。城市已经沉浸在路灯的光里。九月的空气似乎是黄色的。

"有人在市区看到过她。"努莉特说。

"在哪里?"

"跟丹妮拉和其他几个女孩一起。"

"几点?"

"我不知道。在希勒尔街。"

"谁说的?"

"埃里克从丹妮拉的父母那里听说的。"

"丹妮拉在哪里?"

"他们也在找。希芳也是。"

几辆车歪歪斜斜地停在医院外面。他们靠路边停住。一起跑起来，跑向圆形车道。志愿者站在急救服务台。他们身上有临时的名字标签，手里拿着写字板。他们说，除了受重伤的人之外，没有人可以进入急诊室。他们呼吁所有人保持冷静，他们在那里回答问题。

一个拿着写字板的男子说：请问她叫什么名字？

426

一个女孩从白色的门里走出来，头上扎着白色绷带：个头、头发、身材都像斯玛达尔。但不是她。走廊上有轮床推过，床单下的女孩还活着。也不是斯玛达尔。有消息说手术室里有个少年人。他们恳求护士，要名字。不是斯玛达尔。他们打了电话到其他医院。有一个斯玛达尔，是的，只是受了轻伤，早出院了——她二十岁，金发碧眼，有未婚夫。他们给警察局打电话。没有斯玛达尔。也没有埃尔哈南。等一下，等等。有一个山姆，抱歉，没，没有斯玛达尔。他们在走廊上看到了丹妮拉的父母。他们相互拥抱。丹妮拉受了重伤，正在手术室里。他们没有听过斯玛达尔的消息，不，他们很抱歉，但是如果丹妮拉活着，斯玛达尔肯定也还活着。他们再次跑到前台。护士的手指顺着清单往下看。萨曼莎、萨雷尔、西蒙娜。

"对不起，没有，"她说，"没有斯玛达尔。"

425

来自《所罗门之歌》。葡萄树。花的盛开。

424

在人群站立的角豆树下，拉米看起了《祈祷书》，后来看《所罗门之歌》。

423

也称《雅歌》，也称《圣歌中的圣歌》。被认为是《圣经》中最神秘、最美丽的书卷之一。

422

灯火通明。黑暗中，一名警官从一个角落走到另外一个角落。他来到玻璃前，朝外看了看，然后转身回到湿漉漉的暗夜里。

他们等着。现在有几十个人了：父母、男朋友、女朋友、女儿、中年儿子。

"拜托，"前台接待说，"我们在尽力。"

一名警官出来了。高个，浅色头发。他俯身在前台的耳朵里小声说了些什么。她瞥了他一眼，在纸上写了些什么。他再次把头伸过去。她点点头，再次在纸上写了几笔。警官在办公桌上拍了两次。他们之间有某种代码。

他们叫到了别人的名字。一个女人从座位上弹起。一扇半开的门打开了，她被带到玻璃门后面。

努莉特紧握住拉米的手。

警察局也有其他人。一个来自街头斗殴的男孩。一个把自己锁在公寓外面的女人。一个男人带着一只走失的猫进来。猫是白色，身上有黑色条纹。他把猫放在警局地板上，径直走了出去。猫跑到最远处的长凳下,对人呼气发威。想来都感到奇怪,这里还有另外一个世界,一个正常运转的世界。

叫到另一个名字。然后再有一个。然后再有一个。

一对夫妇走出办公室,两人勾着双臂,笑着。他们说找到了叔叔。他在一家餐厅喝醉了,仅此而已。就是被拘留了,仅此而已,这样多好!

然后,他们在警局中间停了下来。"很抱歉。"她说。

这对夫妇离开了,低着头。

"再试一次。"努莉特说。

"我手机没电了。"

"我们可以试试警察。贾法街。"

那只猫从板凳下面走了出来,在房间的另一头,靠近了一个小伙子。它弓起背部,在男孩的小腿上蹭来蹭去。

421

她会活泼开朗地回到家,眼睛明亮,神采飞扬。她会站在厨房里,发出那一声标志性的叹息,说,阿爸,有什么大不了的?我们离那里远着呢,我都十四岁了,拜托!她会给自己做一个哈沙查尔三明治,抹上巧克力,然后去房间,打开立体声音响,开始跳舞。

420

也可能她会深夜乘出租车回来,说,对不起,对不起,对不起,丹妮拉靠近爆炸发生的地方,我们得去让她做个耳膜检查,我不能离开她身边,我知道,我知道,我应该打电话给你们,下次一定这样，我保证。

419

也有可能，她在逃跑时摔倒，回来时腿上缠着绷带。她会回来，坐在厨房的桌子旁。他们会安慰她，万事大吉。拉米会说，这是漫长的一天，大家都该上床睡觉了，她也得去睡，不睡可就不漂亮了。

418

警方叫到他们的名字时，警局里人还是满满的。他们被带到玻璃门后面，坐到警官的桌子前，屋子里亮得出奇。警官再次检查斯玛达尔的名字，逐个字母念出来。

他摇了摇头，用铅笔轻拍着笔记本的边缘。

他说，这个消息既好又坏。在任何地方都找不到她。他倒希望自己能多说一点，或多做一点。不过一点迹象都没有。但也许，作为不得已的办法，他不愿这么说，这只是以防万一，他们得明白，他这么说并非权威，他非常抱歉，怎么说呢，也许是图个放心吧——他们应该去停尸房看看。

417

Morgue，停尸房：十九世纪初期巴黎建筑物的名称，塞纳河中溺水者的尸体被放在一个倾斜的平台上，让公众来看，有时候还会收费。

416

弗朗索瓦·密特朗说,唯一有趣的事情是活着。

415

绝食时,巴萨姆允许自己吃盐片和水。盐片的剂量为一百毫克。他把它们掰成两半,每个小时拿一块。绝食时间越长,吞咽就越困难。头晕。迷失方向。疲劳。到第十七天,他的视力开始模糊。

414

1930年3月12日,圣雄甘地出于对英国食盐税的抗议,从印度阿希迈达巴德附近的静修处出发,徒步前往阿拉伯海。

几十个追随者陪着他一起走。他们每天在蜿蜒的土路上走十二英里以上,中间会停下来开会,沿途发表演讲。

有一次,在贱民的水井边,他和贱民一起沐浴,让旁观者大惊失色。在印度种姓制度下,贱民被视作不洁净的人。

当他们到达二百四十一英里外的沿海城市丹迪时,已经有成千上万的人加入了这次食盐的satyagraha,非暴力不合作。

甘地计划在涨潮时,在盐滩上工作,但当地警方将盐粒碾进泥里。他仍然设法从泥巴里,捡起一块天然的盐巴,和英国法律公开对抗。

"我正在动摇大英帝国的基础。"他说。

413

Satyagraha:通过非暴力手段,揭示真相,反抗不公正待遇。

412

讲座在食堂后方进行。囚犯们围成一个半圆。日光灯在闪烁。巴萨姆介绍了这位学者。比尔泽特大学的哲学系学生。此人很年轻，身材高大，胡须刮得干干净净。他把自己用锁链绑在以色列议会的大门上，为此被判刑六个月。他用尖锐的短句讲话。他说，前进的道路是非暴力，这是采取行动和进行反击的标准模式。

甘地的公民抗命理念，应该被进一步分解。它需要严格的纪律。理解它的唯一方法是将其拆分成基本元素，然后开始重建。

他说，公民元素与抗命本身一样重要。两个元素必须先独立考虑，然后再组合起来考虑。"非公民"意味着什么。"从命"又是什么意思。"正义"意味着什么。如何实现与之对立的恩典。矛盾必须先予以拆解，然后重新拼装。压迫者的语言也必须拆开来看。用公民的方法不服从，不服从就成了一种力量。

看守把他们赶回各自的牢房。巴萨姆用整个下午重新回味他的思想。他在纸上做笔记，将它们折叠成小块，然后将它们藏在制服的口袋、裤子的下摆、鞋子的鞋舌中，以备再次被单独拘禁时使用。

411

电话是学校的校长打来的。这位女士始终保持镇定自若，巴萨姆对她很是了解。校长说，阿比尔出事了。她跌倒了。必须送到当地医院。他回答说，他正在上班的路上，他会打电话给萨尔娃，告诉她。不，校长说，他得马上出发过来。阿比尔会没事吗？哦，真主保佑，是的。

410

他身后响起这一天第一次听到的喇叭。

409

他肯定她是从学校的墙顶跌了下来：很小的时候，她就喜欢在那上面走。十岁。他担心她会留疤痕。

408

公寓在四楼。没有电梯。巴萨姆一次跨两步台阶。楼梯间有裸露的电线从天花板上垂下来。他到了四楼。他站了一下，手扶在膝盖上，缓了口气。

前方有两个很小的孩子在推着一辆塑料的垃圾卡车。他们抬头看了看他，接着回去和他们的卡车玩。他沿着走廊走过去。

门被铁链锁住了。他知道如何用笔把它打开。他滑开链条，打开门。

里面电视开着。西班牙肥皂剧。萨尔娃在水池旁。和她母亲通电话。

407

颅骨后部有创伤。头前部挫伤。脉搏微弱，眼皮扑动，没有知觉。注意心动过缓和呼吸衰竭。

406

这种医院,自己都病得要上医院。

405

巴萨姆说,我们得把她转到哈达萨。

404

起初,她以为护士肯定搞错了。不会的,她说,不会的。我女儿从另一家医院乘坐救护车来的,她已经在这里了。她们抬头看了她一眼,用阿拉伯语跟她说话。她们说,还没有。她说,我是打的来的,我知道她在这里,肯定在,他们很久前就出发了。她给巴萨姆的手机打了电话。没有人接。护士们用电脑查询,打了电话,沿着走廊走到手术室,咨询医生。他们说,没有,她说的女孩这里没有。你能再试一次吗?她们翻阅记录。萨尔娃说,也许他们把她带到了另一家医院,斯科普斯山上是不是也有个哈达萨?是的,护士说,但是她不会被带到那里。你能试一下吗?我已经试了。他们递给她一小包纸巾,然后从桌子后面出来,扶住她胳膊肘,把她带到候诊室。他们给她带来了一杯热茶,里面加了糖。通话通过对讲机发出。萨尔娃紧张地听。她试图再次给巴萨姆打电话。还是没有回复。一个人走过来擦地板,示意她挪下脚。她感到拖把的顶部碰到了她脚趾。对不起,他说。她姐姐来了。她们一起回到前台。她们说,肯定是什么地方搞错了。护士们说,请相信我们,我们竭尽全力了。巴萨姆的弟弟从拐角处过来了。他没有听到巴萨姆的消息,没有。他穿着西装,打着领带。他也去了前台。相信我们,护士们恳求。人越来越多。她的姑姑。她的表弟。巴萨姆从事和平工作的朋友。肯定搞错了。也许阿比尔醒了。也许他们把她带回了诊所。一切都会好起来的。有个来自拿撒勒的巴勒斯坦医生过来了。他坐到她和她姐姐之间。他说,他打了特别电话。救护车正在路上。她说已经快两个小时了。他说,存在一些技术问题,但她不用担心。萨尔娃走进一个房间祈祷。她的姐姐在她旁边祈祷。每次开门,她的心都会跳动。又来了杯茶。她把它抱在手中。更多人来了。走廊里嗡嗡响。巴萨姆的以色列朋友在前台发起了牢骚。有一个人在大吼。他站在一个红头发的女人旁边。边上还有个留着胡子的年轻人。上了年纪的那个人在指手画脚。那人是谁?萨尔娃问。她兄弟扭头一看。那是拉米,她兄弟说。拉米?这个名字她听说过,人还没见过。电话响了。号码她不熟。你在哪儿?她问。我电话打了无数遍了。我们来了,巴萨姆说他的电话没电了,他正在用救护人员的电话。你别急。阿比尔好吗?我们还有五分钟就到了。告诉我,老公,阿比尔怎么样?别急,他又说,我们在路上。

403

那一天是"和平战士"成立五周年纪念日。

402

斯玛达尔逝世十周年。

401

拉米加入"失子父母圈"组织八周年。

400

古希腊人白天用日晷看时间,夜晚用水漏或水钟看时间。

石碗的底部穿了孔,水从水碗里一点一滴落下,掉在下面的容器里,标出流逝的时间。

必须保持稳定的水压,并注意不让水溢出来或蒸发掉。

399

拉米和儿子埃里克冲到急救服务台。救护车上红蓝两色的灯仍在转动。他们可以通过无线通话器听到声音。护理人员正在把轮床从救护车上运下来。

"让开,先生。"一名医务人员说。

他们退后一步,让轮床过去。

拉米看见巴萨姆从救护车后面走了下来。先右脚。他脸色苍白而憔悴。拉米伸出手,扶着他从高高的车上下来。

"萨尔娃在哪里?"他问。

398

拉米永远记得巴萨姆是右脚先下:仿佛是一种仪式,仿佛是踏上了圣地。

397

阿比尔昏迷不醒,躺在病房里。拉米看到,有三名边防卫兵从病房外的走廊走过。他顿时僵住。这些卫兵并无理由在医院出现。她们身穿制服、肩扛着枪，身高中等，肩膀瘦削，扎着马尾辫，年龄应与斯玛达尔相仿——如果斯玛达尔还活着的话。

396

阿比尔被人放在担架上，从阿纳塔的街上一路抬了过来。她的腹部盖着旗帜。头边上放着粉红色康乃馨花环。她被人扛在肩上，成年男子，大小伙子，一个接一个往下传着。阳台上飘扬着黑色旗帜。喇叭在到处响。巴萨姆与他的兄弟、儿子、同事一起，被人群挟裹着前进。街道窄了。送葬者的头磕在柏油地上。男孩们爬上了灯杆。哀号声响了起来。人群推着他往前。巴萨姆能在夹克口袋中摸到糖果手镯，那圆圆的硬糖滑到线串上。

395

抬棺材的时候，人再怎么挤，抬棺的人也尽量让头朝向麦加方向。

394

公共汽车咔嚓咔嚓开起来。巴萨姆单独出发。他的头靠在窗户上。自从小时候，他就记住了麦加的地理特征：高耸的宣礼塔、几何形状的街道、遥远的山丘。萨尔娃坚持要他去，哪怕是他一个人。把全家一起带去太贵了。她说，总有一日，她会和他一起回去。

在麦加入口处的高速公路上方，有巨大的绿色标志，分别将驾驶员引至穆斯林道路和非穆斯林道路。

他进入哈拉姆清真寺，在昏暗的灯光下绕过克尔白天房七次。我终于过来了，他想。他的佩带是用两块白色毛边粗布毛巾材料制成。他向岩石柱子扔石头，参观了希拉的山洞，从远处眺望到了乌哈德山。

他总是坐在公共汽车后面，不说什么话。停车时候，他总要走到前面，下去抽支烟。

393

再往前，他看到一排排的检查点。

392

391

格拉斯哥的一次会议上，组织者印了一张三英尺宽、五英尺高的阿比尔画像，挂在会场上方。阿比尔在那里俯视着现场。演讲结束，巴萨姆不忍把阿比尔像留在那里，要求组织者把海报拆下来。

他们找不到合适的纸板管，于是将海报卷起来，两头用鞋带系住。

巴萨姆随身将它带回到布拉德福德。

在车站，他叫了辆出租车。卷起来的海报还是太长，他不得不打开车窗一头放出去，一头支在座椅边缘。

390

法庭使用水钟，衡量律师辩论和证人作证的时间：随着时间的流逝，滴水的音色不断变化，最后归于沉寂。

389

约翰·凯奇创作了一部实验作品，题为《四分三十三秒》，乐谱上要求音乐家保持四分三十三秒的休止时间。

388

休止亦即不演奏任何乐器。

387

凯奇在 1948 年创作了这部作品。那段时间，他待在空寂的消声室里，研究朋友罗伯特·罗森伯格的一些近作：硕大的画布，白色，只有白色，其表面的变化，仅来自光的折射。

有一天，他在奥尔巴尼乘坐电梯，听着扩音器过滤而来的罐头音乐，突然间，画布上的空白、那间消声室、他对于声音本质的思考，所有这一切，凝聚到了一起。

他按照罐头音乐的平均长度创作了这部作品，将其命名为《沉默的祈祷》。

386

驾车旅行时，斯玛达尔喜欢玩一个游戏：经过任何墓地，她都会深吸一口气，然后尽可能长时间地屏住呼吸。她会解开安全带，身体前倾，轻拍一下拉米的肩膀，用拇指和食指捏住鼻子，另一只手在空中画圈，圈画得越来越快，她的脸越来越红，直到最后撑不下去。

385

多年后，巴萨姆告诉拉米，阿比尔也会玩完全相同的游戏。

384

死亡除以生命，结果是一个圆。

383

凯奇的作品不仅与寂静的本质有关，也与寂静中可以听到的所有声音有关：脚步声、叹息声、咳嗽声、摔门声、屋顶上的雨声、汽车的喇叭声、舞台地板下老鼠的奔跑声、剧院外面飞机的轰鸣声。

凯奇对即兴发挥很感兴趣。即兴意味着音乐只是有个大体方向，细节则取决于表演者、听众，甚至音乐本身所发现的关联。

这些偶得的时刻，会成为整个作品进程的核心。每个音符，每个独立的元素，或者那些并非音符的元素，都会往下传承神秘的本色。

382

救护车里交织着不同的声音。然后是调度员的声音。收到。我们还在等。

静电发出刺耳的声音，然后又嘶哑地消逝。

"是否允许搬动？"

381

《四分三十三秒》在纽约伍德斯托克郊区一个改建的谷仓里首演。人群等着钢琴家戴维·图多尔在钢琴上敲出音符。

乐曲由三部分组成，第一部分为三十三秒，第二部分为两分四十秒，第三部分为一分二十秒。

图多尔通过打开和关闭琴盖，标记每个乐章的开始和结束。

整个四分半钟内，图多尔一次都没有碰琴键。最后，他从钢琴凳上站起来，鞠躬。

观众笑了起来，开始有点紧张，接着，一两个人开始鼓掌，最后谷仓四周，其他人也一道鼓起掌来。

380

凯奇后来说,他想让开始那三十三秒美妙勾人,如花之悦目,花之馨香。

379

阿比尔,来自古代阿拉伯语,意思是花香。

378

第一次庭审中,边防部队指挥官作证称,任何对第二次巴勒斯坦大起义有所了解的人,都会清楚为什么阿比尔的救护车会发生耽搁。他说,每个人都知道,会有恐怖组织利用救护车,将谋杀和混乱带入以色列境内,而且还经常参与武器交易。他们有的会把枪支藏在轮床之下,有的会把手榴弹藏在冷冻人体器官用的紧急冷却箱里,有的会把弹药塞在一层层毛巾之间,有的会把炸药藏在血浆袋和其他医疗用品中,这些情况都不鲜见。除此之外,众所周知,在那些境遇下——指挥官在这里使用了希伯来语 matzav,意思是境遇——暴乱的民众自己在不断耽搁救护车,他们宁可让自己的人民置身危险。没错,哪怕是十岁的孩子。应急工作人员的生命,必须不惜一切代价地加以保护。他想澄清,他对涉案者的遭遇感到非常难过,但是在他看来,她本来不应该去街头,也许学校领导应该对此负责。他的印象是,延误并未对涉案者的状况有任何改变,而且自始至终她得到了适当的医疗护理。当时骚乱正在发生,这一点是绝对肯定的。事实是,他本人那天就在吉普车上,感觉石头砰砰砰砸过来,他就像在鼓里一样。想象一下,如果是救护车遇到了这种攻击，是什么结果吧。更准确地说，所谓耽搁可能还保护了孩子和她的父亲，使他们免受围攻。这是战争的恐怖局面，有什么办法。

377

法官不得不几次敲槌，才让法庭平静下来。

376

作为回应，巴萨姆的律师说，枪击案发生当天的早上，学校附近绝对没有发生骚乱的证据。隔离墙的建筑工地在距离学校几百米的中学后面。不错，边防部队有时会被零星扔石头，但通常发生在下午晚些时候，在放学后，而阿比尔被打死，发生在早晨九点。当时阿比尔在学校大门外，是因学校正在课间休息，学生可以过马路去对面商店买东西。当时有人负责学生过马路的全程看护。此人作证说，当时附近并无暴乱，有辆军用吉普车倒是真的。的确，没错，后来发生了投掷石块的事件，但这发生在阿比尔被打死之后，离医院和救护车被耽搁的地方都很远。至于救护车被用来运送武器一说，黎巴嫩战争期间有过传闻，但是没有得到任何证实。另外在其他一些场合也有人说过，和加沙及西岸的事件有关。不过，如果说有人能从东耶路撒冷到西耶路撒冷，利用救护车运送武器和枪手，那显然是荒谬的，因为如此一来哈达萨医院必须有工作人员来接应和藏匿这些。手榴弹可能放在应急冷却箱里的说法，只能说想象力丰富。指挥官碰巧在事件发生六个月后得到晋升。或许他应该华丽转身，去写小说。当然了，他应该在比喻手法上下点功夫。毫无疑问，指挥官在吉普车里被人扔过石头。他还相当夸张地说，当时自己就像在鼓里一样。但应该指出，在鼓内可能比在鼓外更安全。而阿比尔·阿拉敏就在大鼓之外。还有，指挥官一口一声"涉案品"，在他眼中，可能他更认为阿比尔是"涉案品"。

375

每天，听证会结束后，拉米都会与巴萨姆会面，讨论当天的活动。他们喝着咖啡，仔细查看所有文件和申诉状。他们试图找出吉普车在路口拐弯的角度。他们将尸体解剖和 X 光照片对照，他们创建时间表，仔细查看照片和地图。

信息一点一滴地汇聚。次日上午，他们会见律师，把信息在桌子上摊开。

他们说，吉普车在这里，在这个地方拐弯，沿着墓地开。课间休息是在九点，所以这应该是九点之前的几分钟。还有你看，学校入口在这里。从教室到门口，大约需要两分钟。她可能已经在走了，也可能是在跑，谁知道。但我们知道她去了妮莎的商店。看护学生过马路的人也看到了她。当然还有阿瑞。一两分钟后，阿比尔走出商店，这正好是吉普车从墓地出来的时间，因为他们必须转过这里。没有摄像机，没有时间，但是其他女孩在外面等着，她们都还记得。吉普车在星号的位置拐弯。那里可以清楚地看到商店。角度、距离都与尸检报告匹配。如果你看这里的照片，标记着 X 的就是她跌倒的地方。

374

起来，小女孩，起来。

373

诉讼结束几年后,巴萨姆和拉米在耶路撒冷之门饭店发表演讲。屋子里人挤得满满的。观众来自一个支持小组,是十二个瑞典人。其向导是以色列人,坐在屋子后面的椅子上。拉米在演讲时,他来回走动。巴萨姆开始讲话时,他停住不动了,喉咙里发出了一声低沉的哽咽。

报告中间,一两个听众掉泪,甚至哭出声的情况都不罕见,但看到那名向导哽咽,然后离开房间,巴萨姆还是有些吃惊。

问答环节结束后,巴萨姆走到走廊上,跟向导握手。他看起来有些眼熟:结实、干练乌黑的眼睛。

"对不起,"向导说,"然后他走开了。"

372

几天后,一千谢克尔的支票送抵"失子父母圈"办公室,签名是:迈克尔·沙里亚(前救护车司机)。

371

在修道院道路的起点,巴萨姆看到了一边的刹车灯一直在闪。

370

他看着拉米将摩托车推到路边的一块泥地上。红色灯光映出了一道亮亮的细雨。他慢慢从车上下来,把撑脚架支起来,然后转身,向汽车走过来。巴萨姆摇下乘客一侧的窗户。

"你有个头灯不亮了。"拉米说。

巴萨姆把手窝在耳朵上。

"车头灯坏了,兄弟。"

巴萨姆在黑暗中走下来,香烟火亮着。他俯身查看车前盖,用指节轻拍车灯,然后又拍了侧面板,仿佛这能让车灯激活一样。他又绕车走了一圈,把香烟在地上踩灭。空气潮湿阴冷。他从开着的车窗户探身进车里,扭开远光灯。

"一定是灯泡不行了。"拉米说。

巴萨姆绕到方向盘那头,拧动点火开关上的钥匙,然后一屁股坐回车座上,脚踩在制动器上,再次发动汽车,希望车灯能奇迹一般地亮起来。

"你就停在这里吧,"拉米说,"跟我回去,我们早晨再回来取。我还有个头盔。"

巴萨姆咂了下嘴,微微一笑。一种熟悉而绝望的姿态:他们可以一起在世界上的任何地方旅行,但这几英里还就不行。

"我必须回家。"

他们回头看了看坏掉的灯。

"好歹在副驾驶那一侧。"拉米说。

369

两人在修道院路的一端分手,拉米将刹车灯亮了三下,这是两人自己的莫尔斯暗号。

368

在黑暗中,巴萨姆的车头灯闪烁着微弱的光,如祈愿灯烛。

367

接下来是他的夜间回家之路：从修道院开始，经拜特贾拉、伯利恒、沿着山坡到达拜特萨霍，再经过通往瓦迪·艾尔-纳尔，火之谷，集装箱检查站——这里只许持巴勒斯坦身份证和巴勒斯坦牌照的汽车经过。接下来沿山谷下坡，从海拔八百米到海平面之下四百米。

落差超过一公里，地形险峻。

回家之路如一声叹息。

366

在伯利恒的路上拐弯时，轮胎不时轻轻地咯噔一下。大学街、新街、马哈茂德·阿巴斯路。他记住了所有的缓速带。哪怕在黑暗中，只有一盏大灯亮着，他也知道何时何地刹车。

365

因为一处大坑洼，他慢下来，把车停住，给萨尔娃发了条短信：我上路了，再过一个钟头左右，但愿。今日一切顺利。吻。老巴。

364

新鲜的沙拉三明治与海盐、初榨橄榄油、鹰嘴豆泥、长叶莴苣、番茄、黄瓜、大蒜、酸奶、石榴、欧芹、薄荷、蒸粗麦、豆子、迷迭香小枝、几种奶酪，还有几罐放了柠檬片的水，一一摆在木桌上。

363

以色列和巴勒斯坦，都有个传统——希伯来语叫 hachnasset orchim，阿拉伯语叫 marhabaan fi algharib——给新来的陌生人馈赠新鲜的面包和海盐。

362

巴萨姆想，这才是纯粹的巴勒斯坦。

361

南美的那位修士说，仍然没有横跨山谷修建隔离墙的消息。计划已经到位，但尚未执行。原因有很多——第一当然是视觉，第二是政治，第三当然是军事，他说，我们先不说这些，来，趁还有时间，我们一起分面包吧。

360

终结占领。

359

修士在雪松木桶中酿酒。他们沿树的纹路从木块上切下板条，磨砂，按特定角度切割，中间宽，末端窄。修士用的板条比一般木桶匠用的多一些，一共用三十三条，代表耶稣在世的三十三年。他们将木条像花瓣一样，放进铁圈中，形成所谓的玫瑰造型。然后拧紧铁箍，用水清洗木条，并在火上炙烤，使其弯曲。

修士用虎钳将木条扎紧，然后用点燃的稻草和树叶烘烤内部，让桶内壁略略焦化。

细小的稻草被塞入板条之间，使桶不渗漏。修士用砂纸打磨，在侧面钻洞，在顶部和底部制作隔板。克里米桑的标记印在桶的顶部。

酒桶装满，预备储藏时，修士给葡萄酒祝福，然后将其储存五年。酒最后放入驴车上，拉到伯利恒。它主要卖给圣地，包括据称是耶稣诞生的圣诞教堂。

358

现代学者说，耶稣穿过耶路撒冷时扛的十字架，可能不是完整的十字架。他可能只是扛了十字架的横梁。单是五英尺长的横梁就有七八十磅重。耶稣此时已经遭受鞭打，戴着荆冠。他要在古利奈人西门的帮助下，把这重木拖到各各他山（"骷髅地"）的一侧。在各各他山，罗马人已经在行刑的地方，竖起了几根永久性的竖桩。耶稣被剥光衣服，被迫躺在下面的横梁上。行刑人会把他双臂展开，用棕绳绑在横梁上。然后行刑人拿出两根六英寸长、八分之三英寸宽的方形头钉，挥动大槌，精确地钉在耶稣的前臂上。钉子靠近桡骨，直接穿过正中神经。首先是钉左边，然后钉右边。钉子穿透他的手腕，扎入横梁。然后，耶稣仍躺在地上，他的手臂仍伸直着钉在梁上，棕绳会被解开。然后，罗马士兵会将他抬离地面。他们很可能会使用滑轮装置和木梯。耶稣被抬起来，身体的全部重量全部集中在那两根钉子上。竖桩上应该已经开好了口子，横梁吊起后，会从开口处卡入到位,这样他就会悬挂在那里,悬挂在钉子上,双臂张开。他垂下来的脚会被一名士兵抓住,压在一起,塞入木桩上的一个U形木夹里。行刑人将他的脚踝强行向两侧扭转,他的膝盖会被扭向两侧,好让他双脚并齐。刽子手然后再拿一根长钉,直接钉进两脚脚后根。钉子扎进肉,穿过骨头,钉入木头。为了呼吸,耶稣不得不每隔几秒钟向上费力抬起体重,直到力竭。到那时,离下午三点还有几分钟,他会叫一声——Eloi, Eloi, lama sabachthani("我的神,我的神,为什么离弃我")——然后他的头垂下,气绝而亡。

357

然后,他的肺部收紧。

356

荆冠可能是用纳什蓟和其他藤蔓交织起来的。罗马士兵会把藤蔓弯成一个圈,将蓟编织起来,戴在他头上,让刺扎入他的头皮。耶稣就这样戴着荆冠,扛着十字架,走在苦路上。

355

在十九世纪,伯利恒的女性基督徒戴着缝着沉重硬币的软垫帽子。硬币越多,家庭越富有。他们的长裙用金银线缝制,形成美妙的花卉图案,而较穷的妇女,只有胸口和袖子上有些刺绣。

在市场上,店主可以在女人走过来的时候,看出她的来龙去脉。大约隔个几码,就可以窥见女人的一生:是否已婚、住什么地方、丈夫什么血统、有几个孩子、几个兄弟姐妹。

色彩绚丽的十字绣和钉线绣交织，说明对方是处女。裙子底部有一条蓝线表明对方是寡妇。如果寡妇想再次结婚，她会在蓝线上加一条红线。这些衣服上还加入了三角形的护身符造型，避开邪眼[①]。

354

在第一次巴勒斯坦大起义期间，西岸的妇女开始在其手工制作的衣服中编织其他符号：地图步枪和政治口号。他们用绿珠子避开邪恶之眼，珠子边缘是黑色，中间有白点。

353

在公元一世纪，犹太狂热分子的最极端派"短刀党"[②]采用暗杀战术，打击罗马人和希律派的犹太教徒。西卡里们披着长长的深色斗篷，在长袍下藏着锋利的匕首。他们在耶路撒冷的公共聚会上藏匿在人群中。

在走动时，他们会选择目标，一个罗马士兵，一个官员，甚至包括妇女儿童。

脖子是他们最喜欢的目标，心脏次之，腹股沟再次，最后是肚子。他们将刀插进去，用手腕轻轻一拉，抽出，擦去血迹，将刀藏在斗篷的褶皱中。人群四散逃走之时，他们趁乱消失。

[①] 邪眼（Evil eyes），诸多国家和地区的民间信仰，认为由嫉妒而生的邪眼会产生诅咒，带来恶运、疾病与死亡，为躲避邪视，会在房屋、交通工具或衣服上悬挂、缝制玻璃等材料制作的"邪眼"。
[②] 短刀党（Sicarii），也称"奋锐派""西卡里"，来源于拉丁文 Sicarius，指持匕首者。该团体成员在他们的衣服下藏有一把匕首或短刀。

352

在上世纪八九十年代，南美贩毒集团用"西卡里"一词描述他们的杀手。巴勃罗·埃斯科巴手下最臭名昭著的杀手之一乔恩·贾若·埃利阿斯·塔斯孔（别名皮尼纳），被指控对哥伦比亚数百起命案负有责任。据传他在监狱里让人把拉丁文的Sicarius（短刀杀手）做成文身，覆满他的整个脊椎部分。

351

斗篷不仅具有装饰性：剑术师傅还教学生如何灵活使用布料，来牵制对手的进攻。

350

2014年春天，耶路撒冷艺术家辛加丽特·兰道在死海水域放了个入水近五米深的木笼，在里面挂了一条黑色长裙。

兰道和丈夫把这件衣服在水里放了两个月，其间他们不定期拍摄水下照片。

一周后，乌黑的长裙开始吸引盐晶体。两周后，晶体开始粘附其上并聚集。三周后，长裙在水中呈银色和灰色。四周之后，钮扣和衣领变成了白色。

这件礼服是上世纪二十年代上演的一部舞台剧戏服的复制品，剧中的犹太教哈西德派女子的情人去世了，但阴魂不散。礼服后来继续在水笼中挂了四个星期，后来通体闪亮，如同婚纱。

当艺术家团队去将礼服从水中提起时，沾满了盐的礼服非常沉重，没法带到水面之上。一道道的布条从接缝处撕落，沉入海底。

349

裙子制了个缩微版——艺术家称其为公主裙——送入博物馆收藏。斯玛达尔逝世一周年之际,拉米在贝扎雷尔艺术学院办的刊物上看到了这张照片,大为吃惊。他走进女儿的房间里坐下来,一言不发。

348

她要是活着,该三十岁了,再过几天就三十一岁了。

347

一天下午,巴萨姆从他位于阿纳塔的公寓二楼窗户看到阿比尔和其他四个年龄相仿的女孩一起,在玩一个简单的儿童游戏:沿着街道滚汽车轮胎。

她们高兴地将黑色的轮胎从街道的一头滚动到另一头的混凝土路障处。最近几天下过雨,橡胶内侧有积水。阿比尔穿着一件新裙子,蓝底,白色蕾丝边。轮胎虽小,但对她们这个年龄的小姑娘来说还很笨重。它摇摇晃晃,底部的积水在滚动时哗啦啦响。

每隔几秒钟,阿比尔和女孩们就从轮胎上边跳开,以免水溅到身上。其中一个女孩被水溅到时,她会离开一两分钟,然后再次回来。

从街道的一头到另外一头。一遍又一遍。巴萨姆每隔几分钟就听到公寓门打开。阿比尔去了厨房的水槽,他听着。

渐渐地,巴萨姆意识到,她一次又一次回家,是为了清洗衣服上沾的脏水。再过一会儿,她又回去继续玩游戏,继续笑呵呵地将轮胎滚到街道的另一头。

游戏的时间越长,轮胎内侧残留的雨水就越少,小姑娘们越来越勇敢，靠得越来越近，把轮胎使劲推过来推过去，看谁被水溅着。

肮脏的雨水终于全消失了，她们再次在轮胎里装满水，但是这次的水更干净，游戏也慢慢结束了。

巴萨姆看着她坐在路障上，穿着淡蓝色的裙子，两条腿来回晃。

346

他们四五个人一伙，开着车过来。巴萨姆在阿纳塔外面的检查站接他们。他们一起穿过城区，后面是一辆大的厢车压阵。时间是星期天凌晨，街上安安静静。

他们中的大多数人以前要么从未来过阿纳塔，即便来过，也是以士兵的身份。他们开着车，从墓地后面到达学校，然后下了车。巴萨姆点了个数：一共三十三人，有男有女。他们紧张地交头接耳。他们穿着保守——长袖衬衫、牛仔裤、帽子。手臂和腿都没有裸露，当然也没戴基帕帽。他们三五成群，聚在一起，尽量不说英语和希伯来语。隔离墙离他们近在咫尺。他们在地上用粉笔做了标记，将木桩打入地下。男的在用手提钻打钻，女的用铁锹铲土。土装在桶里，一路传递下去。他们架起铁网，铺好灌溉管道。在高温中，他们分着水喝。祷告报时声响起来时，他们抬起头。更多的车子过来了。码砖，拌水泥，挖坑埋柱。

午后过了一半，太阳落在隔离墙后时，车队被护送出了阿纳塔。他们离开时，值班士兵在检查站盯着他们。

下一个周末，他们又回来了。混凝土已经硬化，砖已经就位。卡车后露出了一块柔软的预制胶地板。他们将胶地板铺开，仔细切割，在地上铺开。一辆自卸卡车装满沙子过来。坑填满时，他们发出一片欢呼。义工人数现在增加到了上百人：很多人找不到事做，只好袖手旁观。篮球架装好了。红色的小滑梯被固定好。小转盘也测试了。他们还在学校后面开辟了个小花园，面积为一平方米，以便后面种树。一罐罐的油漆在传递。牌匾装紧了：阿比尔花园。他们又欢呼起来，互相拥抱，拍照片。第三个周末，他们又过来了，举行启用仪式。

所有这段时间，一直有一个小小的气象气球，在他们上方约一千英尺的高空处徘徊。

345

344

这是阿纳塔唯一的游乐场。

343

后来的演讲中，巴萨姆不再用糖果手镯作为道具。他把它放在床头柜里,旁边是一本小小的皮面《古兰经》,还有阿比尔画画的蓝铅笔。

几年后,当他在耶利哥买房子时,他注意到他那本《古兰经》和铅笔还在,而糖果手镯不知为何消失了。他翻遍了包装的纸盒、衣服、文件、办公材料,后来他只得放弃。

他再也没有找到过这手镯。有时他想是不是被打扫掉了,还是被其他孩子不小心吃了。

342

大部分日子,巴萨姆每天都在耶利哥家门口的清真寺里祈祷。他还义务清扫寺外的台阶。他用蓟条制成的扫帚清扫。这事很简单,但有节奏感,编织的蓟条在粗糙的石阶上划过。

扫地时,他会把目光投向外面干燥的土地。那一片大地上,暖风在飞扬。

341

人们通常认为,地上长出蓟,说明地没有耕种,或没有得到妥善使用。

根据1858年的《奥斯曼帝国土地法》,以色列法院会以地上长蓟为由,判定土地无人耕种,可以宣布为国有土地,并移交给定居者。

340

你的绿洲在等待。

339

火之谷。瓦迪·艾尔-纳尔。汲沦谷路。刹车高磨损之路。散热器烫热之路。地狱之路。柏油路。黄昏路。

338

1948年灾难日之后,数百名巴勒斯坦难民(其中许多来自拜特贾拉)登上了前往南美的汽船。他们抵达布宜诺斯艾利斯,靠着骡子驴子,翻山越岭,将自己的全部行李运过境,到智利落脚。

许多家庭定居在圣地亚哥和瓦尔帕莱索,他们在铜矿和造船厂找到工作。有些家庭继续向前,前往偏远的沙漠。

翻过山峦,穿过峡谷,沿着干燥的河床。漫长而艰辛的历程,他们一路埋葬死者。这些尸体常常是挖坑浅埋,上面堆着石头。几十年后,奥古斯托·皮诺切特将军的政权大肆杀戮,在全国各地抛弃了数千具尸体。失踪者的母亲在沙漠中搜寻儿女的尸骨时,有时候会惊讶地遇见成堆无名者骨骸。

有时,这些女人发现,骷髅的脖子或手腕上还有钥匙,上面印有阿拉伯字母。她们大惑不解。

337

那是他们原先的家的钥匙,而那些房子现在已属于以色列。

336

智利圣劳拉鬼城郊外的一块岩石上,用阿拉伯语涂写着:还要走 8276 英里。

335

二世纪之后，希伯来语被视作神圣语言，不能作口语化来用，直到十九世纪八十年代，情况才有所改观。那时候埃利泽·本·耶胡达开始与家人和朋友一起使用希伯来语。耶路撒冷市场上，人们会夹杂着用希伯来语，但在犹太社区中使用的语言主要是阿拉伯语，还有拉丁语、法语、意第绪语，以及一点英语。

334

333

和爱因斯坦一样，本·耶胡达说犹太、阿拉伯是 mishpacha——一家人，希望他们分享土地，和睦相处。他新造的不少希伯来语新词源于阿拉伯语。他说，这两种语言是姐妹语言，就像人民一样，可和谐并存。

332

炸弹在耶胡达大街和希尔勒大街交界处爆炸。这条街根据公元前一世纪的作者希勒尔长老命名。希勒尔长老首创了有来有往的道德律：于己有害，勿施于人。

331

有一次，拉米发烧时，梦见自己在地上装了麦克风，这样他就可以问斯玛达尔所有他没来得及问的问题，听斯玛达尔如何回答。

330

斯玛达尔喜欢玩电子游戏西蒙阵。西蒙阵用四种鲜亮的颜色，让玩家去排列：绿色、红色、黄色、蓝色。颜色会发光，还发出噼里啪啦的声音。深夜，她会在自己房间里玩这游戏：绿、绿、红、绿、黄、红、红、蓝、绿——有时候她会排出二十个色块，甚至更多。拉米和努莉特从外面散步回来，感觉家里像个小小的迪厅。

斯玛达尔很擅长这个游戏，有时候能够用两台机器一起玩。

她的房间会传来各式各样的噼噼啪啪声。

329

2009年圣诞节期间，伯利恒大学的音乐系学生将一架钢琴推到中央广场，那里有几百人在圣诞教堂外聚集，一起在唱圣诞颂歌。

钢琴的琴弦中，巧妙地放置了一些子弹壳、催泪瓦斯弹和电晕手榴弹，以改变声音。他们在琴锤上放了薄薄的金属片，每次敲击，其音铿锵。

学生们学会了所有传统的赞美诗。《齐来崇拜歌》《平安夜》《我看见三只船》《天使歌唱在高天》。其中大多数以阿拉伯语演唱，偶尔也用英文。

唱完赞美诗，他们将钢琴沿斜坡往下推，在隔离墙附近的检查站停下来，再次唱歌。最后他们被水龙头喷射，喷出来的水雾是黄色，臭鼬气味。

钢琴是一架旧的艾姆勒，波兰造，当晚他们将它丢在那里。早晨学生回来取。他们将艾姆勒钢琴推回希伯伦路时，一路用棉球塞住鼻子。

二十六岁、高个子的巴勒斯坦博士生达利亚·埃尔-法姆将钢琴滚动的声音录制了下来，希望能将其纳入自己的论文中。

328

在示威者中，臭鼬水有个简单粗暴的诨名，那就是"屎"。这种气味会在人身上停留三日。在衣服上会停留几周，甚至几个月。

消除臭鼬气味的方法不多，其中之一立即冲澡，然后用番茄汁沐浴以掩盖恶臭。这种臭味，是腐烂的肉、地下污水、深度腐烂物的鸡尾酒式大杂烩。

有的示威者甚至将头发、胡须、胡子、眉毛全都剃掉。有的会穿上防雨服装，或在衬衫、牛仔裤和鞋子外面套上黑塑料袋。还在鼻子下面涂抹薄荷露。

327

2012年，在约旦河西岸的尼克林村，七名加拿大年轻妇女（附近水井项目的志愿者）集合起来，抗议臭鼬水的使用。她们穿着彩色的雨靴，撑开白色的雨伞，上面的黑字拼在一起，就是"滚你妈的王八蛋"。

看到水龙头车靠近时，她们各就各位，单膝跪地，伞撑在头顶，脸上蒙着头巾，嘴唇上方涂抹过薄荷露，留下一道道亮晶晶的痕迹。

在抗议活动拍摄的照片上，七名加拿大人落荒而逃。一个个浑身湿透，但仍打着雨伞。伞上的字混在一起，一会儿变成"滚蛋你妈的王八"，几秒钟后变成"王八滚你妈的蛋"。

这些照片在互联网上走红多日。

326

接下来的几周内，在多伦多布鲁街以色列领事馆外，有几个年轻的抗议者——有以色列人，也有巴勒斯坦人——穿着粉红色的T恤，胸前印着不同的字样，"滚蛋你妈的王八"，"王八蛋滚你妈的"。最受欢迎的版本是"王八滚你妈的蛋"。

325

划尔道夫[①]酒店的展览室策展人想购买其中一把雨伞，和"占领"主题的其他展品一起展出。

酒店联系了加拿大人，发现遮阳伞在本·古里安机场被没收。

[①] 原名 Walled Off Hotel，意为"隔离在外酒店"，与著名的华尔道夫·阿斯托里亚酒店谐音。

这些妇女还被审问了三个小时之久，才可以返回多伦多。

这些加拿大人没有返回西岸的计划——她们的水井工程拿不到许可证，被迫结束。

她们行李中被没收的其他物品包括阿拉伯头巾、《福道尔旅行指南》、来自克里米桑修道院的四瓶橄榄油、一个巴勒斯坦领土形状的钥匙圈、一个催泪瓦斯空罐、一本阿拉伯常用语手册、各种即食食品（包括收缩包装的乳酪蛋糕）。

324

划尔道夫是一家艺术酒店，位于在300号检查点的弹弓射程之内，由涂鸦艺术家班克斯创办，2017年开业。酒店离高高的混凝土隔离墙只有几码距离。

在冬日，即使最豪华的房间每天也只能有几分钟的直射阳光。大墙的阴影投射在房间里，可以从地毯上看到影子的移动。

服务员可以根据地毯上的阴影面积报出时间。

323

有时候巴萨姆会开车经过犹太人定居点，从远处看，他发誓他看到定居点一夜之间又扩张了。他都能想象延时镜头播放的场面：它们一点点变红、变宽，屋顶和公寓向外伸展，噬咬着小山，将无形的沙漠变作有形的建筑。它们会游，就好比是鱼。

到了夜晚，灯光格外耀眼，仿佛要刺破长天。他想把目光投向别的地方，或用面罩挡住，不过路的那头也有定居点，更小一点的定居点。每一块石头都是浮游生物，供这些鱼一般的定居点吞食。

322

划尔道夫的策展人曾考虑做个嗅觉展：参观者将掀开标有警告的翻盖，闻到臭鼬水的气味。工作人员对展品进行了测试，但很快发现，这气味会导致大多数参观者呕吐。

321

生产臭鼬水的气科技公司宣传说，臭鼬水是与以色列武装部队和警察协商后，设计出的最创新、最有效、非致命性的防暴材料。他们说，臭鼬水是用当地水和食品原料制成，百分之百环保，人畜无害。

320

2015年在俄克拉荷马州塔尔萨举行的一次大型枪展上，来自气科技公司的高管伊琳娜·坎托站在舞台上，用纯棉塞着鼻子喝了一口臭鼬水，来证明它的人畜无害。

她举起一个玻璃杯，向人群作敬酒状，然后一饮而尽。

"为生活干杯。"她说。然后，她回到后台，从鼻子里取下棉球，呕吐起来。

319

好一个人畜无害。

318

划尔道夫酒店的大门打开了,开门人是个打着红色领结的男子。看到一只塑料黑猩猩提着行李箱,巴萨姆顿住了。怎么回事?他纳闷。是个坑?还是个殖民的梗?

他低下头,走进膨胀的黑影里。他的眼睛花了一点时间才适应。桌子后面的人是巴勒斯坦口音。他朝他们的方向点了点头。他们和他打了招呼。他们穿着红马夹,领子浆过。他注意到有些服务员是女性。他听到远方有笑声。饮料装在托盘车上运过大堂。钢琴上传来乐声,但没有演奏者。巴萨姆几乎无法动弹。他觉得自己的脚好像被焦油粘住了。

目之所及,无不让他震惊。墙上的摄像头、弹弓、绘画、带蛇头徽章的大沙发。他都不知自己该朝哪边走。这里更像贝鲁特,而不是伯利恒。他摸出手机。没有信号。他朝门厅那边看过去。桌上放着白色茶壶。瓷杯。高脚玻璃杯里放有冰块。三五成群的人。男人穿着短裤,女人穿着低胸连衣裙。他们戴着墨镜。有的听起来是英国人,有的像德国人,但没有意大利人:他来这里是与一个那不勒斯的拍摄组见面,这事已经安排几个星期了。

这样的时刻,会让他僵住:他总是喜欢在外围。这是多年在牢里学来的。

巴萨姆在挣扎要不要抽烟,他拍了拍衬衫,把烟盒从胸口的口袋里拿了出来。

他闻到外面飘来的烟味。还好,至少他能抽烟。他穿过房间。是不是时间搞错了?他又扫了下手机。下午三点。准时啊。

一个服务员用英语问他是否需要帮助。他用阿拉伯语回答说他没事。

在他看来,大厅就像一个拙劣的电影布景场景。小天使悬挂在天花板上,戴着塑料防毒面具。他站在一个小天使下面观察。他的眼角察觉到一处小小的红光,也许是一个摄像机。他轻轻拍了下香烟盒的底部。风把窗帘吹得飘扬起来。外面有桌子。两张已坐满了人,第三张(和隔离墙近在咫尺)是空的。

巴萨姆把椅子搬动了一下,坐到大墙阴影下。他点了烟,等待着,再次检查他的电话,发现门厅里又有一道红光在动。他试图回忆这里过去是什么东西。他开车从这里经过多次。也许是面包坊。也许是陶艺馆。他对这家酒店的感觉处在举棋不定的状态——它看起来很荒谬,可是也有存在的必要。本质上说,它是为了引起注意。有传闻说,定居者试图搬进附近的房屋和建筑物。

侍者这次用阿拉伯语讲话了。他新出现的礼貌和微笑让巴萨姆感到惊讶。

"你看到摄制人员了吗?"他问。

"没有。"

"是意大利人。他们说应该三点钟在这里。"

"他们都是意大利人。"

"你说什么?"

"他们都是意大利人,尤其是那些英国人。"

巴萨姆笑了,坐了下来,又点着了一支烟。

"瑞典人也是。"服务员说。

巴萨姆的芬达喝到一半,一缕头发从桌子上垂下来。这个女人高个子,黑头发,眼睛澄净。她的牙齿上略沾了些口红。她从一楼的阳台上指向酒店里。阴影中又出现了一道红光。他这才意识到,他们一直在拍他。无所谓了。还会怎样?他已经习惯了,持续定位,移动跟拍,角度倾斜。现在,无论他喜欢与否,他都成摄像机的猎物了。

他们已经在楼上的房间里布置完毕。墙上挂着一张巨大的枕头大战的画像:一个以色列人和一个巴勒斯坦人用枕头互相攻击,羽毛飞舞。他以前看过这作品,感觉厌恶。但他知道,这里要的就是厌恶。简单、荒谬、毫不掩饰的惊讶。把这些对立的元素收拢到一起。

"我们建议你坐在画下面。"她建议。

巴萨姆摇了摇头，走到窗户前，打开窗户，坐在窗台上。他知道这角度是他们想要的：一个巴勒斯坦人坐在酒店窗户上，俯瞰着隔离墙。

采访持续了二十五分钟。他相信，最后他们会剪成几秒钟。就这样吧。他无所谓了。他想讲这个故事。我巴萨姆·阿拉敏。我是阿比尔的父亲。后来，他们一起去散步。五个人一起，沿着隔离墙。摄制组很想让巴萨姆从意大利维权人士维托里奥·阿里格尼的画像边经过。这种做法很常见：他们希望巴萨姆能融入他们的思维框架。但是他已经同意了见他们。他准时到场了。故事是他的职责，也是他的诅咒。

尽管如此，他现在真正想做的是消失，不去拍了，回到自己的车上，回到家，闭上嘴，和萨尔娃在一起。

他和访谈者握手，感谢剧组。他知道，他走开的时候，他们仍然在拍。他把手深深插入口袋里，头抬起来——他希望他们不要在他的跛脚上做文章。

他经过了那张被拉米一度误认作阿比尔的女孩的画像。和阿比尔还真是酷似。

他没有停留。

317

316

有天下午,他看到她放学后独自回家。一路上玩着小孩的游戏,试图从自己的影子里跳进跳出。通常他会去接她,开车带她回来,可是那一天,她脚步轻盈如燕,头部弧形优美,身上似有异样的特质。他没有让她上车,只是看着。他把汽车保持在一挡,尽量靠路边开。她的书包晃来晃去。

上坡的最后一段,她沿着残破的楼梯跑向公寓区。校服在那灰色的高墙后消失了。

315

阿纳塔,阿纳塔女子学校 2006 年春季成绩单

姓名:阿比尔·阿拉敏

年龄:九岁

年级:四年级

阿拉伯语:优。

写作:良。

数学:优。

音乐研究:优。

体育:良。

宗教学:优。

英语语言:极优。

总体评论:阿比尔方方面面表现出色,是所有班级的模范学生。

参与:优秀。

外观:干净,整洁,着装整齐,指甲清洁。

注重细节,优秀。

迟到:一次(有正当理由)

缺席:零次

314

后来，他和萨尔娃都不记得她是哪一天迟到的：阿比尔总是早到倒是真的。他们在想，是不是她上学路上遇到了巡逻队，被拦下盘问？如果是这样，他们会从阿瑞那里听说过：两人总是一起去上学的。

阿瑞也不记得妹妹哪天早晨迟到过。阿瑞的成绩单上没有迟到记录。也许只是一个小错误？

萨尔娃说，要不去问问她老师吧。可巴萨姆总觉得问题蹊跷，倒想给留着，作为日后一再回味的念想，这让她以某种形式继续存在：九岁的她，站在校门外，也许是为了帮助另一个学生，或许是抚摸流浪狗，或许是被一朵白云吸引，或许是其他的问题，让她在路上耽搁了。

313

他们最终搬到耶利哥的家里时，将汽车装满，将所有物品拖下台阶，车后面还挂了个拖车、里面装满衣服和家具。离开时，他们避开了阿比尔被射杀的那条路。

312

巴萨姆总在想，要是失之毫厘多好：子弹在空中高出哪怕一英尺，她就会继续在街上跑来跑去，糖果手镯好好地装在书包里。子弹在她前方很远处掠过，她脑海里闪过的念头，是九九乘法表。

311

巴萨姆在耶利哥的房子后面有个小游泳池,能容纳一千三百一十二点五加仑水。他每年只装满两次:一次是学校开始放假时,另一次是接近暑假中间。

310

拉米在讲座上告诉听众,只要他醒着,就会一直想着斯玛达尔,一分钟都没有漏掉过。他知道,听众可能觉得这个说法夸张——十九年,每一天,每一分钟。不过,时不时会有别的父母过来,或是死者的兄弟,或是姑妈。他看他们一眼,就能认出他们体内那如若钟表的悲痛。

309

308

有时候,她似乎连续几个小时忘记了身体的存在。上完舞蹈课后,她就躺在客厅里读书,书放在地上,她的头从沙发边上伸出来,身体随重力调遣。她好像在考虑一些抽象问题。

她阅读的时间越长,动得越多,身体就越从沙发上滑下来。最后几乎完全倒立,和沙发垂直了。

她十二岁那年,拉米给她拍了张照片。她的头发仍然很长,像扇子一样在地板上散落,挡住了她前面的书。她用胳膊肘支着上半身,脚跷起来,那双脚在空中伸了个懒腰。只有她的臀部和大腿还靠着沙发。

当拉米按快门时,她调皮地拱起了头,她的头发——不久后剪短了——像海豚玩杂技一样翻转。这景象后来常常浮现在他脑海中。

307

有天下午,她上完游泳课回家,拉米要斯玛达尔用毛巾擦头发,她告诉他:我不是小孩,你知道,我都十一岁了。

306

十三岁时,她情窦初开。拉米开始是在游泳池边注意到了这一点。他能从女儿在跳水板后的一举一动上看出些端倪。她靠近墙壁,看着自己的人字拖鞋。比往常更害羞,更矜持。

她的眼睛瞟向游泳池那边伸懒腰的男孩们。

晚上他和努莉特一起在床上读书,聊天。努莉特在斯玛达尔的笔记本的背面看到了一个手画的心形图案。斯玛达尔在那颗心下面写了些她对不上号的希伯来文,或许是诗,或许是歌词。

"什么内容?"

"不记得了。"

"你真没用。"他笑了。

他爬下床,趿上拖鞋,站了起来。片刻之后拿着笔记本回来,站在床尾挥舞着。

他很快翻阅着笔记本:是正常的作业本。她的字很大,龙飞凤舞。在封底内页,他看到了红色记号笔绘制的小小心形图画。图里写着:斯玛达尔和泽维。

"泽维是谁?"

"参加学校爵士乐俱乐部的那个。"

"人怎样?"

"我想还是个好孩子。"

在心底部收尾处,斯玛达尔写下:自你走后,你在后院种的花儿,尽数凋零。

"很可爱。"努莉特说。

"可爱吗?"

"有什么问题吗?"

"打枪时间了。"他笑了。

"得了,给我闭嘴。"她笑了。

拉米将笔记本扔到床尾,踢掉拖鞋。

"把笔记本放回她书包,你再过来。"

305

歌手王子是在叫"乱云飞渡库房"的临时录音棚中录制了原始版本的《你无与伦比》。录音棚挨着明尼苏达州伊甸草原的一条两车道高速公路,面积不大,墙上安着木镶板,隔音效果不佳,可以听到外面车来车往的声音。

304

王子的第十五张专辑《来吧》中,来自《雅歌》的句子俯拾皆是。这些句子本来用于《诗歌》这支单曲,后来零零星星经过调整和变化,用于不同歌曲,包括《信息素》。在《信息素》中,王子唱到他的左手枕在爱人的头下,右手拥抱时间。

303

那天下午,在耶胡达大街上,她脖子上系了一条简单的金项链,上身穿一条金色 T 恤,下面穿着黑色牛仔裤,脚上蹬着一双马丁靴。

302

英语:89,很好 / 非常好。性情开朗,很高兴有她在我们班上。需要按时上课交作业。对条件式时态的理解有待加强,不过别的方面都已经掌握。适合选下学期的文学研讨课。

宗教知识:59,差 / 一般。在课堂上经常分心。需要在家里加强督促,尤其是在律法学习方面。

社会研究:80,好。河流 / 污染报告很出色(需要了解注释的原则)。具有好奇心和逻辑性。性情开朗。需要集中精力。最好在教室里和好朋友分开坐。家庭作业有时交得比较迟。斯玛达尔勇于在课堂上发表自己的见解。

数学：68，一般。对高级概念掌握不错，不过在条理性和纪律上有待加强（上课时经常看到她玩自己的随身听）。

地理：82分，非常好。历史感比较强，尤其是关于大以色列地区方面，这让她的地理课学习具有独到的优势。她关于自然地理特征的作文也是全班最好。

希伯来语：96，极好。上手很快。志存高远。关于以利沙·波拉特的作文堪称典范。

体育：95，优秀。容易分心，但擅长舞蹈，尤其是爵士乐和自由泳。（另外参加外部游泳队我给了她格外的加分。）

301

斯玛达尔的脸部完好无损。弹片砸中的部位都在她头部之下，尤其是背部、肩膀和腿部。根据法医分析，她遇难时离人弹不远。法医们说，很可能在爆炸发生时，她背对着人弹，没有看到他的脸。也可能她已经低头在奔跑了。

300

竹筒周围包满火药，被称为雷霆响，它是在十一世纪由中国的宋朝人发明。竹筒中的空气爆炸起来，会发出轰然巨响。

两百年后，中国人开始在其中装入碎瓷片、铁屑、铁钩、蒺藜，让它们在爆炸时向各个方向飞去。这种炸弹又名雷霆弹。

1784年，英国皇家炮兵中尉亨利·史拉普内尔[①]重新发现了该技术，他在空心炮弹里装了铅片，让其发挥最大威力。

---

① 英文弹片一词来自亨利·史拉普内尔（Henry Shrapnel）的姓。

此后多年，史拉普内尔弹片填充法一直沿用下来，里面装的弹片包括碎玻璃、刀片、弹珠、箭头、钉子、螺钉、链条、订书钉、图钉、铆钉、滚珠轴承和其他杂物。

在第二次起义期间，有人声称巴勒斯坦人弹在弹片中浸入杀鼠灵或其他毒药，让受害者失血更快一些。不过这个说法被人嘲笑，后被大家放弃。首先，如果这么做，需要太多的毒药。再者，毒药不会立竿见影发挥作用。最后，爆炸带来的巨大热量，会让大部分的毒药失效。

299

爆炸发生后，拉米经常去洗澡，免得让努莉特听到他的哭泣。

298

拉米相信，如果斯玛达尔还活着，她一定会加入以色列妇女组织马绍姆守望会，监视检查站。她会每个星期五都去。去卡兰迪亚，300号检查站，或阿塔拉。他可以想象她留着短发，穿黑色上衣、黑色牛仔裤，蹬一双扎着深红色鞋带的黑靴，走来走去。

297

"黑衣女"是以色列的一家人权组织，第一次起义之后的1988年，在耶路撒冷成立。那一年是在斯玛达尔被杀的九年前。该组织的妇女们会站在十字路口、红绿灯下和中央广场，从头到脚都穿着深色衣服，举起黑色的招牌，招牌上画着一只白净的手，写着：终结占领。

296

色幻觉是一种感官现象,特定的声音会自动唤起对特定颜色的感觉。对有色幻觉症状的人来说,音乐诉诸听觉,也诉诸视觉。声音越响,颜色越明亮,声音越低,颜色越暗淡。

最早记载色幻觉的是英国哲学家约翰·洛克。他在《人类理解论文集》中写到过一个盲人。有人问他猩红色是什么,盲人说就像喇叭声。

295

八岁那年,阿比尔想学乌德琴。她在阿纳塔学校附近,发现有把乌德琴靠在垃圾桶上。她把它拿回家,直接带进自己的房间。乌德琴的琴颈有些开裂,声音低沉,如同呜咽,但巴萨姆倾其全力用胶水和木填充剂总算将其修复。

他在她的房间里装上了他的旧电唱机,并给了她一张每分钟四十五转的法里德·艾尔-阿特鲁什唱片。阿比尔第一次听的时候,抬起鼻子对他说:爸爸,这听起来像是老年人的音乐。

294

我的想象之花,我在心里守护着她。

293

"白衣女"组织成立于 2003 年,抗议古巴对律师、学生、记者和知识分子的囚禁。妇女们每个星期天在哈瓦那的圣丽塔·德·卡西亚教堂见面，将被监禁的亲人照片别在胸前。她们说，她们的灵感来自智利失踪者母亲和阿根廷五月广场的母亲。

2005 年，该团体获得欧洲议会颁发的萨哈罗夫思想自由奖，不过她们的政府禁止他们前往参加颁奖典礼。

292

斯玛达尔和努莉特一起前往耶路撒冷的巴黎广场，加入到抗议妇女一起。九岁的时候，她没有合适的黑鞋穿，于是穿了一双芭蕾舞鞋，用鞋油将其涂黑。她与年纪较大的激进主义者朱迪·布兰克一起，站在十字路口，一起高举着"终结占领"的标语。有辆汽车经过，里面坐满戴着黑帽子的定居者。这些人把一盒爆米花扔到她们脚边，但她们都没有退缩。

291

努莉特 2001 年获得萨哈罗夫奖。她和拉米前往斯特拉斯堡领奖。她穿着一件紫色的绸缎连衣裙，手提包带着一张斯玛达尔的照片。她与巴勒斯坦作家、老师伊扎特·加扎维共同获奖。加扎维的儿子也叫拉米。这个拉米十六岁时，在校园内被以色列狙击手枪杀。

290

儿子去世八周年时，加扎维在日记中写道：让我们庆祝你生日的，只有疯狂。蛋糕和那个不能来的人一样大。没有人吃它。好像它是送给沉默的礼物。

289

努莉特站到讲台上时,让大家不要给她鼓掌。

288

获得萨哈罗夫奖之后,加扎维继续在比尔泽特大学任教,但多次以政治煽动的罪名被捕。

每周有几个早上,他在阿塔拉检查站被拦住,在自己的学生面前被脱衣搜身。

努莉特听说,获奖两年后,他心力交瘁而死。

287

加扎维写道,请原谅我们的渴望,如果这渴望日渐浓烈的话。

286

1994年,300号检查点刚设立时,不过是个简易木屋,路中间放了几个橙色的桶。桶里装满石头。收音机在播放。旗帜在飘扬。几名士兵在站岗。

巴萨姆记得,飞来一群鸟,就能把整个检查站遮住。

一年后,桶换成了混凝土块,添加了路障,添加了围栏,然后又装上了铁丝网,再接着,又增加了临时建筑,再往后,又增加了钢塔。

2005年,该地区被并入隔离带,检查站成为西岸最大的检查站之一,屋顶布满玻璃和铁丝网。

285

2008年冬季，达莉亚·埃尔-法姆开始从伯利恒骑自行车到汲沦谷的部分地区，收集自然环境里的声音，以继续撰写论文。

在伯利恒，达莉亚堪称一景。她身高六英尺二英寸①，黑色的头发向后梳成一个发髻，但有一缕银发垂在眉梢。

她裹着头巾，穿着朴素的西式服饰，从城市的边缘，到达山谷之外的干旱山丘，一天里程通常在二十英里以上。

达莉亚经常被巡逻队阻止。与警察聊天时，达莉亚略略曲膝，把腰稍微弯下，以免显得太高或让人生畏。她解释说，她正在为音乐项目录制山上的声音。士兵们要求她按一下播放按钮。一股水流声，一只野狗的叫声，荆棘里的风声，鸟儿在空中扑动翅膀的声音。

警察拆过她的录音机两次，还有一次，一名军官将录音机整个收走，可到了晚上又鬼鬼祟祟送回给她父亲的村庄，只是电池没了。

284

---

① 身高约合1米89。

283

达莉亚的项目与作曲家奥利维尔·梅西亚恩的作品有关。梅西亚恩是巴黎风琴家，和约翰·凯奇是朋友。他将鸟鸣融入了他的大部分音乐中。达莉亚特别想改编一下梅西亚恩的钢琴独奏《百鸟集》，将自己在西岸录制的声音融入其中，创建电子合成版本，然后扩展为一个长达八小时的慢速作品，她希望将其称为《迁徙》。

项目快过半时，一天早晨，在伯利恒郊外八英里处的一个村庄，达莉亚听到黎明前的推土机声打破了宁静。此前她留意到了这推土机的存在。她还在主干道附近看到它的频闪灯，但从未挨近。

透过树林，她看到一队军人在挖橄榄树。太阳照着树枝，令其散发银色光泽。军人将树从地上拉出来时，树梢银光闪烁。

达莉亚偷偷前进，贴近声音，从五十米的距离外，伸出索尼数字录音机的麦克风，开始录音。

282

德国的科学家使用激光麦克风探测出树木等植物觉察到自己遭攻击时会释放气体，气体产生声波。该声波耳朵听不见，需有格外灵敏的机器才可辨认。

波恩大学应用物理研究所的科学家提出，花朵会在叶片被撕下时发出抱怨的声音，树木可以互相警告附近有成群的昆虫，而刚割过的草，会通过草叶内的分泌系统散发出草的气味。

根据过去的研究，这个研究团队发现，植物的感觉系统中没有神经元或突触存在的证据，但植物内有多巴胺和血清素等神经递质。

281

在以色列军队的无线电通讯员当中，一朵花是在战斗中受重伤者的暗号。

280

G. H. 哈代在1940年发表的一篇文章中写道：数学家的模式要漂亮，要像画家的画，诗人的诗。思想，要像颜色或文字那样，能和谐地组合在一起。美是数学首要的考验：丑陋的数学在这个世界上永远没有地位。

279

在希腊的一次会议上，巴萨姆告诉听众，他们要明白，橄榄树在巴勒斯坦人心目中就是一切。对他们说，连根拔起一棵古树，无异于在博物馆里毁掉一件珍贵的文物。无异于对着塞尚的作品一拳头砸过去，或是任由布朗库西的雕塑受热融化，或是抓起一个希腊古瓮，捣上几个洞。

278

他的父亲在赛尔村边缘的一个谷仓里经营着一个橄榄油榨油坊，这里离巴萨姆长大的洞穴不远。里面，在一盏油灯下，一匹白马一直在拉磨。马被蒙住了双眼，以免头晕，它拉着一根横梁转动的石磨，橄榄在两轮磨石间压碎，油流淌下来。

小时候，巴萨姆无法理解，这马一直在拉磨，怎么也不见它摔倒、疲惫。到了六岁那年，他才意识到原来有三匹相同的白马，轮换着拉磨。

两年后，磨坊引进了电动榨油机，马放入遍布石头的田野。到了那里，它们有新的圈去转，它们会这样了却余生。

277

他最喜欢的狱中歌谣之一：*向橄榄树和抚养我的家人致以问候。*

276

后来达莉亚一个人在大学的录音棚里听录音时，感觉声音比在山坡上听到的轻柔得多。有只向山顶缓慢爬过来的动物对着话筒发出呼声，没有任何机械的声响。

录音的四平八稳让她感到失望，她本希望录下更多的残酷。大地的开裂、树根的撕扯、泥土的滑落：仿佛她能听到一棵棵树濒临死亡时的呜咽。

她在调音控制上来回测试，想把最残酷的声音分离出来，如引擎轰鸣最响的时候。她试图剥离出士兵的叫喊、警报器的哀号、推土机倒车发出的嘀嘀声，可是一旦剥离，声音就失真了，甚至可笑。当她尝试将其合成为音乐时，效果不敢恭维。

她回到了原始录音。杜鹃此起彼伏的啼叫。灌木丛中老鼠的窸窣。还有她自己在灌木里走过的声音。

这里确实有音乐元素，她觉得。或许她可以把这些声音用起来，中间穿插她更早录制的鸟鸣声。不过她越是去想，越是觉得这些声音不要去动,她要的不是推土机声,不是橄榄树声,也不是频闪灯的嗡嗡声。她要的是安静本身。

275

她也喜欢雨打橄榄叶的劈里啪啦声。

274

拉米的儿子埃里克刚开始接受伞兵训练时,就发现水的运输有特殊规定。在漫长的沙漠行军中,不可以发出一丁点声响。装水要装满到水壶口,壶口用保鲜膜覆盖,然后才盖紧。如果他的水壶喝浅了,水会晃荡着发出声音,这会引起附近敌人的注意。

水壶打开后,必须将水全部喝光,以防随后发出声音。选择合适的饮水时间是避免脱水的关键。埃里克知道脱水的一个早期迹象是视力会出现轻微的模糊。

士兵们会结队行动,但有时候也被单独派出去训练。十八英里长的行军当中,只能带一壶水。

埃里克的指挥官还坚持,吃东西应该和喝水同时进行,以防水在肚子里晃荡。

273

古代干旱的时候,运水人会到很远的地方,用牛皮容器装满水,用牛车从绿洲中运送物资。

到了村里或镇上,他们先去有钱的人家,把他们地下室和院子里的木桶装满。然后，较穷的村民会排队，把各自的陶罐装满。

运水的生意周转快，不少运水人发了财。

272

希腊语中描述古代水钟的词汇是 clepsydra，是希腊语中"水"和"偷窃"二字的合并。

271

在西岸，以色列国家水务公司麦克罗特把对定居者的水价定得很低。巴勒斯坦人的水价则是其四倍。自来水公司高管私下里称这笔交易为"游泳池条款"。

270

一天下午，努莉特去特拉维夫拜访她的出版人，在梅厄花园附近的乔治国王街红绿灯处遇到了一次小小碰擦事故。

她伸手去调整乘客座位上装满文件的公文包，一不小心松开了离合器。她的车子向前冲了一下，撞到了前方的一辆金属蓝色梅赛德斯，把它的保险杠撞瘪了。

一个高大的中年男人漫不经心地走了出来。他里面穿着一件明快的白色开领衬衫，外穿一件秀气的蓝西装。一绺头发荒谬地从他的眼睛上垂了下来。

他的微笑让她惊讶。"别担心，"他说，"我会处理的。"

"不不，是我的错。"

"我会来解决的，"他说，"别担心，真的，这是我的卡片。"

"不不，这可——"

"不用担心，我自己出钱。"

他微微鞠了一躬。努莉特将卡片翻转过来。她立刻认出了徽标，蓝色圆圈，白色背景，还有水塔：他是麦克罗特的副总裁。

她看着他轻松地坐回车里。调整了一下后视镜，迅速融入车流。努莉特愣在那里，她身后的车子开始按喇叭。

第二天早上，她写了一张六百谢克尔的支票，以赔偿损失，然后用一张普通的纸包了她的一本样书，让快递一起送到他的办公室。

269

努莉特·佩雷德-埃尔哈南撰写的《以色列学校书籍中的巴勒斯坦：教育中的意识形态和宣传》。(I.B.陶瑞有限公司出版，伦敦、纽约，2012年)。引言：中东的犹太民族制。1：以色列教科书中巴勒斯坦人的代表。2：敌对与包容的地理：多模式分析。3：布局作为意义的载体：通过布局传输的显性和隐性消息。4：大屠杀报告中的合法化过程。ISBN＃：9781780765051.2013、2015年重印。

268

麦克罗特：意思是水源。

267

两周后，拉米发现她在厨房桌子前手托着下巴，看着面前的银行对帐单。"得,"她笑着说,"难以相信,这王八还真把支票兑现了。"

266

努莉特在大学里会收到仇恨邮件。其中一些折叠得整整齐齐,放在小小的经文盒里。有的人在她的答录机上留言。其中最恶劣的是称她为犹奸、叛徒、妓女、苏联犹太佬之母。她把这些邮件乱七八糟地堆放在办公桌后面的架子上。她看过一遍,也只看一遍。

265

她想回信说,她的祖父是以色列独立宣言的签字人,父亲在六日战争中担任过将军,丈夫参加过以色列的三场战争,儿子们也自愿去服兵役。如果女儿有机会,也一定去服役,只不过她已经没有这个机会了。这不是她自己的错。老实说,这是以色列领导人的错,他们是真正的凶手。这些背景并不让她多自豪。事实上,她确信如果女儿还在世,说不定她会拒绝服役,最起码会加入医疗部门。过去的一切,都是她的国家历史进程中的一部分,但对于它的未来,她不再抱有太大希望。年轻时,她曾梦想自己成为那巨大马赛克的一部分:犹太教基督教穆斯林无神论佛教其他,随你怎么说。总之这个国家应复杂、多元、民主、有远见。在这样的一个国家,那些陆续出现在她办公桌上的信件是对爱国理念的侮辱。爱国主义思想,不一定只适用于一个国家、一个民族,也应事关做人的根本。她承认,从总体的历史,尤其是现代以色列国的历史上看,她的愿望本身几乎已变得荒谬。不过,对抗愚蠢的唯一方式是发声,是提出反对，徒劳地希望自己的声音被人听到，尤其是在教育机构里。毕竟年轻人的思维还没有定型，毒素尚未渗透进他们的意识。

264

她在希伯来大学开的课是最受人欢迎的课程，开放注册后，几秒钟人就满了。这些课程也是被骂得最惨的。咒骂的往往都不是来选课的人。

263

达莉亚·埃尔-法姆的专辑《迁徙》原定于2009年由拉马拉的一家小型音乐公司发行。专辑完全由自然声音合成。她在日记中写道，她决定不放入钢琴滚动声、橄榄树林中的推土机声，或其他任何与城市和机械相关的元素。

她承认，使用机器捕捉声音具有讽刺意味，但她说她想在声音中找到一个人们找不到她的地方。

262

她最后一次出现的地点，是在大学的办公室。监视镜头拍下了她：包着头巾，穿着牛仔裤，一路走到科学楼的台阶。她在台阶上放着自己的自行车，一辆托管时代的罗利牌旧自行车。

她背着一个轻便的背包，骑车离开了监控镜头。当时是傍晚，但自行车前后的自动充电灯她都打开了。没有人确切知道她去了哪里，但她没有回家，人们猜测她可能去了城郊，去录制一系列夜间的声音。

达莉亚在日记中写道，她的专辑仍缺少夜间元素。她特别想捕捉到鬣狗和野狗的声音。它们代表了她尚未抓到的音符。她本来可以白天捕捉这些声音，但它们在夜间的声音更让她着迷。

当年晚上，她的父亲就报了警，说她失踪了。但是头三天巴勒斯坦没有出警去搜。此间谣言四起：她被以色列国防军逮捕走了，她和一名以色列音乐工程师私奔了，她是一个秘密地下恐怖组织成员，有人在前往拉马拉的公交车上见到过她了。

谣言越传越邪门，最多的说法是她被军方带走了，在内盖夫一个秘密地点接受讯问。有学生说，她毕竟用录音记录了橄榄树的毁灭，可能有人告发了她。

两周后，达莉亚的一个堂兄在沙漠中探险，回来时带着一个旧自行车上的破前灯回来。他说，灯是在旱谷附近一个僻静的地方找到的。根据其形状和大小，大家觉得应该是那辆旧罗利车上的。

几个搜寻小组出去寻找自行车的其他部分，他们最终在沙漠更前方的半英里处找到了自行车的框架，一个轮子困在泥泞的堤坝中。附近还发现了一只鞋。

搜索加强了。巴勒斯坦权力机构的警察没有直升机，于是和以色列军队一起寻找尸体。他们认为她可能是山洪暴发时遇难的。

搜索者用上了无人机和红外设备，甚至派出了一支精锐的贝都因寻路人。他们去洞穴里找过，也挖开了新鲜的泥浆。最终，在汲沦谷里又往前两英里，他们发现了另外一只鞋子。至于她的身体在水中是什么下场，无人知晓。

261

河谷的岸边举办了一场音乐会，达莉亚在大学的所有朋友齐聚一堂，演奏包括乌德琴在内的各种乐器。

260

达莉亚的《迁徙》专辑没有完成，也没有发行。伯利恒大学的几名学生以及两名音乐制作人表示，他们很愿意帮忙，把项目完成。但达莉亚的母亲坚信女儿是在沙漠里流浪，或迷了路，或一时受到了惊吓，她相信女儿迟早会回来。她拒绝让任何人靠近女儿的房间。她的父亲也拒绝让人调阅她计算机里的文件。

他们确信达莉亚会背着背包，黑发扎成发髻，手里拿着自行车打气筒，再次从门口走进来。

259

达莉亚的遗体始终没有找到。

258

一天下午，拉米与一个荷兰摄制组跟着一辆运水卡车。他自愿帮助他们。他们从拜特萨霍开始跟着这辆运水车，看着它挨家挨户送水。他们跟在车的后面，看车费力地爬坡，在房屋之间逗留，每次停下来，都会抽出粗粗的黑水管。

二十分钟后，他们听到陡峭的车道上传来刺耳的轮胎声。来了两辆吉普车。巴勒斯坦权力机构的武装。四名警察穿着蓝色衬衫走了过来。

拉米的心脏猛跳起来。也许这一次他犯错了。他在A区。巴萨姆不在边上。他持以色列身份证。如果搜查，他们会发现。他们可以将他交给以色列军队。他们可以给他一点颜色看看。要是他们愿意，甚至可以让他坐牢。

车上还有其他三个人：制片人、录音师、摄影师。拉米坐在后座上。

个头最小的警察懒洋洋地来到前窗。俯下身。因为矮小而更具威胁性。他说的英文很好。他们是谁？想干什么？有没有拍摄许可证？

"下车。"警察说。

拉米拉下门把手，走到卵石路上。

有孩子聚过来围观。拉米注意到这是西岸特有的现象。大多数男人都不会过来，顶多是隔得远远地看。年轻女人也是如此。孩子们倒是肆无忌惮，直接跑过来。

他把手尽量伸出来让他们看到。他从巴萨姆那里学到了这一点。他们先去找制片人，问他话，懒洋洋地看着他的护照。然后是摄影师、音响师。

拉米骨子里一阵紧张。

有什么特征让他们看出自己是以色列人吗？这事早上怎么就没想到？就这么出现，身穿长裤和敞领衬衫。他应该像摄影师一样穿短裤。西岸只有外国人才会穿短裤。本来是个好伪装。他已经太老油条了。这都是虚荣。是要人注意到。要与人争。他想，也许他可以冒充荷兰口音。话音尖锐，带些喉音。

"给我护照。"

"我阿姆斯特丹人，"他用阿拉伯语说，"我阿姆斯特丹人。"

他学习阿拉伯语已经有些年了，有时骑摩托车时会用耳机听。

那个警察转身对同事说：这哥们以为他会说阿拉伯语。

他们聚到一起，成为深蓝色的一片。他听见他们在笑。

他们在街上等了二十分钟，后来警察向他们挥手，示意他们可以走了，去哪儿都行。就是不许再对水车跟拍了：他们本来就不该干这糊涂事。要想了解水,他们应该问老天。

257

车开在伯利恒街道上时,拉米不经意间说了一句:斯玛达尔和其他人一样,百分之六十都是水做的。这句话成了他在最终的纪录片里唯一的台词。

256

巴萨姆出门前总是把车清理得干干净净的,以免过检查站时节外生枝。他的夹克总是整整齐齐地叠好,放在前座上,行李箱中没有大袋子,没有塑料容器,所有物品都摆放得有条有理。这样一来,士兵朝里面看上一眼,就可以迅速放行。

255

转盘路的那边,很多红灯在暗中闪烁。

254

"集装箱"检查站是一个内部检查站,将西岸分隔成两个区域。一旦检查站关闭,西岸就一分为二。检查站以一家小杂货店的名字命名。杂货店的旧址是路边的一个运输集装箱。

253

他嘎吱嘎吱地换挡。前面只有七八辆车。他立即关掉大灯。仅剩停车灯。双手高高放在方向盘上。也许他们不会注意到灯泡烧了。他想，他的车看起来一定像正在靠近的摩托车。他和前面的车留有足够的距离。靠得太近总归不好。

他用肘部按钮，让车窗打开，有意地拿起仪表板上的香烟，将盒子放在方向盘的边缘。处处都得用心机。他用拇指打开翻盖，确保两只手仍在视野内。他从烟盒里取一支烟。一点点火焰可能会让他们顿一下，可他又不知从哪里听说过，抽烟的人很少有罪在身。

在瞭望塔周围，士兵的影子来回晃动，忽长忽短。

他从嘴角把烟吹向窗外，等着那缓慢而痛苦的大戏开演。前排汽车移动了，接着第二辆车跳也似的向前挪了下。有时候，他觉得他都能通过司机进入车位的方式，判断出他们的年龄。各种套路他都见识过：愤怒地向前冲，低速滑行，羞辱的停顿，有的使用摩登原始人弗雷德·弗林特斯通的造型上坡，脚从敞开的门里伸出来。

仪表板上放的手机闪烁了一下。拉米发的短信：到家了，兄弟。明天见。

萨尔娃还没有回复。

六辆车。五辆。四辆。慢慢靠近时，士兵们的脸越来越清晰。他小心让车从倒刺带上开过，进入窄车道。他们总是那么年轻：十七八九岁。

他将香烟稳稳地放入敞开的烟灰缸里，用膝盖轻轻将其合上。最好不要将香烟扔出窗外。他们可能会将其视为挑衅。

现在，三名警卫绕着最前面的车在检查：两男一女。女孩的马尾辫在脑后甩来甩去。

前排汽车的后备厢弹开了。年轻的女孩拿着枪管向司机挥手，要他下车。司机二十四五岁，身材瘦弱，穿白色T恤、金链子、头发闪亮。两个男兵各抓一条胳膊，将他推向车身。腿分开，双手紧贴窗户。这些人沿着他的腿内部向上移动枪管，最后在他裆部弹了一下。司机猛一缩身，转动肩膀，身体蜷曲起来。士兵用掌猛压驾驶员肩胛骨之间，将他压到车窗上，让他双腿张得更开些。

巴萨姆觉得，这事没这么快了结。得要一段时间。他在想要不要再点根烟，但想想又打消了念头。

天已经不早，萨尔娃该准备上床睡觉了。他应该尽快给她发条短信。晚安。一切都好。去睡。我很快回来。

司机挨个看着士兵，等着他们点头，然后手伸入行李箱。现在有三把枪对着他。司机拉出一个蓝色的大塑料瓶。第一个错误：行李箱里不该装东西。错误之二：文字是阿拉伯语。慢慢地，驾驶员拧开盖子，然后将瓶子拿出来给个子最高的士兵，好像要让他验证到底什么香味。

现在什么都可能发生：他们可以从他的手上把瓶子打落，让里面的液体洒在他脚前。他们可以带他去问讯，关闭检查站，冻结接下来几个小时的所有行动。他们也可以确认洗涤剂的气味，重新拧紧瓶盖，然后放行。

司机向排队的车看了一眼：那眼神就像愤怒的水手在看着大海。

士兵们查了司机的身份证，然后那名女兵点了下头，司机的一天就毁了。他的肩膀垂下来。抗议也没用。他将瓶盖拧紧，步履蹒跚地往前，上了车。车道侧面的一扇门被打开，司机被两杆枪指着，进入停靠区，接受进一步检查。

252

亲爱的，今晚衣服没法洗了。

251

2004年，西岸行人检查站安装了旋转闸门，让人排队经过。

士兵们端坐在深色玻璃后面的办公室里，利用电控调节通过速度。看士兵的需要，闸门每隔几秒钟会停下来，行人会卡在中间，如关在铁笼里。

检查站的技术敏感度很高，最微弱的耳语也都能辨识。摄像机能将整个排队的队列收入镜中。

安装好旋转栅门后，承包商发现，如果将金属臂之间的间隔从标准的七十五至九十厘米，缩短到五十五厘米，旋转栅门可以压在行人的身上，确保他们衣服下没有其他东西。

如果是孕妇要去另外一边，过这闸门就特别困难。

250

2012年冬天，来自8200精锐计算机部队的一名年轻的以色列士兵，从300号检查点下载了整个一天的对话。

她不太确定如何处理这些录音，但将其存在闪存盘上，交给了男友。她的男友是特拉维夫一名颇有野心的说唱艺术家。

这位男友将录音带入录音室，抽出其中一些，试图制成一首抗议歌曲。"混蛋，给老子把衣服掀起来！"这样的人声循环播放，伴以军鼓节拍。后来他女友意识到，如果歌发布出来，她要担负责任。这等于是窃取政府材料。

她销毁了文件，可是一年后，她和说唱艺人分手了。艺人将备份的说唱录音交给了比尔泽特大学学生电台的一名巴勒斯坦音乐主持人。

249

你什么毛病？给我站线后面去。这是上面的规定。谁的婚礼？她发烧39.4摄氏度了。我一个小时前来的。我保证不会。大声说，我听不见。掀起来。汗衫也掀起来，混蛋。你在那儿工作多久了？站线后面去。没有许可证不行。我的课九点开始。回来，请回来。把面纱取下来。门在左边。下一个。过期了，对不起。下一个。（无法分辨的声音）西瓜。下一个，快点。转动手柄。上帝保佑我们。去那边办公室。你是说你在哪儿上班？你把我当什么？山羊吗？葬礼是十点钟。你的问题要我来解决吗？我在那里都三个小时了。你不知道？这什么意思？怎么写？给我拼出来。他把吉普车开过去了。我以上帝的名义求你，让这孩子过去吧。脚站到线后。没有什么结是打不开的。他都六十七岁了，还能怎么样？这事不是我做主，要找，你找我主管去。不是我在吼，是你在吼。拉链打开一下。我不小心把它放烘干机里了。你说他叫什么名字？本性难改啊。许可证就是许可证。我这辈子都没见过她。我告诉你，她是双胞胎。她在蒙古我都不管。就是到了下一个世界我也不管。我不会再说第二遍了，把东西从塑料袋里拿出来。我只是秉公办事。你这箱子谁给你收拾的？我不会重复我的问题。我需要原件。这不是（难辨别的声音）洗碗布。我是刮胡子时自己刮破的。我女婿在那儿上班。确保派个懒汉来。什么宵禁？在这里说得明明白白。我父亲不小心借来的。

248

这首歌在大学广播电台播放了几次，后来有人打电话投诉，说从循环播放的歌词中听出了亲人的声音，他们才停止播放。

247

8200部队中的大多数黑客都不到二十三岁,个个都被视为世界顶尖高手。他们通过电话、电子邮件、卫星通信展开搜索,从大量数据碎片中搜索,挖掘任何可疑的模式。他们使用卫星追踪汽车和卡车。搜集来自飞机和气象气球的信息。拦截来自大学和医院的通讯。使用面部识别软件。在数据中搜索数学亮点。查看每个可用的电子角落。创建算法将新信息汇总为小的单元。重复的单词,暗号,一系列数字,每天在同一地点同一时间打的电话。这些模式中出现的任何异常,都可能给他们发出行动、集会或抗议的预警。大家最喜欢的材料和性行为有关:外遇、涉黄照片、地下情暗示——这些能用来勒索,让资料被入侵的人就范,乖乖成为线人。

246

要像从空气中找水分那样梳理信号。

245

巴萨姆的车子往前慢慢移动。只有一个士兵离开了,但很快又来了一个年轻的军人,一个高个子的年轻人,戴着眼镜,也许是埃塞俄比亚人,也许是索马里人。他们低头看了看他的车牌,甚至没有看他的身份证就挥手让他过了。

244

一支烟的工夫就过了检查站。运气不赖。开车离开,关掉车厢顶灯。总有那么一点小小的确幸，点滴的成功。

243

他以前见过，还有临时检查站，另有一辆吉普车在半英里之外等着。完全是个数字游戏。也许今晚每四辆车检查一辆。或者是每辆蓝色的汽车。或是每辆载有女人的汽车。

他的前灯很可能让他被选上，但在寒冷和黑暗中，他感到镇定。

在离检查站一英里的地方，他又踩深了一脚油门。后视镜中什么也没有。前面也什么都没有。连小雨都停止了。

242

允许恢复正常生活。

241

经过伯大尼，朝转盘开去，耶路撒冷退到身后，马勒·阿杜姆在另一侧展开。然后，自拜特贾拉以后，他第一次驶上了现代化的高速公路，并被允许和以色列牌照的汽车一起返回定居点。

在路牌的背面，有人用红色的粗体写着：别了，种族隔离路。

240

山谷石壁地势险峻。几个世纪以来，悬崖壁上的洞穴一直是弓箭手、放哨人、枪手、箭手、狙击手的理想藏身之处。

239

军用弓演变过程中，融入了一些天然材料，如木头、动物的角、腱、筋和胶水，形成功能强大的复合弓。弓的主体不是一整块木头，而是不同树木的组合，这样的弓箭的柔韧性可视距离和拉力之需，随机应变。

弓背覆盖筋条，弓腹以角加固。

复合弓的有效射程约为四百码。有史以来，人类第一次可以在敌手报复的范围之外，发动突然袭击。

238

箭分三个部分。箭头由能找到的最坚硬的材料制成——金属、骨头或燧石。细长的箭杆是用木头或者芦苇制作。箭尾用鹰、雕、鸢或海鸟的羽毛制成，旨在让箭头直线飞行。

237

这些羽毛被称为死亡的使者。

236

对拉米来说，赎罪日战争突然间就爆发了。他当时二十三岁，感觉自己被突然猛推到悬崖边，在那里摇摇欲坠。在写生簿中，他用铅笔画了一个士兵用绳子拖着身后的一辆坦克。

235

他穿着便服就去打仗了。那时候他们没有足够的制服发给每个入伍的人。绿色卡其布衬衫、旧裤子、旧靴子。他得到了一支赫斯塔尔产的长筒步枪。枪管顶部锈迹斑斑。撞针未上油。它是他唯一能分到的武器。在他所在的预备役部队，大部分人只带了老式左轮手枪。

他在坦克修理部队。周围没有运输车辆，也没有多余配件。耶路撒冷的仓库是空的。

他们开始驶向内盖夫。在坦克的顶部，他们只有一支轻机枪，0.5口径。夜幕降临。他们本应一路前往苏伊士。他知道这条路会让坦克颠得支离破碎，但他也没有办法：他们得按照命令行事。他们连夜开车。他的下巴在抖。头盖骨在抖。锁骨也在抖。他们看了下地图。至少还有五十英里。到了半夜，坦克左侧的履带突然卡住。他们把坦克开到路边，跌跌撞撞走进黑暗里。坦克轮子陷在泥里。链轮撕裂了。他们尝试快速维修，但无济于事。坦克无法移动。所有的补给车都已经开走了。他几乎笑了出来。这仗打得可够背的：坦克维修单位无法修理自己的坦克。

远方有信号弹穿过夜空。其他的坦克轰隆隆开过去，吉普车，军车。拉米大声喊叫，问他们要零配件，回答是没有。无线电也坏了。他们只能等到早晨了。他爬到坦克下面，铺好了床单。赎罪日。十日悔改的最后一天。他无法入睡。他走了一小段路，走到大地中间，蹲在坚硬的泥土上。二十三岁。刚遇到努莉特。头顶星光闪耀，如同弹片。

早晨，一轮红日升起来，像阿司匹林。前线传来消息。突袭。

他们伤亡惨重。阿拉伯人取得了巨大胜利。巴列夫防线被截断。以色列有被打垮的危险。他可以听到前方的轰隆声。路被军车堵住了。黎明后不久，一辆补给卡车过来了。司机表情木然，脸上坑坑洼洼，憔悴不堪。他们马上开始工作。一小时后坦克修好了。运输车来了。他们将坦克补给完毕。他坐在炮塔旁。救护车朝另一个方向走，紧急灯在旋转。靠近边界，被烧毁的车辆开始出现。破碎的吉普。坦克。加油车。临时医院的帐篷。护士在来回跑。士兵们缠着白色绷带，四处走动。

他顿时想到，若不是头天晚上坦克故障，他的命也没了。卡住的履带救了他一命。

他们在一个村庄停下来休整。他领到了制服，但没有新的步枪。他必须继续用赫斯塔尔步枪。一名年轻的护士递给他一瓶冰柠檬水。他将凉爽的空塑料瓶贴在额头上。指挥官高喊起来。继续前进。他爬回坦克上，双脚悬在侧面，步枪放在膝盖上。炎热炙烤着他的头顶。他们继续前进。他在笔记本上用铅笔勾勒出天空，画着几只鸟在空荡荡的天上转来转去。

上面下达了指令。数十辆坦克已经报废。他们要死守阵线。以色列存亡系此一役。上帝会保护他们。

他们在傍晚到达前线。战争的恶臭：刺鼻的无烟火药味，腐烂的尸臭味。他从1967年开始就熟悉了这些气味。他们殿后，冲到前线。他的工作是前进，修理坦克，运送弹药，撤下死伤者。他抬起担架。比他年龄还小的小伙子抓住他的手臂，他们嘴里流着血。他把他们一一接走。

战争形势在逆转。他们能从报告中听到相关消息。以色列飞机在天空穿梭。广播里放着国歌《希望》。有传言说他们很快就会穿过运河。拉米的部队一会儿向前，一会儿退后。从黑夜到白天，白天到黑夜。补给品来了。靴子，衬衫，美式压缩干粮。但是仍然没有新步枪。

他们挤在坦克后面，摊开地图。他们会在这里、这里和这里进攻。增援会来自那里、那里和那里。他们会得到空中支援。他用一只平底锅的煤炱把脸涂黑。他给努莉特写信，但是没有写完。实在愚蠢，可悲。他画图，也没用。他把信塞进胸前的口袋，把新制服扣紧，打开坦克盖子，爬了进去。他的坦克在其他坦克后面。不久，他们走近了运河。半夜一点了。这里一点都不黑。运河的另一侧全是烟。坦克的外面砰砰响。他在射击区。一颗炮弹在他们面前爆炸。司机惊慌失措，坦克转向，撞到护栏。坦克停在悬崖上。有声音叫起来。出来，出来，出来。他从炮塔上跳到桥上，蹲在坦克后面。将赫斯塔尔枪瞄准了另一侧。救我。无线电在哪里，把无线电拿过来。过来了。过来了。信号弹呈弧形在头顶飞过。他们呼吁工兵把坦克从悬崖上拖回来。其他吉普和坦克鱼贯而过。以色列正在越过苏伊士。桥他们拿下了。炸弹的烟火打破了黑暗。突然间他生出一个念头，他想走回家，经过这雾蒙蒙的一切，这场战争、污秽和恶臭。工兵们开车过来了。他们快速，有力，高效。他们在坦克的后部加了一条链子。更多子弹在飞。戴好头盔。注意飞机。他们把坦克从悬崖边拉了回来。他又一次回到了自己的道路上，在坦克里面，在苏伊士运河上，在敌人的领土上，到了战争的最前线。

他们从一卷带刺的铁丝网上直接压过去，到了一道巨大的护堤上。无路可走。他们把坦克转向一侧。拉米再次打开盖门，跳出来，踩到沙上，蹲下，跑步，找到掩护。赫斯塔尔的后坐力冲击他的胸口。他躺在地上。这该死的步枪。简直是我的死亡证明。

他可以看见远处的动静。有灯光，有照明弹。他向黑暗中射击。无线电里又传来推进的命令。他跟随坐标，身子蜷曲着往前跑。他们继续向前，几十人一起。子弹不停地飞来。

一块大石头撞在他的靴子上。他低下头。不是石头，是头盔。再往前，他发现了一块血腥的衣服。

然后是尸体。他可以看到它们在地上，最初是单个的，然后是成块成堆的人体碎块拼图。他俯身捡起一支被人抛弃的卡拉什尼科夫枪。摸起来很冷。几个小时没人用过了。也有弹药。他捡起弹夹，塞进裤子口袋里。

他扔掉了赫斯塔尔枪，然后向前。他不再需要它了。

234

在战争的余下时间，他一直在用敌人的枪作战。

233

几年后他说，那场经历好比是在玩电子游戏。他和卡拉什尼科夫枪一起前进。发热的枪管烫着他的手。他可以听到远处的喊叫声。突然听到一声孤零零的喊声。他转过身扣动了扳机，一直按住。他看到那个身影在他眼前碎裂：坍塌，解体，倒下。

232

他从未告诉过斯玛达尔他杀过人，至少一个，也许不止一个，也许有几个。他在不同的时间分别跟儿子们说过这件事，不过很清楚的是，他们已经知道了。不过从子弹射出，到人倒下，那中间的虚无感，他们知道吗？一想到这个他就满心厌恶。

231

按照科学的说法，"意识的难题"是大脑中的物理过程如何引起我们对思想、对世界的主观体验。

从纯粹客观的角度来看，在科学家眼里，我们受制于大脑中突触自然产生的刺激，与机器人无异。我们的思想记录了这些经验。神经元发射。大脑收到信息，如同永不间断的纪录片。

例如，在战争中，我们可以在黑夜中一边越过沙丘，一边发射子弹。我们继续前进。蹲下。瞄准。再次开火。

但是，从主观角度来看，这一切取决于我们是什么感受。我们看到了颜色，看到了空中人的肢体，我们提着枪，走过掩体内扭曲万状的死者。

在这些时刻，我们从视觉、声觉、触觉、味觉、嗅觉这些层面进入意识，创造出我们能用多种方式记住的模式，无论它是光荣、恐怖、羞辱，还只是简单的求生欲。

230

米哈伊尔·提莫菲耶维奇·卡拉什尼科夫临终前问俄罗斯东正教长老，他是否会因为发明了 AK-47 冲锋枪，而要对死于枪杀的人负责。

卡拉什尼科夫担心自己的传承：他希望死后人们把他当成诗人，而不是枪支制造者。

长老们回信说，教会的立场是众所周知的，如果使用武器捍卫祖国，教会将支持其创造者和使用者。

229

英国人控制巴勒斯坦托管区时，征用了俄罗斯大院，囚禁耶路撒冷地下抵抗力量的成员。

那些犹太囚犯是民兵组织成员，他们用炸弹、暗杀和闪电袭击，抵抗英国人和当地的阿拉伯人。伊尔根① 和莱希② 组织宣称，他们的目标是将英国人和巴勒斯坦人驱逐出去，建立犹太人的国家。英国人视他们为恐怖分子。

囚房冰冷，条件残酷。地板铺上了垫子。单独监禁中的囚犯被暴打。在行刑室，一条绞索从木台上垂下来。

1947年，两名犹太战士莫西·巴拉扎尼和梅恩·费恩斯坦在狱中等候处决。巴拉扎尼被控阴谋谋杀罪。费因斯坦则因在耶路撒冷火车站放了三只装有炸药的手提箱而被捕。

这两个人拒绝承认英国法院的权威。在他们被处决前的几小时，有人送来一篮子橙子给他们。挖空的橙子里装的是手榴弹配件。

巴拉扎尼和费恩斯坦要求单独祈祷，不要拉比或军人在场。

他们各自组装手榴弹，之后将其放在中间，两人站在一起，点燃导火索，将头靠在彼此的肩膀上，拥抱，祈祷，等待。

228

橡胶子弹是动能转换为弹力，弹力最终又转换为动能；而爆炸是非弹性碰撞：势能得以保留，动能却消失了。

227

费恩斯坦在去世前的一封信中写道：有一种活着比死亡更悲惨，有一种死亡比活着更绚烂。

---

① 伊尔根（Irgun），英国统治时期，从事地下反抗的犹太复国主义组织。
② 莱希（Lehi），信奉犹太复国主义的犹太民兵组织。

226

爆炸次日早晨，内塔尼亚胡打了电话来。不知怎的，电话铃比平常更响。努莉特接的。努莉特上学时就认识他，两人一度是同窗好友。屋子里的一名记者无意中听到了谈话。不，努莉特说，不欢迎他来他们家。现在不行，现在还在守丧，不行，你别露面。她把电话放下，然后把话筒转过来，让电话处在断开状态。第二天，这通谈话上了新闻。后来在同一周，她再次接受采访。她说，杀人不是人弹的过错。人弹也是受害者。以色列是有罪的。手上沾满了血。内塔尼亚胡手上有血。她自己也有。她对这些并不免疫，每个人都是同谋。压迫。暴政。狂妄自大。国家电视台上放出了她的采访。电视上的专家说，她只是受惊了。她回答说，这根本不是受惊。唯一让她震惊的是，巴勒斯坦人制造的爆炸事件竟然没有更多地发生。她说，以色列的孩子被杀，是以色列人自找的。他们等于直接把塞姆汀塑胶炸药放到了孩子的书包中。以色列如果意识不到这一点，就永远不会有和平。保守派报纸上画了漫画：在大学教室里的努莉特，穿着将军的制服，头上裹着阿拉伯头巾。右翼的广播电台里说她不是正宗犹太人。她被洗脑了，她的父亲就是一个和平贩子，出卖了以色列，跟阿拉法特做朋友。她打开收音机，转动着调台。听到希奈德·奥康纳的声音她心如刀绞。

过了几天，几周，几个月。他们的电话被打爆了。来自世界各地的记者。欧洲人居多：法国人、爱沙尼亚人、瑞典人。他们想制作关于她的纪录片。这么多人喜欢她的言论，倒是让她不安：她担心自己变成这些人的喉舌和棋子。她不想再说了。不上电视，不上报纸，不要在伤口上撒盐。

她去休假，去了伦敦，一去就是十一个月。她想尽可能远离以色列，远离喧嚣、怨恨和怜悯。世界各地的演讲邀请仍纷至沓来，但她不想再公开谈论斯玛达尔了，该告一段落了——她会谈论种族主义、种族隔离、种族偏见，就是不能谈她女儿。简直太痛了。她带着伊加尔。拉米和两个大儿子没有跟着去。当然有闲话，但她和拉米不在乎。她该怎样就怎样。伦敦的开阔天空，让她振作了一些。这座城市有条不紊，节奏自然。她带着伊加尔住在汉普斯特德的一户人家。房子是都铎式风格，三层高，他们住底层。屋后有黄色玫瑰，窗前树枝摇曳。她看书，写作，散步。将梅米①和杜拉斯②的作品译成希伯来语。星期六下午，新割的青草味从附近花园中飘了过来。伊加尔五岁了，踢着足球。努莉特跟着他走，担心球滚到街道中央。她要时刻都能看到他。他是最小的孩子。她对他万般宠爱。他们在村子里的一个电话亭打电话给拉米。红色电话亭让人放心：古老的玻璃镶板，门上方有金色的王冠。他们家里有电话，但到电话亭打电话成了每个星期天的固定仪式。她允许伊加尔用小手指拨着电话转盘。你好，爸爸，是我。片刻之后，她从伊加尔手里轻轻接过电话，弯下腰，说话的时候手搂着儿子的腰。她不想听到有关耶路撒冷、以色列这类消息，只是问问儿子们好不好。埃里克下周末会回家吗？盖伊有没有收到我寄的书？你给矮牵牛浇水了吗？米珂③的文章你看到了吗？校报寄来没有？

有时到了晚上，她会独自从屋子里偷偷跑出来，在黑暗中，在雨中，再次给拉米打电话。她试着不提斯玛达尔：光是她的名字就让她肝肠寸断。她口袋里装满五十便士的硬币，投向投币口。每通话几分钟，就塞一枚硬币，听它在里面哐当哐当。她向他道晚安，然后又在黑暗中走回家。早晨，她在伊加尔之前醒来，坐在办公桌前，写学术论文。她反对占领、兵役、种族主义、短视政策。她像耕田那样耕种自己的愤怒，将其转化为语言。翻译容易一些。希伯来语里总有一些东西，让她感到释放。它让她回到本原。但有时候，

---

① 阿尔伯特·梅米（Albert Memmi，1920—2020），法国、突尼斯作家，有犹太血统。
② 玛格丽特·杜拉斯（Marguerite Duras，1914—1996），法国作家。
③ Miko Peled，努莉特的弟弟。

她想知道自己是不是希伯来语也退化了，有时候会提笔忘字。走在伦敦，看不到任何希伯来字母，看不到阿勒夫，看不到泰乌①，这很奇怪。没有语言就没有家。她爱她的工作、她的丈夫、她的孩子，甚至她的以色列——或者不如说是仅存的以色列，建国时充满理想的以色列。如今的它，一团糟，让人心烦，是父亲的失望之地。有时候，她觉得她可能根本不会回去了，但她知道这是一时兴起。总归还是要回去的，不然她住哪里？在哪里安身立命，在哪里托付她的知识？

225

以色列政府杀死了我的女儿，《国土报》，1997年9月8日。将军的女儿指责以色列谋杀以色列人，《新消息报》，1997年9月9日。人肉炸弹袭击受害者的家人说，以色列滋生了恐怖分子，美联社新闻，1997年9月9日。以色列炸弹受害者的母亲责备本国领导，《芝加哥论坛报》，1997年9月10日。丧子的母亲斥责政府，《耶路撒冷邮报》，1997年9月11日。母亲为孩子之死谴责以色列政策，《洛杉矶时报》，1997年9月11日。丧亲的母亲谴责以色列，《昆士兰信使邮报》，1997年9月11日。比比②，你杀害了我的女儿，《太阳报》，1997年9月11日。压迫导致阿拉伯极端分子诉诸暴力，悲痛的母亲说，《莫斯科新闻》，1997年9月12日。恐怖袭击丧生者的母亲指责以色列，中国《人民日报》，1997年9月13日。以色列的不安之国，《纽约时报》，1997年9月14日。占领导致我孩子死亡，《巴黎竞赛画报》，1997年9月14日至21日。"滚出黎巴嫩！"：母亲的控诉激怒了以色列人，《特拉维夫杂志》，1997年9月

---

① aleph 和 tav，分别是希伯来文第一和最后一个字母。
② 以色列总理本杰明·内塔尼亚胡（Benjamin Netanyahu）的别称。

19日。比比,瞧你干的好事!《世界外交论坛月刊》,1997年10月1日。

224

阿比尔的姐姐阿瑞喜欢剪报。报纸上多半会用妹妹九岁时拍的同一张照片。即使去布拉德福德的时候,她也把剪报带了过去,放在床下鞋盒里。要是晚上睡不着,她就把床下鞋盒子拿出来。醒来的时候,妹妹的照片四处都是。

223

阿比尔遭受的冲击力度很大,她的一只鞋子在路上滑动了一段距离,最后停下来,空空地躺在地上。

222

巴萨姆有时候躲进煤棚子里,一待就是几个小时。风吹过门上的板条。巨大的蜘蛛网挂在天花板的角落。他翻看前房客留在架子上的物品:煤袋、坏掉的除草器、手套、印有《园艺新闻》字样的夹克、剪枝钳、苍蝇拍、肥料、手锯、装满旧螺丝的杂物罐、被汽油染成红色的塑料瓶。让他惊讶的是,制造炸弹的所有成分都能在郊区的这栋英国房子里找到。

他把旧油漆罐抬了起来,见到潮湿的地面现出了一个奇异的昆虫世界:地蜈蚣、鼻涕虫、长脚蜘蛛。他整理了棚子,但把蜘蛛网留在了天花板上。

他胳膊下夹着小干草叉走到外面,开始在草坪上打透气孔,松动下面围墙边的土壤,整理出一个长条地,准备种植。

"英国花园。"他告诉萨尔娃。

他盘算了该种什么:西葫芦、黄瓜、葱、大黄、生菜、欧芹。他在跳蚤市场上发现了一个天使雕像,将其漆成了白色。

在棚子的边缘,他种了两株月季,一株叫萨莉·麦克,另一株叫红魔。

他特别喜欢在星期六下午在花园里做事。邻居们在户外用广播听足球比赛。他站在花园中间,听父亲和儿子在自家花园里的叫喊,就能判断本地球队打得怎么样。

221

萨莉·麦克是杏粉色多花月季,底部是黄色,香味浅淡。红魔则是玫红色杂交香水月季,中心花高,底部深色,香味浓郁。

它们开花之后,他将它们剪下来,送给萨尔娃,插在窗台上的花瓶里。

220

重复一下:互满数是指两个不同数字,各自整除数相加(不包括原始数字),所得之和分别等于另外一个数。

数学家们推崇这些数字,认为它们"互相满足":220的整除数为1、2、4、5、10、11、20、22、44、55和110,它们相加等于284。284的整除数为1、2、4、71和142,相加之和为220。

它们是 1000 以内仅有的互满数。

219

不要让橄榄枝从我手里掉落。

218

萨尔娃不打开报纸。她也不看电视。她没有问巴萨姆那天去了哪里，看到了什么，和谁聊天。这不是孤立，不是疲惫，也不是苦痛，但她知道，也可能这些因素都有一些，但骨子里是想保持完整。她没有参加"失子父母圈"。不去参加妇女团体。不是她不同意他们，但她也知道，这沉默就是表达。这是她的祈愿①。人们没有请她去讲故事。她的故事活在她的虔诚里。理解来自祈愿。这样的心态，采访者没法去理解。他们几乎都是西方人，大部分是欧洲人。他们想讲故事，写文章。他们是好人，她喜欢他们，她邀请他们进入家中，为他们煮饭、倒茶、倒空烟灰缸，但她不接受他们采访。她知道他们想拍摄她戴着头巾的照片。她能理解，但她也理解这样的照片会被误解。有一次有人拍到她抱着最小的孩子希巴在屋子里走过，她停下来看阿比尔的照片，哭了起来，被摄影师抓拍到。要是他们能理解她的愤怒，或者他们以某种方式抓拍到，而不就此大做文章，她倒是愿意和他们交流。但她知道，她就是知道：一个穆斯林妇女，一个巴勒斯坦人，生错地方就是她的罪行。她支持巴萨姆的所作所为，支持拉米，还有努莉特，但她想追求平凡。她在平凡之中找到

---

① Du'aa，伊斯兰教传统中恳求、请求的祷告。

祝福。清晨，在祷告之后，巴萨姆和孩子们离开家，她去集市。她穿着长裙，戴着面纱。有时头上架副墨镜。她的名字在各摊位之间响起。她笑着挥手。过来，过来，过来。人们问她孩子、学校、童子军、幼儿园食物这些问题，她一一回答，但大多数情况下，她对阿比尔保持沉默。即使阿比尔死了几年后，她来集市买东西，卖主还会给她的购物袋多塞点什么：一个梨子、一点香料、一把枣子。她背着满满的袋子离开市场。她开快车，这个习惯是跟巴萨姆学来的。这不是拿命在赌，而是图点刺激。她过去喜欢阿纳塔的狭窄街道，但耶利哥的宽阔林荫大道更好。她飞速开过棕榈树和废弃的赌场，把车窗打开，让微风吹拂着她的头巾。她在清真寺附近慢下来。中午祈祷后，她将与其他妇女聚会。她们一起八卦：谁家离婚了，谁病了，谁离开这个国家了，谁的儿子夜里被带走了。她们问她布拉德福德的情况。她跟她们介绍他们住的五居室大房子、后院的花园、公园里的散步、英语课程以及霍顿公园大街上的清真寺。就像回忆别人的生活一样：她不太确定这些发生在自己的身上。没有检查站。没有脱衣搜身。但是她一直想家。她的家人，她的朋友。她尤其想念巴勒斯坦的光，那明快的黄色，照得一切都清清楚楚。她想念这里的空气，甚至灰尘。她很高兴回来。她已经非常精通打包。在搬家那一周，她把指甲削尖，这可以让她轻松切开胶带。到达机场后，他们再次对她进行脱衣搜身。她脱衣的时候，她最小的两个孩子就在同一个房间。她让他们转过身。她的裙子被脱下时，她能听到他们的哭泣。她保持镇定。然后他们也对孩子们进行脱衣搜身。当着她的面。她跪在他们身边，在他们衣服脱下时对他们小声说话。一直脱到内衣。然后，她给他们穿上衣服，慢慢地，一个接一个地扣。她告诉他们不要屈服。保持镇定。相信安拉。事情终会改变。一定会改变。要面对的事情太多了——阿拉伯的愤怒、阿瑞的内疚、希巴的困惑——但她必须面对，她不得不去面对，这是她的命。很多其他的母亲情况更糟。她照顾好自己，确保他们能够安全回家，这才是要紧事。她数了数家门口的鞋子，一、二、三、四、五，五双鞋，她这才如释重负。晚上孩子们上床睡觉，她等待巴萨姆回来。她生起炭火，将水烟袋放在门廊小桌子旁边。她摊开纸牌，看着路上星星点点的车灯，从路上开来。

217

耶利哥的房子非同一般。它坐落在城郊，在一条车辙密布的土路前方。路两旁是橘子、杏子和棕榈树，房子里能看到开阔的沙漠。

四间卧室。高高的天花板。厚厚的墙壁。拱形顶。格子窗。厨房贴着精美瓷砖。松木地板。

下水道经久耐用。热管道好使。供电也稳定。后面甚至还有一个小小的混凝土游泳池。

萨尔娃第一次看到这所房子时，在楼梯上走来走去，摸这摸那，用手指在上面掠过。她把灯开了又关。在厨房里，她站在风扇的风下面，在炉子旁停了一下，擦了擦脸上的汗。

巴萨姆爬上楼梯，从二楼的窗户向外望去。邻居的房屋也保存完好：粉刷过的墙壁，有对讲系统，卫星天线，电动门。

房屋周围有三德南[①] 土地：足以种植一个小果园。

216

耶利哥一些好房子结构堪称内敛，自成一体：许多房间的视线都指向内部庭院，而不是向着街道。

[①] 土地丈量单位，在巴勒斯坦，每德南为1000平方米。

一些房子的屋顶是"马尔卡夫",亦即积风塔,塔的一面或几面迎着风向,收集高密度的冷空气,将其灌入房间内部,形成自然的空调。

在某些人家,人一站到风口,瞬间觉得和四周热幕隔开。

215

在十九世纪,进口的冰块用锯末紧紧包裹,装进木箱,从东方和北方运来,放在塔楼的地下室以保持凉爽。

冰块切割成四四方方大块,用牛从土耳其、伊朗、伊拉克的冰冻湖泊中拉出,先用火车运送。到车站后,改用骆驼。最后,人们用绳索和滑轮将木箱降到地下。

喝茶时加冰和一小撮薄荷,是巴勒斯坦人的一项奢侈。

214

一周后,在萨尔娃的生日那天,巴萨姆把房契交给她,那是一小捆文件,卷着,用丝带系好。

外面的混凝土游泳池。巴萨姆走进后院,拉开软水管,开始用外面的水龙头将游泳池里注满水。他给它起了绰号叫水坑。

孩子们一个接一个地跳进来,在里面扑腾。

213

当然,除了阿比尔。

212

晚上他醒了过来,听到萨尔娃在整理客厅。他坐在楼梯的顶部,低头透过木栏杆看下来。

她没有注意到他。她安静地走动着,捡起毛巾、T恤、一个在角落坍塌着的沙滩球。她在茶几前弯下身子,拿起了一个盘子和杯子到厨房里。

她关上水龙头时,他都能听到她的呼吸声。她关掉厨房的灯,再次在客厅里停留。

还有一盏灯亮着。萨尔娃伸手给关掉。她注意到沙发缝里似乎有东西。她把垫子拿起来。下面是一个橙色的塑料游泳护臂,已经放了气,皱巴巴躺在那儿。

她拉开旁边的靠垫,在缝隙里找第二个游泳护臂,但什么也没找到。

他看着她走到书架边上,站在阿比尔的照片旁。她弹出护臂的小塑料嘴,放在嘴唇上吹起来,然后将塑料嘴盖住,把空气封起来,将护臂滑到手腕上方。

她在那儿待了一会儿,然后朝橱柜走去,路上把护臂的气放掉了。

211

儿子们周末回家时,会把制服到处乱扔,拉米不喜欢。一件绿色外套乱挂在衣帽架上。棕色的靴子斜靠在门口。他几乎可以从鞋底分辨出它们去过什么地方。内盖夫的灰尘。死海的盐迹。去过希伯伦的鞋跟严重磨损。

210

埃里克 1995 年到 1998 年服役：朱鹭部队①的第一军士。盖伊 1997 年到 2000 年服役，在一个坦克团担任中尉。伊加尔进入非战斗教育部门，服役时间是 2010 年至 2013 年。

209

萨尔娃保留了阿比尔的衣服，给希巴穿。多年来，她一件一件拿出来：这里一件衬衫，那里一条围巾。她唯一不用的是校服或漆皮鞋子。她无法忍受最小的孩子穿得跟阿比尔一模一样去上学。

208

努莉特从伦敦回到家时，把所有的衣服都洗了一遍，军服除外。

207

守丧一周后，埃里克回到部队。他的指挥官在基地控制室找到他。这名军官看到了电视上播放的斯玛达尔葬礼的场面。他把手放在埃里克的肩膀上。这名官员说，是化作行动的时候了。这是一场心理战。得有所行动。埃里克得回到战场。几天后，黎巴嫩要有一次行动。干掉一些真主党。埃里克应该做好准备。得有人为他妹妹的死付出代价。完事后他会感觉好一些的。军官说，相信我。他得

---

① 朱鹭部队（Maglan unit），以色列秘密特种部队，又称 212 部队。

立点功。干掉些真主党。

埃里克坐在那里，一言不发。指挥官还没有看到他的母亲在报上发表的那些评论。

两天后，指挥官说计划有变。埃里克被调到一个情报部门，在那里他不得被派往前线。

埃里克知道，他们这个决定是怕出现公关灾难。

206

萨尔娃在英国小路上开着车：这是让希巴白天睡觉的唯一办法。她把她放进一个儿童座椅，然后开车兜风。几周后，她进一步冒险。到郊区更远的地方。

没有军事障碍。没有检查站。穿过希普利、宾格利和基斯利。在路左侧开车她没有问题。

她的车开在约克郡的乡村小路。石头砌的墙，大地曲线分明。磨坊和教堂尖顶。汽车穿行在绿树之下。阳光穿过高处的树枝照射下来。沥青路沙沙响。路上没有任何坑坑洼洼。

她在基斯利郊外发现了一个养马场，有阿拉伯马站着，光滑的毛皮，发达的肌肉，衬托着翠绿的原野。她靠在车门上。

希巴醒来时，她把孩子抱着靠在篱笆边上，两人一起看马扬蹄奔驰在原野上。

205

阿拉伯马的椎骨通常比其他马少一节，后背短而直，曲线自然，备受喜爱。这马跑起来所有筋骨合拍，美丽而对称，四蹄如凌云，蔚为壮观。

204

众所周知,马害怕死海——它们踏进浮力超常的水里,腿部在水下不见,它们会受惊倒向一侧,有时会溺水而亡。

203

在十九世纪,贝都因人利用阿拉伯母马去行劫。抢什么,是绵羊、骆驼,还是山羊,要看对方有无预备,以及行动的速度。与公马不同,雌马或战马靠近敌方营地时,不会大声嘶叫。这样的沉默为它们赢得尊敬。

贝都因人送人最贵重的礼物是阿拉伯战马。

202

战争的好客,是把对方的死者留给他们,好让他们记住我们。

〜阿尔基洛科斯[①]〜

201

那只包裹让拉米和努莉特不安。他们是阵亡将士纪念日那天从

[①] 阿尔基洛科斯(Archilochus,公元前680—645),古希腊诗人。

国防部送来的。用天蓝色的纸包裹得整整齐齐，扎着白丝带，上有大卫之星封印。包裹就放在他们家门口，还有国防部长的一封信：亲爱的埃尔哈南一家。

每年都有不同的物品：边上刻有丧生者名字的玻璃碗、带有《圣经》语句的锡花瓶、国旗图案的瓷盘，还有一对安息日银烛台。

有一年的阵亡将士纪念日，拉米打开包裹还见过一本书：《远足去处：再次爱上以色列》。书里记录了不同的远足路线，每一年的每一天都有一条新路线。其中有五十个位于西岸。作者建议，以色列人如果在阿拉伯村庄附近的小径上行走，应携带枪支。

写给死者家属的信文藻华丽：值此阵亡将士纪念之日，我们谨纪念斯玛达尔，以及您一家为永恒的以色列国所做的特殊牺牲。

努莉特怒不可遏：送这些粗俗的礼物，写这些阿谀的来信也就罢了，关键是他们把斯玛达尔强行当成了自己人，仿佛这孩子是同谋，是心甘情愿、大公无私地走上耶胡达大街，去迎接炸弹。

她和拉米用锤子和楔子把玻璃碗砸碎，变成死亡和记忆的碎片。

他们把这些碎片重新包装在盒子里，写了张条子，寄给内塔尼亚胡：亲爱的比比，东西坏了。

200

有时她会在希伯来大学的游泳池里看到内塔尼亚胡，一个瘦弱的男人，头戴淡蓝色泳帽，臀部上方意外地有点赘肉，白白的，一抖一抖的。他们会互相点个头，然后沿各自的泳道继续向前。

199

他在门口盛开的鲜花丛中，等着送货者上门。正午之前，一名身穿制服的年轻士兵开着一辆军车停下来：白色车身，黑色车牌。他神情爽朗、快活。盒子又是蓝色的，白色的丝带整齐地扎着。

拉米沿着花园小径走过去，默默地接过包裹。士兵祝他一切安好，转过身，在强烈的阳光下回到他的车上。

在台阶上，拉米打开了包装。是个金属地球仪，大以色列部分是突出的浅浮雕。地球仪是打磨的青铜，空心，很轻。

他放下包装盒子，向正打开车门的士兵喊了一声。

"你看到这个了吗？"

士兵转过身，一脸惊讶。

拉米可以感觉到他脑后一阵发热。地球仪在他手里抓着很滑。

"你觉得我们要这个东西吗？"

"先生？"

"你觉得我们真要这玩意吗？"

地球仪在空中飞过，越过汽车顶部，在人行道上弹起，滚了几滚，停在路中间。

士兵瞪了拉米足足半分钟，然后大踏步从车前绕过去，把地球仪捡起来，把上面的土擦掉，放在前座上，慢慢把车开走。

第二年，再也没有礼物送来了。

198

不过，每年阵亡将士纪念日警报响起时，他和努莉特都立正肃立。

197

警报每年都会响，纪念以色列阵亡的士兵和恐怖主义的受害者。

那时工作停住。交通停住。键盘停住。电梯停住。市民在高速公路中间停住,从汽车里出来。电视台和广播电台保持沉默。所有的剧院、电影院、夜总会和酒吧都关闭。没有施工噪声。所有旗帜下半旗。

警报在日落时响一分钟,第二天响两分钟。

196

服役结束,埃里克扔掉了贝雷帽,沿着从耶路撒冷到死海的主要道路行驶,其间他在艾因·格迪附近一个废弃的水上公园过了一夜。他把一瓶伏特加喝了五分之一,抽了半根大麻,在废弃的救生员椅子和布满灰尘的遮阳篷之间徘徊,然后,整个晚上的大部分时间,他独自在干燥的水滑梯上走来走去。

早晨,他在一个空水池的水泥地上醒来。

195

194

拉米将不同观点在脑海里翻来覆去。正方，反方。肯定的建设性的，负面的反驳的。解决。反驳。他这样和两个儿子来来回回多少次了？现在他在这里与伊加尔一起。拉米在半夜醒来，辗转反侧。那么，儿子，如果你站路中间，一辆黑色起亚开过来，你挥旗让对方停下来，结果里面是巴萨姆，你怎么办？我会放他走。那你的战友呢？他们自己做决定。如果你的长官说，逮捕他，你怎么办？我会拒绝。如果他们因你拒绝而逮捕你，怎么办？那就逮捕好了。为这个坐牢？是的。那么，为什么不现在就拒绝呢？这是我的义务，我的义务。告诉我，如果你放了巴萨姆，下一个人是不是也放？要看情况。如果是阿拉伯、阿瑞、希巴、穆罕默德或艾哈迈德呢？该怎样就怎样。要是上面要你做违心的事，你怎么办？举个例子？例如没收民房，朝水箱开枪，打断对方的骨头。我会不干的。每个人都这么说。到了时候我自然会做决定。如果决定错了呢？我会付出代价。你决定好了吗？我不知道。儿子，迟早你得做出选择。如果我不去服役，我就没有声音。你不去服役，声音会更大。你自己服役了，你去了，还不都是无奈。那个时代不一样。每个人都这么说。嗯，是真的。我现在可以做出改变，我为什么还要去把牢底坐穿？因为你没法改变现状。那是你说的，你不能忽略现实，儿子。我们也需要保护，我还不是为了保护自己的国家，我们也得有好人参军吧。这话倒是不假。那我到底怎么办，移民吗？当然不是。我不为自己的旗帜感到羞耻，我们需要的是一支民主的军队。你最终会发现这种军队不存在的。任何地方都得保护自己。我明白。他们并不都是巴萨姆。这我知道。还有其他人。是的，其他人是有的。他们炸死了我姐姐。

193

拉米知道，有些事情说不清楚，对自己都说不清楚。

192

等待的夜晚似乎发生在地质时期。每次的空袭警报，拉米电话上的每一声哔哔声，电视上的每则新闻警报。又熬过了不知情况的一天。他无法摆脱恐惧。等待那谨慎的敲门声。从客厅到门厅的步子缓慢而漫长。我去，亲爱的。拉侧面的窗帘，向窗外看上一眼。看有没有肩膀的边缘。帽子的形状。看到的是邮递员、选举工作人员或邻居，他才如释重负。像其他父亲一样，他在脑海里都想好了怎么回应：他会站在那里，拒绝信使进入，他会凝视，点头，甚至微笑，他会伸手去拿这封信。装进衬衫口袋，贴近皮肤。他会抬起手，他唯一的语言，然后摇摇头，关上门，听着脚步声在车道上远去，听到车门轻轻关上，信使终于走了。那么怎么去应对那光，怎么应对那声音？怎么对付屋子里的各种颜色？他会控制一切。他会穿过门厅，走进厨房，手伸到橱柜里，然后打开水龙头，给她倒一杯水，送到她的桌子前。当然，她也应该察觉到怎么回事了。她可能伸手过来，把信拿过来，轻轻展开，阅读，然后放回信封里，放在桌子中央。

那样的敲门声从未到来，但在他们俩看来，没有敲门声也是一种敲门。

191

结束服役四年后，伊加尔站在特拉维夫的舞台上，与阿拉伯·阿拉敏一起，在另类纪念馆里为巴勒斯坦人和以色列人提供服务，他们两人共同呼吁反对占领、隔离和强占。

190

我叫伊加尔·埃尔哈南。1997 年，我五岁。那一年，我失去了姐姐斯玛达尔。

189

我的名字叫阿拉伯·阿拉敏。我十四岁那年，妹妹阿比尔头部中弹。

188

七百个人在听两个小伙子发言。拉米和巴萨姆从舞台侧翼看着。巴萨姆站着，双手别在身后。拉米抓住幕布边缘。后来他说，他听到的这些都是核弹级的。

舞台经理坐在控制面板前，几乎纹丝不动。两个小伙子在高高的讲台前并肩站着，穿着开领衬衫。之后，他们在舞台上拥抱。再接着，他们的父亲从舞台左边出现了。

拉米先去找阿拉伯。巴萨姆先去找伊加尔。

187

重水——氧化氘——是用来保持连锁反应的。重水有助于减缓铀分裂的速度。

186

杀害我妹妹的士兵,是恐惧工业的牺牲品。我们的领导人说起话来自以为是,喊打喊杀,口口声声要复仇。失忆与否认如同两节一前一后的车厢,喇叭架在它们的上面。但是,我们呼吁各位把武器从梦想中拿掉。我们受够了,我们强调,受够了,够了。我们的名字变成了诅咒。唯一的报复是缔造和平。丧亲的不堪之痛,让我们两家人成了一家人。枪别无选择,枪手却可以选择。我们不谈论和平,我们缔造和平。斯玛达尔和阿比尔,这两个名字我们一起说,这就是我们简单而淳朴的真理。

185

阿拉伯二十三岁,伊加尔二十四岁。

184

核技术人员莫迪凯·瓦努努的工作是在内盖夫迪莫纳核工厂生产锂-6,他因泄露以色列武器计划的细节被判入狱十八年。瓦努努在几年前签署了保密协议,但仍将一个35毫米相机偷偷带入马雄二号设施内,拍摄了五十九张照片。他后来逃往澳大利亚,先将细节透露给一个澳大利亚教会团体,后前往伦敦将之公布于众。在那里,他中了摩萨德的美人计。他后来去罗马,再次遇见了那名女特工。在罗马他被制服,打了药,绑到担架上,用汽艇带往一艘间谍船,捆在一个小木屋里，被摩萨德特工审问，然后被带回以色列，关入新贝特①管理下的一个秘密监狱：有十二年时间他被单独监禁。

183

色诱瓦努努并导致其被捕的辛迪·哈宁·本托夫现为佛罗里达州阿拉卡的房地产经纪人，专营封闭式社区和海滨物业。

182

拉米看到瓦努努坐在东耶路撒冷美国殖民地酒店的后院。他高个子，身材瘦削，举止优雅。斑白的两鬓，让皮肤更显黝黑。他的着装一看就是地道以色列人：上身是昂贵的蓝衬衫，解开两颗扣子，牛仔裤略有折痕，脚上穿便鞋，没穿袜子。只有脖子上的细金链显得有些刺眼。

他被四男两女六个人围在中间。一个玻璃水瓶放在桌子中间，一瓶白葡萄酒放在一个银桶里。

桌子被高大的桑树遮荫。石灰石墙上爬着常青藤。微风轻拂着花朵：绣球花、杜鹃花、薄荷花。

当他走过去时，拉米听到桌子上是希伯来语的唇枪舌剑。但是渐渐地，希伯来语变成了英语。他感到惊讶：他知道，瓦努努的获释条件之一是不许和外国人交谈。

拉米选的桌子足够远，不会引起他人注意，但又能听到谈话的声音。一阵笑声，然后是短暂的沉默。据他所知，瓦努努仍在软禁状态。他住在街上的大教堂里。

---

① 新贝特（Shin Bet），以色列安全服务机关。

拉米看了下表。他提前十分钟来开会了。他找服务员要了啤酒，打开电话，身子前倾，费力地听瓦努努的那张桌上的谈话。

直到那时，拉米才注意到喷泉的节奏。喷泉就好比一张薄薄的噪音屏障。水滴的跌落，让所有的话语都变得柔和。他从大厅走进来时，已经看到了喷泉，但他并没有真正听到这声音。它的设计似乎完全是为了让相邻的桌子相互静音。不停地跌落，跌落个不停。

他想走过去，伸出手，自我介绍，握住瓦努努的手，看着他的眼睛。但他又有些举棋不定，不知道过去会说什么。瓦努努也曾被称为阿拉伯情人、和平贩子、叛徒。曾有人将其画像当街烧掉。他经历过比拉米想象的更多的屈辱。他的护照被没收了。除非文字先由审查人员审过，否则他不能接受记者采访。住在一个带院墙住宅区的小房间里。一次又一次地被逮捕。一次是他在书店里和游客聊天。一次是他拒绝在西耶路撒冷从事社区服务，他要求去城东阿拉伯人的地区。

瓦努努在桌子上把手放在嘴上，挡住嘴唇。四男两女专心倾听。可能会有什么秘密透露，还是平凡小事？或什么样的渴望？

拉米站起来离开时，引起了瓦努努的注意：两人顿时产生了一种心照不宣的感觉。

181

叛徒：背叛国家、朋友、原则的人。

180

奸细：以叛徒方式与敌人合作的人。

179

~~和平使者：一直厌倦战争的人。~~
~~和平使者：曾经厌倦战争的人。~~
和平使者：厌倦战争的人。

178

为了促进美国利益关键地区的政治、经济稳定，根据外国经济援助和军事援助的相关法律，美国对以色列的援助的前提条件是，以色列现在、未来都不可以生产大规模杀伤性武器。

177

参议员，很遗憾这么说，但你谋杀了我的女儿。

176

作为总头领，巴萨姆在监狱里的任务之一是惩罚阿奸，亦即变节者、告密者、屈服者。线人、卧底、芦苇人。

法塔赫的网络收得那么紧，以色列人都有办法渗透进去。总有囚犯为了一丁点好处而变节：缩短刑期、换入新牢房、香烟供应。更多的情况，是犯人为了外面的家人而屈服。例如某人的兄弟被抓了，儿子遇到了麻烦。监狱看守会找到他们，在医院或单独监禁中，低声跟他们谈交易。一开始总是小事。找找是谁把洗衣房里的洗涤剂篮子打翻的。查一查是哪名囚犯从厨房里拿盐的。指认一下是哪名囚犯通过敲击管道传递消息的。

告密只要有一次，就万劫不复。从此之后，他们会永远被话语的镣铐锁住。

最容易识别的是那些直接送进来的告密者。他们早早就接受了指派。巴萨姆从他们的举止就可以看出：他们装作恐惧，但是越装越露马脚。他们总是等一两个星期再告密。他们在牢房里被看守拳打脚踢，然后被拖走。巴萨姆知道，打也是假打，无非是要借机把他们从牢房里带出去。他们喊起来声响太大，看守也显得格外凶狠。一场游戏、一场表演而已。他看着他们躺在担架上被带走。他们很少回来，如果回来了，少不了会装作怒气冲冲，但看上去也发福了些；那都是在新看管的地方有额外的油水。

巴萨姆发现用这些人，虚虚实实也好。接近你的敌人。让他们留在视线之内。

难以辨认的是在入狱中途叛变的人。这些人本来实在，很忠诚，但是监狱打垮了他们。他们通常是在刑期后半部分变节。或许是坐牢让他们意志崩溃，或许是自由的希望让他们有所变更，总之，他们的一些精气神消失了。这些人要多加小心。他们对狱中形势了如指掌，知道哪些人是战士，也知道有哪些行动在策划之中。

他们也知道坐牢的中间怎么表现：他们不会出卖得那么明显，不会露出蛛丝马迹。

巴萨姆试图通过唱歌、听课、分享香烟等方式，让大家保持在狱中的意志，但有时候背叛的人总归要背叛，挡也挡不住。最低级别的叛徒，其他人对他们敬而远之。

有时候这些叛徒被自己人告密，落到看守手里，那他们就只能自求多福了。但是到了最高层面，要巴萨姆出来决定如何处置：是将告密者孤立起来，威胁他们的家人，还是把他们打服。

最严重的情况下，叛徒级别比较高，那就得巴萨姆亲自动手了。

从一开始，这种殴打就感觉不对。他不想成为看守那样的人。

为什么要像他们那样对待自己的难友？殴打也不是圣战的正确打法。心怀报仇之念的人去挖墓，得一次挖两个。

巴萨姆不知道怎么把局面扭转过来。他会为此辗转难眠。他不想拿小儿麻痹症和腿跛当借口不再踢人。需要保持非暴力，但又不能显得软弱。他喜欢马丁·路德·金博士的想法：找到一种方法来拒绝报仇、侵略和报复。过去是预言。战争是凿子的话，凿不出好东西。闪电击中的时候，才会发出声音。

他把头埋进枕头，想睡觉，但怎么也睡不着。

175

芦苇人：指跟着风向倒来倒去的人。

174

他在监狱中最喜欢的乐器是奈伊长笛。演奏时，长笛与身体的中轴线成一定角度。他牢房走廊的尽头有个埃及人，尤其擅长奈伊笛演奏。奈伊笛是用桌椅的腿做的，将其镂空并精心雕刻而成。

173

斯玛达尔有个耳机，上面有可调音量的按钮。她喜欢在客厅里绕着花盆和椅子跳舞，同时把手掌放在耳旁，在空中张开手指。她可以用手掌控制音量，有时调到最高音量，还嘻嘻哈哈和兄弟们逗乐：你们说什么我听不见。你们说什么我听不见。你们说什么我听不见。

172

呼乐音是在婚礼和其他庆祝活动中发出的尖锐呐喊,以纪念活着和死去的人们。

发这声音需要快速、连续地将舌头向嘴两侧摇摆,声音从喉咙中出来——呼乐乐乐乐。女人发呼乐音时用双手遮住嘴巴,且常闭上眼睛将声音收纳。

呼乐音可以持续一口气呼吸的时间,不过也可以接连几次发声,混在一起形成歌曲,或哀号。

171

电影制片人大卫·利恩通过电影《阿拉伯的劳伦斯》,让呼乐音广为人知。影片中,一群戴着黑色面纱的妇女,在悬崖顶上,以呼乐音给下方山谷里去参战的男人壮行。

170

169

在距离第三个千禧年六百三十九年之久的1361年,德国哈尔伯施塔特镇圣布尔夏迪教堂的第一台永久性管风琴安装完工。当地工匠花了数年的时间,完善布劳克维尔克风琴的设计。巧手木匠师傅被引进来打磨木头,一流的铁匠打造了一系列完美对称的琴管。神职人员聚集在一起讨论风琴的目的和位置。

风琴琴键带十二个音符。此风琴成了本地的瑰宝,小镇的骄傲。来自欧洲各地的音乐家来聆听它,演奏它。一些当地人称它为"上帝的声音"。

七个世纪后,约翰·凯奇的作品在大教堂演出。八页的乐谱标题为《越慢越好》。音乐的目的是延长音符,使音符在接下来的六百三十九年仍继续回荡。

神学家和音乐家共同构想了这个项目,向已故的凯奇致敬。它同时也是对音乐和时间螺旋般关系的哲学考察。

演出略有延迟,到了2001年才开始。起初是沉默,唯一能听到的声音是充满空气的电动风箱的轰鸣。

2003年,第一个完整的和弦在大教堂响起。十七个月后,又有一个音符添加进来,音色随之发生变化。这个音符成了持续保持的嗡声。

风琴周围有一个特殊的丙烯酸玻璃笼子,以降低音量。风箱经过精心维护,以保持恒定的空气供应。另一个和弦在2006年响起,一直持续到2008年。在那个阶段,压在风琴踏板上的重量有所调整,第六个和弦响了起来。

168

《越慢越好》的每一个乐章持续七十一年,全部音乐将持续到

2640 年 9 月 5 日，以确保每个听到的人，都不会听到音乐的全部。

167

巴勒斯坦人的平均预期寿命为 72.65 岁。以色列人平均预期寿命比他们长近十年。

166

她躺在那儿，身着蓝色罩衫，手臂上戴着手表，她身体被炸掉的部分被小心翼翼地遮盖着。她的脸仍完好无损。没有割伤，没有瘀痕。拉米对此心存感恩。门带着真空的嘶嘶声关上。然后是沉默。他知道，以后所有的声音都会溯源于此。

165

阿比尔十岁生日那天去了阿纳塔主街上的朋友皮塔饼屋。这是一间墨西哥餐厅，里面灯火通明，荧光灯上挂着塑料辣椒，墙上挂着阔边帽。音箱里传出墨西哥街头乐队的歌声。

聚会的中间，主人拿出了一个驴形的彩纸礼盒。起初，阿比尔不想把它打开，但是听说里面有糖果时，她就把眼罩蒙上，拿起棍子向这个色彩鲜艳的纸驴礼盒敲过去。

糖果蹦蹦跳跳散落在地板上。

164

声音炸弹——也称闪光手榴弹、电击炸弹、闪光炸弹、远距离声学武器——是另外一种防暴手段：当它扔进人群时，小小的罐子里会传出巨大的轰鸣。

以色列军队也用声音炸弹袭击西岸他们视为非法的水井。他们朝井底扔个声音炸弹，强大的噪声波就能让井的套管从上到下裂开。

163

最重要的是，声音炸弹对想象力具有打击作用。

162

想象一下，一个人滚到你的脚下。

161

越慢越好。

160

哈尔伯施塔特镇圣布尔夏迪教堂附近的现住居民抱怨，《越慢越好》的嗡嗡声，会在未来六百多年内无休无止，与奔驰而来的火车呼啸无异。

159

法国作家安托南·阿尔托说，他对声音边界的液化很感兴趣。

158

博尔赫斯的短篇小说《头文字》里，理查德·弗朗西斯·伯顿撰写的一部手稿在图书馆中被人发现。其中描述了开罗的一根石柱，世间所有的声音都反射到这里，能够听到。任何人将耳朵贴到石柱上，都可以听到持续的嗡嗡声。那是整个宇宙同时间发生的所有声音。

157

歌剧行动。炼狱行动。礼物行动。木腿行动。所罗门行动。果园行动。方舟行动，彩虹行动。暖冬行动。报恩行动。

拉米知道这些名行之有效。他毕竟做了一辈子平面设计师，这是他的本行：抓住当下，把它转化为令人难忘、合理而又干净的意象。它赋予人们所有权。就像一首诗的题目、一首歌的名字、一个应时的曲调。

悔罪行动。锋滑行动。夏雨行动。秋云行动。海风行动。回声行动。

156

1933年在巴黎，阿尔托应邀前往索邦大学讲述他的论文《剧院和瘟疫》。一开始，他平静地发言，后来越讲越快，开始出汗、发抖。他的眼睛往后翻。

阿尔托痛得五官扭曲，他的访谈者是一名心理分析家，见此情景，坐在那里瘫住了。演讲结束时，阿尔托从椅子上摔下来，开始在地板上扭动。圆形剧场中的人紧张地听着，阿尔托的呻吟声越来越大。他的眼神发狂，形容枯槁。

一些观众认为这是一种行为艺术，开始大笑。很快嘘声喝倒彩声四起。人们把节目单抛到舞台上。还有人丢了一枚硬币到阿尔托脚下。剧院周围开始有人慢慢鼓起掌来。一些观众陆续离开。

他的访谈者手足无措。阿尔托似乎发了高烧。

观众走得只剩下包括阿娜伊斯·宁在内的几个人。阿尔托一直躺在地上。阿尔托无声地倒下，然后站起来，走到前排，亲吻了一下这位古巴裔美国人的手。他的嘴唇乌黑。她想，可能是鸦片酊的影响吧。

阿尔托带她穿过剧院，走进巴黎的薄雾，前往圆顶餐厅去喝酒。

155

阿娜伊斯·宁在日记中写道，阿尔托很震惊，观众不能理解他所表演的死亡形象。他希望在不让观众感染瘟疫的前提下，尽量给出真切的体验，让他们从日常的昏睡状况下醒来，感觉到恐惧。

154

拉米早早就学会了接受困惑。混乱是以色列的燃料。这是一个构造板块不断变动的国家。撞击时刻在发生。一切都在奔向边缘，接下来是破裂的一刻。不过危险时刻，生命更加精彩绽放。正因这个缘故，人们会开快车，还挨得那么近。正因这个缘故，人们在机场不排队等候。正因这个缘故，每天早晨咖啡馆熙熙攘攘。正因这个缘故，集市上总是吵吵闹闹。人们一起在混乱中生活。混乱进入了每一个分子。但这样行得通。甚至对立的两极也在相互吸引。有时他们会猛冲到一起，地动山摇。有左，有右；有传统犹太教，也有世俗化；有阿拉伯人，也有犹太人；有同性恋也有异性恋；有高科技人士也有嬉皮士；有富人和穷人。以色列处处在压缩。一个小小的国家，不断膨胀，胀到接缝破裂，但是他们在一起。阳光之下，有梦想，也有臆想；有鲁钝，也有癫狂。有小小做作，也有自命不凡。一切的一切，如若电场。对了，还有恐惧。每个人都披着招摇的盔甲。总喜欢与人抬杠，论人之长短，事之百样，地处何方。拉米可以在广播中、在电视上、在办公室、在超市，听到这些。有个老段子，说一屋子放两个以色列人，就会吵上三场。这一切的喧嚣，他一一照单全收。连他的步态都是矛盾的，他走起路摇摇晃晃，又精力充沛。他对满屋子人说话时直指人心，很少摇摆不定。不过该沉静的时候他能沉静，有吞吐矛盾的雅量。这甚至是他的特长。他灵魂里的地中海部分气质，是追求以色列式的放松和沉静。在安息日，一家人聚集，孙子孙女都过来。每个人都进了门，桌子摆好了，争论被搁置了一两分钟。对他来说，这些仪式不含宗教信仰内容，但他仍珍惜它。他无法向局外人解释。这中间有一种他无法躲避的爱国主义。他终归是以色列人。这个属性既可耻，又强大。外人批评以色列，他会有点发怒，可是自己人夸口，他也一样发怒。以色列手机如何如何。以色列药物如何如何。以色列如何让沙漠变绿洲的夸口。以色列如何发明了神奇的位智导航（waze）。但是他必须承认，提到这些，他也从骨子里感到自豪。他知道自己住在两个以色列：一个钦佩他的小以色列，另一个是鄙视他的大以色列。这里是内塔尼亚胡的国度,也是瓦努努的国度。是贝内特①的国度,也是凯宁②、沙菲尔③、帕皮④的国度。它不会将它的复杂性给谋杀掉或绑架起来,至少目前还没有。许多人认为拉米是叛徒、马屁精、变节者,但他并不在乎:他知道自己在做什么,知道自己让人不舒服,他去掉金玉之外,暴露内在的败絮。是的,眼下他是少数,但总有一天,总在某个地方,会出现临界点。这是不可避免的。他不得不继续讲这个故事。一次又一次地重复。

153

拉米在爱德华·萨义德的论文集《文化与帝国主义》中给一句话划了线:事实上,生存意味着将不同的事物联结起来。

《文化与帝国主义》是努莉特最喜欢的书之一。这本书摆在她的书架上,旁边是她父亲的相片。相片中,迈提·佩雷德搂着萨义德的肩膀。

152

巴萨姆知道腐败是怎么回事。投降。隔离。唯唯诺诺。挫折。自怜。失败。认命。不承认失败。虚张声势。坑蒙拐骗。瞒天过海。回扣。耻辱。对希望像对暴动那样控制。他自己的领导人申请许可证,只是为了走进另一个房间。巴勒斯坦警察向自己的人群开枪。封闭道路以配合宵禁。城市规划者拆除了拉马拉、耶利哥、杰

---

① 纳夫塔利·贝内特(Naftali Bennett),以色列偏右翼的政坛人物。
② 杜夫·凯宁(Dov Khenin),以色列政治科学家。
③ 斯塔夫·沙菲尔(Stav Shaffir),以色列绿党领袖。
④ 伊兰·帕皮(Ilan Pappé),侨居海外的以色列历史学家,社会活动家,以色列政策的批评者。

宁的古老民居。职员索要回扣。屈辱感来自四面八方。这是慢性的绞杀，是对失败无休无止的重复。每个人都知道系统多么溃烂。他自己也难脱干系，自己也是问题的一部分。他讨厌他的人民被无休止地推入俄罗斯套娃那样的游戏里，甚至在他们中间也是这样。但他不想沦为一个单一的观念，沦为解体的示范。他是巴勒斯坦人。等待是一种精神。坚决拒绝失败。他先前是按照屠杀的范本组织自己的生活，他和他的人民一样，幸存了下来。他和他们一样，被判处"活下来"的徒刑。早在失去女儿之前，他就为和平大声疾呼。他决定抵抗。他并非无可指摘，但他已经为过去的行动坐了牢。他不大好批评：批评他的人，也被迫批评自己。他这人乍一看是个人皆可欺的老好人。他走进来，脚拖着，头低着，身上散发着烟味。他这种状态能保持一两分钟，然后他会让他们刮目相看。他的举动大胆。他不给他们找任何借口。他去了以色列的学校。他与以色列将军交谈。他甚至去找过为以色列游说的团体——美国以色列公共事务委员会。他愿意在任何地方讲这个故事。他说，这就是悲痛的力量。这是他得到的武器。他可以站在舞台上，接受冲击。他可以对他们微笑、想象，同时刀子扎进他们的肩胛骨之间。他说话时习惯性地张开双手。冲我来。怎么着都行。骂我。更难听的话我都听过。没有人知道他在不同问题上的立场。他说话拐弯抹角。这也是他的才能。他演讲中会引用诗歌。他似乎把诗歌当成了掩饰。遮盖伤口的押韵。在智慧上悲观，在意志上乐观。我国的士兵，敌国的诗人，谁更贴近我的心？很多人会在他演讲后走近他，说他们多希望他这样的人多一点。你什么意思？他会问。他们立即意识到自己说错话了，头耷拉下来。他可是每一天，在每一个角落，都会遇到他自己这样的人。他们说这话，就好比说他是他们唯一能容忍的巴勒斯坦人。

151

萨义德于 1935 年出生于托管时期的巴勒斯坦,他对 T.S. 艾略特的一个说法深信不疑:不要消除花园中的其他回声,将现实剥夺。

150

在喜马拉雅高地,季节性严重缺水问题严重。拉达基族工程师索曼·旺楚克想到了一个解决办法。他提议将冰川融化的大量水流收集起来,改换路线,冻结成圆锥形,类似于当地的宗教建筑。这种人造的冰佛塔——两三层楼高——会像缩微冰川那样,慢慢地融化,能在播种季节释放几百万升的水。

149

绝食进入第四天。下腹部疼痛不已,肾部如有针刺,外面的噪声也格外扰人。他能听到这个牢房区远处人的喊叫,门的砰砰声,警棍敲打金属楼梯的声音,外面手提钻打钻的声音,远处忽有忽无的警笛声。他颅骨上好像新装了一个小小的扬声器。

他们毫无征兆地加了他两个月刑期。他立即开始绝食。

食物不是问题。他也不想。他从床上站起来。走回厕所区。他听说继续运动是好办法。不要过度,但可借此保持身体的敏捷性。有《古兰经》中的字眼进入他的脑海:他们必以些微的恐怖和饥馑……试验你们。① 他再次躺下。用枕头堵住耳朵。一个看守进来,把枕头从他脸上拉开。他盯着摄影头。谁在看?他们在录什么?他

---

① 套用了《古兰经·黄牛章》第 155 节的句子,原句是:我必以些微的恐怖和饥馑,以及资产、生命、收获等的损失,试验你们,你当向坚忍的人报喜。

听说阅读是个好主意，有助于消磨时间。他再次打开了《古兰经》。你当向坚忍的人报喜。他无法集中注意力，他的眼神似乎从书页上跌落。声音回荡，再次回荡。

他连续三天去监狱食堂。每次他拿一杯水和一个空盘子，坐在角落里。他在嘴里塞了半粒盐片。

第五天，他们将他从牢房中移出。他被安置在一个"无人区"：不是单独拘禁，也不是医疗部门，而是一个孤立的牢房。他不能再去食堂了。他每天独自在院子里锻炼一个小时。

这个牢房比他过去住过的那个牢房大。两个摄像机悬停在天花板上。他试图弄清楚他们的角度，找到盲点在哪里。没有电视看。没法听音乐。他站起身来，来回走动。

他们将他的刑期延长了两个月。说是出于安全原因。不就是加刑吗？这个他倒是不怕。他毕竟坐了七年牢，相当于他人生的三分之一。六十天算什么？但这是原则问题。他知道绝食抗议的常规。他看过别的囚犯绝食。三个星期后，身体开始垮掉。五个星期之后，进入关键期。六个星期后，损伤不可逆转。他必须集中，聚焦，如点火。

他们开始在他的盘子里加更多东西。面包、米饭、鹰嘴豆泥。他们把盘子放在他的牢房里，一放几个小时。他用毛巾给盖起来，放在床下，免得看到。让他吃惊的是，食物越来越香，他知道他们肯定加了香料。

他蹲在马桶上。身体自主净化。第七天了。他跪下祈祷。

更多食物送来了。看守安静而礼貌。他们把盘子放在桌子上，转身离开。他装满水杯，吞下半粒盐片，坐在床上，开始看墙上砖块的形状组合，试图想象出地图来。

他的抽烟仪式化得一丝不苟。他插入过滤嘴，非常小心地卷烟。他想知道，卷烟的时候，用舌头舔卷烟纸上的胶水，算不算打破绝食？他把纸卷过来，小心密封。烟雾进入体内，弥漫开来，在他肺部形成了小小的灰色宇宙。他可以感觉到它在他体内膨胀。他把烟吐出来。烟缓解了一点痛苦。他看了一眼时钟。即使在他小时候，时间也从未如此缓慢。他在脑子里面一遍又一遍地唱着歌。无论路程多久，我们也一定回来。向橄榄树和抚养我的家人致以问候。他又喝了一口水。他都能感觉到里面金属和泥土的味道。味道清澈。他回到少时的水井边。转动井辘轳，拉紧绳索。桶上升。他把水挑进山洞。母亲抓住桶把手。水瓢舀下去。水倒下来。

第九天，外面的声音消退，饥饿感强烈起来。这是他预想过的结果。有节奏的、一阵阵滚动的疼痛：疼痛像海洋，在他的身体里面穿过。他想到了海边的阿卡城。他出去后会去那里。他会沿着码头走。看海浪奔涌，如同白马，而大海如同橄榄油榨油机。

饥饿使他精疲力尽。他不再像以前那样在牢房走来走去。他试图不去思考。他听说，头脑可以消耗与身体一样多的能量。惩罚我，把沸水浇在我头上。

他发现自己睡得更多了。看守进来，把他叫醒。炖羊肉。橙色苏打水，透明塑料杯里气泡在上升。切片果仁蜜饼，上面浇满蜂蜜。

巴萨姆把毛巾盖在盘子上。一名看守留在牢房门口，看着他。

他要求多盖一条毯子：他开始剧烈地发抖。

医生来了，量他的脉搏，他的血压，他的血氧浓度。将手电筒照到他的眼睛和嘴里。向右看，向左看，向上看。巴萨姆卷起袖子，医生抽了一管子血，他没有去看。出门的时候，医生用希伯来语说：Mazal tov[①]。他想知道医生什么意思。Mazal tov，你的健康很好？还是 Mazal tov，继续绝食？Mazal tov，你是恐怖分子，正在死亡，这是你的宿命？

他注意到医生走后，空气中留下了刮须水的刺鼻气味。

第十二天，他再次去洗手间。他不敢相信。他以为自己五脏六

[①] 意思是祝好运。

腑都吐完了。不，腰一勾，还是吐得滔滔不绝。

气味令人恶心。他迅速站起来。头昏眼花。他手扶在墙上站稳。有点稀粪从腿上流下，弄脏了他的囚服。

148

在后来的几年里，如果孩子不吃完盘子里的食物，发火的总是萨尔娃，不是他。

147

绝食的早期，人的身体就如同飞行中的鸟，会开始用肌肉蛋白产生葡萄糖。钾含量下降。身体脂肪和肌肉会缩减。心率降低。血压波动。开始迷失方向，失去协调感，行动开始迟缓，会产生漂移的感觉。绝食两周后，硫胺素和其他维生素的含量降低，对囚犯来说有危险，有时会导致严重的神经系统问题：认知失调、视力下降、运动机能下降。

146

吹哨人瓦努努在狱中时，绝食抗议了三十三天。

145

第二天一大早，有个看守过来了。穿好衣服，他对巴萨姆说。

他已经穿上了他唯一的衣服。另一名看守拿着折叠轮椅站在门口。巴萨姆挥手让他把轮椅拿走。他说,他很好,他自己会走,如果他们愿意,他都可以跑起来,一直跑出大门都行,但他们会为他打开大门吗?

他在牢房门前停了一下,略略笑,转过身,拿起《古兰经》。他知道,他们会花时间搜索他的牢房。他不希望他们碰这本圣书。

他可以听到走廊两侧的欢呼声和砰砰声。嘈杂声中依然能听到有人叫他的名字。他继续前进。他的眼皮沉重。他暂停片刻以恢复平衡。他没有做任何手势,没有发出声音。金属楼梯在他面前游动。

他不知道有没有力气走下去,但看守示意他去看守专用电梯。按钮上的指示灯闪烁着。他被带入候诊室。一个女人给他带来了一杯水。她穿着便服。转过身时,她的头发摆了一下。空气中弥漫着淡淡的杏仁味。

他一直把《古兰经》放在膝上。

他强撑着不打瞌睡,但一只大手把他晃醒。他不确定自己已经等了多久。他被带到一间办公室。椅子很软。他可以感觉到自己体重减轻了很多。

书架上有书,墙上有地图,书桌上有照片。还有一个小杯子里插着以色列的小国旗。一个小碗里装着包好的糖果。红的白的。用透明塑料纸包裹着。

他认识监狱长多布尼克。他们俩较量已经不是一次两次了。多布尼克很瘦,灰白头发,蓝眼睛。巴萨姆非常清楚对话会如何进行。多布尼克会说,他希望狱方待他不差。巴萨姆会说,他只希望得到公正的对待,仅此而已。多布尼克会告诉他,除非他终止绝食,否则他无能为力。巴萨姆会回答说,除非狱方有实际行动,否则他绝不终止绝食。多布尼克会叫他去咨询他的律师。巴萨姆会略微一笑,说他已经被拒见律师了。多布尼克会说,他们乐意对此开展调查。巴萨姆会回答说,他很高兴对此事进行调查。然后多布尼克又说,除非他终止绝食，否则他无能为力。巴萨姆再三重申，除非监狱有实际行动，否则他不会拒绝绝食。多布尼克会叹息，说如果巴萨姆愿意帮助他们一点点多好。有进有退嘛，世上哪里不得这样？让点步肯定是可以的。巴萨姆会回答说他已经有进有退七年了，再来两个月也不会让他崩溃。

十五分钟后，多布尼克从椅子上俯下身，从碗里拿了一个包裹好的糖果。他把满满的碗推向巴萨姆。一颗包好的糖果掉在桌子上。

多布尼克身子向后一靠，慢慢剥掉红白两色的糖果纸。他让糖果大声在嘴里滚来滚去。他把椅子又往后推了推，似乎在看墙上的一张地图出神。他把糖果夹在牙齿之间，让其招摇地留在那里，然后站起来，离开了房间。

巴萨姆将《古兰经》放在桌子上。他想转身向房间上角的摄像机挥手，但他坐着不动，直望着前方。

多布尼克五分钟后回来了，坐在他的办公桌后面，简明扼要地说：我们几天后通知你我们的决定。

巴萨姆点点头，向前走，把他的《古兰经》从桌子上拿过来。他停了一下，低下头。墙上的地图是 1930 年的。英属巴勒斯坦托管地。他不知道为什么多布尼克会把它放在那里。他在想，这世上的有些事情，还真没法说清楚。

144

阿比尔的遗言。

143

回牢房的途中，他摸了摸口袋里包裹的小糖果，糖果用塑料纸包着，两头打了结。他站起来的时候，顺手用手指夹起来。多布尼克没看见他拿。

他开始甚至都没有想到去拿。就在桌子上。毕竟只是颗硬糖。他先没有想过要拿。如果他吃了，那就等于终止绝食了。不过，他们也不知道他的绝食有无终结。如果他们不知道，他是在给自己的绝食充电？不过，他还是废弃了自己的努力。这以后他自己得面对。现在已经十三天了。

他停在牢房的门口。晚饭已经在那里等着了。鸡肉菜，还有沙司奶油。他们将可口可乐放在一个透明的塑料杯中。

他把毛巾盖在托盘上。当他躺在床上时，他把糖果塞在床垫下面。他想，如果再来一次深夜搜索，他们会找到的。他们会用它来抹黑他。他跪下来祈祷。他再次把糖果滑进了口袋。也许他可以将其用作护身符？还是应该给丢掉、踩碎、放马桶里冲掉？

他在牢房里来回走动。在摄像头看不见他的盲点区他站着。把手放在鼻子上。他的手伸向眉头。手指划过长长的胡须。他解开了塑料的一端，再次将其拧紧。

他又来回走动。

他把糖果滑到嘴里。

那味道是十分浓郁的薄荷味。

142

四天后，监狱通知巴萨姆，加刑决定已撤销。他不需要再在监狱里待两个月。前提是他必须宣布放弃绝食，而且要休养一整个星期。等他这么做了，监狱就发出声明。他回答说，只有在他们同步发表声明的情况下他才会这么做，他还说他不会再休养一个星期。充其量是三天。他们说，他们愿意给他四天的时间，但是他们不可以同时发表声明。他说，如果深夜通知囚犯，那他就允许他们第二天发布声明，他自己将在中午向狱外的人发布自己的正式声明，前提必须是先通知监狱里的难友。他们说，这个他们或许可以做到。此外，他们批准了三天休养期。他说他需要书面承诺。他们说他们不能提供这些，但是发表声明可以优事优办。他说他们的话都不值得对着空气讲。他们说，至少他们还允许他呼吸空气。他说要么三天休养期，要么协议泡汤。他们说好，行，就这样。他说，我今晚告诉犯人们。

141

乔治·米切尔参议员说，以色列人和巴勒斯坦人之间达成协议、针对未来的建议，也旨在解决当下的问题，不过，如果对过去的复杂知识缺乏认知，就不能对这种协议给出公正的评估。但是他知道对于过去，我们可以用几种不同的方式去理解。也就是说，对现在的理解也是多元的。但是，米切尔说，这并不一定意味着未来必定会遭到玷污。他说，和平终将来临。对此他毫无疑问。重要的是现在，各方要对和平有所渴望。和平多半来自历史的叙事，不过一直让他担忧的，是在给未来谈判出一条更为清晰的道路时，当下的情况还在延续，与过去的回声交织。

140

巴萨姆从未向任何人讲述过糖果的故事。对几个儿子也不例外。他绝食了整整十七天。

139

在预定释放的早晨,他被护送到监狱的最低一层。他们打开了手铐脚镣。他拿回旧衣服。牛仔裤太短了,衬衫太大了。他的脚也长了:他必须将脚硬塞进被捕时穿的鞋子。

他觉得他像很不情愿地回到了十七岁时的自己。他的腰带紧了四个扣眼。

监狱给了他一个信封,里面装了二百谢克尔。他把钞票塞进口袋。他唯一的财产是一个珍珠母钥匙扣、一副破损的墨镜、半包万宝路香烟。

没有人在外面等他。天空是灰色的。树木看上去毫无生气。几个戴着头巾的妇女在监狱的墙边走动。

烟发霉了,摸起来很脆。他在监狱外面的小亭子里又买了一包新的。他闭上眼睛吸了一口,然后脚步轻快地走向市场。他买了一双运动鞋,白底,上有绿色漩涡花纹,然后讨价还价买了件运动服,黑色,袖子上有红色条纹。还有一件纯白色T恤。袜子。内衣。

他走进一家咖啡馆换衣服。

在汽车站的电话亭里,他拨了堂兄易卜拉欣的电话。电话响了又响。

138

巴萨姆剃掉胡须时,脸并没有更加凹陷,他对此感到惊讶。

137

他把旧衣服挂在咖啡馆厕所的钩子上,把旧鞋的鞋带拴起来,扔向空中，挂到电线上晃荡着。

巴萨姆回头去看监狱，看到几个纸筒枪从更高的几层伸出来。几卷纸条，像口水一样飞出来，飘飘荡荡落下来，掉在下面等候的妇女身边。

136

拉米被图案所吸引。他不断地画图案。他在红色小笔记本上画满相交的线。这不是简单的交叉线。他认为，这是他内省和思考的方式。将笔移到页面边缘。放下。

这些图案似乎拱起，向外延伸到虚空中。他很少在广告中用这些图案。涉及公司广告，他需要提供更大胆的图像。但有时候，他会回顾绘图本，寻找灵感，有时候被这些图案本身所吸引。它们粗朴狂放，自成方向，会根据需要，生出新的形体来。

135

在伊斯兰教学者眼中，数字不是单纯的量，它们也是质。

134

伊斯兰世界最美的艺术品之一，是高耸的木制楼梯和讲坛，在耶路撒冷的阿克萨清真寺屹立了八百年。

这讲坛被称为萨拉丁的敏拜尔。它是为了纪念十字军的失败而建，工程开始于十二世纪的阿勒颇。建成后，在重兵护送之下，运到圣城的清真寺，在那里安装，成为穆斯林世界最受崇敬的作品之一。

敏拜尔融几何、木雕、镶嵌和书法为一体，被视为神圣杰作。讲坛高十九英尺，深十三英尺，由数百名来自各行各业能工巧匠合作打造。这些工匠都是所在时代的天才型人物。

一万六千个精雕细刻的木块连在一起，内部中空。整个结构凭空而立，自倚自重，如若奇迹。格子门通向楼梯，楼梯通向上面的讲坛。面板上镶满象牙和乌木。图案从简单的六边形开始，随后是其他几何效果：螺旋形的玫瑰花结形状、蜂窝形状、圆形、正方形、三角形、蔓藤花纹形——其复杂精细让人目眩神迷。由上而下的书法，是《古兰经》经文的大段摘录。

每个世纪以来的每个星期五，伊玛目们都会爬上楼梯，向下方的信徒布道。

133

巴萨姆六岁时，父亲曾带着他们兄弟一起去耶路撒冷。他们在地上走来走去。他父亲坐在地上抽着烟，跟他们讲着故事：穆罕默德的夜行、萨拉丁的故事、黄金圆顶的熔化。他还说，清真寺里原来有个很漂亮的讲坛，后来被烧毁了。

132

德国作家歌德说，建筑产生的思维格调，效果接近音乐。观看等于聆听。他写道，音乐是液体的建筑，建筑是凝固的音乐。

131

敏拜尔在那里立了八百年。没有钉子,没有螺丝,没有任何胶水将它们固定在一起。

130

1969年8月21日凌晨,年轻的澳大利亚游客丹尼斯·迈克尔·罗罕带着相机和背包,在阿克萨清真寺过了门卫一关。门卫认识他。他每天都来,已经一个多月了。他出手阔绰,给过他们不少小费。他用阿拉伯语和他们打招呼,问能否提前让他进去拍些照片。

到了清真寺内,罗罕打开背包,在台阶上放了一条围巾,在上面洒上煤油,爬上楼梯,在讲台上浇上苯,将其全部点燃。他走出清真寺,还停下来和门卫聊了一会儿,然后逃走。

火焰在里面升起来,清真寺屋顶也着了火。到了中午,敏拜尔只剩下几个烧焦的残块。

火烧的消息传遍伊斯兰世界,各地进入紧急状态。约旦国王侯赛因呼吁召开军事首脑会议。沙特阿拉伯立刻让其部队待命。巴基斯坦发生了大罢工。伊拉克宣布处决十五名外国间谍。印度爆发了致命的骚乱。

两天后,罗罕被以色列警察逮捕。他说,他是按照上帝的话行事的:大火会加速弥赛亚的归来。他认为自己是亚伯拉罕的直接后代——他的姓氏倒写为Nahor,与亚伯拉罕的祖父相同。

澳大利亚人在受审时说,大火是自从耶稣基督受审以来世界上最重要的事件。他提出自己精神错乱,后被判终身监禁于耶路撒冷的一家精神病院。1974年,他因人道主义原因获得释放,二十一年后他在悉尼的卡兰公园医院死亡。

129

在审判期间,罗罕向以色列的精神病学家承认,他在澳大利亚上一年级的时候,若是捣乱,老师就让他蹲在柳条篮子里。他的同学们从边上一一走过,嘲笑他,称他为摩西。

128

二十世纪下半叶,精神病医生开始注意到,越来越多的耶路撒冷游客患上了急性精神失调代偿症:由于靠近耶路撒冷圣地,而引起妄想和其他症状。这些病例的发病率很高(至少每年一百例),它们被转移到一个中央机构卡法尔·沙乌尔精神健康中心。

患有该综合征的患者,有的相信自己是耶稣,有的相信自己是圣母马丽亚,还有摩西与保罗——有时候能看到他们穿着旅馆毛巾和床单改成的衣服,戴着荆冠,在街上行走。

一离开耶路撒冷,症状通常就会消失。

127

卡法尔·沙乌尔精神健康中心建在代尔·亚辛。中心如一村落,位处耶路撒冷的郊区。中心是本地石灰石建造,里面拱门环立,大门遍布,街道狭窄,以石板铺就,两旁有低矮的棕榈树。

1948年初,村里的居民和周边的犹太村庄吉瓦特·沙乌尔签署了一项互不侵略条约。但到了4月,犹太民兵中的流氓分子破坏了和平,一百多名巴勒斯坦男女老少被杀。

这次大屠杀在一定程度上促成了灾难日大逃亡。成千上万的巴勒斯坦人逃离家园,从此再未回国。

村庄的墙上有人用钉子在石头上划下了一句丹麦语标语：把砖石固定起来的，不是水泥，是时间。

126

爱因斯坦写信给美国争取以色列自由战士之友组织（也称"斯特恩帮"）说，在代尔·亚辛村大屠杀之后，他不再愿意协助他们及其事业筹集资金。

125

多年来，萨拉丁讲坛被人拍过照片，画过素描，拍过电影，但从未有人绘制过完整图纸。没有蓝图。没有设计稿。找不到知道这些图案秘密的工匠。

沙特阿拉伯哈希姆王室求助于建筑师、数学家、计算机专家、书法家、生物形态设计师乃至神学家，但哪怕有最先进的计算机，也无法解开木制讲坛之谜。

建造工艺也已失传了几个世纪。大多数工匠开始使用钉子、螺丝、胶水。细木工技术几乎消失了。

经过三轮全球征集之后，设计并组建世界上最好工匠团队的任务，落到了一个名不见经传的候选人身上：贝都因人、土木工程师民威·艾尔-梅海德。

他发现该结构的秘密在于，成千上万的部件根本没有一个支撑的框架，而是和谐地相互组合在一起。

124

原始木材花了好几年时间才找到——一位土耳其木匠发现了一片完美的核桃树。他带领设计师来到了伊朗和伊拉克边界的偏远森林,在仲冬时节将核桃树砍伐,然后伐木工人得等上四个月,道路全部解冻后,才能把树干拖出。

木材坚硬、密实、美丽,具有细密的纹路和微妙的色泽。树材很高,能整个裁成板条,中间不开裂。

在安曼的一个仓库里,工匠们聚集在一起。有印度尼西亚人、土耳其人、埃及人、约旦人和巴勒斯坦人。

匠人们根据艾尔-梅海德的设计,将一万六千块木头切成碎片。第一块木板就花了两个半月的时间,余下的做了几年。

完成后,来自伦敦、安曼、纽约、巴黎、巴格达的艺术评论家都说,他们奇迹般地给予已经消失的生命以新的生命。

重建萨拉丁的敏拜尔花了整整三十七年的时间。

123

菲利普·格拉斯的实验性歌剧《爱因斯坦在海滩》没有传统歌剧的剧情。歌词使用了短诗、歌曲、韵律、练习曲音节,偶尔还有重复的数字。四幕完整表演下来需要五个小时或更长时间。

该作品表面上看毫无情节,但格拉斯希望通过它,引出被发现的爱因斯坦,甚至说更真实的爱因斯坦。戏的关联环节是膝间剧,或曰幕间剧。

膝间剧结合了吟唱和有节奏的念白,其效果是一种不断被打扰的宁静。

122

从十一岁起,拉米就知道豹式坦克和虎式坦克的区别。他可以区分党卫军中校和党卫军全国领袖。他了解梅塞施密特 BF 109 战斗机的规格。他知道所有斯图卡飞机的发动机尺寸。艾希曼、戈培尔、科赫、希姆勒似乎总在他身后偷袭。他义愤填膺。

他放任这愤怒野蛮生长。他找到了关于大屠杀的所有书籍,并在深夜里一一钻研。劳尔·希尔伯格[1]。以色列·古兹曼[2]。奇尔·拉奇曼[3]。他对所有集中营都了如指掌。布痕瓦尔德。弗洛森伯格。贝尔策克。赫佐根博斯。毛特豪森。特雷布林卡。奥斯威辛集中营的确切规模,他张口就能说出来。

每一个事实,每个人物,都困扰着他。索比堡的起义。水晶之夜。利迪策。他在超市里买东西时都会看看标签,确保不是德国制造。他做过自己被制成肥皂的噩梦。他甚至讨厌德国腔的发音,他不由自主地将这种腔调和自己不喜欢的老师联系在一起。

来德国的想法使他后背发凉。

121

---

[1] 劳尔·希尔伯格(Raul Hilberg, 1926—2007),犹太裔美国政治科学家和历史学家,研究纳粹的知名学者。
[2] 以色列·古兹曼(Israel Gutman, 1923—2013),以色列历史学家,大屠杀幸存者。
[3] 奇尔·拉奇曼(Chil Rajchmani, 1914—2004),乌拉圭作家,逃脱集中营的幸存者。

120

火车隆隆驶过。柏林。科隆。慕尼黑。汉诺威。法兰克福。莱比锡。采访一场接一场。市政厅的见面会。和慈善家的见面会。他们像赶集一样被带到各地。到最后,他们精疲力尽。能来这里拉米很吃惊。他试图向记者解释:他是作为大屠杀之子长大的。他曾经发誓永不会去德国。他以为自己去德国肯定要失控。去死亡集中营附近的念头都让他发狂。火车站。喇叭里的公告。穿制服的男人。系腰带的大衣。无轨电车。双手紧扣在背后。一个女人在街上匆匆走过。任何细节。在到达口,一小群教授和激进主义者在迎接他们。恐惧感仿佛在他的喉管里跳跃。他的手很冷。他没法摆脱的感觉。奔驰车的后备厢被打开了。银色的徽章在荧光灯下闪闪发光。看起来像个具有讽刺意味的和平符号。他尽量轻松地坐入车子后座。在驶入市区的路上,他保持沉默,让巴萨姆讲话。窗外,高高的玻璃建筑,干净的建筑线条。酒店是他期望的样子:高柱,砖墙,喷泉,宏伟的入口,而员工神情喜悦,灯光明亮。他预想的德国应该更黑暗,更低矮,更阴险。他乘电梯到自己的房间,锁上了门,打电话给她。她把他说了一顿。她去过很多次:不用担心。放松。玩得开心。每天给我打电话。他走进淋浴间。再怎么样,淋浴总归要淋浴。他停了下来,照了下镜子。他的皮肤苍白明亮,新理的头发。他小心翼翼地刮了胡子,穿上一件新衬衫,给巴萨姆的房间打了电话。他们一起下楼。餐厅的吊灯到处都是,如若魔镜迷宫。有张桌子边有十个人,至少两个是犹太人。他知道巴萨姆也可能做同样的数学题,辨认穆斯林的名字,寻找阿拉伯面孔。邀请的主人概述了这次旅行:他们要做哪些演讲,接受哪些访谈,参加哪些会议。他们说,德国人民非常感兴趣。以色列人和巴勒斯坦人一起旅行。更不同寻常的是,一个是反对占领的以色列人。一个是研究大屠杀的巴勒斯坦人。这些如何结合在一起。如何把观众从昏睡中唤醒。沉默需要打破。他们相信,大家都做好了倾听的准备。他们说,请相信我们。餐厅里人慢慢满了。开了葡萄酒。巴萨姆走出去抽烟。拉米跟主人谈起了他的匈牙利父亲。他说,他纪念每个阵亡将士纪念日。但多年下来,他一直注意到这节庆被操纵了,那些怀旧,那些商业化。悲痛。恐惧。过去塑造当下的方式。对这一切大家无能为力。拉米又倒了一杯酒。话题在切换着,矛盾着,重复着。奥斯威辛上空的航班。卑尔根-贝尔森代表团。记住和永远忘不掉的区别。餐厅像个万花筒,多少个盘子在转来转去。他有点惊讶,晚上他居然睡得很香。早晨他出去走路,跟着一个街头清洁工,听起来他就好比有史以来第一个吹口哨的人。晨光明晃晃,一片金黄。他在美因河边走过。高楼大厦让他感到惊讶。这是一个在往上长的国家。清晨,他们在市中心的一家律师事务所举行了第一次会议。他们的故事结束时,屋子里一片寂静。一名记者在歌德大街的一家餐馆里等着他们。她的眼睛闪闪发亮,炽烈而温柔。她的问题层次分明,她以敏锐的角度挖掘问题。她想知道巴萨姆对"二战"中阿拉伯世界的回应有何看法?拉米对第二次巴勒斯坦大起义怎么看?他们是否认为自己把冲突正常化?拉米身体前倾了一下。悲痛如何使得冲突正常化?他问。他感到自己打开了话匣子,进入一种连自己都感到困惑的自由。这些采访一个接一个。晚上,他们向两百多人发表演讲。拉米可以听到听众窃窃私语。前排在偷偷传着一条手帕。很多口音,很多语言。希伯来语,阿拉伯语,英语,德语。他可以感觉到自己的身体放松了下来。他们继续乘火车去全国各地。车站霓虹灯闪烁。站台上乐声悠扬。没有飘扬的旗帜。车厢里很舒服。他们靠在彼此肩上睡着。晚上,大厅里济济一堂。拉米说自己是奥斯威辛集中营的毕业生。听众坐直身子。他可以看到某些东西在他们的眼中闪过。他知道他可能是一根刺,提醒者,这他知道,可是后来,他们过来与他交谈,跟他握手,感谢他到来。他一直在吹毛求疵,看有没有人出言不逊,或措辞不当。都没有。他们乘飞机去了柏林,去柏林墙的遗址。结束占领,他低声对巴萨姆说。他们淡淡一笑。拉米在沙洛姆·罗伯格中心对观众说,无论如何,所有的墙注定都要倒下。不过,他也没那么天真,以为一堵墙倒了,不会有新的墙建起来。这是一个墙的世界。尽管如此,他的任务,是在看到的最明显的高墙上,打出裂缝来。他们向南前往莱比锡,途经布痕瓦尔德大门。在拉米看来,它像个古老的废墟。铁门上的标记只有进去了才能看到。Jedem das Seine[①]。他们一起走了出去。得所应得。在采访中,他们相互礼让。有时,这些情景,就像阿西和古里或是艾博特和科斯特洛的滑稽表演。你先来。不,你先来。一次采访结束后,巴萨姆碰到拉米的手肘,笑着说:犹太人受的苦还不够吗?这是他们私下的玩笑。记者蒙了。拉米从手机上找到以色列某个电视节目的片断,给她看了《卡梅尔五人行》喜剧节目的视频。很久以来,这个节目片段总是拉米和巴萨姆减压的方式。很多台词他们都烂熟于心。各就各位,预备!是关于第六跑道的小伙子。来吧,干脆一不做二不休。这名记者起初一脸木然,但到了视频结尾,她硬挤出来尴尬的一笑。拉米在前往汉诺威的火车上再次播放这视频。沃尔夫冈,他笑道,把你的头从我肩上移开,我受够了。

119

慕尼黑大学一位神学教授给巴萨姆留了个条子:我希望将您的形象,印入我的余生。

118

场景:德国斯图加特的一条跑道。1995 年世界锦标赛。德国体

[①] 纳粹在集中营常用的标记,直译自拉丁文,大意是:得所应得。

育官员将在一百米跨栏比赛中扣动发令枪。

体育官员

各就各位,预备!

起跑点上排着几名来自世界各地的短跑运动员,个个身材高大,只有一名以色列运动员比较瘦弱。比赛即将开始,两位长官跨过了赛道跑过来,将障碍推开,直接冲向体育官员。

长官甲乙

打扰下,打扰下,请稍等!您好,晚上好。我们来自以色列代表团,我们想请你帮个忙。看,我跟您说实话吧,是关于第六跑道的小伙子。小个子那个。怎么说呢?他跑得不是很快。甚至说比较慢。可以说是很慢吧。但是很有才华。很有才华。我们想请您帮个忙。也不是什么大事。无非是把他的起跑点往前挪个五六米。

困惑的体育官员转身寻求帮助,喊了一声他的朋友沃尔夫冈,但没人回答。

长官甲

怎么样?也就六米。反正他也是最后一名。我们就不想让他丢人!你知道,这不大好,他妈妈也在体育场。

以色列运动员从起跑线做手势,将手指放在嘴唇上,要他们安静。

长官甲

看那边,他的母亲在,她是个非常勇敢的女人。非常勇敢。

德国体育官员警惕地向长官甲所指的方向挥动发令枪。没看到那名运动员的妈妈。

长官甲

历经劫难，特地跑过来看儿子比赛！表现不好她会伤心死的。

体育官员

沃尔夫冈？

长官甲和乙

你看看他们，个个都像服了兴奋剂。就是他，那腿就像鸡腿，像冰棍。我们要求过分吗？只不过针对历史的不公，给一点帮忙。要不，八米怎样？

体育官员再次呼吁沃尔夫冈，没有回音。

长官乙

你们外邦人铁石心肠。就是要我们难堪。

长官甲

冷静点，费尔德莫斯。

长官乙

我冷静点？狗才冷静。你怎么不害臊？你没看过《辛德勒名单》吗？全世界的电视都看着我们！你无所谓！犹太人受的苦还不够吗？！！！

长官甲

冷静点，费尔德莫斯。不要白费口舌。

长官乙

我们让他直接发奖牌了吗？我们要直接赢了吗？我们只不过是要让他让个九米。他为什么成心要我们难堪。

他抓住了体育官员的发令枪，抵在他脖子上。

长官乙

来吧，干脆一不做二不休，我也是犹太人，一不做二不休，来吧！

长官甲

别这样，费尔德莫斯。别这样。

长官乙

你这技术官僚，你这个艾希曼！

体育官员深吸一口气，用手势示意以色列运动员往前。第六跑道上的运动员怯生生地捡起了自己的起跑器。

运动员（对其他运动员说）

承让了，各位！

两位长官看着自己的运动员往前挪时，他们握住体育官员的手。

长官乙

我们犹太人非常感谢你，你这人很伟大。

长官甲

（对远动员说）继续，继续，再往前一点，停住！不要太过分！

（对体育官员说）他是个好小伙子。你很伟大，非常感谢，非常感谢！

长官乙

我们祝你过个犹太式逾越节！感谢！

长官甲

在这以后，我们将索要您的详细信息，我们要以您的名义，在耶路撒冷大学哈西德大道上植一棵大树！

体育官员（第一次讲话）

好的！谢谢。谢谢！

长官甲

嗯，还有一件小事，不知当讲不当讲？您那个啥……（示意发令枪）"砰砰"之前……能不能给他使个眼色。让他好有所准备嘛。

体育官员

使个眼色？

长官甲

他是个好小伙。

长官乙

略微暗示下。

体育官员

暗示！好的，成。

> 长官甲

他是个好小伙。

> 体育官员

好的,好……Shalom①!

> 长官甲乙

Shalom,shalom,谢谢!

> 体育官员

Shalom,shalom ... 各就各位,预备!
(抬起发令枪扣动)
跑!

117

小品中他们最喜欢的场景,是到最后,以色列运动员领先了七八米,跑到第一个障碍时,把手伸到障碍栏上面,小心翼翼地想跨过去。

116

上世纪九十年代此剧在二频道播出,剧本的作者之一埃特加·凯雷特被以色列著名的道德伦理哲学家阿萨·卡舍尔称为自我憎恨的犹太人和反犹主义者。

---

① 希伯来语里的问候,意思是平安。

卡舍尔几年前帮助制定了以色列国防军的道德守则，标榜它的"道德口碑世界第一"。

115

卡兰迪亚检查站附近的墙上涂着："道德口碑活世界第一"。

114

在阿比尔去世前的六个星期，巴萨姆用铅笔在阿纳塔公寓的门上标记了她的身高，在门把手和钥匙孔中间的地方划了个黑痕。

直到他们搬家的那天，巴萨姆和萨尔娃都没有把痕迹涂掉。他们其他的孩子身高都超过了这个标记。

每年，巴萨姆在她生日那天，都用铅笔把记号重新涂黑。

113

阿拉伯比阿比尔大三岁；阿瑞大她两岁；穆罕默德小她一岁；艾哈迈德小她两岁。最小的是希巴，小阿比尔三岁。她也最像阿比尔。

112

直到今天，当他从耶利哥家中门口走过时，虽然门上已无标记，巴萨姆仍感觉到它让自己胸口隐隐作痛。

111

他在走廊上来回走动。医院的官员拒绝验尸。没必要。显然,这是钝器造成的外伤,头颅骨后壳破裂,骨头刺穿了大脑。他们也可以给他看 X 光片。医生的正式报告。验血结果。心电图。如果他需要,还可以提供公证件。他们对他说话的口气很正式。甚至向他鞠躬。他们说,他们了解他的痛苦。他们想减轻他的负担。但是验尸很复杂。他们需要官方许可。有方方面面的事情要考虑。这些决定需要时间。需要走官方的各种程序。

巴萨姆再次坚持要验尸。官员们走开打电话。墙上的钟在走。官员们回来了,领带系得更端正了。他能不能解释一下为什么要验尸?巴萨姆感到血涌上自己的脸。他前两天已经考虑过这件事了,他将提起刑事诉讼。告谁?告以色列,他说。他们停了片刻。拉了拉白大褂的衣襟。他们现在彬彬有礼但语气略微强硬,不过也有一些和他合拍的东西。是的,是有些地方搞砸了。该追究追究,但是刑事指控嘛,阿拉敏先生,至于吗?是的,我很肯定,他说。我们只是不确定应该走这条路。这不是路不路的问题,这是事实。他们说,很抱歉,我们无权下令进行尸检。他说,作为父母,我有权要求验尸。他们说,我们已经给上司打了几个电话,但请示都被拒了。他们又说,所有这些记录你都可以有,你要的信息这里都有。不,他说,我要正式的验尸。他们烦躁不安。很抱歉,流程我们都走了,我们也是秉公办事。

他可以从他们的视线中看出发生了什么事:以色列国防军已经发表了一份声明,说该地区发生了骚乱,声称巡逻队没有开枪,阿比尔有可能是被巴勒斯坦暴徒投掷的石头击中的。

他们说,官员们非常理解,但如果他想验尸,他要自己掏腰包。不能由政府付。这个费用要几千谢克尔。他还不如用现成的记录。

"好的,钱我来付。"巴萨姆说。

110

验尸费用为六千八百谢克尔。医院里一起等候的人每人凑了一些,立刻付清。凑钱的包括拉米、阿隆、苏莱曼、狄娜、穆罕默德、罗比、耶胡达、阿维和伊扎克。

109

尸检完成后,他们将阿比尔的物品放在密封的塑料袋中。她的内衣被认真折叠好。校服也摆放整齐。包的底部是两只漆皮鞋,其中一只因在路面滑行的一段而略微磨损。

108

法院以证据不足为由,立刻驳回了刑事起诉。这个结果他早有预料,不觉得多吃惊。外面有个小小的记者团在法院外等候。时间是星期四下午,外面阳光明媚。巴萨姆穿着西装,打了领带。

"我现在开始民事诉讼。"他说。

107

2007年的六千八百谢克尔价值为一千五百七十美元。

106

案件审理到一半时,法官要求重演当时的事发现场。她想让所有参与的人都去阿纳塔,看他们是否查清楚到底发生了什么,以及怎么发生的。

法庭上响起一阵嗡嗡声。辩方团队立即提出异议:这里存在安全、程序、法院管辖权等问题,但法官挥挥手,对他们的说法置之不理。

"我们在阿纳塔开庭。"她说。

车队是在一个星期四早上从西耶路撒冷出发。街道封锁了。几辆吉普车停住待命。一架直升机在上空盘旋,就好比一只吵闹的蜻蜓。

天阴沉沉的。整个镇上如同罩了一条热毯子。风里飞扬的尘土如同弹片。

巴萨姆去得很早。他看着法官从车里出来。她穿着一件朴素的连衣裙,遮住了胳膊和膝盖。她从手提包里掏出头巾,巧妙地在下巴下面打了个结。她用手遮住眼睛,环顾四周。这可能是她第一次到阿纳塔:山上高高耸立的房子,下面摇摇欲坠的公寓,各种修理厂,废弃的轮胎,两车道的道路,转盘交叉路口,用木板封起来的商店,破碎的混凝土路障,凹痕累累的路标,孩子们抄近路赶去上学,包着头巾的过马路护卫。

法官把脸转过去,从手提包里掏出一副墨镜戴上,然后大踏步走到阿比尔摔倒的地方。她低头看了看地面,点了点头,下令拍照,然后走回角落。她让法庭书记员数出台阶,然后传唤边防警察部队指挥官。

"墓地在哪里?"

"什么?"

"你来的地方。"

"什么?"

"你的证词里说的。"

"就在那边,法官大人。"

"在拐角处?"

对此,指挥官没有回应。法官凝视着墓地和死亡地点之间的公寓楼。她在一个红色的小笔记本上写了点什么。

"带我去看看墓地。"

"法官大人，这个主意不大好。"

"这可是我的庭审，长官。"

他的脸红了。他找来士兵。他们围在法官四周，把她带到拐角处。在墓地高墙下，她让众人停住。

"他们从这里扔石头？"

"是的。"

"他们跑得够远的啊，这些阿拉伯人。"

"什么？"指挥官说。

"相当了不起啊。能拐弯扔石头。"

"恕我直言，法官大人，他们可能会从不同角度扔。"

"原来如此啊。"

"法官大人，您要明白，这是战时状态。我们经常受到攻击。任何方向可能都会有石头过来。包括屋顶。我们后脑勺上都得多双眼睛。"

"她才十岁，长官。"

她转过身，朝拐角走去。士兵们紧随其后。她又大步向前走到阿比尔中枪的地方。是这里？

"是的。我想，"指挥官说，"在这附近。也许吧。"

"我要看一辆吉普车。"

"法官大人？"

"我想看看吉普车的内部。"

"是的，法官大人。"

有人用无线通话器联系，从转盘路口有吉普车开了过来，一辆吉普夹在另外两辆之间一起过来。法官走向中间的吉普车，提着裙子，爬上车。

"去拐角处。"她对司机说。

一阵疾风拂过吉普车的侧面。巴萨姆确信他能听到沙粒撞击的声音。

　　车拐过拐角，然后返回，又一次倒车。后盖打开，然后又合上了。当一个枪管从小小的方洞里伸出来时，旁观者都倒吸了一口气。

　　门关上了又开了。巴萨姆觉得法官好像要重复所有的细节。

　　法官走出吉普车时，她的衣服微微掀起。她把它紧紧夹在膝间，再次走到阿比尔摔倒的地方。

　　她停了一会儿，取下太阳镜，低头看了看。

　　"好吧，我们将在耶路撒冷重新开庭。"

105

　　民事庭判决那天，Y.A 早早就来了。他二十三岁，但头发已经开始稀疏，头顶东一块西一块如同半岛。他穿着一件灰色夹克和皱巴巴的蓝色衬衫，打了一条黄色领带，看上去颜色太过鲜艳。他的眼睛转得很快，但一直盯着地上。有一个律师跟着他。律师拿着一个公文包，横放在肚子前，仿佛是为了挡住不让人打到一样。Y.A 蜷缩在墙边。他给人的印象是，如果墙上有缝，他会不惜一切代价钻进去。几个月前，他公开表示他会出席审判。现在算骑虎难下。他说他要洗清冤屈。他的律师坐在他旁边，把公文包放下。还有两名妇女也坐到他们后面。这就好像是一场象棋比赛，而 Y.A 就好比城堡棋子，把自己逼到了角落，并在那里待着不出来：他会留在那里，永远不会吃掉。他双手合十放在膝盖上，凝视着前方的记者席。

　　五六个记者打开了各自的笔记本。一些法律系的学生坐在后排。巴萨姆的支持者占据了其他席位：他们大多是以色列人。有些人把阿比尔的照片放在胸前。法官进来时，他们站了起来。法官把手指交叉起来，手成了金字塔形状。她瞥了巴萨姆一眼，视线和他的短暂相遇他没有料到。她向前倾身，说得很慢。

　　本庭权衡了各种证词之后，形成了意见，做出了决定。阿比尔·阿拉敏是耶路撒冷市的居民。我们已经决定了。这是以色列国的责任。已经确定了。

　　记者席上响起了惊叹声。代表以色列的律师仍坐着。巴萨姆的支持者爆发出热烈的掌声。他转过身来，低下头，恳求他们安静。他瞥了一眼 Y.A。士兵直视前方，就像在盯着吉普车后门上一个四英寸的小洞。突突突。才十几岁。还痴迷在电子游戏中。

　　巴萨姆注意到 Y.A 在判决结果出来时点了点头。好像他已经知道，早有预料，事先收到了警告似的。

　　赔偿金尚未确定。不过，以色列国要赔偿寿命损失、疏忽失职和丧葬费用。被告席的大门打开了，Y.A 被推到法庭后面，律师跟着他。Y.A 似乎在门口停了一会儿，然后那年轻的秃顶就如同一枚硬币，消失在阴影里。欢呼声响彻全场。一名官员要求大家冷静。人们和巴萨姆握手，向他微笑，拍他后背。他几乎站不住了。他需要喘口气。通往法庭后面的路被堵住了。他周围的支持者都拿着他女儿的照片。阿比尔又来了，有多个版本，但有一点是不变的：她是他死去的女儿。有人碰了他的胳膊肘。恭喜你，兄弟。一个里程碑。你能相信吗？他低下了头。这件事似乎发生在别人身上，而不是他自己，一个徘徊在另一个世界的人。他一点也不觉得自己赢了什么。没有刑事指控，也没有官方认罪。他穿过人群离开了法庭。他把一个角落变成另一个角落，到处都是角落。在另一个拐角处，他看到有人从厕所里蜂拥而出。他从容地走进去。他不惊讶地发现，Y.A 站在镜子前，还和律师凑在一块儿。Y.A 抬头看着他。眼中流露出忏悔和恐惧。律师试图把他推到一边，但 Y.A 留在原地。巴萨姆说了一句他脑子里用希伯来语练了一百遍的话。

　　"在这里你是受害者。不是我。"

104

和斯玛达尔一起在爆炸中丧生的还有十四岁的耶尔·博特林。十年后,她的家人向华盛顿特区地方法院提起诉讼。

这家人称伊朗伊斯兰共和国、伊朗信息和安全部以及伊朗革命卫队需要对哈马斯的袭击集体负责,他们需要赔偿损失。诉讼称,自杀袭击是伊朗政府最高层批准的,他们称,作为美国公民的耶尔可以根据美国法律提出诉讼。

耶尔的母亲朱莉在证词中说,看着耶尔的朋友们继续生活,结婚生子,对她来说极为困难。

103

2012年,博特林基金会获得一百七十万美元的赔偿。

102

伊朗伊斯兰共和国从未付款。

101

每一天,拉米和巴萨姆的支持者都在法庭外聚集。每次都有一辆车经过一个个大门,把阿比尔的画像高举在空中。

100

以色列和美国报纸上发表了几篇文章,对法官就阿拉敏一案的判决表示遗憾。他们说，在战争状态下，这类民事诉讼本不该受理。刑事法院已经认定了证据不足。为什么要国家来承担责任？有人在法庭上指出，这名儿童有可能是被暴徒投掷的石块击中。退一万步说，就算她极为碰巧地被橡胶流弹击中，指挥官也曾作证称，他们当时正受到无情的攻击。这个判决将来可能危及他们的生命：以色列士兵为了安全需要，需要在瞬间作出关键决定。如果他们犹豫不决，不仅会危及自己，还会伤害战友，甚至公民。此外，最令人震惊的是，巴萨姆·阿拉敏是一名被定罪的恐怖分子。他因一系列手榴弹袭击而入狱七年。他属于法塔赫派系，现在仍支持这个派系。一百万谢克尔，毫无疑问，会助长恐怖分子的冒险之风。谁知道他下一步会策划什么。

99

手榴弹在吉普车周围滚来滚去。一个，两个。从远处看，像小小的圆石头。一颗手榴弹停在后轮旁，蹦跳了几下，一缕缕的尘土飞扬起来。

98

其他报纸说，阿拉敏一案的判决是个里程碑。尽管之前被告没有按刑事罪名定罪，但被告在民事法院走过了适当的程序，法官的决定是强化国家民主的重要一步。它重申了司法系统的独立性，同时也对所谓以色列军队道德世界第一的说法提出了质疑。如果军队真如几十年前开国元勋们设计的那样，是道德的军队，就得让它接受制衡。一个士兵的举动，或是指挥官的自作主张，不一定代表军队的全部。如果发生了错误，承认错误的性质和影响，事关军队的声誉。军队受命保护人民，对其行动可以有合理的质疑。这一裁决，为以色列人和巴勒斯坦人的质疑，打开了新的可能性。在整个过程中，我们都必须记住，十岁的阿比尔·阿拉敏已经失去了生命，再也没有什么能把她救回来了。

97

第二声巨响从车轮下传来。他以为他看见的是轮胎爆裂。他等着第二次爆炸。什么都没发生。吉普车蹒跚向前，然后车门打开。两个、三个、四个人的形状下来了。

96

还有报纸说，阿比尔·阿拉敏一案是一个例外，它说明了一个残酷制度的存在。这是一场胜利，但代价高昂。这个单一案件引起如此多的关注，突出表明了以色列司法系统和军事法庭严重失衡。包括阿拉敏一案在内，以色列士兵对于非战斗人员（甚至包括儿童）的谋杀，从来未能进入刑事诉讼。若进入刑事诉讼，人们会对冲突的本质产生质疑，现在这些只是不了了之。民事法院法官的行为具体说来，可圈可点，但在更广泛的政治背景下，只是微不足道的姿态。阿拉敏案被转入民事法律体系。这一判决助长了一种错觉，即巴勒斯坦人在更广泛的制度内享有一系列自主决定的权利。这是一种本质上不民主的制度，在这种制度下，儿童若不是被橡胶子弹射中，他们有可能被带上军事法庭，在那里被判有罪的可能性为99.74%。阿比尔·阿拉敏也遭受了同样的命运——她的罪是她是巴勒斯坦人，十岁，站在学校大门外，买了价值两谢克尔的糖果。

95

无极形（Apeirogon）：无限可数边的形状。

94

Apeiron 来自希腊语，意思是无边、无限。还有个印欧语系的词根 per，意思是尝试、冒险。

93

总的来说，无极形接近于圆形，但放大后看，每一段看起来都是直线。在这个整体之内，人们最终可以到达任何一点。一切皆有可能，包括貌似不可能的事。

同时，人可以抵达无极形中的任何一点，而整个图形促成这种旅行，包括尚未被人想象到的旅行。

92

后来，当宣布赔偿时，巴萨姆又看到了 Y.A。这次 Y.A 头上戴了一顶基帕帽。他决定成为一个忏悔者，chozer b'teshuva[①]，获得重

[①] 直译为"回归（上帝）"，犹太教中人犯罪，愿意改悔，回归信仰。

生，回到自己的本源。

91

十二世纪的犹太哲学家迈蒙尼德说，忏悔的过程包括三个阶段：坦白自己的过错、后悔、发誓不再重蹈覆辙。

90

在《古兰经》中，神被称为 Al-Ghafoor、Al-Afuw、Al-Tawwab、Al-Haleem：最宽容、最饶恕、最仁慈、最同情。

89

巴萨姆有时会想象 Y.A 根本没有过上忏悔者的生活，这不过是个诡计、花招，最终他抛弃了悔改的想法，退了伍，找了份工作，当然是做高科技行业，职位很低，薪水倒是很高，他自己都感到惊讶，一个边防的小兵，一个不再悔罪的人，竟能交这好运。他现在或许住在特拉维夫海边一间灯火通明的公寓里。他颇喜欢炫耀这住处，房子虽不大，但让人刮目相看，屋子里到处都是镜子，让他不用回头看。

墙上挂着艺术品。地板是巴西实木。地上铺着手工地毯。厨房里有很多漂亮的白色机器。调制解调器、电视屏幕、电线整整齐齐塞在墙后。隐藏的扬声器里传来柔和的摇滚音乐。

Y.A 会赤着脚走来走去，惊叹自己的新生活。他的白色亚麻长裤卷到脚踝，短袖衬衫敞开着，手腕上挂着许多细绳手镯。他会端着一杯放着四四方方冰块的水,在玻璃窗里看到自己的倒影,停一下,转过身来,再瞥一眼,歪着头,喝完水,把冰倒进水槽,把高高的银色水龙头关起来,玻璃杯放上晾干架,从地板上走过来,边走边看手机。

在公寓门口,Y.A会蹾上白色便鞋,俯身抓起一个沙滩包,对着镜子再瞟一眼,关上门,再拉一拉,确保锁上了。

他在柔和的荧光灯下沿着走廊走向电梯。电梯来得很快,效率很高。他会跟邻居点点头。邻居是高个子女子,优雅、聪明,抱着一只狮子狗。Y.A在一楼停下,让女人出去,然后又从她身边迅速绕过去,打开两扇沉重的玻璃门中的第一扇。

到了外面,在街上,女人把狮子狗轻轻地放在地上,狗用力拉皮带。Y.A会俯身拍着狗,说着再见,开始在街上信步游逛,步态像脚上装了垫子。他会听到一辆卡车倒车时响亮的嘀嘀声。咖啡店的叮当声。起重机发动机的突突声。汽车遥控器的咔嚓声。从弗里斯曼海滩沿途传来自行车的铃声。

他会走过橙色的建筑护柱,在红绿灯前停一会儿,拍拍腿上的沙滩包。车辆呼啸而过:出租车、卡车、一辆白色的警车。

他会朝散步的路一溜小跑过去,在自行车道上停下来,看着打着赤膊的跑步者、穿着运动胸罩的年轻妇女、在海边故意拖着脚步的老人。Y.A会脱下鞋子,拿在手里,然后在散步时继续解开衬衫的扣子。

海滩上有拍球的扑通扑通声、喊声、笑声、球拍拍在光腿上的声音。阳伞、冷却箱、毛巾、涂了油的身体。时候还早,他们都已经活动开来。婴儿们被紧紧抱在胸前。老头们拿着《国土报》、咖啡壶、翻盖手机。一只被废弃的细高跟鞋。广播音乐:米兹拉希① 曲调、饶舌歌曲、德吉布里爵士即兴重复。移民小贩。英国足球衫。

---

① 米兹拉希犹太人(Mizrahi),在希伯来语中是"东方人"的意思,为居于中东、北非地区的犹太人的后裔,文化上受阿拉伯文化影响很深,在以色列国内长期处于阿什肯纳兹系犹太人的强势文化阴影之下。

法国足球衫。西班牙足球衫。Y.A 会给自己找一块沙地，把毛巾从沙滩包里拿出来，把手机塞进拉链密封袋，打开一瓶水，站在那里，望着明亮的皮划艇和三色的帆板，地中海的蓝色，还有在岸边扑腾的游泳者。太阳高悬于蔚蓝而开阔的天空。他会张开双臂，停顿片刻，然后把瓶盖上，放回沙滩包里，脱下亚麻长裤，露出一件紧身的蓝色泳衣，向岸边走去，绕过打拍拍球的人，开始沿着海岸线，在熟悉而亲切的大海边，愉快地小跑起来。

88

有时候巴萨姆也会想象，一颗橡胶子弹沿着海滩飞来，越过海浪，越过在做日光浴的人，越过躺椅，越过雨伞。在海滩中央，子弹停上一会，原地旋转，挑战时间，仿佛要做出决定，然后毫无预兆地向前撞上 Y.A 的后脑勺。

87

不偏不倚把他的后脑颅骨打碎。

86

受害者是你，不是我。

85

根据拉米的想象，Y.A 住在一间天花板很低的公寓。可能是在内盖夫。公寓楼有点旧。四周破旧不堪。在三楼,也许是四楼。在走廊的尽头。门上有几把锁。门铃旁边有利库德贴纸。门半掩半开。一拉开铰链处吱吱响。里面拥挤而黑暗。到处是烟味。Y.A 的妈妈在水池边,轻轻地哼唱着,洗着头天晚上的盘子。她的裙子宽大而花哨。她的头发用髻网挽着。背景有收音机的声音,雷瑟特·吉梅尔,调频 97.8。挂着的抹布。胶木台面。雀巢咖啡罐子。不匹配的陶器。缺了口的橄榄盘。炉子边亚美尼亚陶瓷钟在滴滴答答。地下的油毡拱起来,顶着流苏地毯。木制咖啡桌上的餐碟。花卉图案。旁边那只手工吹制的水晶碗,摆满了小摆设。这些照片沿着木架排列着:Y.A 在死海,Y.A 在去露营之前和他的母亲在一起,Y.A 的成人礼,Y.A 在溜冰场,Y.A 吹着羊角,Y.A 从职业学校毕业,Y.A 穿着边防军制服,Y.A 打开他第一辆车的引擎盖,Y.A 和一个不认识的女孩在舞厅。木架的另一侧,在一个小小的银色镜框里,是 Y.A 的父亲年轻时候的一张照片。他在西伯利亚北部雅库茨克郊外的莱纳河畔,肩上挎着一双自制的溜冰鞋,这是他移民以色列、到内塔尼亚的一家军火厂工作前一年拍的。

84

Y.A 躺在房间里,躺在床上,一只手拿着烟,另一只手捂着发肿的眼睛。

83

悔罪则是一点也没有。

82

要按拉米的意思，他会把 Y.A 带到一块没有石头、没有围栏的大空地上，推他，开始轻轻地推，只是戳他的肩膀，踢那么几脚，心平气和先问他是为什么，然后再戳他的肩膀，右肩，然后是左肩，Y.A 快速地在空地上后退——空地现在在月光之下，草地如同一片漆黑的海洋——双手举在空中，做投降状，说这是错误，只是个错误，等等，等等，不是我的错，别冲我来，不是我的错，兄弟。拉米会猛推一把，说别叫我兄弟。而 Y.A 会在草地上绊倒，双手举起，手指张开，嘿，不是我的错伙计，你得相信我，我只是服从命令，指挥官让我们开枪，你知道外面是什么样的，跟丛林一个样，我还是个孩子，他叫我们开火，我们不是有意要伤害任何人，老实说，我们甚至都没有看一下开火的地方，是个错误，我不知道附近是学校，有人朝我们扔石头，你知道那是什么状况。得，兄弟，你也当过兵，得，兄弟，石头从屋顶上往下扔。是命令，情况很严重，我怎么知道是个女孩，告诉我，我怎么知道？拉米第一次狠狠地打了他一拳，打在他胸口的正中央，Y.A 会弯下腰，喘口气，他的手现在更靠近他的脸，以保护自己，喂，你不知道你在做什么，他会咆哮起来，离我远点，我没做错什么，别怪我，我只是秉公办事，我看见她了，是的，她在扔石头，她手里拿着一块石头，伙计，他们是一伙骗子，满嘴谎话，天生的，阿拉伯人，操他妈的阿拉伯人，所有人，她也是，和其他人一样，拉米会一顿老拳噼里啪啦砸下去，右，左，右，左，右。Y.A 会向后绊倒，退缩，去你妈的，伙计，去你妈的，你不知道，别冲着我来，她手里拿着块石头，我看见她站在那里，她根本没有被橡胶子弹击中，她的后脑勺被石头砸中了，就是这样，根本不是我干的，去你妈的，我没有开枪，她是被自己人打中的。现在拉米的拳头就会像雨点一样落在他身上，愤怒的关节砸在士兵的头上、脖子上、耳朵上，拉米拳打脚踢一直持续到士兵倒下，四肢张开躺在他脚下的黑草里，拉米站在他上方，士兵开始呜咽着说他很抱歉,他不是故意的,他根本不知道发生了什么,请听我说,一切都是在一瞬间发生的,车门洞打开,枪伸出来,事实上我很害怕,我只是害怕,我不知道我他妈的在做什么,遇到你也会这样,承认吧,伙计,承认吧,你也会这么干的。

81

十八岁:有时候纯属无奈。

80

在监狱里,巴萨姆有时会怀疑手榴弹是故意放在洞口附近的。两个炸弹放在一层一碰就碎的稻草上。他们一开始还以为找到了一箱石榴。

手榴弹很古老,可能是1948年遗留下来的。不排除它们被做过手脚,火药减少了,别针抽掉了。

79

在希伯来语里,石榴和手榴弹是一个词,rimon。根据一些《圣经》学者的说法,它是伊甸园里的禁果。据说它的籽永远是六百一十三个,与律法中的诫命数量一样。

78

第五百九十八条诫命:打仗的人,不可惧怕敌人,也不可因敌人惊惶。

77

阿比尔死后十二天，巴萨姆第三次与"失子父母圈"的人会面。那天早上，他在瓦拉贾山谷的一个检查站被拦下，被带到一个临时建筑的小房间，被下令脱光衣服。

房间又小又挤。墙上挂着一张贝塔尔·耶路撒冷足球队的海报。他注意到天花板角落里有一架摄像机，架在转动的金属臂上。

他脱下衣服，只剩内衣和袜子。他把鞋子放在地上，把衬衫、夹克和裤子叠在桌子上。一个士兵过来，把衣服放在一个白塑料袋里。

"还有手表。"

"为什么？"

"检测。"

"检测什么？"

士兵什么也没说。

一月的寒风呼啸着穿过敞开的门。巴萨姆把手表递给他。

"我需要一条毯子。"巴萨姆说。

过了一会儿，士兵拿着一条红色的小毯子回来了，他感到很惊讶。狗毛粘在上面。闻起来有点小孩子的味道。

"我要在这里待多久？"

"需要多久就多久。"

巴萨姆把毯子裹在肩上等着。占领就是这样：你在等待。你一直在等。然后你看谁等得最久。他知道，故作不在乎最好。站着等，坐着等，靠着墙等。等着另一个士兵进来。等着他走。把等待变成一门艺术。

门开了。士兵问他要不要抽支烟，休息一下。巴萨姆想，他不过是照章办事。是的，他说，他要一支烟。

士兵点燃了香烟，在桌上放了一个空汽水罐，让巴萨姆当烟灰缸用，然后又走了。

巴萨姆深深地吸了一口气，使香烟尽可能地燃得慢一些。他瞥了一眼手腕，找那块不见了的表。

两个新来的士兵拿着他的衣服走进小屋时，他都觉得有点失望。

"还有一件事。"他们说。

他们让他把剩下的内裤脱掉，站在镜子前蹲下。

76

十七世纪的法国哲学家帕斯卡尔在他的著作《思想录》中提出，人类的所有问题，都是因为我们不能独自坐在一个房间里。

75

萨尔娃最讨厌的是，在机场，他们戴上塑料手套，在她的头发里搜找。好像她的头皮上有什么东西很快就会爆炸。

74

在亨利护照指数上，巴勒斯坦民族权力机构的护照，通行证式护照，一直是世界上最没有用的。

73

汗衫也掀起来，混蛋。

72

拉米持以色列护照。持该护照者被禁止前往的国家有：马来西亚、孟加拉国、巴基斯坦、阿曼、沙特阿拉伯、苏丹、利比亚、黎巴嫩、科威特、伊拉克、伊朗、文莱、阿曼、巴基斯坦、叙利亚、阿拉伯联合酋长国。当然，根据他自己的政府的规定，他也不可以去西岸和加沙的任何地方。

71

他开车送他们去了机场：斯玛达尔和他自己的父亲伊扎克。她十岁。刚刚完成了家谱研究项目。两人正要去匈牙利。

自战争以来，这是伊扎克第一次去欧洲。斯玛达尔的问题唤醒了他心中的某种东西。

他们坐在后座上，拉米就好像是专职司机。

"对不起，先生。"

"是的，女士？"

"你能开慢一点吗？"

"你怎么说都行，女士。"

拉米推了推帽沿，加快了速度。

"慢一点，"她笑了，"慢一点！"

到了机场，他把他们的行李从车上一直拖到登机柜台，稍稍鞠了一躬，祝他们旅途愉快，说等他们回来时，本司机将乐意继续效劳。

"我希望你能准时。"斯玛达尔说。

"那绝对的，女士。"

"不要磨磨蹭蹭。"

"悉听尊便。"

"下次记住要戴好一点的帽子。"

"一定。"

他看着他们一起走,他的父亲和女儿,朝出发区走去。广播里播报着航班信息。机场很热闹。他们融入了人群。

他真希望斯玛达尔一反常态,转身跑过来,和他拥抱。

可是她一直没有。

70

从匈牙利回来后,她请拉米去百视达商店租借萨拉·利安德尔的电影《伟大的爱情》。

他无论如何也找不到,多年以后,在柏林一家音像店,他才在一份历史经典合辑中发现了这部影片的盒带版。

69

拉米的父亲一生中大部分时间都不愿意回到杰尔。他给人跑过腿。十四岁时被抓,关进一个集中营。他在那里看到了可怕的事情,来到以色列是想重新开始。他根本不想活在过去的硝烟里。他抚养了一个家庭。这就够了。他根本不想多说,直到斯玛达尔要求他为她的学校里关于家谱研究的作业提供帮助。他把她带到书房里,坐在转椅上说:宝贝,问吧,随便问。

68

等斯玛达尔十四岁时,以色列的生活会怎样?

67

从机场回到家时,拉米已经精疲力尽。他慢慢地走向冰箱,取出一品脱牛奶,打开纸盒子,喝了起来。

他关上冰箱,走回房间。努莉特在她书房里打字。他可以听到按键的声音,敲击声。

想到斯玛达尔在天上,跨越大洋,向欧洲飞去,他感觉很怪异,有点像犹太人外迁、一种降低①。

他走进自己的书房,坐下,打开了电子邮件:公主,别忘了给我们发照片。

66

他翻看她的护照时,看了匈牙利的印戳好久。他从未真正想到自己是以色列以外的任何国家的人。拉米在演讲中说,他是来自耶路撒冷的第七代人,但他也是大屠杀的毕业生。毕业,用这个词很奇怪。他知道有的人听了很不舒服,但这也很有意义,恐怖仍然存在,并且会永远存在,但是有必要向前看。这么做类似于成长,将一层皮蜕下。欧洲是遥远的根,远离树枝。他并不真正地属于欧洲。

他把她拍摄的照片存在了硬盘里。有时候进书房里一张张翻看。

---

① 犹太人迁入以色列叫上升(aliyah),犹太人从以色列迁出被称为 yeridah,有下降有意思。

65

64

爷爷辈的人，巴萨姆只见过祖父阿布·阿卜杜拉。他也住在赛尔村。他给希伯伦市郊一户以生产葡萄糖发家的富人家记账。

阿布·阿卜杜拉书法优美，账本上的字很漂亮。这些账本从奥斯曼帝国时代开始，经过了英国人统治的年代，然后是埃及人和约旦人的统治。到1967年，账本突然停止。

账本末尾有一个墨迹。几年后，巴萨姆发现，这一墨迹未必是六日战争所致，更可能是黑麻疹导致葡萄藤严重枯烂，葡萄茎叶枯干。葡萄园主人把他们的股份卖给了另一个巴勒斯坦家庭，自己搬到瑞典，在那里开始经营进口橄榄油和希伯伦玻璃的生意。

这片土地后来丢了，上世纪九十年代被来自明尼阿波利斯的一户右翼定居者买下。他们在这里建造了一大片红顶的别墅。

63

葡萄糖（Dextrose）是酿酒葡萄中的主要糖分之一。这个词源于拉丁语 dexter，意思是权利。在葡萄糖水溶液中，偏光的平面向右弯曲。

62

弗兰肯塔尔告诉他"失子父母圈"的会议在哪里举行：北耶路撒冷的一所郊区学校。

拉米故意提早到达，把摩托车停在一个街区之外。他仍然把头盔挽在臂弯，靠着墙，假装漠不关心。他站在人们看不见的树荫处。他已经在附近一家咖啡馆点了一杯浓咖啡。手头没有报纸，没有电话。他慢慢地搅动着咖啡，啜了一口。咖啡又苦又刺激。

所有这些正义、亲情、和解的说辞，怎么听起来那么俗，那么土。为什么预想他一定会来？因为他是迈提·佩雷德的女婿？因为他娶了努莉特？这显然太天真了。

从一开始他就觉得不对劲。弗兰肯塔尔在他守丧期来访。拉米过去在报纸上看过他的脸。他的西装夹克有点皱。他们握手。弗兰肯塔尔沉默寡言，说话轻声细语，小心翼翼地慰问他。他说听说斯玛达尔是个漂亮女孩。他沉痛悼念，发生的这一切多么荒唐。他说，欢迎拉米和努莉特参加一个会议。拉米立刻感到了某种厌恶。他胃里有种奇怪的东西，如芒刺在背。他什么也没说。在门口向弗兰肯塔尔道别。

几个月后，他在贝耶里街的一家书店里又见到了弗兰肯塔尔。拉米牙关紧咬。那样的傲慢。那样的轻松。你怎么做到的？拉米问道。她尸骨未寒，你马上就登我们家门？你凭什么认为你有权对我做什么推断？

弗兰肯塔尔点点头，凝视着他，他很惊讶。拉米想，他的眼神很有趣。活泼的蓝色。

"找个时间来开会吧,"弗兰肯塔尔说,"我们每周都有。要不先站在后面。观察观察。"

拉米耸耸肩,转过身去,但他挡不住,即使在离开书店之后。这感觉噬咬着他。挥之不去。或许这就是愤怒本身。他不知道自己要是去的话会是什么感受。他想去参加会议,把所有尖酸刻薄的话都丢在他们面前。拿去,这是我的全部。她人不在了。你的圈子对我来说毫无意义。

他把咖啡倒在地上。咖啡缓缓地从他脚前流动,从路沿滴落下来。

已经有几辆车到了。他们穿过学校大门。他听到停车场传来笑声。他听了很恼火。他们成群结队地到达。其中一些人他认识。古特曼。希申森。他在报纸上、电视上见过他们。跟他们这么近他感觉奇怪。以这种方式聚集在一起。这里有一种多愁善感的东西,想侵蚀他,这个自以为是的丧亲俱乐部。但他还是会进去的。他走了这么远。他会去开会,会去听,然后出来,回家,大功告成,不再过去。

他把咖啡杯踩在脚下,朝学校大门走去。

一辆公共汽车正从狭窄的大门驶入。司机估算得不准,进不去,不得不倒车。公共汽车掉头开到街上时,嘀嘀的倒车声很是响亮。然后车又慢慢往前移动。

拉米站在人行道上,看着窗前一排的脸。这些人比他想象的要年轻。女人也是。其中一个戴着头巾。

后来他想知道他给他们是什么印象:一个中年人,一手拿着银色头盔,一只手拿着一只被捏扁的咖啡杯。他对他们毫无感情:没有仇恨,没有挫折,什么也没有。他只是想让公共汽车移开,让他进去,把这一切了结。

61

她下了车,胸前还攥着女儿的照片。

60

重水的学名是氧化氘,它无色、透明、无放射性。

59

一切都变了模样。

58

有时候,拉米和巴萨姆看到有抗议者在学校或者市政厅门外等着他们。

大部分是中年男子。在拉米看来,他们就像螺丝钉一样:扭扭曲曲、灰白头发、瘦巴巴。小镇镇长、市代表、市议员。他很清楚他们需要关注。一开始他试图和他们讲道理。手伸出来,声音低低的,身体放松:没有头盔,没有皮夹克。他大步走了起来,伸出手来。他们很少去握。他们挥手把他赶走。他看着他们的脸上怒火中烧,额上青筋暴露。就好像有人把他们体内的体温计调高了。

他知道自己有愤怒的能力,也知道自己的内爆能力。他不得不忍住怒气。他张开双手,好像在说我没有别的武器:看看我,六十七岁了,我心里没有战斗的欲望。

他特别注意看他们的鞋子。他能从鞋油、磨损、鞋带、鞋扣上看出很多东西。任何一个穿新鞋的男人总有别的地方可去。穿旧鞋的人有点不同,他们肝火更旺,那是心里有伤。

他们说,他不是以色列人。他不知道历史的意义。竟和敌人穿一条裤子。他被污染了。他故作开明。他把恐怖分子带到他们中间,毒害年轻人的思想。他不知道他是在背叛吗?他怎么能和一个炸弹袭击者的人同台?他就没有什么顾忌吗?

他等了一会儿,顿了下来,等大家安静下来。愤怒越是高涨,他就越是放松身体,摆出平静的样子。他知道他需要狂热分子那样的坚韧。他学会了呼吸:深至丹田的呼吸。他练习过微笑。他打开一张斯玛达尔的照片,举到胸前。

拉米看着他们的眼睛瞟来瞟去。他们拖着脚往前一步,他就知道他们接下来又是什么说法。他知道,正是他们孤独无聊,才这么多话的。愤怒成就了他们伟大的感觉。不过在面具之下,他们充满了自我怀疑。他能感觉到那牙关紧咬后的恐惧。他几乎背熟了他们接下来要说的话。一朝恐怖分子,终身恐怖分子。不是我们要他们来炸死我们的孩子。他们否认我们的存在。他们想把我们从地图上抹去。我们给了他们自由,他们回以火箭炮。他们想把我们推进大海。安全。永远不要忘记。

巴萨姆一直在外面的车里等着。时间到了,拉米向他点头。

巴萨姆自信地走进大门,尽量不让别人注意到他的跛腿。

57

有时,在教室里,听众会发出嘘声,完了他们才能讲话。

56

他和努莉特接受报纸采访之后,回到家里,都会发现答录机上的灯在闪烁。每回他都会想,今天又失去了哪些朋友。

55

她从黑乎乎的商店里走出来。阿瑞在外面等着。十二乘以九。一百零八。十二乘十。门铃响了。外面的街道尘土飞扬。阳光在金属雨篷下晃来晃去。她把一只糖果手镯藏起来,另一只交给了阿瑞。十二乘以十一。他们的影子突然出现在街上。一百三十一。转盘路口附近车轮的闷响。十二乘以十二。她跑的时候书包晃来晃去。

54

一天下午,在伯利恒南部的德沙难民营,巴萨姆看着四个穿白色牛仔裤和白色 T 恤的男孩,抬着一张床垫走过低矮的房子。他们小心地穿过狭窄的小巷,把床垫高高地扛在肩上。床上放着四朵红色康乃馨。

他过了一会儿才意识到他们是在排练抬棺材。

53

世上唯一有趣的事是活着。

52

他在耶利哥下了高速。今晚没有巡逻。没必要停下来。红绿灯

在黑暗中高挂,闪着绿色的光。他路过一连串广告牌和一长排棕榈树。独眼龙似的前灯照见了路边的一个红色标志:

> 有生命危险,
> 而且违反以色列法律!!!!

随着柏油路路面的变化,他马上感到方向盘抖动了起来。

51

耶利哥:世界上最古老的有围墙的城市。

50

二十一世纪初,耶利哥的绿洲赌场度假村是世界上最成功的赌场之一。

这家赌场由巴勒斯坦权力机构建造,设在一号高速公路外。它有一百二十张赌桌和三百一十台老虎机。赌场对以色列人、约旦人以及持有国际护照的人开放。巴勒斯坦人除非在那里工作,否则不许进入。赌场背后有几个密室,里面举行高风险的纸牌游戏。这些屋子里安装了特殊的空气过滤系统,控制香烟烟雾。

这地方看起来颇为招摇,在当地犹太定居者中很受欢迎,他们的肚子上绑着大捆现金过来。来客还有瘦弱的约旦商人,身后总跟着一帮穿着深色西服的助手,以及身穿开领衬衫的特拉维夫的上班族、穿着银色紧身裙的非洲女性。

赌场好景不长——第二次起义期间,当地民兵利用它向以色列士兵开火，以色列国防军在其正面炸开一个洞——但在其开业的那段短暂的时间里，这家赌场每分钟的利润率是全世界的赌场中最高的。

49

你的绿洲在等待。

48

赌场天花板上装着人造星星，组合成精确的星座形状，其用途是拍照。没有窗户。没有时钟。音乐是中性的，主要是美国流行音乐，也允许一些以色列音乐，没有阿拉伯语歌词。饮料含糖。酒精虽然免费提供，但被看得很紧，主要消费者是国际游客。高级玩家们最青睐皮姆一号鸡尾酒，最高档的餐桌上有冰镇的凯歌香槟。

47

二十世纪三十年代，英军在巴勒斯坦托管地区建立了三个高尔夫俱乐部：耶路撒冷高尔夫俱乐部、巴勒斯坦警察高尔夫协会以及所多玛和蛾摩拉高尔夫协会。所多玛和蛾摩拉高尔夫协会是九个洞，经常浇水。水是用水泵从本地水井里抽的。

每年暑假，英国警方都会为了赢得一个名叫"罗得之妻"的大理石小雕像而参赛。该雕像傍晚时分在会所发出去。这时候男的还可以喝上一轮冰镇的皮姆一号。

到了半夜，凡是一杆进洞的高尔夫球手，还会获得一个拿他们开涮的特别奖。

46

1948年初，英国人离开这家俱乐部时，冰箱和餐具被洗劫一空，会所遭到破坏，内墙黑板上的酒水单却没人动过。酒水包括圣摩西（杜松子酒和阿拉克酒、杏子、酸橙汁和橄榄），圣母马利亚（番茄汁、芹菜、黄瓜、巴哈拉特酒）、耶稣之泪（红酒斯普瑞兹），小信多马（伏特加、柑橘汁、姜黄、福瑞卡辣椒）以及亚当夏娃（秘密配料，配新鲜的苹果片）。

45

绿洲外的道路，每五十码就有个减速带。

44

巴萨姆轻敲方向盘，将车转向路的一侧，靠近路边，那里的缓冲带不太明显。稍微转向一下，车又回到路中央平坦的柏油路上。

43

出狱不久，有几次，他会开车到希伯伦的山上。只是想头脑清醒。他避开了家乡赛尔，继续往前开，渐渐地，风景开始向四面八方延伸，头顶繁星漫天。他开在崎岖不平、遍布车辙的小路上，能认出前方军事塔楼发出的红色微光，巡逻车倒是没有遇到过。他把车开到一条泥泞的小路上，往前再也走不了时，就停了下来，关掉车灯，走了下来。车子似乎愣了，过了一会儿才明白自己在哪儿。

发动机仍在轻轻地滴答作响。他停下来，欣赏月光，看乱云飞渡。有时候能听到远处有豺狼在嚎叫。他绕着车头走了走，踩着保险杠，躺到引擎盖上。他的眼睛总是要花一点时间来适应。接着夜色更浓。他能感觉到发动机的热量钻进他的衬衫。

42

北斗七星最东边的恒星北斗七，在阿拉伯语中被称为"棺材之女"。

41

第一个孙子出生后，巴萨姆将他抱在怀里，惊奇不已。孙子一看就像阿比尔：同样的气味，同样的眼形，同样乌黑散乱的头发。就连医院的粗毛毯也是一样的颜色：米白色，边上带蓝粉色条纹。

他抱着犹迪走在走廊上，把一只白色的小鞋子套在他脚上。

40

拉米抱着盖伊最小的孩子安娜时也是这个想法，觉得她和斯玛达尔一模一样。

39

在九世纪，波斯数学家穆罕默德·伊本·穆萨·艾尔-赫瓦兹米写了一本《完成和平衡计算的简要手册》。

这是第一本向欧洲学者介绍代数概念的书。赫瓦兹米发展出了一个统一的理论,将有理数和无理数都当作代数对象来处理。

它的关键是将方程式一边的量,移到等式的另一边,以保持平衡。

38

代数(algebra)这个词来自阿拉伯语 al-jabr,意思是修复骨折。

37

传统的整骨手术依靠手的触摸。大多数时候,他们能在几秒钟内判断出骨头是骨裂还是骨折。

单凭触觉最难辨认的骨头是股骨,它是身体中最结实的骨头,深嵌于大腿内。

子弹命中大腿前部而非后面容易打折骨头。向下发射的毒气罐,比如说,从屋顶或直升机上发射——很有可能导致骨折。不过,从靠近地面的低角度开枪,最有可能把骨头劈成两半。

36

子弹击中了阿比尔的后脑勺,放射状地粉碎了她的头骨。其中一个碎片向内扎入,穿透了她的大脑。

35

弹片把斯玛达尔穿的金色 T 恤背面彻底炸碎。

34

巴萨姆去华盛顿参加美国以色列公共事务委员会的会议时，有人问他，如何有可能为一个根本不存在的国家担任档案保管员？

33

我叫巴萨姆·阿拉敏，来自巴勒斯坦。

32

1972年10月，诗人兼译者韦尔·祖埃特被以色列摩萨德特工枪杀。他正要回到他位于罗马北部安尼巴利亚诺广场的公寓，当时他还带着阿拉伯文版的《一千零一夜》。

祖埃特从小就喜欢这本书。自1962年从纳布卢斯搬到罗马以来，他就开始将其直接从阿拉伯语翻译成意大利语。他最想捕捉原文中的诗歌韵味。他觉得，在意大利，很少有人知道这些故事的真正含义——意大利文版均从英语或法语转译，而非从阿拉伯语原文翻译。现有的译本很小资，原文本的色彩、机智和魅力被稀释，被洗刷。神话之上，平添了各种矫饰和意义。语言和幽默的真实质感和纹理消失了，他说这等于将阿拉伯人的思想幼稚化，为对阿拉伯同胞的非人化和占领提供了理论依据。

祖埃特三十八岁，来自一个富裕家庭，但多年来一直以诗人、记者、歌手、演员、画家的身份自食其力。他可以大段引用伏尔泰、孟德斯鸠和卢梭的作品，并对卡尔维诺和博尔赫斯的作品表现出极大的兴趣。他曾是维亚·德尔·凡塔吉奥大街阿拉伯酒吧的常客，经常在那里大声朗诵。他喜欢在城市各处组织文学沙龙。人们经常看到他在街上闲逛，哼着游击队民谣《再见吧，美人》。

上世纪七十年代初，他加入法塔赫，建立了一个小型图书馆，图书馆的书架上摆满了革命文学作品。

谋杀当晚，祖埃特从女友、澳大利亚艺术家珍妮特·维恩·布朗的家中出发，乘坐两辆公共汽车穿越罗马，回自己的公寓。他又累又饿，夜晚也很凉。他弯腰穿上运动夹克，将阿拉伯围巾围到脖子上。他拿着笔记本、几支铅笔、两个面包卷、蜡烛，还有《一千零一夜》的第二卷。他的电话和电都因未付账单被切断。接下来又将是长夜漫漫。他在笔记本上写道：在古老的骨头中找到活的骨髓。揭露。付诸行动。有情感无行动会让心灵萎缩。

当他穿过前厅进入楼梯时，一个人影从黑暗中走出来，挥舞着带有消音器的0.22口径手枪。祖埃特的双手举在空中。他被打了十三枪。

十二发子弹击中了他的头部和胸部。第十三枪打中了他口袋里的书，击穿了书页，子弹在书脊处停了下来。

31

30

子弹穿过了斯玛达尔最喜欢的《驼背的故事》。

29

为报复一个月前慕尼黑奥运会上十一名以色列运动员被杀,摩萨德策划了一系列暗杀行动,祖埃特的遇刺是第一起。

他们说祖埃特曾是"黑色九月"暗杀组织的成员,但在贝鲁特举行的新闻发布会上,祖埃特的朋友作证说他是和平主义者,他的暴力行为能力几乎为零,他对报仇不感兴趣。他对巴解组织宪章的了解,不比他对《魔笛》的了解多。

28

代号为"上帝之怒"的暗杀行动在世界各地的城市发生,后成为斯皮尔伯格的电影《慕尼黑》的素材。斯皮尔伯格感到惊奇的是,奥运会前后的许多暗杀和文学有千丝万缕的关系:剧作家被暗杀,记者上黑名单,诗人写诗的手被子弹打成了筛子,炸弹安放在切·格瓦拉的回忆录中,书一打开,就会在你面前爆炸。

27

2006年,巴勒斯坦艺术家埃米莉·贾西尔前往澳大利亚悉尼的射击场,自学如何使用0.22口径的毛瑟手枪。她用的武器和摩萨德用来刺杀祖埃特的武器完全一样,包括消音器。熟悉了武器后,她收集了一千本空白的白色书籍,并将它们一一排在一个射击场,从五十码远的距离向每本书发射一颗子弹。她说,这些空白的书代表了全世界巴勒斯坦人不为人知的故事。

她在悉尼双年展的一个展览中展出了这些被子弹打穿的书,还有祖埃特那本《一千零一夜》的不同照片,展现了子弹在撞到书脊停下来之前在书页间穿过的路径。

贾西尔打了太多发子弹,她的右手无名指永久坏死。

26

到目前为止,直接译自阿拉伯文的《一千零一夜》意大利文版还是空白。

25

《一千零一夜》:向死求生的权宜之计。

24

在美国以色列公共事务委员会,他看着所有发呆的面孔都是那么白,那么圆。男的穿着正式衬衫。女人们腰杆挺直。一个个干净利落,衣冠齐整。他身子向讲台靠过去。当他自我介绍时,他可以听到房间里的嘈杂声。他看到有四个人陆续走了出去。无妨。他的注意力集中下来了。他的穿着很讲究。皮鞋擦得亮亮的。便装裤熨烫过。蓝色开领衬衫。黑夹克。头发剪得短短的。离开酒店之前还刮了胡子。他们指望巴勒斯坦人都留胡子,最起码有胡茬的印迹。

他的脖子上稍微刮破了点皮，喉咙处贴了粉红色的创可贴。他都已经忘记了，但说起话来还能感觉到。他想是不是该撕掉，随手不经意地抹开，或是弯腰让讲台挡住，然后撕掉。每个步骤都有意义。他想轻轻松松开始谈话。这些年来，他已经学会了暂停、沉默、调节的节奏。他举重若轻地说"巴勒斯坦"这个词。他知道他们希望用某个定语来修饰这个词，但他不会。在钢丝绳上，您可以眺望远方。不要盯住自己的双脚。

　　他抬起手遮住眼睛，然后用拇指触摸创可贴，按了按它。

　　他还是个孩子。在山洞里。在学校。他在院子里升旗。他们的沉默让他惊讶。没有人在座位上坐立不安。没有咳嗽。演讲厅的人坐了四分之三。一百二十个人。也许更多。他对邀请感到震惊。冒险。对牛弹琴。这可是保守派扎堆的地方。他是越困难越来劲。只求改变一个人的思想。这远远不够，但是值得努力。他十七岁。在山上。瞭望处。监狱。当他说到殴打时，他可以看出他们中的一两个已经在椅子上不安了，可还是没有人走出去，没有人冲他喊叫。也许这是美式礼貌。他似乎听到了有人的电话响了起来，但很快又被挂断。提到大屠杀，整个屋子里顿时鸦雀无声。他知道是这个效果。完全没有动静。他顿了一下，闭上眼睛。有时候他不喜欢自己的表演，他厌倦听自己说话，但是今天不一样。哪怕是他重复说了很多遍的东西。受害者的受害者。不讲话的人最危险。没啥，就要一把很小的枪。

　　他可以听见有人在说话，现在声音更大了，房间后方角落里有人在交头接耳，一男一女，女的很生气，男的要她安静下来。大家开始回头看，低声细语，发嘘声让其安静下来。不过他去过更嘈杂的房间。在耶路撒冷、海法、特拉维夫。等他们消停。向前方凝视。保持安静，直到他们也安静下来。那是表演的一部分。他接着说。然后有些笑声。监狱皮带。"梅尔爱玛雅"。

　　他身体向前倾斜。麦克风发出刺耳噪声。错误。他向后侧了一下。他的外套很暖和。他不想脱掉。淡蓝色的衬衫。腋下会显示出椭圆形的汗渍。他紧紧抓住讲台的一侧。他前面有草稿,但是他一次都没有看。

"占领"一说吸引了他们。就这个词。他不太确定为什么这个说法这么让大家不安,但他们如坐针毡,就好比是一把匕首扎进了他们胸膛。有人咳嗽了,第三排有人站起来,他试图不去看,两个人离开了。把我们打倒,我们仍会站起。后面又有了一阵骚动。开门时照进来的白光。暗处有几个人在走动。或许是走进来的?可是他们怎么在他演讲中间赶过来?或许是安全原因。也许他们是来逮捕他的。两颗手榴弹。

他想了一下脖子上的伤口。他伸手去拿创可贴,但创可贴不见了,伤口也干了,他控制住了,一切尽在掌握,他确定,他不介意人们是进来还是出去,或者是有进有出。他现在靠近麦克风。在对与错之外,还有一片田野,我们在那儿会合。

谈到阿比尔时,他突然感到非常平静。他吸了一口气,感觉它渗透全身,一直到小腿后跟。她被枪击中后脑而死。她是去买糖果的时候中枪的。世界上最昂贵的糖果。

舞台脚下的红灯闪烁着。他不会就此结束。为我们的和平而非流血投资吧。让你们的支出方式改变百分之十、百分之五,甚至百分之一。毕竟,这是你们纳的税。试试吧。半个百分点。为什么不行?你们有力量。房间里又响起嘈杂声。他停下来,稍微低了下头。他不想让他们以为自己软弱可欺,愚顽蠢笨,给他们一个幌子,以后去假装自己知道巴勒斯坦的生活是什么回事。和过去一样,他既来之则安之,要让他们陷入震惊、困惑。他说,不要误会我的意思。我们永远不会放弃。我们不会就此休手。看到他们中的一些人站了起来,他感到惊讶,不确定他们是准备鼓掌还是预备离开。他想把他们也连根拔起,让他们知道自己的感觉。他还没结束。他的衬衫里淌着汗。灯太热了。现在,红色的舞台灯不动了。他的手扶到讲台侧面。他说,今晚,然后咳嗽了一下,把他们的注意力吸引过来。

今晚，我会沿着华盛顿广场，走到林肯纪念堂。我要像在家乡耶利哥时那样，在这里仰望星空。

23

参议员，很遗憾这么说，但你谋杀了我的女儿。

22

在杜邦环岛的招待会上，他被人团团围住。握手。名片。之后，人们说了什么他一点都不记得，但是他永远不会忘记那个女人，个子矮矮的，一头金发，穿着紧身衣，手向他伸过来，在所有这些人的面前，她在微笑，牙齿很白，身体向他倾斜，她的身体，衣服的边缘，肩膀，指甲涂成绿色，她不是要握手，不是，她的手接近他胸部，他肩膀附近，一切都冻住了，她正在伸手，一头金发，一脸雀斑，她是要摸他的脸或是脖子，他身体侧开，感觉尴尬，但她仍然微笑着，这个美国人。也有别人在笑，房间里到处是盘子，饮料的托盘，食物的托盘，保护的托盘，砸碎的托盘，监狱的托盘，警棍，单独监禁，人们在笑，她的手指仍在伸出，这儿，她说，让我来，然后摸到他的衬衫领子，他能感觉到她的指甲从他脖子上掠过，在那跳动的动脉边，她把手迅速抽开，她在折什么东西，可能是他衣领上的一根绒毛，也许是头发或睫毛，她在用白色餐巾把它包起来，仍在微笑，他知道她是直接用手将它拿走的，创可贴在演讲中掉在了衣领的边缘上，垂在那儿，他能感觉到浑身发热，他现在该怎么办？

21

第二天他在参议员办公室坐下来。他又刮了一次胡子,但是这次小心翼翼没割到自己。他穿着西服打着领带,重新擦了皮鞋。按预定计划他要说十分钟,他只有一句话要说,当他说那句话时,他把一张阿比尔的照片从桌子上推过去,一张大大的光面纸照片,八乘十的尺寸:你谋杀了我的女儿,参议员居然不动声色,拿起照片,点点头,小心翼翼地放到桌子的玻璃板下面。他说,他完全知道巴萨姆的意思。美国步枪。美国吉普车。美国培训。美国催泪弹。美元。他说,他知道各方的观点,但潮流正在转变,已经达成协议,每个人都盼着同一件事,我们以多种方式处理,我明白你的痛苦,阿拉敏先生,我这么说不是跟你敷衍,请相信我,我能体会到,作为父亲,我每天都在学习,再跟我说说阿比尔。

门开了,助手进来了。参议员挥手让他走开。他再次拿起照片。

巴萨姆认为,这本来可以用来政治作秀,但那里没有照相机,没有记者,也没有磁带录音机。

参议员看着照片:"你呢,阿拉敏先生?你在哪儿长大的?"

"在一个山洞里。"

"我的意思是,"参议员笑着说,"到底是在哪里长大的?"

20

斯玛达尔出生在哈达萨医院。阿比尔死在哈达萨医院。

19

一个故事演变成另外一个故事。

18

直到今天，约翰·克里还把阿比尔的照片挂在墙上。

17

沿马路的栅栏漆成了白色，进门车道两旁是玫瑰、杜鹃和风铃草。车道上锃亮的银色和黑色车身。儿童玩具散落在各处。房屋的屋檐下旗帜飘扬：蓝色、白色、红色。

恐惧传遍他的全身。不期而遇：他会突然有一种虚空感，他会去想这一切意味着什么，这些旅行，这些会议，不断重复，有什么益处？他想回家。飞机场。盘问。脱光搜索。没完没了的解释。

那位从他领子上拿开创可贴的女人，他无法轻易忘记。

她把小小的创可贴捏起来，用手指折叠起来，上面有一小圈鲜血。

16

声音是鸟类交流的首选方式。它们发出的声音——唱歌、呼唤、笛音、哨音、吱音、颤音、嘶音、抖音——传达的范围，远超过鸟类的视野。

15

看到告示牌时，他正与努莉特在托斯卡纳度假。他大吃一惊。韦尔·祖埃特中心。箭头指向马萨镇狭窄的巷道。街道很窄，鹅卵石铺成。楼房窗户上晒着衣服。孩子们用压扁的纸板箱，轮流坐在上面拉。

那是一个老店面。门锁上了。他们用手挡住了眼睛,看着里面。有几张桌子,上面放着玻璃箱。几个书架。墙上有些海报。他们敲了敲窗户,没人应答。

街走到一半,拉米听到有人在身后喊他们。一个女人向他们挥手。她一头长长的灰白鬈发,穿着优雅的连衣裙,衣服过于大了。脚上穿着拖鞋。她说英语。她说,从公寓居高临下看,她看到他们往窗户里看。中心的主任在悉尼,但她有中心的钥匙。周围没有很多游客,但是欢迎他们进去,她很抱歉她要给儿子买东西,他们介意先拿钥匙、结束之后再锁起来吗?

拉米想,这事也只能发生在意大利。

她把钥匙递出来,但犹豫了一下,问道:"你们是哪里人?"

这个问题他有些吃惊。也许她听出了他的口音?也许她只是想知道他来这里干吗?她是不是听错他的话了?

"匈牙利。"他愣了一下说。

"匈牙利?"

"祖籍。"

她笑着把钥匙放在他手中。

14

让人惊叹的是,子弹对实际页面几乎没有损坏。孔口很干净,书的页边只有一点点撕裂。它在书的右侧倾斜,然后扎在书中间靠近书脊的地方。

13

拉米摸了下子弹。它显得小而温暖,仿佛仍要赶到目的地。

12

1943年，维克多·乌尔曼在泰雷津集中营创作了一部名为《亚特兰蒂斯皇帝》的单幕歌剧，但在排练期间，纳粹撤回了演出许可。

歌剧中的亚特兰蒂斯皇帝（又称耶路撒冷国王）宣布发动全面战争。全面全面的圣战！彼此对抗！全部阵亡！

乌尔曼在序言中将其称为歌剧的一种。它一开始是小调开始的德国国歌。皇帝是男中音。死神由男低音演唱。

皇帝试图将死神征召入伍。但是，以老退役军人身份出现的死神，却反感机械化的谋杀，以及现代的死亡方式——这些都让他失业。死神开始罢工。从此之后，人都死不了。

根据死神的命令，连自然老死也不复存在。

起初，皇帝将其解释为对死神暴政的一种解放——脱离死神了！灵魂自由了！——但没过多久，任何人都无法死于炸弹、子弹或其他任何东西。皇帝的臣民们开始恐慌，感到反感，乏味得无所适从。

皇帝匆忙加强他的统治，但由于他杀不死任何人，他的力量开始迅速衰减。皇帝恳求死神恢复他的传统职责。死神同意再次开始杀戮，但有一个条件，他要先拿皇帝开刀。

1944年秋，纳粹在集中营的营房里开始了歌剧的盛装彩排。后来他们意识到歌剧可能另有所指——那年夏天有人图谋暗杀希特勒，希姆莱呼吁进行全面战争——于是又悄悄将歌剧停掉。

歌剧停掉几个月后，乌尔曼被赶出营地，押往驶向奥斯威辛集中营的火车，但在被迫登上运牲口的车厢之前，他设法将乐谱偷偷给了集中营的图书馆馆长、他的朋友埃米尔·乌蒂兹。

11

乌尔曼曾经写过,每件艺术品的秘密都是通过形式消灭内容。

10

博尔赫斯说过,作为作家,他最感到绝望的时候,是他无法解释阿勒夫——无始无终的永恒:空间中的某个点上,包含着所有其他的点。有的人理解时,诉诸鸟类、球体和天使,但他本人面对无始无终的永恒却找不到任何隐喻。语言具有连续性:从本质上讲,它不可能在一个地方冻结,因此无法捕捉到万物的同时性。

不过,博尔赫斯说,他可以尽量回忆。

9

小苇鳽、红喉鹨、黑顶莺、黄鹂鸰、白喉林莺、斑鸠、食蜂鸟、阿拉伯鸫鹛、蓝胸佛法僧、欧亚兀鹫、白斑黑石䳭、鹳、火烈鸟、鹈鹕、矶鹬、鹭、鹤、鸢、雕、鹰、海鸥、猫头鹰、欧夜鹰、麻雀、雨燕、太阳鸟、千鸟、北方鸥、伯劳鸟、鸣鸟、八哥、杜鹃、啭鸟、捕蝇鸟、画眉、戴胜。

8

回声行动。

7

还有天鹅和鹧鸪。

6

他沿着高高的花园围墙缓慢行驶。他房子的平屋顶从高高的砖砌建筑后伸出来。路很坎坷，但他知道每个坑洼。他转大一点弯，拉手刹，打开车门，走到高高的金属门前。大门已经关上。电动开关坏了：他必须用手去开。

他那条坏腿有些僵硬。疼痛从臀部向上蔓延。他拉开生锈的拉杆，门吱吱响起。他把门推向侧面的白墙。疼痛在他的后背上停留了一会儿。门下的滑轮吱呀作响。

巴萨姆在独眼龙车灯的光里向车子走回去。还有一件事要做。

他靠着车门，再次将自己推到座位上，将那只坏腿也挣扎着抬到车上。他拿起电话，按键进入，然后发短信给拉米：到家了，兄弟。他们之间这简单的仪式，都重复几千次了？他将手机扔到乘客座椅上，缓缓进入大门内，停好车，然后再次爬出来，把大门关上。

大门哐当一声合上时，拉米回信了，一个竖起大拇指的表情符，下面是：明天见。

巴萨姆把车停在一个蓝色布篷下的车道上。他在司机座位上坐了一会儿，身体前倾。又是漫长的一天。明天还是，后天也是。

他拍拍口袋，确保他的香烟、打火机和电话都在。一样不少。他拉了下把手，推开门，走了出去。

夜晚凉风习习。今天无雨。他可以通过花园的气味分辨。

5

四棵柠檬树，两棵无花果，两棵克莱门氏小柑橘树，两棵中国橘，一棵杏树，一棵柿子树，一棵石榴，一棵可食用仙人掌，成排的西葫芦、茄子、南瓜和丝瓜的藤蔓沿着墙一直到邻居家：到了夏天，隔半条街都能闻到这园子的气息。

4

萨尔娃坐在屋后门廊上，等着他，裹着一条薄薄的羊毛毯。她头顶有一小团烟雾。她调了下软管，将水烟袋管的嘴放在桌子上，隔着纸牌桌朝他倚过来。

"你迟到了。"她说。

他亲吻她，一次在额头，一次在唇上。烟草的甜味。这是她每天晚上的固定仪式。她往水烟叶里掺进园子里的水果。用烤肉串的棍子把烟碗拌匀。穿孔锡箔纸。把煤点着。

餐厅打烊了，她咧嘴一笑，不过你或许可以在柜台上能找到点吃的。

他拉过折叠椅，坐在她对面，放好香烟，把打火机放在上面。头往后一仰。深呼吸。

"大家都在吗？"他问。

"当然不是。"

"犹迪？"

"已经睡了。"

然后，他们快嘴快舌地聊了起来。一天的一举一动，电话来往，各种拜访，各种事端。她去了集市。他去了拜特贾拉。她付了穆罕默德的电话费。拉米去早了，他把夏令时搞错了，他开车兜了一个小时的风，去了珠穆朗玛峰酒店，要了杯咖啡。她为姐姐买了周年纪念礼物,来自阿曼的新香水,装在一个缎带盒子里,虽然有点贵,但还是值得的,她在市场的小摊位上找到了。僧侣带他们参观了修道院。那围墙厚得你真该看看,还有那些绘画,他们后来下楼去看了很久以前酿葡萄酒的地方,他给她带了一些橄榄油作礼物,他忘在车上了,他明天去拿。妇女委员会要她定一下幼儿园的招聘时间表,要招两个新老师,都是比尔泽特的毕业生,很棒,会有出色表现的。他在一间拱形天花板的房间里用餐,新鲜、美味,沙拉三明治跟她做的不相上下,甚至和她母亲做的有得一拼,开个玩笑啦。和在耶路撒冷的阿瑞打了一个小时电话,还是许可证的事,这些破事还有个头没有?那里有八个人,他们有各种各样的问题,我们聊了好几个小时,当然没有解决任何问题,但我们尝试了,下午晚些时候喝茶。阿拉伯大约三点钟来了,他借了辆车,想拿那块木头修自己的屋顶。礼拜堂的声音很美,即使这么小的一群人,声音也在回荡,后来他们回到午餐室,又聊了一些。她确定很快就要举行一场婚礼,从阿拉伯眼睛里能看出来。他希望多攒点钱,买辆车,方便出行,但他又担心保险问题。他们离开时,他可以看到山谷中所有的灯火,令人难以置信的房子,而且越来越多,他讨厌到处都是起重机。希巴晚上去玛丽亚姆家过夜,她忘带牙刷了,也许你早上可以送过去。回家的路上没有麻烦,是个"一支烟"检查站,但是车头灯坏了一个,他差点忘了,但也没人注意到,"集装箱"检查站的人迅速看了一眼车子,就放行了。有趣的是,微波炉里的菜停转了一阵子,然后又恢复了。明天他将把汽车送到易卜拉欣的儿子那里,看能不能修,这东西简直吃钱。她应该中午去食品博览会,她负责英国主题的桌子,大家都觉得她对英格兰非常了解,她会在早上尝试做些烤饼,这是她唯一能记住的食谱。都是债,该还就得还。玛丽亚姆的妈妈过几天动手术。要是这里治不好,他们看能不能带她去美国。她的眼睛不大好。他明天还有地方要去,具体什么地方还不知道,西耶路撒冷吧,两点半到,这次应该是个学校吧。他这次最好查好夏令时？下午有谁去看了下植物吗？没有，她想没有。如果他不在边上，世界都不转了。他能不能闭嘴，再去加点煤，把托盘上的炭打一打，把牌洗一下吗？她真搞笑，这回还指望赢不成？

3

单人纸牌游戏。在英国被称为"耐心"，在法国它叫"成功"，在波兰叫"保密"，在挪威叫"卡巴"，在巴勒斯坦叫"宁静"。

包括各种变种，如鹰翼牌、迷宫牌、平行牌、街头巷尾牌、十一上牌、阿罕布拉牌、蛇形扑克、黑寡妇牌、地毯牌、三只瞎老鼠牌、苏丹牌、河内塔牌、九十一牌、红与黑牌、三叶草牌、角落猫咪牌、星座牌、十三想象牌、四边牌、风车牌、造型牌、永动牌、祖父钟牌、渗透牌、狡猾狐狸牌、埃及大盗牌、趣味牌、皇帝牌、简朴牌。

2

他穿着夜间阿拉伯长袍走出房间，到了平台上。腿跟疼痛。长长的白色棉布扫着他光光的小腿。他穿上拖鞋，走到楼梯顶，抓着铁扶栏，艰难地往前挪动。铁扶手摸起来很凉。

在后门，他褪下凉鞋，穿上一双深色运动鞋，俯身系鞋带。剧烈的疼痛从他的后背扩散开来。他把挂在后门的帘子推开，按下把手。他伸手去拿耳朵上夹的香烟，但想了想还是没抽。

外面很安静。没有车来车往，没有狗叫，没有昆虫的鸣叫。

黄色的软管绕在厨房窗户下方。他检查了下，确保喷头关上了，他将水阀打开一半。软管连接的阀门底部会出现微小的滴水。他重新拧紧软管,后退片刻,等了一下。很好。无泄漏。

他拖着步子在屋后走,经过空荡荡的游泳池。星星出来了,比黑暗更深远。他在门廊上留下了三个空桶,将软管缠绕在它们周围。

他已建了四级台阶,从门廊通到花园。他正常的腿在前,不便的那条腿在后,慢慢下去。干掉的土在他脚下嘎吱作响。他用铁锹松开过的地方,土结成块又裂开了。这果园,他闭上眼睛都能走过去,绕过汽车,绕过顶篷,绕过现用来放置肥料的废弃冰箱。

每隔几码,他就将软管打开一下。

巴萨姆回头一看,看到一只水桶从门廊上掉了下来。不管了。早晨他回来采摘果实:即使在冬天,耶利哥的树也开花。

他从果园尽头的柑橘树开始。浓密的树冠挂在花园的墙上。树脚他围了一圈土,堆出了火山口造型。他打开喷嘴,让水喷进去,一边绕树走一边调整压力。地黑了,饮着这水。

他伸手去拿耳朵后面的香烟,从长袍口袋里拿出打火机,点燃一支烟。深吸一口,咳嗽起来。是该戒了。可看时机。总是时机问题。抽烟似乎在某种程度上减轻了他的背和腿部的疼痛。

烟雾弥漫在他身后。

蔬菜。丝瓜藤。还不错,他想。今天晚上不怎么困难。一支烟的工夫就把花园收拾了。

他沿着墙移动到第二棵柑橘树,把周围的水围里灌满,然后拧紧喷嘴,停止水流,走向克莱门氏小柑橘和中国橘树,那些色彩绚丽的小小花果在尽兴绽放。

1

耶利哥的山峦一片漆黑。

致　谢

这是一部以创新为核心的混合小说，一部旨在讲故事的作品。像其他所有故事的讲述一样，本书将猜测、记忆、事实和想象等元素编织在一起。此书也汇集了来自世界各地的亲朋好友，他们在方方面面给我提供了帮助。没有这些人和他们的慷慨，就不会有这本书。他们向我打开他们的家，让我查阅档案，帮我研究，提供灵感，阅读草稿，追查资料来源，获取许可，为我提供栖身之地、独到见识和批评指正。

帮助我的人名单太长，这里不能尽举，尽力之余，难免遗憾。凡遗漏处均属无心，在此预先表达歉意。书之成书，尤其离不开一些人士的大力襄助，在这里列举出来，单独致谢。

我第一次去以色列和巴勒斯坦，是和丽莎·康西格里奥经营的"故事汇"以及格雷格·哈利勒经营的"泰洛斯"两个非营利组织同去。每一次他们都能给我带来帮助、建议、洞察、灵感和包涵。他们把我带入新境界。当我为任务之巨而灰心绝望之时，他们给我指引方向。他们还给我启发。缺了他们的帮助和指导，此书定无完工的可能。就这么简单。我的家人——妻子艾莉森和孩子伊莎贝拉、克里斯蒂安和约翰·迈克尔——尽一切可能地支持我。我对他们不胜感激。

我的经纪人莎拉·查尔芬特从一开始就相信这本书的潜力。另外，我在世界各地的编辑也一直在激励我前进，尤其是珍妮弗·赫希。她在每一个场合都鼓励我，支持我。亚历山德拉·普林格尔促成了此书愿景的实现。杰科·格罗特几乎每周都给我寄来剪报。卡罗琳·阿斯特和托玛斯·尤伯霍夫给我带来鼓舞。在我写作的过程中,我有很多优秀的读者。这些人接下了一些很有挑战性的任务:在作品还未成形、杂乱无章的时候去看。约翰·迈克尔继承了我已故父亲肖恩的角色,在深夜为我看这本书。他的建议一直如同压舱物一样,尤其是在艰难闯关之时。阿萨夫·加夫隆、达拉格·麦基恩、雷·多芬和艾米莉·贾西尔花了大量时间指引我,却没让我偏离起初的航向。此份慷慨和友谊大可称赞。马丁·奎恩也像往常一样,独具慧眼,帮我抚平粗糙,消除破绽。其他人为我提供了精准的阅读素材、研究资料和各种灵感:吉迪恩·斯坦因、马尔布里兹、米奇·马登、拉贾·谢哈德、内森·恩格兰德、迈克尔·隆达杰、鲍勃·穆尼、丹·巴里、泰勒·卡伯特、伊什梅尔·比厄、彭尼·约翰斯顿、丹尼·加夫隆、埃里克、埃尔哈南、埃德·凯撒、加布里埃尔·伯恩、汤姆·凯利、菲尔·米尔斯、纳塔莉·汉达尔、利亚特·埃尔卡亚姆、李·凯洛克、凯尔西·罗伯茨、乔·列侬、大卫·沙里亚、杰克·萨巴、达娜·查普尼克、史蒂文·海沃德、扎哈·哈桑、塔默·纳法尔、玛丽亚姆·巴泽德、巴里·洛佩兹、布拉德·福克斯、苏西·洛佩兹、克里斯托弗·布斯、丹尼尔·索卡奇、米哈尔·布里姆、希瑟·米切尔、洛丽塔·布伦南·格鲁克斯曼、比尔·惠兰、蒂姆和凯西·基普、约翰·格雷利和尼尔·伯吉斯。这里我要告诉托斯廷和乔·亨利、格雷戈里·阿兰·伊萨科夫、科尔姆·麦克科诺迈尔,感谢你们所有人[1],这本书是为你们的音乐而写的,事实上它成了你们的音乐。和往常一样,感谢吉姆·马里恩和罗南·麦凯恩。帮助我做研究、提供素描和照片的人包括伊丽莎白·伊格尔、莉莉·库里、塔利亚·纳森森、辛迪·吴、埃利斯·麦克斯韦、菲利普·佩蒂特、凯西·奥唐纳、诺亚·帕萨维、加里·麦肯德里、哈尔·格罗斯曼,还有亨特学院和纽约市公共图书馆的所有图书管理员。

---

[1] 原文是爱尔兰盖尔语,go raibh maith agaibh go léir。

说到这里，就不能不提成书过程中我所看过的无数图书、文章、照片、电影和网站。我要向书中引述的诸多学者、科学家、历史学家和数学家致以诚挚的谢意，他们的作品我有所引述或提及，但无法一一说明。在许多情况下，我有多个来源。我乞求、借用、复制，然后再次乞求、借用、再复制。每个人都知道真理有很多版本。在某些情况下，来源直接相互矛盾，甚至专家之间也有分歧。最后我想说明，既然独创之处我功劳包揽，所有错误，也由我文责自负、一力承担。

在兰登书屋，艾琳·凯恩、史蒂夫·墨西拿、西蒙·沙利文和霍利·韦伯都对我帮助甚大。感谢埃特加·凯瑞许可我使用《卡梅尔五人行》字幕文档。感谢戴维·伯恩、布莱恩、埃诺、帕特·伍兹、凯文·黄、劳里·法比亚诺许可我使用相关歌词。我在亨特学院的同事们（尤其是彼得·克雷、泰阿·奥布雷特和汤姆·谢利）尤需感谢，另外还有珍妮佛·拉布。感谢特拉维夫和耶路撒冷/拉马拉的爱尔兰外交使团的每一个人，特别是迪尔德堡·波尔克、蒂姆·赖利和乔纳森·康隆。也感谢所有与巴勒斯坦文学节和耶路撒冷书展有关的人士。我们从别人那里听到自己的声音：是的，这是一个情感的共同体。我走遍了世界，多少人为我敞开大门。我最深切地感谢乔希·萨潘和安妮·福利在宾夕法尼亚州米尔福德的小屋，这是一个多么适合工作的地方，每时每刻都有弗兰克·麦考特的美好回忆。感谢迈克拉·沙图拉里在希腊的美丽的家、瓦莱丽和盖尔·帕托特在法国的房子、耶胡达·肖尔和朋友们在以色列的热情款待。还要感谢麦凯恩家族，尤其是我的母亲萨丽，还有肖恩和弗雷达、罗杰和罗斯玛丽·霍克、伊莎·吉里斯·哈利勒、桑迪·库特、玛丽·安·斯坦、比尔·希普西、凯伦和巴亚德·霍林斯，圣达菲蒸汽船温泉、巴德加施泰因这些地方的好心人，以及其他让我长期逗留的地方：在写这本书的过程中，我看到了那么多的窗外。

当然，还要感谢拉米和巴萨姆以及他们的家人。

最后，如果觉得有压力（这里有点压力无妨啊）给书中提到的非营利机构捐款，请捐款给"失子父母圈"家庭论坛（网站是 the parentscircle.org）：他们真的值得我们全力支持。其他需要牢记的慈善机构包括"和平战士"（网站是 cfpeace.org），"泰洛斯"（网站是 telosgroup.org），最后但不容忽略的还有一家机构是"故事汇"（网站是 narrative4.com）。

译后记：麦凯恩撞壁借光

方柏林

《无极形》是一本独特的小说，一共1001章。这"章"不是"章回小说"的"章"。它们长则数页，短则一行，甚至只是一张图片。麦凯恩称之为"cantos"，有些像庞德诗歌中的短章。由于长短不一，我们姑且称之为长短章。麦凯恩希望用碎片化的描述，让读者自己去拼出人物、故事、场景的全图。这形散而神不散的叙述方式，适合互联网时代的阅读。麦凯恩在几所高中办过相关读书会，高中生反馈非常好，他很受鼓舞。在家里，他的主要参考阅读对象是他儿子、小伙子约翰·迈克尔。

1001个长短章，也是模仿《一千零一夜》的结构。形式上也和《一千零一夜》一样，故事中套故事，如俄罗斯套娃。作者先从第一个长短章写起，从一写到五百，中间留白，然后再从五百写起，编号下降，直到一。

故事发生在复杂的中东，背景是巴以冲突。人物是两个大活人：阿拉伯人巴萨姆·阿拉敏和以色列人拉米·埃尔哈南。巴萨姆因为以色列边防军的橡胶子弹，失去了女儿阿比尔。拉米因为阿拉伯人的人肉炸弹，失去了女儿斯玛达尔。两人加入了由丧子者组成的"失子父母圈"，向全世界讲述各自的故事，追求和平，用故事疗伤。不过此书中故事套着故事，相互映照，出现交响乐的效果。例如书中不少地方写到鸟儿的捕猎、烹饪、迁徙。这一切与两个父亲和他们的孩子没有直接关系，但是人类强行给自由的鸟儿打标签的做法，又形成对自身划界行为的回响。书中不同的故事，如同一棵树上不同的花朵，各自绽放，摘下来都可以插成一景，但是在一起观看，则是更为繁华的视觉盛宴。

书写完后，麦凯恩来我们附近的贝勒大学演讲，给此书预热。此前我正好去我们一个当代小说课上讲过《转吧，这伟大的世界》一书的翻译。和麦凯恩说起此事，他约我去贝勒大学。我和当代小说课上的一个学生一起赶了过去，和麦凯恩见了一面。他给我看了唯一的样书。当时书还没出版。后来麦凯恩又给我发了样稿，读后很是震撼，感觉此书适合拍为大片。2月初，麦凯恩网站宣布斯皮尔伯格买下了书的改编权。此前《转吧，这伟大的世界》版权也被J. J. 艾布拉姆斯（J. J. Abrams）买下。艾布拉姆斯后来接了更大的活儿，拍《星球大战》的续集，把《转吧，这伟大的世界》改编暂时搁置。

贝勒之行，是2019年10月底的事。在贝勒停车场，我和麦凯恩握手道别。他走向车子，突然转过身，过来给我来了个熊抱。翌年2月，此书正式出版，此时世界已被新冠病毒搅得天翻地覆，人们各自保持"社交距离"，只能在六英尺之外相互挥手了。

巴萨姆和拉米2020年初还来到纽约、波士顿等地，和麦凯恩一起宣传新书。宣讲中，两人的故事打动了很多人。宣讲结束时，全场起立为他们鼓掌。后因疫情问题，两人各自返乡。他们走得还算及时。此后国际航班极速减少，麦凯恩所有的国际旅程全部取消。作为作家，他困在自家屋子里，和一屋子家人一起互相干扰，也影响思路，他于是躲到一个林间木屋里去"创作隔离"。此间他多次举办虚拟的演讲和读者见面会。2020年4月6日，他让书中的两位主人公巴萨姆·阿拉敏和拉米·埃尔哈南一起，和他参加网上的读者见面会。大家能否想象，一部小说的人物，能和作者一起，举办读书会？小说的两位主人公，一位跟五百多位参加的读者说书他在前往纽约的路上读完，"爱不释卷，是一本名著级的"，另外一位主人公说："这书我至今不忍去看。"

麦凯恩经常提到"极端同理心"（radical empathy），并为此成立了非营利组织"故事汇"(Narrative 4)。他认为唯有故事才通往真相，故事"是这个世界的王法"。至于故事是虚构还是非虚构，他觉得已经不再重要。麦凯恩擅长找一个历史上发生过的故事，添加虚构的细节，在真实事件外面裹了一层又一层，形成新的真实。在《无极形》中，他更是将这种形式玩到极致。故事中的两个人物，至今都还在世界各地宣讲他们的故事。拉米说："别的人听了就算了，可是麦凯恩不同，他听了就不走了，一定要写下来。"

麦凯恩从两个真实人物开始了他的探究之旅，结果并未真相大白，产生顿悟。直到现在，麦凯恩仍称自己对于巴以冲突感到困惑。但他以生花妙笔，让人看到巴以冲突中人的代价，这就是小说了不起的成就。很多时候，巨大的灾难会让人产生痛苦疲劳，人们会去关注数字，忘了数字背后的个体的人。新冠疫情就是这样，有时候我们只是去看媒体上登出的多少人确诊，多少人死亡，死亡率百分之几，可是对于被冲击的人来说，他们要面对的不是冰冷的数字，而是亲人的离去工作的丢失房租的欠费多日抬头不见低头见的摩擦让人返贫的巨额医疗账单随着股市一起跳水的退休金账户不能出门导致的养殖户的断粮一家四口共享网络的卡顿和失去流量后学习的停顿工作的耽搁以及由此导致的低成绩和老板的责怪……故事还原数字背后的人性。

两位丧亲人物为何要直面不堪回首的往事？我们常嘲笑祥林嫂的可笑，一遍又一遍讲述同样的悲惨故事，让周围人避之而恐不及。鲁迅先生嘲弄的可能是冷漠的看客听众，可是后世读者笑话的是悲痛中的祥林嫂。有没有人想过，如果遭受这么大伤痛的人不让他们去讲，他们的出口在哪里？不断去讲是为了对抗遗忘。不应有的遗忘，让我们身上的人性一点点丧失。如果让麦凯恩来办鲁迅的事，他会以祥林嫂的视角来写，让人去感受祥林嫂的苦难。鲁迅先生洞察看客的冷漠，麦凯恩追求的，是用故事打破这种冷漠。

可他们为什么让一个第三方写出来呢？以色列人拉米是大屠杀

幸存者的后人，他追求和平。他每次讲故事的时候，给人总结的"中心思想"都是：你不可以冷眼旁观。看到不平而无动于衷就是犯罪。他反对以色列对巴勒斯坦很多地方的长期占领。他追求和平。在他和巴萨姆的生活里，和平不是抽象的。缺乏和平带来的后果，具体得可怕，比如导致他们各自失去掌上明珠。

巴萨姆说他失去爱女的痛苦无法言表。阿拉伯语里有个词语叫"哈斯拉"，那是比痛苦还要痛的煎熬。为了让女儿不枉死，他保证一定要让她比杀害她的人活得更久，要让世界知道她的故事。他要全力帮助麦凯恩把这个故事向全世界推广，要让此书被以后一代代的人看到，而杀害他女儿的人，终将成为一个荒冢，无人纪念，没有人会知道杀害者的名字，他们的生命变得无关紧要。

作者和两位人物都在追求和平。在后来的答问环节，有人问追求自己的和平和追求他人的和平是什么关系。巴萨姆说他去过北爱，北爱几乎有五十个词来形容和平。但和平不能只关系到自己。你不可以和自己达成和平。没有人可以独自和平。我们都是相互连接的。

麦凯恩熟悉北爱尔兰冲突，小时候跨境去北爱，总纳闷为什么邮箱一边是红的，一边是绿的。他对北爱和平进程有深切了解，可是对巴以冲突一无所知。熟悉的地方无风景，麦凯恩尽写自己一点都不熟悉的东西，包括《舞者》《转吧，这伟大的世界》。他的做法，让我想起我以前一位质性研究老师的说法：我们质性研究者的任务，是把陌生变为熟悉，把熟悉变为陌生。"艺术的目的是让人失去平衡，是颠覆"。不然的话，我们都在各自的姿态里舒舒服服地错着，不思改变。颠覆是为了达成更为理想的状态，这包括他人的和平。在世界走向愤世嫉俗的时候，麦凯恩这样的作家是逆行者。作家必须是迎着世故、自私、自满冲过去的逆行者，必须有理想。没有了情怀，作家什么都不是。这么做的过程很难，可能会有无数碰壁。每次撞墙的时候，若撞了一道裂缝，那就如莱昂纳多·科恩说的那样，会有光进来。直播中，巴萨姆在外面，头上有月光。有位读者说，那也是照在我们头顶的月光。

翻译这本小说期间,美国一直处在新冠疫情之中。2020年3月份,我所在的得克萨斯州已经开始了居家令。很多人遇到这种隔离,感觉异常痛苦,但对我们这种文字工作者来说,宅家才最有成效。作为课程设计师,宅家期间我写了一本书《网课十讲》。此后开始翻译。每一次翻译,都是一次卧游。我不感觉自己在宅家,而是跟着麦凯恩在耶路撒冷体验远方的生活。我常用这个经历教育小孩:不要觉得不能出门限制了自己。当你喜欢阅读的时候,你的世界无穷大,没有什么能限制你。书中有这么一句话:"自由在两耳之间。"一开始我的理解是两耳之间是大脑,其实还有我们的眼睛。阅读给我们自由。当然,如今的书也有很多做成了语音版,这又给"自由在两耳之间"增添了新的内涵。

我们的阅读,意义来自多处,包括多重关系,比如书和书之间的关系、书和我们之间的关系、书和世界的关系。此书在结构上甚至素材上,和麦凯恩过去的小说《转吧,这伟大的世界》《飞越大西洋》有千丝万缕的联系。首先,长短章的写法,《转吧,这伟大的世界》里就使用过,尤其是《这个家是海马造》这一章。《转吧,这伟大的世界》中的走钢丝艺人菲利普·佩蒂,在此书中再次出现。《转吧,这伟大的世界》中,他在世贸大厦之间走钢丝的行为艺术,被麦凯恩用来串起了纽约的芸芸众生,并暗指"9·11"世贸大厦的倒塌。此书中,佩蒂身穿分别代表以色列和巴勒斯坦的衣服,于1987年5月走钢丝穿越希诺姆山谷,途中还放飞了一只白色小鸽子。《无极形》和麦凯恩的其他著作一样,追求和平和光明。麦凯恩对这个世界含情脉脉。他用小说来对世界说话,对于热点社会问题哪怕一个字不提,也是声音洪亮。比如他没有提到过美国在美墨边境建的隔离墙,但是他把巴以之间的隔离墙写得淋漓尽致,读者自会联想。

一本好书也会和周遭的世界有所关联。此书译到5月,美国因黑人乔治·弗洛伊德死于警察暴力,爆发了大规模的抗议示威,部分地区发生骚乱。我看到人们在白人和黑人、左派和右派之间站队。这本书又对我产生了新的意义：它让我们看到，在两党政治让人的观点走向极端之时，其实解决办法还是书中两个主人公的做法：讲述各自的故事，让人更为精细地了解"他者"的观点。唯有这样，我们才不会无端地妖魔化对立的一方。让对话成为习惯性动作，和平才有可能。

《无极形》是西方世界对巴以冲突最佳的文学描述。作者通过此书打破了对阿拉伯人尤其是巴勒斯坦人的脸谱化。在一定程度上，它也会打破人们对于以色列的美好印象，因此让人不安。要知道，说起价值观和文明冲突，犹太教和基督教关系紧密，美国和以色列关系紧密。在美国的网站上，此书好评如潮，但我也发现，也有人称该书偏袒巴勒斯坦。作者说这不是他的初衷，他说他既倾向以色列，也倾向巴勒斯坦。人们忘了，在有对立叙事的时候，人是可能容纳矛盾的，不一定要非此即彼。麦凯恩说当今社会的一大问题，是大家非要追求一个绝对的答案，不能接受矛盾和相互制衡产生的张力。这使得人世间各样的对立越来越尖锐，比如美国共和党支持的，民主党就反对，反之亦然。人们失去了容纳对立与矛盾的能力。接受困惑，接受矛盾，应该是一种终极的人生处境。

容纳现实的复杂甚至矛盾性，说来容易做来难。感情会蒙蔽智识，观察会存在盲点，我们都有跳不出的思维窠臼。有时候我们需要艺术来帮点小忙。斯皮尔伯格执导过摩萨德满世界追杀阿拉伯极端分子的影片（书中有所描述），那是按照以色列的眼光看世界。他买下《无极形》电影的版权，是要用新的视角，去了解那个世界。

由于疫情的缘故，我在翻译期间将进行中的文稿都分享给编辑潘爱娟老师，以防万一。此间我感谢孩子们能经常听我讲述，并提供各方面的支持。也感谢潘爱娟老师的信任、鼓励和帮助。感谢麦凯恩先生本人在翻译遇到问题时给出的耐心解答。

这是一部大部头著作，1001 个长短章中遍布典故、外来语。有些地方的做法，是个人取舍。比如阿拉伯语人名地名中的"al-"为冠词，并无实在意义，但是为了还原声音效果，我还是音译出来。其他处理方法不一一赘述。翻译往往是遗憾的艺术。译者力求尽己所能，但只能追求不断改进。此书翻译不妥之处，还望专家、读者指正。若有机会再版，我会再来修正。

图片来源

16 页：ZUMA Press, Inc./Alamy Stock Photo

64 页：http://commons.wikimedia.org/wiki/File:Frigate_Bird_-_Honduras.jpg

75 页：Rami Elhanan

105 页：http://commons.wikimedia.org/wiki/File:Atlas_Typhoeus_Prometheus.png

147 页：AFP Contributor

170 页：AP Photo/Max Nash

178 页：Photo by Bruce Krasting（flickr.com/photos/bruce_krasting/6857656826）/CC BY 2.0/cropped from original

221、251、467 页：mukk/iStock

293 页：Alastair Fyfe at A. Fyfe Rail Operation Consulting Ltd.

313 页：Elizabeth Brown Eagle

321 页：Bassam Aramin

324 页：Rami Elhanan

374 页：EPA

408 页：Bassam Aramin and Rami Elhanan

439 页：Zoltan Balogh

451 页：Material for a film（detail）(Wael Zuaiter's 1001 Nights), Multimedia installation, 3 sound pieces, 1 video, texts, photos, Archival material, © Emily Jacir 2004